알리와 니노

알리와 니노

지은이 쿠르반 사이드
옮긴이 이상원
펴낸이 안용백
펴낸곳 (주)넥서스

초판 1쇄 발행 2005년 11월 25일
2판 1쇄 인쇄 2016년 1월 3일
2판 1쇄 발행 2016년 1월 5일

출판신고 1992년 4월 3일 제311-2002-2호
121-840 서울시 마포구 양화로 8길, 24(서교동)
Tel (02)330-5500 Fax (02)330-5555

ISBN 979-11-5752-618-5 03890

www.nexusbook.com
지식의숲은 (주)넥서스의 인문교양 브랜드입니다.

알리와 니노

쿠르반 사이드 장편소설 — 이상원 옮김

지식의숲

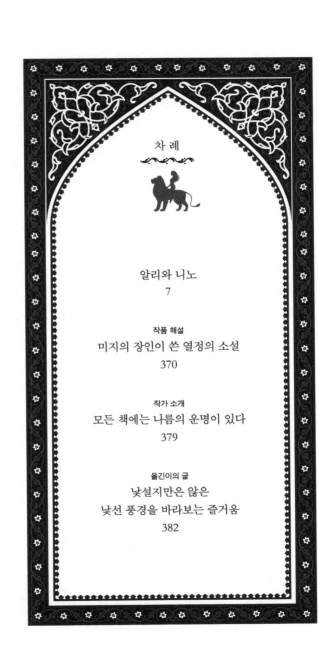

차 례

알리와 니노

작품 해설
미지의 장인이 쓴 열정의 소설

작가 소개
모든 책에는 나름의 운명이 있다

옮긴이의 글
낯설지만은 않은
낯선 풍경을 바라보는 즐거움

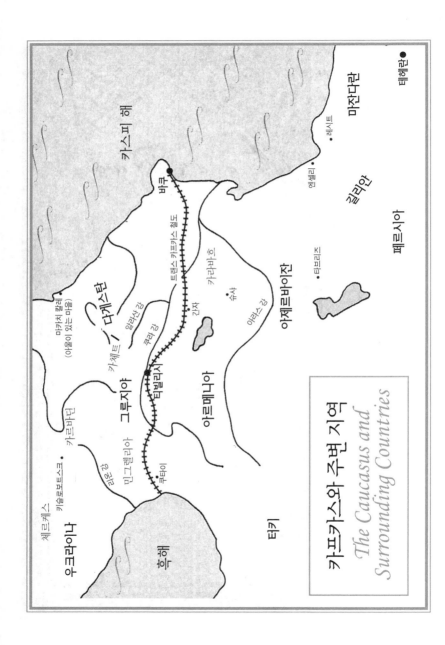

카프카스와 주변 지역
The Caucasus and
Surrounding Countries

1

어느 더운 여름 날 오후, 트랜스 카프카스(오늘날 아르메니아, 아제르바이잔, 그루지야로 나뉘어 있는 흑해와 카스피 해 사이의 지역_옮긴이)의 바쿠 시에 있는 러시아 제국 인문 학교에서 우리는 지리 수업을 듣고 있었다. 학생들은 모두 마흔 명이었는데, 그 구성이 아주 다채로웠다. 서른 명은 이슬람 교도였고, 아르메니아인이 네 명, 폴란드인이 두 명, 분리파 교도가 세 명, 그리고 러시아인도 한 명 있었다.

그때까지 우리는 우리가 사는 곳이 지리적으로 얼마나 독특한지 그다지 잘 인식하지 못하고 있었다. 사닌 선생님은 특유의 단조로운 말투로 설명을 이어갔다.

"유럽의 자연적 경계는 북쪽으로는 북극해, 서쪽으로는 대서양, 그리고 남쪽으로는 지중해입니다. 동쪽으로는 러시아 제국의 우랄 산맥, 카스피 해, 그리고 우리 트랜스카프카스 등이 경계를 이루고 있습니다. 우리가 살고 있는 카프카스 산맥 남쪽 지역에 대해서는 아시아에 속한다는 주장도 있고, 트랜스카프카스의 문화적 전통을 볼 때 유럽의 일부로 여겨야 한다는 학자들도 있습니다. 그러니 학생 여러분, 이곳이 진보적인 유럽에 속하게 될지, 혹은 수구 성향의 아시아에 속하게 될지를 결정하는 데에는 여러분의 역할이 매우 큽니다."

사닌 선생님은 자신의 설명이 만족스럽다는 듯 입가에 미소를 지었다. 우리는 선생님의 해박한 지식에 놀라, 그리고 갑자기 우리 어깨 위에 지워진 무거운 책임에 압도되어 잠시 침묵을 지켰다. 갑자기 뒤에 앉은 마흐무드 하이다르가 손을 들더니 이렇게 말했다.

"제가 보기에 우리는 역시 아시아로 남아야 할 것 같습니다."

웃음이 터졌다. 마흐무드 하이다르는 일 년 유급한 삼 학년 학생이었다. 바쿠가 아시아에 속하게 된다면 한 해 더 유급할 수도 있을 것이다. 교육부 지침에 따라 아시아계 러시아 학생들은 원하는 기간만큼 어느 학년에든 머물 수 있기 때문이다. 황금빛 자수로 장식된 러시아 교사 제복을 입은 사닌 선생님이 얼굴을 찌푸렸다.

"자, 그럼 하이다르 학생은 아시아인으로 남고 싶다는 말이군. 왜 그렇게 결정했는지 이유를 말해 주겠나?"

마흐무드 하이다르는 얼굴이 상기되어 앞으로 나갔지만 아무 말도 하지 못했다. 그저 입을 멍하니 벌리고 눈썹 사이에 깊은 주름을 지은 채 공허한 눈빛을 띨 뿐이었다. 아르메니아인 네 명,

폴란드인 두 명, 분리파 교도 세 명, 러시아인 한 명이 그 멍청한 모습을 보며 킥킥거리는 와중에 내가 손을 들었다.

"선생님, 저도 우리는 아시아에 남아야 한다고 생각합니다."

"알리 칸 시르반시르, 자네까지도 그렇게 생각한다고? 좋아, 앞으로 나오게."

사닌 선생님이 아랫입술을 내밀었다. 궁벽한 카스피 해 연안에 처박힌 자신의 운명을 말없이 저주하는 듯했다. 선생님은 헛기침을 하면서 과장된 투로 물었다.

"자네라면 그렇게 생각하는 이유가 무엇인지 말해 줄 수 있겠지?"

"네. 저는 아시아가 더 좋습니다."

"아, 그런가? 그렇다면 자네는 정말로 낙후된 지역, 예를 들어 테헤란 같은 곳에 가 보았나?"

"네. 지난여름에 가 보았습니다."

"그랬군. 그래, 거기서 위대한 유럽 문화의 산물을 찾을 수 있었나? 이를테면 자동차 같은 것이 있던가?"

"네. 아주 큰 자동차가 있었습니다. 사람들을 서른 명도 넘게 태우는 차였습니다. 하지만 시내에서는 다니지 않고 도시와 도시 사이를 오가더군요."

"그건 버스라는 거야. 그곳엔 기차가 없기 때문에 버스가 다닌다네. 바로 그런 면에서 후진성이 드러나는 거지. 자리에 앉게, 시르반시르."

아시아 학생 서른 명은 모두 기쁜 눈빛으로 나를 바라보았다. 반면 사닌 선생님은 화가 난 듯 잠시 침묵했다. 학생들을 모두 훌륭한 유럽인으로 만들어야 하는 임무에 차질이 생긴 것이다. 갑자기 선생님이 질문을 던졌다.

"자, 여러분 중에 베를린 같은 곳에 가 본 사람이 있나?"

하지만 그날 선생님은 영 운이 나빴다. 분리파 교도인 마이코프가 손을 들고 어렸을 때 베를린에 가 봤다고 말한 것이다. 마이코프는 금방이라도 귀신이 튀어나올 것 같은 곰팡내 나는 지하철이며, 시끄러운 소리를 내며 움직이는 기차, 그리고 어머니가 준비해 주셨던 햄 샌드위치를 생생하게 기억하고 있었다. 나를 포함한 이슬람 교도 서른 명은 몹시 불쾌했다. 사이드 무스타파는 '햄'이라는 단어만 들어도 메스껍다면서 잠시 교실 밖에 나갔다 오게 해 달라고 선생님께 부탁하기까지 했다. 바쿠의 지리적 특수성에 대한 우리의 토론은 그렇게 끝났다.

수업 종료를 알리는 종이 울렸다. 사닌 선생님은 비로소 안심했다는 표정을 지으며 교실을 떠났다. 우리 마흔 명은 일제히 밖으로 몰려 나갔다. 긴 휴식시간 동안 우리가 할 수 있는 일은 세 가지였다. 우선 운동장으로 몰려가 근처 학교 학생들과 주먹다짐을 벌일 수 있었다. 그쪽은 교복에 황금색 교표와 단추를 달았지만, 우리 것은 은색이었기 때문이다. 아니면 우리끼리 타타르어로 크게 떠들어 댈 수도 있었다. 러시아인들이 타타르어를 모른다는 이유로 교실에서는 타타르어가 금지되었던 것이다. 마지막으로 길을 건너 홀리 퀸 타마르 여학교에 숨어들 수 있었다.

나는 마지막을 택했다. 푸른 교복에 흰 앞치마를 두른 여학생들이 삼삼오오 정원을 거닐고 있었다. 사촌 아이샤가 내게 손을 흔들었다. 세상에서 제일 아름다운 소녀 니노 키피아니는 아이샤의 손을 잡고 걷고 있었다. 내가 지리 수업 시간에 벌인 전투에 대해 떠들어 대는 동안 잠자코 세상에서 가장 아름다운 자기 코를 내려다보던, 세상에서 가장 아름다운 소녀가 말했다.

"알리 칸, 너 정말 바보구나. 넌 우리가 유럽에 살고 있다는 것을 신께 감사해야 해. 여기가 아시아였다면 난 얼굴을 가리고 다녀야 했을 테고, 그럼 넌 내 얼굴을 보지도 못했을걸."

나는 수긍할 수밖에 없었다. 바쿠의 독특한 지리적 위치 덕분에 나는 세상에서 가장 아름다운 두 눈을 바라볼 수 있게 된 것이다. 니노와 헤어진 후 나는 교실로 돌아가지 않고 종일 시내를 쏘다녔다. 낙타를 보고 바다도 보았다. 나는 유럽과 아시아에 대해, 또 니노의 아름다운 두 눈에 대해 생각했다. 슬펐다.

어디선가 거지가 다가왔다. 무슨 병인지 얼굴과 손이 검게 썩어 들어가 있었다. 동전을 줬더니 거지는 내 손에 입을 맞추려 했다. 나는 공포에 질려 그의 손을 밀쳐 버렸다. 하지만 십 분 정도 지나자 거지에게 큰 모욕을 줬다는 생각이 들었다. 뒤늦게라도 일을 바로잡으려는 생각에 두어 시간 동안이나 이리저리 뛰어다녔지만 거지는 보이지 않았고, 나는 양심의 가책을 받으며 집으로 돌아왔다. 이 모든 것이 오 년 전에 일어났던 일이다.

그동안 많은 사건이 있었다. 먼저 새로운 교장 선생님이 부임해 왔다. 따귀를 때리는 체벌이 엄격히 금지되었기 때문에 교장 선생님은 학생들의 목깃을 움켜쥐고 흔들어 대곤 했다. 종교 담당 선생님은 우리가 이슬람 신앙을 가지게 된 것이 알라의 크나큰 은총이라고 장황하게 설명했다. 아르메니아인 두 명과 러시아인 한 명이 새로 동급생이 되었고, 이슬람 교도 두 명은 우리 곁을 떠났다. 한 사람은 열여섯 살에 결혼했고, 다른 한 명은 가문에 얽힌 피의 복수로 축제일에 살해당했기 때문이다.

그동안 나, 알리 칸 시르반시르는 다게스탄에 세 번, 티빌리시(오늘날의 트빌리시로 그루지야의 수도_옮긴이)에 두 번, 키슬로보트스크에 한 번, 그리고 아저씨가 살고 계신 페르시아에 한 번 다녀왔다. 그리고 'gerundium'과 'gerundivium'의 문법적 차이를 이해하지 못한 탓에 한 해 유급할 위기에 처하기도 했다.

아버지가 조언을 구하러 찾아간 모스크의 물라(이슬람 성직자_옮긴이)는 그런 라틴어 지식 따위는 전혀 쓸모없다고 단언했다. 그리하여 아버지는 터키, 페르시아, 러시아의 각종 훈장들을 있는 대로 잔뜩 달고 교장을 찾아가 화학 실험 도구인지 뭔지를 기증했고, 덕분에 나는 무사히 진급했다. 또한 장전한 총을 가지고 등교하는 것은 절대 금지라는 경고문이 학교에 나붙었고, 시내에 전화선이 연결되기도 했다. 니노 키피아니는 여전히 세상에서 가장 아름다운 소녀였다.

그 모든 것이 끝을 향해 가고 있었다. 졸업 시험까지는 겨우 한

주가 남았을 뿐이었다. 나는 집에 앉아 카스피 해안 지역에서 라틴어를 공부하는 것이 얼마나 무의미한지 생각했다. 나는 우리 집 이 층에 있는 내 방을 사랑했다. 방에는 부하라, 이스파한, 그리고 코샨에서 만든 짙은 색 카펫이 벽에 걸려 있었다. 정원과 호수, 숲과 강이 수놓인 카펫이었다. 카펫 짜는 사람이 마음의 눈으로 본 숲과 호수인 탓에 보통 사람이라면 알아볼 수조차 없는 무늬였지만, 안목 있는 사람에게는 기막히게 아름다웠다.

머나먼 사막에 사는 유목민 여인들이 염료를 얻기 위해 가시가 잔뜩 달린 야생초를 모아, 길고 가느다란 손가락으로 즙을 짜냈을 것이다. 그 환상적인 색깔을 만들어 내는 기술은 수백 년 동안 비밀스럽게 전해지고 있었다. 장인이 카펫 하나를 완성하는 데 십 년이 걸리는 일도 많았다. 그렇게 만들어진 카펫은 비밀스러운 상징이나 암시, 사냥이나 기사들의 싸움 장면을 가득 담은 채, 그리고 가장자리에는 페르시아의 고대 시인 피르다우시나 방랑 시인 사디의 시 구절을 새긴 채 벽에 걸렸다.

벽에 걸리거나 바닥에 깔린 수많은 카펫 때문에 내 방은 어두컴컴했다. 방 안에는 낮은 소파, 자개로 장식한 작은 의자 두 개와 부드러운 쿠션이 여러 개 있었다. 그 사이사이에는 화학, 물리, 삼각법 등 눈에 거슬리고 필요하지도 않은 서양 지식을 담은, 스스로 문명화되었다는 느낌을 갖기 위해 야만인들이 만들어 낸 바보 같은 책들이 놓여 있었다.

나는 책을 덮고 옥상 위로 올라갔다. 그곳에서는 성곽의 견고

한 담장, 궁전의 잔해, 그리고 도시로 들어오는 문에 새겨진 아랍어 글귀 등 익숙한 나의 세계를 한눈에 볼 수 있었다. 미로처럼 뒤얽힌 길로 낙타들이 걸어갔다. 낙타의 발목 부분은 쓰다듬어 보고 싶다는 생각이 들 정도로 섬세하고 우아했다. 정면으로는 온갖 전설과 관광 안내인으로 둘러싸인 처녀의 탑(Maiden Tower) 이 솟아 있었다. 탑 뒤로는 바다, 무표정하고 무거우며 깊이를 헤아릴 수 없는 카스피 해가 바로 이어졌다. 그 너머는 사막이었다. 삐죽삐죽한 바위와 덤불만이 군데군데 자리 잡은 곳, 모든 것이 정지되고 아무 소리도 들리지 않으며 절대 정복할 수 없지만, 그러면서도 세상에서 가장 아름다운 곳 말이다.

나는 옥상에 조용히 앉아 있었다. 마치 낯선 마을, 낯선 지붕, 그리고 낯선 풍경을 바라보는 듯한 느낌이었다. 나는 말 없는 바다와 고요한 사막, 그리고 그 사이에 자리 잡은 오래된 도시를 사랑했다. 석유를 찾아왔다가 돈을 벌고 떠나는 시끌벅적한 사람들은 진짜 바쿠 사람이 아니었다. 그들은 사막을 사랑하지 않았다.

하인이 차를 가져왔다. 나는 차를 마시며 졸업 시험을 생각했다. 걱정은 되지 않았다. 합격할 것이 분명했기 때문이다. 하지만 설사 합격하지 못한다 해도 큰 문제는 아니었다. 우리 영지의 농부들은 내가 일부러 '지혜의 집', 즉 학교를 떠나려 하지 않는 것이라고 생각할 테니 말이다. 사실 학교를 떠나는 것은 슬픈 일이었다. 은색 단추와 견장, 교표가 달린 회색 교복은 아주 멋있었다. 교복이 아닌 다른 옷을 입으면 스스로 신분이 격하되었다고 느껴질지도 모른다.

하지만 그런 시간은 길지 않을 것이다. 여름 한철만 지낸 후 모스크바로 가서 라자레프 동양어 학교에 입학할 예정이었기 때문이다. 동양어라면 러시아 학생보다 훨씬 앞서 나갈 수 있다는 자신감으로 내린 결정이었다. 내가 어린 시절부터 익혀 온 동양어 관련 지식을 배우는 것은 러시아인들에게 몹시 벅찰 터였다. 게다가 라자레프 학교의 교복은 최고였다. 황금색 칼라가 달린 붉은 코트를 입고 가느다란 금색 검을 차며 평일에도 염소가죽 장갑을 낀다. 러시아인들에게 무시당하지 않으려면 그런 교복을 입어야 했다.

혹시라도 러시아인들이 나를 무시하게 되면 니노는 나와 결혼하지 않을 것이다. 나는 니노와 반드시 결혼해야 했다. 니노가 그리스도 교도라는 것도 상관 없었다. 그루지야 여인들은 세상에서 가장 아름답다. 만약 니노가 끝까지 청혼을 거절한다면 난 사나이들을 고용해 니노를 말에 태워 페르시아 국경 너머 테헤란으로 끌고 갈 생각이었다. 그럼, 니노도 별수 없이 말을 듣지 않겠는가. 바쿠의 우리 집 옥상에서 보는 인생은 아름답고 단순했다.

하인 케림이 내 어깨를 건드렸다.

"시간이 되었습니다."

나는 자리에서 일어섰다. 나르긴 섬 너머 멀리 수평선 위로 증기선이 모습을 드러냈다. 그리스도 교도 전신원이 들고 온 종이

쪽지에 인쇄된 글이 사실이라면 아저씨가 세 아내와 두 환관을 거느리고 저 배에 타고 있을 것이다. 내가 마중을 나가기로 했다. 나는 계단을 달려 내려가 대기하고 있던 마차에 탔다. 마차는 곧바로 시끌벅적한 항구를 향해 출발했다.

아저씨의 신분은 고귀했다. 위대한 샤 나스르 앗 딘이 친히 아저씨께 '제국을 지키는 수사자'라는 뜻의 '아사드 앗 다울라'라는 칭호를 내리셨고, 이후 사람들은 항상 그 이름으로 아저씨를 불렀다. 아저씨는 아내가 셋에 하인은 헤아릴 수 없이 많았고, 테헤란에는 대저택이, 마잔다란 지역에는 거대한 영지가 있었다. 아저씨가 바쿠에 오게 된 것은 자이납이라는 어린 아내의 병 때문이었다. 아저씨는 아내들 중에서도 겨우 열여덟 살밖에 안 된 자이납을 가장 사랑했다. 아저씨는 꼭 자이납에게서 후계자를 얻고 싶어 했지만 아이가 생기지 않았다.

이라크 카르발라의 이슬람 수도승이 바친 부적도, 페르시아 메셰드의 현자가 외운 주문도, 사랑의 결실을 맺게 하는 전문가라는 테헤란 노파의 노력도 문제를 해결해 주지는 못했다. 자이납은 페르시아의 하마단에까지 다녀왔다. 그곳에는 신비로운 눈으로 광활한 사막을 쏘아보는 거대한 사자 상이 서 있다고 했다. 붉은 돌로 만든 그 사자 상은 이제는 잊힌 먼 옛날의 어느 왕이 세웠다고 한다. 그 힘센 다리에 입을 맞추고 기도하면 아이를 얻을 수 있다고 하여 수백 년 동안 수많은 여성들이 찾았다는 명성에도 불구하고 붉은 사자는 가련한 자이납에게 은총을 베풀지 않았다.

이제 자이납은 서양 의술에 마지막 기대를 걸고 바쿠로 오는 것이었다. 아저씨도 불쌍했다! 사랑하지 않는 늙은 아내들도 함께 데려와야 했기 때문이다. 아내가 여럿인 경우 반드시 공평하게 대해야 한다는 것이 우리의 관습이다. 공평하게 대한다는 것은 모두에게 같은 것을 준다는 뜻이고, 바쿠 여행도 마찬가지였다.

하지만 사실 이런 것은 모두 나와 아무 상관이 없었다. 여인들의 거처는 깊숙한 안채였다. 제대로 교육받은 남자는 여자들에 대해 말하지 않고 안부도 묻지 않으며 눈길조차 주지 않는 법이다. 여자는 남자의 그림자에 가려져 있어야 했다. 설사 남자가 그림자 속에 숨고 싶어 해도 하는 수 없었다. 이것이 옳고 지혜로운 남녀관계였다. 우리 속담에 "여자가 가진 지혜란 계란에 난 털만큼도 안 된다."라는 것이 있다. 지혜가 없는 생명체는 잘 감시해야 했다. 그렇지 않으면 자기 자신이나 남들에게 재앙을 가져올 것이 뻔하기 때문이다. 나는 이것이 매우 현명한 규칙이라고 생각했다.

작은 증기선이 도착했다. 우람한 가슴에 털이 무성한 선원들이 하선용 사다리를 설치했다. 승객들은 하나같이 서둘렀다. 러시아인, 아르메니아인, 유대인 등 모두들 한시도 지체할 수 없다는 듯 배에서 내렸다. 아저씨의 모습은 아직 보이지 않았다. '서두르는 건 액운을 부르는 일'이라고 생각하시는 게 분명했다. 다른 승객이 모두 떠난 후 드디어 '제국을 지키는 수사자'가 우아한 모습을 드러냈다.

아저씨는 비단 깃이 달린 코트에 작은 검정 모피 모자를 쓰고 슬리퍼를 신고 있었다. 넓게 퍼진 턱수염과 손톱은 헤나 꽃으로 붉게 물들였다. 천 년 전, 진정한 믿음을 위해 피를 흘렸던 순교자 후세인을 기리는 뜻이었다. 아저씨는 피곤한 듯 눈을 가늘게 뜨고 천천히 움직였다. 검은 히잡으로 몸을 휘감았지만 들뜬 모습을 감출 수 없는 세 사람이 뒤를 따랐다. 숙모들이었다. 다음으로 환관들이 나왔다. 한 사람은 물기라고는 하나도 없이 바짝 말라버린 현명한 도마뱀 같은 표정을 짓고 있었고, 다른 한 사람은 나리를 모시게 된 것이 몹시 자랑스럽다는 듯 잔뜩 으스대는 왜소한 인물이었다.

아저씨는 천천히 배에서 내렸다. 나는 아저씨와 포옹하고 왼쪽 어깨에 공손히 입을 맞췄다. 사실 공공장소에서 굳이 입맞춤까지 할 필요는 없었지만 말이다. 나는 숙모들에게는 눈길 한 번 돌리지 않고 마차에 탔다. 숙모들과 환관들은 포장을 내린 마차에 탔다. 우리 행렬은 아주 장엄하고 인상적이었기 때문에 나는 온 도시가 아저씨의 멋진 모습을 찬양할 수 있도록 마부에게 해안 산책로를 따라 일부러 우회하도록 지시했다. 해안 산책로를 거닐던 니노가 우리를 보고 미소를 보냈다. 아저씨는 멋진 수염을 쓰다듬으면서 도시에 새로운 소식이 없는지 물었다.

"뭐, 특별한 것은 없습니다."

사소한 것부터 시작해 나중에야 정말 중요한 이야기를 하는 관례에 따라 나는 이렇게 말했다.

"지난주에 다다쉬 벡이 아슌드 사데를 칼로 찔러 죽였습니다. 팔 년 전에 벡의 아내를 납치했던 사데가 위험을 무릅쓰고 도시로 돌아왔는데 도착한 바로 그날 칼에 찔렸지요. 경찰이 다다쉬 벡을 찾고 있지만 결국 찾지 못할 겁니다. 그가 마르다키아니 마을에 숨어 있다는 건 모두가 알고 있지만요. 현자들은 다다쉬 벡이 할 일을 한 것이라고 말합니다."

아저씨도 동의한다는 뜻으로 고개를 끄덕였다.

"또 다른 소식은?"

"러시아인들이 비비 에이밧 만에서 새로운 유전을 발견했어요. 노벨이라는 대기업이 거대한 독일 기계를 사들여 바다 일부를 메우고 석유를 파내려고 합니다."

아저씨는 퍽 놀란 듯했다.

"알라, 알라……."

알라를 찾는 아저씨의 입술이 걱정스럽다는 듯 일그러졌다.

"……집에는 별일 없습니다. 신은 제가 한 주 후에 '지혜의 집'을 떠나도록 하실 것 같습니다."

나는 계속 이야기했고, 아저씨는 주의 깊게 귀를 기울였다. 마차가 집에 거의 당도했을 때 나는 딴청을 피며 무심한 투로 말했다.

"러시아에서 온 유명한 의사가 시내에 머무르고 있습니다. 지혜가 대단하다고 합니다. 얼굴을 보고 과거와 현재를 알고 미래까지 예언한다는군요."

아저씨는 우아하게 두 눈을 감았다. 그러고는 아무 관심 없다는 표정으로 의사의 이름을 물었다. 하지만 내가 전한 마지막 소식이 아주 만족스럽다는 점은 분명했다. 바로 그런 태도야말로 귀족 가문 출신다운 훌륭한 예의범절이었다.

2

기묘한 색색 무늬가 들어간 부드러운 깔개가 옥상에 펼쳐졌다. 아버지, 아저씨, 그리고 나까지 우리 세 사람은 바람이 없는 아늑한 곳을 골라 가부좌를 하고 앉았다. 하인들이 랜턴을 들고 뒤에 서 있었다. 앞쪽에는 꿀 케이크, 설탕절임 과일, 시시 케밥(양고기와 야채를 끼운 꼬치 요리_옮긴이), 닭고기와 건포도를 넣은 밥 등 동양의 진미들이 보기에도 먹음직스럽게 차려졌다.

나는 늘 그랬듯이 이번에도 아버지와 아저씨의 우아한 동작을 보며 감탄했다. 두 사람은 오른손만을 사용해 크고 검은 빵을 조금 떼어 내 동그랗게 만든 후 입에 집어넣었다. 윤기 흐르는 찐 밥도 오른손 엄지와 검지, 중지로 조금씩 떼어 내 공처럼 뭉쳐 입에 넣었다. 밥알 하나 떨어뜨리는 법이 없었다. 어째서 러시아인들은 이러한 식사 예술을 나이프와 포크로 망쳐 버렸을까? 나이프와 포크는 진짜 멍청한 사람이라도 한 달이면 능숙하게 사용할 수 있다. 나만 해도 유럽 식탁에서 어떻게 행동해야 하는지 훤히 알고 있었다. 하지만 이미 열여덟 살이 되었음에도 나는 아버지와 아저씨처럼 오른손의 세 손가락만 사용해 완벽하게 우아한 모습으로 동양 음식을 즐기는 경지에 이르지 못했다. 부스러기 하나 떨어뜨리지 않고, 심지어 손바닥에 무엇 하나 묻히지 않는 경지 말이다.

니노는 그런 식사법이 야만적이라고 했다. 키피아니 가족은 언제나 유럽식으로 식탁에 앉아 식사를 했다. 하지만 우리 집에서 식탁에 밥을 차리는 경우는 러시아 손님이 왔을 때뿐이었다. 니노는 내가 바닥에 앉아 손가락으로 식사하는 모습을 상상만 해도 끔찍하다고 했다. 그럴 때면 자기 아버지도 스무 살이 되어서야 처음으로 포크를 쥐어 보았다는 사실을 잊어버린 것이 분명했다.

식사가 끝났다. 우리는 손을 씻었고 아저씨가 짧게 기도를 했다. 하인들이 음식을 치웠고 짙은 차가 담긴 작은 잔을 가져왔다. 어른들이 훌륭한 식사를 마친 후에 항상 그러듯이 아저씨는 다소 장황하게 이야기를 늘어놓기 시작했다. 아버지는 별로 말씀이 없으셨고, 나는 아예 한 마디도 하지 않았다. 그것이 예절바른 행동이었기 때문이다. 바쿠에 오셨을 때면 늘 그랬듯 이번에도 아저씨는 위대한 샤 나스르 앗 딘이 통치하던 시절, 아저씨가 궁정에서 무언가 아주 중요한 직책을 맡고 있던 때에 대해 이야기했다.

"삼십 년 동안 나는 왕 중의 왕께서 베푸시는 은총을 입었지. 세 차례나 전하를 수행해 해외를 순방하고 말이야. 그런 여행을 통해 나는 신을 믿지 않는 자들의 세상을 그 누구보다도 잘 알게 되었지. 우리는 왕이 사는 궁전을 방문했고 당대 최고의 명성을 누리는 그리스도 교도들도 만났어. 이상한 세계였어. 특히 여자를 대하는 방식이 가장 이상했지. 그곳 여자들은, 심지어 카이저나 왕의 여자들도 벌거벗은 채 궁전을 돌아다니더군. 그래도 역겨워하는 사람은 없었지. 아마 그건 그리스도 교도들이 진짜 남자가 아니기 때문일 거야. 아니면 무언가 다른 이유 때문일 수도 있고. 그거야 신만이 아시겠지. 그러면서도 믿지 않는 자들은 정작 아무것도 아닌 일에는 호들갑을 떨더군.

어느 날 우리 폐하께서 러시아 황제 차르의 궁전 연회에 초청받으셨지. 그리고 차르의 황후 바로 옆에 앉으셨어. 폐하의 접시에는 닭고기 요리가 놓여 있었어. 황후를 배려하는 마음에 폐하께서는 엄지와 다른 두 손가락으로 우아하게 닭고기 조각을 집어 황후의 접시에 놓으셨지. 그러자 황후는 얼굴이 새하얗게 질리면서 기침을 하기 시작했어. 어찌할 바를 모르고 말이야. 나중에 들으니 왕궁의 고관대작은 우리 폐하의 자애로움에 크게 감동했다고 하더군. 이걸 봐도 유럽에서는 여자들을 얼마나 형편없이 대우하는지 분명히 알 수 있지!

자기네 여자들이 벌거벗은 채 천지를 돌아다니게 하는 데 그치지 않아. 유럽 남자들은 여자의 정숙함에도 별로 신경 쓰지 않더군. 식사가 끝나자 글쎄, 프랑스 대사가 차르의 황후를 껴안더니 괴상한 음악에 맞춰 홀 안을 빙글빙글 돌지 않겠어. 그런데도 차르와 호위병들은 그저 바라볼 뿐, 누구도 차르의 명예를 지키려 나서지 않더군.

베를린에서는 더 기이한 모습도 봤어. 〈아프리카 여인〉이라는 오페라를 보러 갔는데 엄청나게 뚱뚱한 여자가 무대에 나와 끔찍한 소리로 노래를 부르더군. 우리는 그 목소리가 정말 마음에 들지 않았어. 카이저 빌헬름도 그 점을 알아채고 바로 벌을 내리더군. 마지막 장면에서 검둥이들이 나와 장작더미를 높이 쌓았어. 여자는 손발이 묶인 채 천천히 타 죽었지. 우리는 크게 만족했어. 나중에 그 장작불은 가짜였다는 얘기를 들었지만 믿을 수 없었지. 그 여자가 지른 소리는 우리가 여행을 떠나기 전 폐하께서 테헤란에서 불태워 죽인 이교도가 질러 댔던 무서운 비명 소리와 똑같았거든."

말을 멈춘 아저씨는 잠시 옛 생각에 잠겨 침묵했다. 그러다가 깊은 한숨을 내쉬며 말을 이었다.

"게다가 도무지 이해할 수 없는 점이 하나 더 있어. 그리스도 교도들에겐 정말 좋은 무기와 병사, 그리고 적을 물리치기 위해 필요한 것은 무엇이든 생산해 주는 훌륭한 공장이 있지. 쉽게, 빨리, 그리고 가능한 한 많은 사람을 죽일 수 있는 것을 발명하는 사람은 크게 존경받고 돈도 벌며 훈장까지 받아. 그것이 좋고 옳은 일이라는 거지. 그러니 전쟁도 꼭 필요한 일이야. 그러면서도 유럽인들은 병원을 잔뜩 지었고, 적군 병사를 먹이고 치료해 준 사람이 칭찬을 듣고 훈장도 받아.

폐하께서는 이렇듯 상반된 일을 한 사람들이 모두 똑같이 칭송받는 것에 의문을 가지셨지. 한번은 빈의 황제와 이 문제에 대해 이야기를 나누시기도 했지만, 그 이해할 수 없는 행동에 대한 설명은 들을 수 없었어. 그러면서도 유럽인들은 우리가 아내를 네명까지 둔다는 이유로, 또 우리가 알라의 뜻에 따라 살고 통치한다는 이유로 우리를 경멸해."

아저씨가 생각에 잠겼다. 밤이 깊었다. 아저씨의 옆모습은 비쩍 마른 늙은 새를 연상시켰다. 아저씨는 몸을 곧추세우고 헛기침을 몇 번 하시더니 진지한 어조로 말씀하셨다.

"우리는 모든 것을 신이 명하신 대로 행하고, 유럽인들은 그들의 신이 명하시는 것을 하나도 행하지 않아. 그런데 어째서 그들의 힘과 권위는 계속 커지고 우리는 쇠락하는 걸까? 대체 왜 이렇게 되는지 누가 좀 설명해 주겠나?"

우리는 아무 대답도 할 수 없었다. 아저씨는 지친 노인처럼 자리에서 일어나 계단을 내려가 방으로 향했다. 아버지도 뒤를 따랐다. 하인들이 찻잔을 치웠다. 나 혼자 옥상에 남았지만 자러 가고 싶은 기분이 아니었다.

어둠이 드리운 도시는 금방이라도 덤불숲에서 튀어나오려는 동물처럼 보였다. 우리 도시는 실제로는 두 개나 다름없었다. 깍지 속에 든 콩알처럼 한 도시가 다른 도시를 둘러싸고 있는 것이다. 옛 성벽 바깥 도시에는 넓은 길이 뚫리고 높은 집이 들어섰으며 돈에 눈이 먼 소란스러운 사람들이 살았다. 사막에서 나오는 석유 때문에 생긴 곳이었다. 거기에는 극장, 학교, 병원, 도서관, 경찰, 그리고 어깨를 드러낸 미인들이 있었다. 외곽 도시에서 총

싸움이라도 일어난다면 그건 틀림없이 돈 문제 때문이었다.

유럽과 아시아를 가르는 지리적 경계는 바로 그 외곽 도시였고, 니노 역시 그곳에 살았다. 옛 성벽 안쪽에 있는 집은 좁고 동양 단검처럼 구부러져 있었다. 사원의 뾰족탑이 부드러운 달을 가르는 모습은 노벨 하우스가 세운 유정탑(油井塔)과는 완전히 달랐다. 옛 시가지의 동쪽 성벽에는 '처녀의 탑'이 서 있었다. 바쿠를 통치했던 마흐무드 유수프 칸이 딸을 위해 세운 것이라고 했다. 칸은 딸과 결혼하고 싶어 했지만 근친상간인 그 결혼은 성사되지 못했다. 사랑에 눈 먼 아버지가 다가오자 딸이 탑에서 뛰어내려 목숨을 끊었던 것이다. 딸이 떨어져 죽은 바위는 '처녀 바위'라 불렸는데 가끔 꽃으로 뒤덮이기도 했다. 결혼을 하루 앞둔 신부들이 찾아와 바치는 꽃이었다.

수백 년 동안 도시의 뒷골목을 따라 많은 피가 흘렀다. 그리고 그 피로 인해 우리는 용감하고 강해졌다. 우리 집 맞은편의 지지아나쉬빌리 문에서도 귀족의 피가 흘렀다. 우리 가문의 역사 중한 부분을 장식한 사건이었다. 아제르바이잔이 아직 페르시아에 속해 있던 먼 옛날, 그 수도인 바쿠를 하산 쿨리 칸이 다스리던 시절에 러시아 황제의 장군이었던 지지아나쉬빌리 대공이 우리 도시를 포위했다. 그는 그루지야인이었다. 하산 쿨리 칸은 위대한 차르에게 항복하겠다고 외친 후 성문을 열고 대공을 맞아들였다. 대공은 호위병 몇몇만을 데리고 도시로 들어왔다.

곧 광장에서 연회가 열렸다. 커다란 장작불을 지피고 황소를 통째로 굽는 성대한 연회였다. 대공은 술을 잔뜩 마시고 무거운 머리를 하산 쿨리 칸의 가슴에 기대었다. 그때 내 선조인 이브라힘 시르반시르가 구부러진 긴 검을 꺼내 칸에게 내밀었다. 검을 받아 든 칸은 천천히 대공의 목을 베었다. 피가 솟구쳐 칸의 옷을 적셨지만 칸은 아랑곳하지 않고 검을 움직여 대공의 목을 완전히 잘라 냈다. 그 머리를 소금 자루에 넣어 테헤란으로 달려가 왕중의 왕 앞에 바친 사람도 우리 선조였다.

러시아 황제는 대공의 죽음에 복수를 결심하고 대군을 보냈다. 하산 쿨리 칸은 궁전에 틀어박혀 기도하며 앞일에 대해 생각했다. 차르의 병사들이 성벽을 기어오르기 시작했을 때 칸은 지하 통로를 통해 바다로 빠져나갔고 페르시아로 향했다. 지하 통로로 들어가기 전 칸은 문에 '내일을 생각하는 사람은 절대 용감할 수 없다.'라는 지혜로운 글귀를 남겼다고 한다.

하굣길에 나는 폐허가 된 그 성터를 자주 거닐었다. 무어 건축 양식의 거대한 줄기둥이 늘어선 정의의 전당은 텅 비어 쓸쓸했다. 이제 정의를 찾는 시민들은 러시아 재판소에 가게 되어 있었다. 하지만 실제로 그렇게 하는 사람은 거의 없었고, 어쩌다가 그런 사람이 나온다 해도 현자들의 멸시와 아이들의 놀림을 받았다. 러시아인 판사들이 나쁘거나 불공정하기 때문은 아니었다. 아니, 오히려 친절하고 공정하다고 해야 정확할 것이다. 다만 우리 마음에 들지 않는 것은 재판 방식이었다. 도둑질한 사람이 깨끗한 감방에 갇혀 설탕 넣은 차까지 받아 마시며 편하게 지내는 것이다. 이런 형벌은 도둑질로 피해를 입은 사람에게는 아무런 보상이 되지 못했다. 그래서 사람들은 어깨를 으쓱해 보이고는 원하는 방식으로 정의를 실현했다.

오후에 고소인들이 모스크에 모이면 늙은 현자들은 둥글게 모여 앉아 '눈에는 눈, 이에는 이'라는 이슬람의 법, 알라의 법에 따라 판결을 내렸다. 그리고 밤이 되면 복면한 이들이 뒷골목에 나타났다. 단검이 전광석화처럼 움직이고 짧은 비명소리와 함께 정의가 실현되었다. 피의 복수를 주고받는 과정의 시작이었다. 한밤중이 되면 무거운 자루가 거리를 따라 옮겨지는 일도 많았다.

재갈 물린 입에서 새어나오는 희미한 신음 소리와 바닷속으로 빠지는 순간 '풍덩' 하는 짧은 소리와 함께 자루는 사라졌다. 그 다음 날이면 찢어진 옷을 입고 눈물을 흘리는 남자가 있기 마련이었다. 알라의 법에 따라 간통한 아내를 죽인 남편이었다. 우리의 옛 시가지는 온갖 비밀과 수수께끼, 그리고 숨겨진 피난처와 좁은 뒷골목들로 가득했다.

나는 밤의 부드러운 웅얼거림, 옥상 위에 솟은 달, 뜨거운 오후 모스크 앞뜰의 고요하고 명상적인 분위기를 사랑했다. 신은 나를 이곳에서 시아파 이슬람 교도로, 이맘 드샤파의 신앙으로 태어나게 하셨다. 나는 부디 신이 은총을 베푸셔서 죽는 곳도, 내가 태어났던 이 거리의 이 집이 되길 바랐다. 니노, 나이프와 포크를 사용하는 그리스도 교도, 얇은 실크 스타킹을 신는 웃는 눈의 그 소녀와 함께 말이다.

3

졸업반 학생들은 모두 은색 레이스 칼라가 달린 예복 차림이었다. 허리띠의 은색 버클과 은색 단추가 반짝거렸다. 빳빳하게 다린 회색 옷은 아직도 열기가 남아 따뜻했다. 강당에 모인 우리는 모자를 벗고 조용히 서 있었다. 시험 시작을 앞두고 종교 의식이 거행되는 중이었다. 우리는 러시아정교 신에게 우리를 도와 달라고 기도했다. 마흔 명 중에서 러시아정교 신자는 단둘뿐이었지만 말이다.

특별한 날에나 입는 두꺼운 황금빛 가운을 차려입고 머리에는 향을 뿌렸으며 손에 커다란 황금 십자가를 든 정교 사제가 기도를 시작했다. 향 냄새가 진동했다. 정교 신자인 학생 두 명과 교사들이 무릎을 꿇었다. 고대어인 교회 슬라브어로 노래하듯 읊는 정교 사제의 기도 소리가 귓전에서 공허하게 사라졌다. 지난 팔 년 동안 이러한 일방적이고 지루한 기도 소리를 얼마나 많이 들었던가.

"가장 믿음이 깊으시고, 위대하시며, 진실한 통치자인 차르 니콜라이 알렉산드로비치에게 신의 은총을 내려주소서……. 항해자와 여행자들, 학생들, 고통받는 이들, 자신의 신앙과 차르, 조국을 위해 영예롭게 목숨을 버린 전사들 모두에게도 은총을 내리소서……."

지루해진 나는 벽을 바라보았다. 그곳에는 가장 믿음이 깊고 위대한 통치자인 차르의 실물 크기 초상화가 거대한 황금 액자에 끼워져 걸려 있었다. 커다란 쌍두 독수리와 함께 그려진 황제의 초상화는 마치 성인을 그린 성화처럼 보였다. 얼굴이 길고 머리가 노란 차르는 차가운 시선으로 정면을 바라보았다. 가슴에는 놀랄 정도로 많은 훈장이 걸려 있었다. 지난 팔 년 동안 그 훈장 수를 세어 보려고 할 때마다 늘 중간에 헷갈려 버렸다. 예전에는 차르 옆에 황후의 초상화도 걸려 있었지만 지금은 치워지고 없었다. 이슬람 교도들이 황후의 깊이 파인 드레스를 문제 삼아 자녀들을 학교에 보내지 않은 사건이 벌어졌기 때문이다.

사제가 계속 기도하는 동안 우리도 엄숙해지기 시작했다. 졸업 시험을 치르는 그날은 모두들 극도로 긴장하고 있었다. 나는 그 중요한 날에 혹시라도 잘못되는 일이 없게끔 아침 일찍부터 최선을 다했다. 우선 집에서 만나는 사람 모두에게 친절한 태도를 보이려 했다. 하지만 시간이 너무 일러서인지 집에는 깨어 있는 사람이 별로 없었다. 또한 학교에 가면서 만나는 거지들 모두에게 돈을 주었다. 행여 있을지 모를 악운을 피하기 위해서였다.

나는 들뜬 나머지 어느 한 거지에게는 오 코페이카가 아닌, 무려 일 루블을 건네주기도 했다. 뜻밖의 행운을 얻은 거지가 감사 인사를 늘어놓자 나는 위엄 있게 대답했다.

"내가 아니라 내 손을 통해 자선을 베푸신 알라에게 감사하시오."

그토록 신심 깊은 소리까지 했으니 시험에 떨어질 리는 없을 듯했다. 마침내 기도가 끝났다. 우리는 줄지어 서서 시험관의 책상 쪽으로 이동했다. 긴 책상 뒤에 나란히 앉은 시험관들은 검은 턱수염과 우울한 시선, 그리고 황금빛 예복 때문인지 고대 괴물같이 보였다. 매우 엄숙하고 공포를 자아내는 분위기였다. 러시아 교사들은 이슬람 교도 학생에게 가능한 한 합격점을 주려 한다는 것을 알고 있기는 했지만 말이다. 우리 이슬람 교도는 친구가 많았고 그 친구들은 모두 체구가 탄탄한데다가 단검과 권총을 지니고 있었다. 이를 잘 아는 러시아 교사들은 학생들이 교사를 두려워하는 것과 마찬가지로 학생들을 난폭한 산적이나 다름없다고 생각하며 두려워했다.

대부분의 선생님들은 바쿠로 발령받은 것을 신의 처벌이라고 생각했다. 선생님들이 어두컴컴한 골목에서 공격당해 흠씬 두들겨 맞는 일도 드물지 않았다. 범인이 잡히는 경우는 없었고, 공격당한 선생님이 다른 곳으로 전근을 가는 것이 보통이었다. 내가 옆자리에 앉은 메탈니코프의 수학 답안을 슬쩍 보고 베낄 때 선생님들이 딴청을 피우는 이유도 바로 거기 있었다. 그저 딱 한 번, 선생님이 다가와 간절한 목소리 "너무 티 나게 하지는 말게, 시르반시르. 다른 사람들도 보고 있단 말이야!"라고 말했을 뿐이었다. 그렇게 해서 수학 필기 시험은 무사히 끝났다. 우리는 성급하게 해방감을 만끽하면서 니콜라이 거리를 신나게 걸었다.

다음 날에는 러시아어 필기 시험을 치렀다. 늘 그렇듯 시험 문제는 밀봉된 채 티빌리시에서 수송되어 왔다. 교장이 봉인을 뜯고 엄숙한 목소리로 문제를 읽었다.

"투르게네프 작품의 여주인공들을 통해 드러난 러시아의 여인상에 대해 기술하시오."

쉬운 문제였다. 러시아 여성을 칭찬하기만 하면 되었던 것이다. 물리학 필기 시험은 좀 더 어려웠다. 하지만 머리가 딸리면 이미 경지에 오른 커닝 실력을 발휘하면 되었다. 물리학도 무사히 통과한 후 우리 불성실한 학생들은 하루를 쉴 수 있었다. 다음은 구술 시험이었다. 이때는 어디서도 도움을 기대할 수 없었다. 우리는 간단한 질문에 복잡한 답을 내놓아야 했다. 첫 번째 과목은 종교였다. 늘 뒤쪽에 말없이 앉아 있던 이슬람교 담당 선생님이 긴 가운에 예언자의 후손임을 나타내는 초록색 터번을 쓰고 앞줄에 앉았다. 학생들에게 자애로운 분이었다.

선생님은 내게 신앙 고백을 해 보라고 했고, 내가 말 잘 듣는 어린이처럼 '알라는 유일신이다. 무하마드는 그의 예언자이고 알리 알라의 대리 통치자이다.'라는 시아파 신앙 고백을 외우자 최고점을 주셨다. 이 신앙 고백에서는 마지막 부분이 특히 중요했다. 이를 통해 길을 잃어버렸음에도 불구하고 알라께서 그 자비를 완전히 거두시지 않은 수니파 교도들과 우리 신심 깊은 시아파 교도들이 구별되기 때문이다. 우리를 가르친 이슬람교 선생님은 자유주의 견해를 가진 물라였다.

이를 상쇄하기라도 하듯 역사 담당 선생님은 자유주의 성향이 전혀 없는 사람이었다. 내가 뽑은 구술 문제는 별로 반갑지 않은 것이었다. 간자 전투에서 마다토프가 거둔 승리에 대해 설명하라는 문제였던 것이다. 선생님 또한 마음이 편치 못한 눈치였다. 간자 전투에서 러시아 군은 내 선조인 이브라힘 칸 시르반시르를 배신하고 그를 죽였다. 이브라힘 칸 시르반시르는 하산 쿨리 칸이 지지아나쉬빌리 대공의 머리를 자를 수 있도록 도왔던 인물이다. 선생님은 부드럽게 말하셨다.

"시르반시르 군, 원한다면 다른 문제로 바꾸어도 좋네."

나는 문제지가 들어 있는 유리 단지를 흘깃 쳐다보았다. 그건 도박이나 다름없었다. 학생들은 처음에 뽑았던 문제를 한 번씩은 바꿀 수 있었다. 다만 문제를 바꾼다면 최고점은 받을 수 없었다. 나는 신의 뜻을 시험하고 싶지 않았다. 최소한 내 선조의 죽음에 대해서 모르는 부분은 하나도 없었던 것이다. 유리 단지 안에는 프러시아의 프리드리히 빌헬름이나 미국 내전에 관한 아리송한 문제들도 분명 들어 있을 터였다. 그런 문제가 걸린다면 큰일 아닌가?

나는 고개를 저었다. 그러고는 가능한 한 공손한 말투로 사만 명의 군대를 이끌고 타브리즈를 떠나 아제르바이잔에서부터 러시아 군을 추적한 페르시아의 귀족 아바스 미르자에 대해 설명하기 시작했다. 러시아 차르에 충성하는 아르메니아 장군 마다토프가 오천의 군대를 이끌고 간자 지역에서 페르시아 군과 맞섰던 것, 아르메니아 군은 페르시아 사람들이 본 적도 없는 무기인 총을 사용했다는 것, 아바스 미르자는 말에서 떨어져 참호로 기어들어 가고, 강을 건너 몸을 피하려고 했던 이브라힘 칸 시르반시르도 그를 따르던 전사들과 함께 체포되어 처형당한 것을 모두 이야기했다.

"그 승리는 러시아 군대가 용맹했기 때문이 아니라 마다토프가 우월한 무기인 총을 사용했기 때문에 얻은 것입니다. 전투 결과로 맺은 평화 조약에 따라 페르시아인들은 막대한 배상금을 물어야 했고 국토가 황폐화되었습니다."

이렇게 대답함으로써 나는 '우수한 성적으로 졸업'하는 것을 포기했다. "그 승리는 여덟 배나 많은 적이 결국 도주하도록 만든 러시아 군의 용맹성 덕분이었습니다. 승리의 결과로 맺은 평화 조약에 따라 페르시아인들은 서구 문화와 시장에 접촉할 기회를 얻게 되었습니다."라고 말해야만 했다. 하지만 나는 개의치 않았다. '우수한 성적으로 졸업'하는 것과 그냥 '졸업하는 것'의 차이보다는 선조의 명예가 훨씬 더 중요했기 때문이다.

그것으로 시험이 모두 끝났다. 교장은 다시 한 번 연설을 했다. 위엄과 권위로 가득 찬 말투로 교장은 이제 우리가 대학에 입학

할 자격을 갖게 되었다고 발표했다. 교장의 말이 끝나기 무섭게 우리는 풀려난 죄수들처럼 계단을 달려 내려갔다. 햇살이 쨍쨍했다. 곱고 노란 사막 모래가 거리를 뒤덮고 있었다. 팔 년 동안이나 우리를 보아 온 경찰이 모퉁이에서 축하 인사를 했다. 우리는 모두 그에게 오 코페이카씩을 주었다. 그러고는 산적 무리처럼 고함을 지르며 시내로 돌진했다.

나는 서둘러 집으로 갔고, 페르시아와의 전쟁에서 이기고 돌아온 알렉산더도 부럽지 않을 환영을 받았다. 하인들은 존경의 눈빛으로 나를 바라보았다. 아버지는 한참 입맞춤을 해 주시더니 무엇이든 세 가지 소원을 들어주겠다고 약속하셨다. 아저씨는 학교까지 졸업한 현명한 사내는 바쿠가 아닌 테헤란에서 활동해야 한다고 말씀하셨다.

흥분이 어느 정도 가라앉고 나서 나는 전화기 앞으로 갔다. 두 주 동안이나 니노와 이야기를 하지 못한 참이었다. 인생의 갈림길에 선 남자는 여자를 멀리 해야 한다는 것이 현자들이 정한 규율이었다. 나는 투박하고 커다란 전화 수화기를 들고 교환수에게 큰 소리로 외쳤다.

"3381!"

니노의 목소리가 들렸다.

"알리, 합격했어?"

"그래, 니노."

"축하해!"

"언제 어디서 만날까?"

"총독 정원의 호숫가에서 다섯 시에 만나자."

더 이상 대화를 나눌 수가 없었다. 내 등 뒤에서 하인과 환관들이 호기심에 가득 차 귀를 기울이고 있었기 때문이다. 그리고 니노의 등 뒤에도 어머니가 있을 터였다. 그 정도로 그치는 편이 좋았다. 어떻든 상대의 모습을 보지 못하고 목소리만 듣는다는 건 쉽게 익숙해질 수 없는 이상한 경험이었다.

나는 이 층으로 올라가 아버지의 커다란 방으로 들어갔다. 아버지와 아저씨가 함께 소파에 앉아 차를 마시고 있었다. 벽을 따라 선 하인들이 나를 바라보았다. 시험은 아직 끝나지 않았다. 이제 성인이 되어 새로운 인생을 시작하는 내게 아버지는 공식적으로 그리고 공개적으로 삶의 지혜를 가르쳐야 했다. 약간 구식이기는 했지만 감동적인 순간이었다.

"아들아, 이제 네 앞에 새로운 인생이 펼쳐지는 이때, 나는 다시 한 번 우리 이슬람 교도의 의무를 강조하고 싶구나. 우리는 이곳 믿지 않는 이들의 나라에서 살고 있다. 우리의 모습을 지켜 내려면 고대부터 이어 온 관습과 생활 방식을 유지해야 한다. 아들아, 자주 기도해라. 술을 마시지 말고 낯선 여인에게 입 맞추지 말며 가난하고 약한 이들을 친절히 대하도록 해라.

신앙을 위해 언제나 칼을 들 수 있도록 준비해야 한다. 네가 전장에서 죽는다면 늙은 아비는 널 위해 울 것이나 네가 명예롭지 못하게 목숨을 부지한다면 늙은 아비는 부끄러울 것이다. 적을 용서하지 말거라. 우리는 그리스도 교도가 아니다. 내일 일을 생각하지도 말아라. 그런 생각은 널 겁쟁이로 만들 뿐이다. 이맘 드샤파의 해석을 따르는 이슬람 시아파 교도의 신앙을 절대 잊지 말아라."

아저씨와 하인들은 아버지의 말 한 마디 한 마디가 계시라도 되는 양 귀를 기울였고 마치 무아지경에 빠진 듯한 표정이었다. 아버지가 자리에서 벌떡 일어서시고는 내 손을 잡으며 강하게 말씀하셨다.

"한 가지 꼭 부탁하고 싶은 것이 있다. 정치는 하지 말아라! 정치만 아니라면 원하는 것은 무엇이든 해도 좋다!"

나는 그 정도는 쉽게 맹세할 수 있었다. 정치는 당시 내가 고민하던 문제들과는 한참 거리가 멀었기 때문이다. 니노는 정치적인 문제가 아니었다. 아버지는 다시 한 번 나를 포옹하셨다. 이제 나는 정말로 어른이 된 것이었다.

네 시 삼십 분경 나는 여전히 예복을 멋지게 차려입은 모습으로 성곽을 따라 걷고 있었다. 해안 산책로가 나오자 오른쪽으로 돌았고, 총독 저택을 지나 정원으로 향했다. 바쿠의 사막 토양에 엄청난 노력을 기울여 조성한 정원이었다. 어쩐지 기분이 이상했다. 바쿠 총독이 마차를 타고 옆을 지나갔지만 지난 팔 년 동안과는 달리 군대식 경례를 해야 할 필요는 없었다. 은색 교표가 달린 학교 모자를 쓰지 않았기 때문이다. 그것은 졸업생이라는 표시였다. 이제 나는 일반 시민으로 거리를 산책할 수 있었다. 모두가 보는 앞에서 담배에 불을 붙여 보면 어떨까 하는 생각까지 들었다. 하지만 담배에 대한 혐오감이 자유를 만끽하려는 마음보다 더 강했다. 나는 담배를 피워 보겠다는 생각을 접고 정원으로 들어섰다.

커다란 정원에는 가냘픈 나머지 서글픈 느낌마저 주는 나무들 사이로 아스팔트 길이 나 있었다. 정원의 오른쪽으로는 옛 성곽의 담장이 있었다. 중심부에는 흰 대리석 기둥들이 늘어선 클럽 건물이 자리를 잡았다. 나무들 사이에는 수많은 벤치가 놓였다. 흙먼지를 뒤집어쓴 야자수 사이에 홍학 세 마리가 꼼짝 않고 서서 붉게 지는 태양을 바라보고 있었다. 클럽 근처에는 호수, 더 정확히 말하면 가장자리를 돌로 막은 넓고 깊은 저수지가 있었다.

애초에 시의회는 그 저수지를 물로 가득 채우고 백조가 헤엄쳐 다니게 만들 작정이었다. 하지만 그 계획은 실현되기 어려웠다. 물 값도 비싼 데다가 아제르바이잔을 다 뒤져도 백조는 한 마리도 없었던 것이다. 그리하여 저수지는 그리스 신화에 나오는 거인 키클롭스의 텅 빈 안구처럼 하늘을 노려보게 되었다.

나는 벤치에 앉았다. 사람들이 복작대는 광장 뒤쪽에서 노을이 타올라 회색 집들과 평평한 옥상들을 비추었다. 나무 그림자가 길어졌다. 푸른 줄무늬 히잡을 쓴 여인이 딱딱거리는 슬리퍼 소리를 내며 지나갔다. 길게 구부러진 코가 히잡 겉으로 도드라져 보였다. 그 코가 내 쪽을 향하고 냄새를 맡았다. 나는 딴청을 피웠다. 어쩐지 마음이 불편했다. 니노가 히잡을 쓰지도 않고 코가 길게 구부러지지도 않았다는 점이 안심이었다. 난 니노에게 히잡을 씌우지는 않을 테야. 아니, 어쩌면 그렇게 해야 하는 상황이 오지는 않을까? 내 생각은 거기서 멈췄다. 붉은 노을 속에서 니노의 얼굴이 보였던 것이다.

니노 키피아니는 아름다운 그루지야 식 이름이었다. 그 부모님은 유럽 취향을 가지고 있긴 해도 훌륭한 분들이었다. 물론 그런 건 전혀 중요하지 않았다. 니노의 피부는 희고, 크고 검은 카프카스 눈동자에는 웃음이 담겨 있는 듯했고, 속눈썹도 길고 섬세했다. 그렇게 다정하고도 쾌활한 눈은 그루지야 소녀들에게서만 볼 수 있었다. 유럽이고 아시아고, 그런 눈은 어디에도 없었다. 반달 모양의 정교한 눈썹과 마돈나 같은 옆모습까지도.

문득 서글퍼졌다. 니노 같은 외모는 우리 동양인이 이해할 수 없는 낯선 그리스도교의 세계를 상징하는 것처럼 여겨졌기 때문이다. 나는 사막에서 날아온 모래로 뒤덮인 총독 정원의 아스팔트 길 위로 시선을 떨어뜨렸다. 그리고 두 눈을 감았다. 갑자기 바로 옆에서 까르륵 웃음소리가 들렸다.

"이런! 이 로미오는 줄리엣을 기다리다가 그만 잠이 들어 버리고 말았군요!"

나는 벌떡 일어섰다. 홀리 타마르 여학교의 푸른 교복을 입은 니노가 눈앞에 서 있었다. 니노는 아주 날씬했다. 동양인의 취향으로는 지나치게 말랐다고 여길 정도였다. 하지만 그 점 또한 내게는 보호 본능을 불러일으킬 뿐이었다. 니노는 열일곱 살이었다. 나는 니노가 처음 학교에 입학해 니콜라이 거리를 걸어가던 꼬마 시절부터 알고 지냈다. 니노가 자리에 앉았다. 두 눈이 빛났다.

"그래서, 다 합격했다는 거지? 실은 약간 걱정했거든."

나는 니노의 어깨에 팔을 걸쳤다.

"아주 흥미진진했지. 하지만 신은 신을 두려워하는 이들을 도와주시는 법이거든."

니노가 미소를 지었다.

"이제 일 년 동안 넌 나를 위해 신께 기도해야 해. 시험시간에 네가 내 의자 밑에 앉아 수학 답을 불러 주지 않는다면 도저히 합격할 수 없을 것 같아."

그건 벌써 몇 년 전, 니노가 열두 살이던 해의 일이었다. 쉬는 시간에 온 얼굴이 눈물범벅이 되어 달려온 니노가 나를 자기 교실로 끌고 갔고, 나는 책상 밑에 앉아 수학 문제의 답을 속삭여 주어야 했다. 그리고 그날 이후 나는 니노의 영웅이 되었던 것이다.

"너희 아저씨와 하렘은 어때?"

니노가 물었다. 나는 얼굴이 굳어졌다. 하렘과 관련된 일들은 입밖에 내지 말아야 하는 법이기 때문이다. 하지만 니노의 순수한 호기심 앞에서는 동양의 규범도 여지없이 무너져 버렸다. 니노의 검은 머리칼 속에 묻힌 내 손은 빠져나올 생각을 하지 않았다.

"아저씨의 하렘은 곧 집으로 돌아갈 거야. 아직 완전히 증명되지는 못했다 해도 서양 의학이 효과를 발휘한 것 같아. 놀라운 일

이지. 아저씨는 임신이 되었으리라 기대하고 있어. 자이납 아주
머니는 아직 아니지만."

니노가 눈살을 찌푸렸다.

"그런 건 별로 좋지 않아. 우리 아버지와 어머니는 아주 반대하
는 입장이고 말야. 하렘은 정말 역겨워."

교과서 내용을 암송하는 것 같은 말투였다. 내 입술이 니노의
귓전을 건드렸다.

"니노, 난 절대 하렘을 두지 않을 거야. 맹세해."

"하지만 아내에게 히잡을 씌울 거잖아!"

"상황에 따라 그래야 할 수도 있어. 히잡은 유용해. 태양이나
먼지, 낯선 이의 시선으로부터 보호해 주니 말야."

니노의 얼굴이 상기되었다.

"넌 늘 동양식이야, 알리. 낯선 이의 시선이 뭐가 어떻다고 그
래? 여자는 본래 관심을 받는 존재잖아."

"자기 남편의 관심만 받으면 돼. 얼굴을 내놓거나 등을 훤히 드
러내는 것, 가슴을 절반 가까이 노출하거나 가느다란 다리가 훤
히 비치는 스타킹을 신는 것, 이런 건 모두 여자가 남자에게 약속
을 해 주는 셈이야. 그런 모습을 보는 남자들은 더 많은 것을 보
고 싶어 하는 법이거든. 남자에게 그런 욕망을 불러일으키지 않
기 위해 동양 여자들이 히잡을 쓰는 거야."

니노는 놀랍다는 표정으로 나를 보았다.

"유럽에서라면 열일곱 살 소녀와 열아홉 살 소년이 이런 이야

기를 하지는 않겠지?"

"아마 그렇겠지."

"그럼, 우리도 그런 이야기는 하지 말자."

니노는 단호하게 말하더니 입술을 굳게 다물었다. 나는 니노의 부드러운 머리칼을 쓰다듬었다. 니노가 고개를 들었다. 저물어 가는 마지막 햇살이 니노의 눈동자를 비췄다. 나는 니노를 향해 몸을 구부렸다. 부드러운 입술이 다소곳하게 열렸다. 나는 오랫동안, 또 아주 열정적으로 입을 맞추었다. 니노가 거친 숨을 내쉬더니 몸을 비틀어 빼냈다. 우리는 말없이 노을을 바라보았다. 그러고는 조금 부끄러운 표정으로 일어섰다. 우리는 손을 잡고 정원을 나섰다.

"나도 히잡을 써야 할 것 같아."

정원을 빠져나왔을 때 니노가 말했다.

"그렇지 않으면 네게 약속을 해 주는 셈이니까."

니노가 수줍게 미소를 지었다. 다시금 모든 것이 훌륭하고 단순해졌다. 나는 니노를 집까지 바래다주었다.

"너희 학교 무도회에 갈게."

니노가 말했다.

"여름방학 때는 뭘 할 거니, 니노?"

"여름에? 부모님과 카라바흐의 슈샤에 가기로 했어. 그렇다고 부담 가질 필요는 없어. 너도 슈샤로 와야만 한다는 뜻은 아니니까."

"아냐. 나도 여름에 널 보러 슈샤로 가겠어."

"넌 정말 집요해. 내가 왜 널 좋아하는지 모르겠다니까."

니노가 집으로 들어가 등 뒤로 문을 닫았다. 나도 집으로 돌아
갔다. 현명한 도마뱀처럼 생긴 아저씨의 환관이 나를 보고 싱글
거렸다.

"그루지야 여자는 아름답지요. 하지만 사람들이 많이 지나다
니는 공공장소에서 그렇게 공개적으로 입을 맞춰서야 되겠습니
까."

나는 환관의 창백한 귀를 비틀어 주었다. 환관은 얼마든지 뻔
뻔스럽게 굴 수 있었다. 남자도 여자도 아닌 중성이기 때문이다.
나는 아버지에게 갔다.

"세 가지 소원을 들어 주신다고 약속하셨죠. 첫 번째 소원을 말
씀드리겠습니다. 이번 여름을 혼자 카라바흐에서 보내고 싶습니
다."

아버지는 나를 물끄러미 쳐다보시더니 미소를 지으면서 고개
를 끄덕이셨다.

4

세이날 아가는 바쿠 근처 비니아디라는 마을에 사는 평범한 농부였다. 손바닥만 한 거친 땅뙈기에서 농사를 짓고 살았는데, 어느 날 지진으로 땅이 갈라지면서 석유가 치솟았다. 그날 이후 세이날 아가는 기술도 지혜도 필요하지 않았다. 그저 자기 돈에서 도망만 치지 않으면 되었다. 인심 좋게 펑펑 써 댔지만 돈은 쌓여만 갔고, 돈더미에 짓눌려 납작해지지 않을까 걱정해야 할 정도였다. 그는 그런 엄청난 행운 뒤에는 조만간 액운이 따라올 것이라고 생각하며, 처형을 기다리는 죄수처럼 평생 액운을 예감하며 살았다. 그리고 이슬람 성전이며 병원, 감옥을 지어 바쳤다. 메카로 순례를 떠나거나 고아원을 설립하기도 했다.

하지만 그런 뇌물로도 운명을 피해 갈 수는 없었다. 그가 일흔 살에 결혼한 열여덟 살 아내가 남편의 명예를 더럽혔던 것이다. 그는 응당 해야 하는 대로 잔인하고 지독하게 복수했고 이후 삶에 지쳐 버렸다. 가족도 산산이 흩어졌다. 아들 하나는 그의 곁을 떠났고, 다른 하나는 살인을 저질러 이루 말할 수 없는 치욕을 안겨 주었다. 그 후 그는 방이 사십 개나 있는 바쿠의 저택에서 몸을 잔뜩 웅크린 채 우울하고 슬픈 삶을 이어 나가고 있었다. 그의 곁에 남은 유일한 아들 일리아스 벡이 우리 동급생이었다. 그리고 그 덕분에 무도회는 세이날 아가의 저택, 천장이 크리스털로 장식되어 있는 크고 멋진 홀에서 열렸다.

여덟 시 정각에 나는 넓은 대리석 계단을 걸어 올라갔다. 일리아스 벡이 계단 위에 서서 손님들을 맞았다. 그는 나와 마찬가지로 체르케스 전통 복장을 입고, 가늘고 멋진 단검을 차고 있었다. 이제 학교를 졸업하므로 우리도 단검을 차는 특권을 누릴 수 있었던 것이다.

"살람 알레이쿰, 일리아스 벡!"

나는 이렇게 외치면서 오른손을 모자에 대고 인사했다. 그리고 대대로 전해 오는 방법대로 악수를 했다. 서로의 오른손과 왼손을 마주 잡고 신나게 흔들어 대는 것이다.

"오늘 밤 나병 요양소 문을 닫아야지."

일리아스 벡이 속삭였다. 나는 즐겁게 고개를 끄덕였다. 나병 요양소란 우리 학년이 만들어 낸 작품이었다. 러시아인 선생님들은 자신이 몇 년 동안이나 살아온 도시와 그 외곽에서 어떤 일이 일어나고 있는지 전혀 몰랐다. 선생님들이 보기에 우리는 그저 야만스러운 원주민, 어떤 짓을 저지를지 모르는 존재일 뿐이었다. 그래서 우리는 선생님들에게 바쿠 근처에 나병 요양소가 있다고 거짓말을 했다.

땡땡이를 치고 싶은 학생은 이를 딱딱 부딪치면서 환자가 요양소를 뛰쳐나와 시내를 돌아다니고 있다고 말했다. 경찰이 수색 중이라는 말도 덧붙였다. 도망친 환자가 자기 동네 근처에 숨어 있다는 소문을 들었다면서 조퇴하겠다고 하는 것이다. 그러면 선생님은 얼굴이 백지장처럼 하얗게 질린 채 환자가 잡힐 때까지 학교에 오지 않아도 된다고 말하곤 했다. 그 기간은 상황에 따라 한 주 정도가 되기도 하고 더 길어지기도 했다. 그 어느 선생님도 정말로 그런 나병 요양소가 있는지 시의 보건 담당 부서에 확인하려는 생각을 하지 못했다. 하지만 오늘 밤 마침내 그 나병 요양소는 문을 닫게 될 것이었다.

나는 벌써 사람들로 가득 찬 홀에 들어섰다. 교장 선생님이 짐짓 엄숙하고 당당한 표정으로 다른 선생님들에 둘러싸여 한구석에 앉아 있었다. 나는 교장 선생님에게 다가가 존경을 표하며 절을 했다. 교장 선생님을 상대해야 하는 일이 생기면 나는 늘 이슬람 학생들의 대표가 되었다. 언어와 사투리에 관한 한 본능적인 감각을 타고난 덕분이었다.

대부분의 이슬람 학생들은 러시아어를 시작하자마자 러시아계가 아니라는 점이 탄로 나고 말았지만, 나는 사투리까지 완벽하게 구사할 수 있었다. 교장 선생님은 상트페테르부르크 출신이었기 때문에 페테르부르크 식으로, 즉 자음은 약간 혀 짧게, 모음은 삼키듯 발음해야 했다. 별로 아름답지도 않으면서 퍽 까다로운 발음이었다. 교장 선생님은 내가 자기를 놀린다고는 꿈에도 생각하지 못한 채 이 오지의 학생이 훌륭한 러시아인으로 성장하고 있다는 사실에 만족해 했다.

"선생님, 안녕하십니까?"

내가 공손하게 말했다.

"그래, 안녕한가? 시르반시르 학생. 힘든 시험을 치렀는데 피로는 풀렸나?"

"네, 선생님. 하지만 그 이후 엄청나게 충격적인 일이 있었습니다."

"그게 뭔가?"

"나병 요양소 사건 말입니다. 제 사촌인 술레이만이 거기 있었습니다. 살리언 연대에서 소위로 복무하다가 병이 났고 제가 간호해야 했지요."

"헌데 나병 요양소가 어떻게 되었다는 건가?"

"아, 선생님, 모르셨습니까? 어제 나병 환자들이 일제히 들고 일어나 시내를 행진했습니다. 그래서 살리언 연대의 이 개 중대가 출동해서 사태를 수습하려 했죠. 환자들은 마을 두 곳을 점령했고, 군인들은 마을을 포위한 채 병자든 주민이든 가리지 않고 총을 쏘아 댔습니다. 지금쯤 집이란 집은 몽땅 불타고 있을 겁니다. 정말 끔찍한 일 아닙니까, 선생님? 나병 요양소는 이제 없어졌습니다. 환자들은 썩어 가는 살덩이를 잡아당겨 떼 내며 고래고래 소리를 지르고, 도시 입구 근처에 누워 석유를 뒤집어쓰고 타 죽는 중입니다."

교장 선생님의 이마에서 굵은 땀방울이 흘러내렸다. 정말이지 이제는 좀 더 문명화된 곳으로 전근을 신청해야 할 때라고 생각하는 것이 분명했다.

"끔찍한 나라야. 끔찍한 사람들이고."

교장 선생님이 쉰 목소리로 말했다.

"하지만 학생 여러분, 이 사건은 신속하게 행동하는 효율적인 정부가 얼마나 중요한지 잘 보여 준다고 하겠네."

교장 선생님 주위에 몰려들어 귀를 기울이던 학생들은 질서라는 축복에 대한 강의를 듣고 히죽 웃었다. 나병 요양소는 이제 시효를 다했다. 후배들은 나름대로 새로운 아이디어를 생각해 내야 할 것이다.

"참, 마흐무드 하이다르의 아들이 우리 학교 이 학년인 것을 알고 계십니까?"

나는 자못 순진한 투로 물었다.

"뭐라고?"

교장 선생님이 눈을 부릅떴다. 마흐무드 하이다르는 학교의 골칫거리였다. 유급을 거듭해 매 학년을 최소한 삼 년씩은 다녔던 것이다. 열여섯 살에 결혼한 그는 학교를 그만두지 않았고, 이제 아홉 살이 된 그의 아들도 같은 학교에 다니게 되었다. 행복한 아버지 하이다르는 처음에 그 사실을 비밀에 붙이려 했다. 하지만 어느 휴식시간에 통통하고 눈이 커다란 소년이 교실에 찾아 왔다. 그 소년은 마흐무드 하이다르를 바라보면서 타타르어로 "아빠, 초콜릿 살 돈 오 코페이카를 주시지 않으면 엄마한테 아빠가 수학 숙제 베낀 것을 이를 거예요."라고 말했다. 마흐무드 하이다르는 몹시 부끄러워하면서 버릇없는 아들의 뺨을 때렸고, 적당한 때를 봐서 자기가 아버지라는 사실을 교장 선생님에게 말해 달라고 부탁했다.

"육 학년 마흐무드 하이다르 학생에게 벌써 이 학년생 아들이 있다는 말인가?"

교장 선생님이 되물었다.

"그렇습니다. 마흐무드 하이다르가 선생님께 양해해 주십사 부탁드리더군요. 아들도 자기 같은 학자로 만들고 싶다나요. 서양 지식을 익히려는 노력이 이렇듯 널리 퍼져 나간다는 점은 정말이지 감동적입니다."

교장 선생님의 얼굴이 붉어졌다. 속으로 아버지와 아들이 한 학교에 다니는 것이 교칙에 어긋나지는 않는지 생각하는 모양이었다. 하지만 결론을 내리지는 못했다. 그리하여 아버지와 아들은 서양식 지혜라는 성채를 함께 공격할 수 있게 되었다.

작은 문이 열렸다. 열 살쯤 되어 보이는 소년이 무거운 커튼을 옆으로 젖히자 페르시아에서 온 검은 피부의 맹인 악사 네 명이 나타났다. 그들은 서로 손을 잡고 홀 한구석으로 가 카펫 위에 앉았다. 기묘하게 보이는 악기들은 수백 년 전에 페르시아에서 만든 것이었다. 애수 어린 멜로디가 흘렀다. 악사 중 한 명이 손을 귀에 가져다 댔다. 동양 가수들이 전형적으로 취하는 자세였다.
홀이 조용해졌다. 그러자 열정으로 가득 찬 탬버린 소리가 더해
졌다. 가수가 높은 가성으로 노래하기 시작했다.

그대 모습은 페르시아 단검 같고
그대 입술은 빛나는 루비 같네.
내가 터키의 술탄이라면 그대를 아내로 삼으려네.
땋은 머리에 진주를 엮어 주고
그대 발끝에 입 맞추리.
황금 그릇에 담아 바치리라, 내 마음을.

가수가 노래를 마쳤다. 그러자 옆에서 크고 씩씩한 목소리가
노래하기 시작했다. 미움에 가득 찬 울부짖음이었다.

밤마다
너는 쥐새끼처럼 도망 다니네
마당을 지나 이웃집으로.

탬버린이 미친 듯이 울렸다. 줄 하나짜리 바이올린이 흐느꼈
다. 세 번째 가수가 열정적으로 노래했다.

그는 자칼, 믿지 않는 자.

오 비통함이여, 오 불운이여, 오 불명예여!

잠시 침묵이 흐르다가 악기가 서너 마디 연주된 후, 네 번째 가수가 부드럽고 낭만적인, 더 나아가 다정한 느낌의 노래를 시작했다.

사흘 동안 단검을 벼렀네.
그러고 나흘째에 적을 찔렀지.
적의 몸을 산산조각 내 버렸다네.
나는 그대, 내 사랑을 안장에 태우고
전쟁이라는 베일로 얼굴을 가린 채
그대와 함께 산으로 달려가네!

내 옆에는 교장 선생님과 지리 선생님이 서 있었다.
"정말 끔찍한 음악이군."
교장 선생님이 속삭였다.
"밤중에 울어 대는 카프카스 당나귀 소리 같아. 대체 가사는 무슨 뜻이지?"
"별것 아닐 겁니다. 그냥 음악이죠."
막 그 자리를 떠나려는 순간, 나는 등 뒤에서 무거운 커튼이 움직이는 것을 느꼈다. 가만히 살펴보았더니 머리가 눈처럼 하얗고 눈이 이상하게 번쩍거리는 노인이 커튼 뒤에서 음악을 들으며 울고 있는 것이었다. 일리아스 벡의 아버지인 세이날 아가였다. 푸른 혈관이 튀어나온 부드러운 손이 가볍게 떨렸다. 주인의 이름조차 쓰지 못하지만 칠천만 루블을 관리하는 손이었다. 나는 시선을 돌렸다. 무식한 농부에 불과한 세이날 아가가 우리를 교육시킨다고 나선 선생들보다 예술을 훨씬 더 잘 이해했던 것이다.

노래가 끝났다. 악사들은 카프카스 춤곡을 연주했다. 나는 홀 안을 돌아다녔다. 학생들은 무리 지어 서 있었다. 이슬람 교도까지 포함해 모두들 와인을 마셨지만 나는 술을 마시지 않았다. 동급생들이 초청한 여자 친구, 여자 형제들, 친구들도 모여 이야기를 나누고 있었다. 회색이나 푸른 눈에 노란 머리를 땋아 내리고, 가슴에 파우더를 바른 러시아 아가씨들도 많았다. 그 아가씨들은 아르메니아인이나 그루지야인과 어울릴 때에도 러시아어만 했다. 하지만 이슬람 교도가 다가가면 화들짝 놀라 몇 마디 중얼거리고는 곧장 자리를 피해 버렸다.

누군가 피아노 뚜껑을 열고 왈츠를 연주했다. 교장 선생님이 총독 딸과 춤을 추었다. 마침내 기다리던 목소리가 계단에서 들려왔다.

"안녕, 일리아스 벡. 좀 늦었어요. 하지만 제 잘못은 아니랍니다."

나는 단숨에 달려 나갔다. 니노는 이브닝 드레스 차림도, 홀리타마르 여학교의 교복 차림도 아니었다. 어깨에서 허리까지 내려오는 짧은 벨벳 자켓에는 금단추가 달려 있었다. 레이스가 장식된 꽉 죄어진 허리는 어찌나 가늘었는지 한 손에 잡힐 듯했다. 발목까지 내려오는 검은 벨벳 치마 아래로 염소 가죽 슬리퍼의 금색 장식이 두드러졌다. 머리에 쓴 작고 둥근 모자에서 금화를 엮은 줄 두 개가 내려와 니노의 이마 위에 드리워져 있었다. 그루지야 귀족 아가씨의 전통 예복이었다. 니노의 얼굴은 바로 비잔틴의 마돈나였다. 마돈나가 웃었다.

"알리 칸, 화내지 마. 이 치마에 레이스를 장식하는 데 몇 시간이나 걸렸단 말이야. 오로지 널 위해 온몸을 옭아맨 거지."

"첫 번째 춤은 나랑 추자!"

일리아스 벡이 외쳤다. 니노가 나를 쳐다보았고, 나는 고개를 끄덕였다. 나는 춤에 서툴렀고 춤 추는 것을 좋아하지도 않았다. 일리아스 벡이라면 믿을 수 있었다. 어떻게 행동해야 할지 아는 녀석이었던 것이다. 일리아스 벡이 악사들에게 "샤밀의 기도[러시아에 대항했던 다게스탄 출신 전사 샤밀(1797~1871)의 이름을 딴 춤_옮긴이]!"라고 외쳤다. 곧 열정적인 멜로디가 울려 퍼졌다. 일리아스 벡은 홀 한가운데로 달려가 단검을 쳐들었다. 그러고는 카프카스 산악 지방 춤의 격렬한 리듬에 맞춰 발을 움직였다. 단검 날이 날카로운 빛을 내뿜었다. 니노가 춤을 추며 일리아스 벡에게 다가갔다. 니노의 두 발은 작은 장난감처럼 보였다.

이어 〈샤밀의 수수께끼〉가 시작되었다. 우리는 박자에 맞춰 박수를 쳤다. 니노는 유괴당한 신부가 되어 춤을 췄다. 일리아스가 입에 단검을 물고 새처럼 두 팔을 뻗으며 니노의 주위를 돌았다. 니노의 발은 미친 듯이 움직이며 홀 안을 오갔고, 나긋나긋한 두 팔은 공포와 절망, 복종 등 온갖 감정을 표현했다. 왼손에는 손수건을 쥐고 있었다. 니노는 온몸을 흔들며 춤췄지만 이마 위의 동전은 조금도 움직이지 않았다. 대단한 솜씨였다. 바로 그것이 그 춤에서 가장 어려운 부분이었다. 그렇게 환상적으로 빠르게 회전하면서 모자에 달린 동전이 단 한 번이라도 딸랑거리는 소리를 내지 않게끔 할 수 있는 건 그루지야 처녀들뿐이었다.

일리아스가 니노 뒤를 쫓았다. 두 사람은 쉬지 않고 홀을 몇 바퀴나 돌았다. 일리아스의 거친 몸 동작이 점점 더 강해지면서 니노의 방어적인 몸짓은 수그러들었다. 마침내 니노가 멈췄다. 마치 사냥꾼에게 잡힌 사슴처럼 말이다. 일리아스 벡은 조금씩 원을 좁히며 다가갔다. 니노의 두 눈은 부드럽고 순종적이었다. 두 손이 흔들렸다. 짧고 강렬한 선율이 흐른 후 니노가 왼손을 활짝 폈다. 손수건이 하늘거리며 떨어지는 순간, 일리아스 벡의 단검이 번득이며 비단을 잘랐다. 이로써 그 상징적인 춤이 끝났다.

참, 춤이 시작되기 전에 내가 일리아스 벡과 단검을 바꾸었다는 이야기를 했던가? 그래서 니노의 손수건을 가른 것은 바로 내 단검이었다. "알라가 네 낙타를 보호해 주리라 믿기 전에 낙타를 단단히 매어 두어라."라는 지혜가 가르쳐 주듯, 늘 사전에 대비책을 든든히 마련하는 편이 좋으니 말이다.

5

 "나리, 우리의 위대한 선조들이 장차 그 위대함을 널리 떨치고 크게 존경받게 될 이 땅에 처음으로 발을 내디뎠을 때 그들은 '카라 백!', 즉 '주의하라, 눈이 쌓여 있다!'라고 외쳤답니다. 하지만 산에 올라 정글을 보게 되자 '카라바흐!', 즉 '검은 정원'이라고 외쳤다고 하지요. 그 후 이곳을 '카라바흐'라고 부르게 되었습니다. 그전에는 '수닉', 또 그 전에는 '아그와르'라고 불렀다고 합니다. 그러니 저희가 얼마나 오래되고 유명한 곳에 사는지는 분명하지요."

 내가 슈샤에서 머물 방을 빌려 준 무스타파 영감이 말을 마치고 엄숙한 표정으로 침묵했다. 이어 그는 작은 잔을 들어 카라바흐 과실주를 마시고 가느다란 실 같은 것이 수없이 엉켜 있어 마치 처녀의 땋은 머리처럼 보이는 이상한 치즈를 한 조각 베어 먹은 뒤 말을 이었다.

 "카라울릭이라는 검은 유령이 이 마을의 산속에 살면서 엄청난 보물을 지키고 있답니다. 누구나 아는 일이지요. 숲 속에는 성스러운 돌이 있고 신비로운 샘물도 흐릅니다. 우리에겐 없는 것이 없어요. 시내를 다니면서 주위를 한 번 둘러보세요. 일하는 사람은 아무도 없을 겁니다! 슬퍼하는 사람요? 역시 없지요! 취하지 않고 멀쩡한 사람요? 한 명도 없습니다! 나리도 곧 이곳의 놀라운 매력에 빠져들게 될 겁니다!"

그곳은 정말로 놀라웠다. 거기 사는 사람들은 하나같이 대단한 거짓말쟁이였기 때문이다. 자기 나라가 얼마나 멋진지 자랑하기 위해서라면 어떤 이야기든 지어 내는 이들이었다. 어제만해도 뚱뚱한 아르메니아인이 슈샤의 마라스 교회가 오천 년 된 건물이라고 주장했다. 나는 반박했다.

"말도 안 되는 소리예요. 그리스도교가 이천 년밖에 안 되었다고요. 종교가 생겨나기도 전에 교회가 세워질 수는 없지요."

뚱보는 상처를 받은 듯했지만, 곧 비난조로 말했다.

"당신은 물론 교육받은 사람이오. 하지만 이 늙은이 말을 들어 보시오. 다른 나라에서는 그리스도교가 이천 년밖에 되지 않았을지 모르지. 하지만 이곳 카라바흐 사람들에게는 다른 민족보다 삼천 년 앞서 신앙의 빛이 비친 거요. 그래서 이 교회가 오천 년이나 된 것이지."

그로부터 오 분이나 지났을까, 뚱보 노인은 이번에는 프랑스 장군 뮈라가 슈샤 출신의 아르메니아인이라고 떠벌였다. 어린 시절에 프랑스로 건너가 카라바흐의 이름을 빛낸 인물이라는 것이다. 슈샤로 오던 길에는 마부가 돌다리를 가리키면서 신나게 떠들기도 했다.

"이건 알렉산더 대제가 페르시아에서 불후의 승리를 거두러 가는 길에 만든 거랍니다."

그런데 다리 난간에는 '1897'이라는 연도가 선명하게 새겨져 있었다. 내가 그 숫자를 마부에게 가리켰더니 그는 손을 내저으며 "나리도 참, 저건 우리 승리를 질투한 러시아인들이 나중에 새겨 넣은 것이라니까요!"라고 설명하는 것이었다.

슈샤는 이상한 곳이었다. 산 위 오천 미터 높이에 자리 잡고 강과 숲이 주위를 둘러싼 그 도시에는 아르메니아인들과 이슬람 교도들이 평화롭게 어울려 살고 있었다. 수백 년 동안 그 지역은 카프카스 국가들과 페르시아, 터키를 연결하는 다리 역할을 해왔다.

토착 명문가로는 아르메니아계의 나카라 가문과 멜리크 가문, 이슬람계인 벡 가문과 아글라 가문이 있었다. 이들 가문은 도심 근처의 언덕에 집을 짓고 살면서 손바닥만 한 진흙 오두막을 거창하게도 궁전이라고 불렀다.

슈샤 사람들은 대문 앞 계단에 나와 앉아 담뱃대를 물고 러시아의 차르들이 카라바흐 장군들 덕분에 얼마나 자주 목숨을 건졌는지, 제국을 방어하는 역할이 다른 사람에게 넘어간다면 러시아 황실이 얼마나 끔찍한 운명을 맞이할 것인지 등에 대해 끝없이 이야기를 나누며 시간을 보냈다.

코치를 데리고 울퉁불퉁한 길을 따라 슈샤로 올라가기까지는 무려 일곱 시간이 걸렸다. 코치란 경호원을 겸한 무장 하인을 말하는데, 타고난 성향으로는 산적에 가까웠다. 험상궂은 얼굴의 코치들은 단검, 장검, 권총, 탄띠 등을 몸에 지녔고 대개 말이 없었다. 그런 침묵은 과거의 영웅적인 산적 행위에 대한 명상일 수도, 아니면 그저 별 의미 없는 습관일 수도 있었다.

아버지는 내가 꼭 코치를 동반해야 한다고 주장하셨다. 나를 낯선 이들로부터 보호하고 동시에 낯선 이들을 내게서 보호하기 위해서 말이다. 어떻든 내게는 잘 된 일이었다. 내가 만난 코치는 좋은 사람이었다. 잘은 모르겠지만 시르반시르 가문과 무슨 인연이 있다고 했다. 동양 하인들이 그렇듯 내 코치도 완전히 의지할 수 있는 존재였다.

슈샤에 도착한 지 벌써 닷새째 되던 날이었다. 나는 부유하고 용감하며, 하여튼 무엇에서든지 뛰어난 인물은 모두 슈샤 출신이라고 떠들어 대는 사람들을 상대하면서 니노를 기다리는 중이었다. 그리고 시민 공원을 둘러보며 교회 지붕이나 모스크 첨탑이 몇 개나 되는지 헤아려 보았다. 슈샤는 확실히 아주 종교적인 곳이었다. 인구 육만에 불과한 도시 안에 교회가 열일곱 개, 모스크가 열 개나 있었으니 말이다. 도시 근처에도 성지가 셀 수 없을 정도로 많았다.

그중 가장 중요한 곳은 성(聖) 사리 벡의 무덤과 예배당, 그리고 나무 두 그루였다. 나는 슈샤에 온 첫날, 새로 만난 허풍선이 친구들 손에 이끌려 그곳에 갔다. 성인의 무덤은 슈샤에서 한 시간 거리였다. 매년 한 번씩 도시 전체가 그곳을 순례하고 잔치를 연다고 했다. 특히 신심이 깊은 사람들은 무덤까지 무릎으로 기어간다고도 했다. 그 힘든 순례길이 신앙인으로서의 긍지를 한껏 높여 준다는 것이다.

성스러운 나무 두 그루는 무덤 근처에서 자라고 있었다. 나무를 건드리는 행동은 신성모독으로 여겨졌다. 나뭇잎을 만졌다가는 즉각 사지가 마비되며, 이는 성인의 능력이 얼마나 위대한지 잘 보여 준다는 설명도 길게 이어졌다. 물론 그런 일이 실제로 일어났는지 혹은 그 성인이 또 다른 어떤 기적을 행했는지에 대해서는 아무도 몰랐다. 하지만 그 대신 언젠가 적에 쫓기던 성인이 어떻게 산 정상, 오늘날 슈샤가 자리 잡은 곳까지 올라오게 되었는지에 대해서는 시시콜콜한 점까지 설명을 해 댔다.

적들이 바로 뒤까지 바짝 따라오자 성인의 말이 무서운 기세로 도약하여 단숨에 언덕을 넘고 바위를 지나 산꼭대기에 이르렀다고 한다. 그래서 오늘날에도 신앙심 깊은 순례자들은 당시 말이 발을 디뎠던 돌에 깊이 새겨진 말발굽 자국을 볼 수 있다는 것이었다. 믿기 어려운 얘기지만 어떻든 슈샤 사람들의 주장에 따르면 그랬다. 내가 어떻게 그런 도약이 가능하냐고 물어보면 모두들 약속이나 한듯 엄숙한 말투로 "나리, 그건 카라바흐 말이었다니까요."라고 대답하는 것이었다. 이어서 이야기는 카라바흐 말로 넘어갔다.

"우리나라에 있는 것은 모두 아름답지만 뭐니 뭐니 해도 역시 카라바흐 말이 가장 멋집니다. 아가 모하마드(1779년 페르시아의 카자르 왕조를 창시한 인물_옮긴이)나 페르시아의 샤가 하렘 전체를 다 주고서라도 바꾸고 싶어 했던 말이지요(대체 이 친구들은 아가 모하마드가 환관이었다는 점을 알고나 있는지 모를 일이었다.). 이 말은 성스러운 존재라고 할 수 있습니다. 몇 백 년 동안이나 현자들이 고민을 거듭하며 교배한 끝에 기적적으로 탄생한 품종이지요. 카라바흐의 붉은 기 도는 황금색 말은 가히 이 세상 최고입니다."

이런 설명을 듣다가 호기심이 생긴 나는 그 놀라운 말을 보여 달라고 부탁했다. 그러자 상대는 나를 불쌍하다는 듯 바라보며 대답했다.

"카라바흐 말이 있는 마구간에 가기보다는 차라리 술탄의 하렘에 들어가는 편이 쉬울 겁니다. 도시 전체를 통틀어 붉은 기 도는 황금색 순종 말은 열두 필뿐입니다. 이 말을 보려면 말 도둑이 되는 수밖에 없죠. 말 주인은 오직 전쟁이 터졌을 때에만 그 기적의 말을 타고 나서게 됩니다."

그러니 나는 그 전설적인 말에 대한 이야기를 듣는 것으로 만족해야만 했다.

니노 가족은 아직 슈샤에 도착하지 않았다. 별로 할 일이 없는 나는 집 베란다에 앉아 무스타파 영감의 수다를 들으며 시간을 보냈다. 온통 동화 같은 이야기로 가득 찬 그 나라가 슬슬 좋아지는 참이었다. 무스타파 영감이 말했다.

"나리, 나리의 선조들은 전쟁을 벌였지만 나리는 지혜의 집을 다녔고 교육도 받았습니다. 이제 나리는 예술에 대해 알아야 합니다. 페르시아인들은 사디, 허페즈, 그리고 피르다우시를 자랑으로 여기지요. 러시아에는 푸슈킨이 있고, 저 먼 서구에는 악마에 대한 시를 쓴 괴테라는 시인이 있다고 하더군요."

"그 시인들이 모두 카라바흐 출신이라는 말이지?"

내가 선수를 쳤다.

"아닙니다. 하지만 물론 우리 시인들이 더 훌륭합니다. 비록 우리 시인들은 예술을 죽은 글자 속에 가두어 두기를 거부했지만 말입니다. 그들의 시는 종이 위에 쓰기에는 너무도 대단했고, 그래서 입으로 암송되기만 했지요."

"그 시인들이 누구지? 아슈크라는 이들인가?"

"네, 아슈크들입니다."

노인이 힘주어 말했다.

"그들은 슈샤 근처의 마을에 살고 있지요. 내일 대회가 열린다고 합니다. 나리도 가셔서 예술을 즐겨 보시지요."

카라바흐 어느 마을에나 시인들이 살고 있었다. 겨울 동안 시를 짓고, 봄이 오면 세상에 나와 오두막이나 궁전에서 시를 암송하는 이들이었다. 하지만 오로지 시인들만 모여 사는 마을도 세 곳이나 있었다. 동양에서 시를 얼마나 귀중히 여기는지 보이기 위해서인지 그런 마을은 세금과 공물을 모두 면제받았다. 그중 하나가 타슈켄다 마을이었다.

한 번 흘깃 보기만 해도 그 마을 사람들이 평범한 농부가 아니라는 점은 분명했다. 모두들 머리를 길게 기르고, 비단 가운을 입었으며, 서로를 못마땅한 눈으로 바라보았다. 아내들은 악기를 들고 풀죽은 표정으로 남편 뒤를 따라 걸었다. 마을은 아슈크들을 찬양하기 위해 전국에서 모여든 부유한 아르메니아인들과 이슬람 교도들로 가득 찼다. 열성적인 관중들이 자그마한 중앙 광장에 모였다. 한가운데에는 결투에 참여하는 시와 노래의 달인 두 사람이 서 있었다. 두 사람은 냉소적으로 서로를 바라보았다. 긴 머리카락이 바람에 흩날렸다. 한 사람이 외쳤다.

"네 옷은 똥투성이고, 얼굴은 돼지 같고, 재능은 처녀 배의 터럭처럼 가느네. 푼돈을 받고 시를 짓는 네 모습이 부끄러운 줄 알아라!"

그러자 다른 사람도 험악한 기세로 소리쳤다.

"너는 포주나 입을 가운 차림에, 환관 같은 목소리를 내는구나. 재능이라 부를 만한 것은 아예 없으니 어찌 할꼬. 내 천재성의 잔칫상에서 떨어지는 빵 부스러기나 집어 먹고 살아야 할 판이구나!"

두 사람은 몹시 흥분해서 이런 식으로 욕설을 주고받았다. 구경꾼들이 박수를 쳤다. 그러다가 머리가 회색으로 센 노인이 진지한 표정으로 앞으로 나서 시합 주제 두 개를 제시했다. 주제는 '아라스 강 위에 뜬 달'과 '아가 모하마드 샤의 죽음'이었다. 두 시인은 고개를 들어 하늘을 올려다보았다. 그러고는 노래하기 시작했다. 무자비한 환관 아가 모하마드는 잃어버린 생식 능력을 되찾기 위해 유황 온천을 찾아 티빌리시로 여행을 떠났다고 한다. 온천에서 별 효과를 얻지 못하자 환관은 마을을 파괴하고, 남녀 할 것 없이 주민 모두를 잔인하게 죽였다. 하지만 카라바흐로 돌아가던 길에 운명은 그를 벌했다. 텐트에서 자다가 칼에 찔려 죽은 것이다. 그는 인생을 즐기지 못했다. 원정 중에는 굶주림에 시달렸고, 검은 빵과 신 우유를 마셔야 했다. 수없이 많은 나라를 정복했지만, 사막에서는 거지보다도 더 가난했다.

그것이 환관 아가 모하마드였다. 두 시인은 이 모든 내용을 고전적인 선율로 노래했다. 한 시인은 세상에서 가장 아름다운 여인들이 사는 땅에서 환관이 당해야 했던 고통에 대해 길게 설명했고, 다른 시인은 환관이 그 여인들을 어떻게 처형했는지를 마찬가지로 길게 설명했다. 구경꾼들은 만족했다. 시인들의 이마에서 굵은 땀방울이 흘러내렸다. 시인들 중 목소리가 부드러운 쪽이 소리쳤다.

"아라스 강 위에 뜬 달은 무엇 같지?"

"사랑하는 그대의 얼굴이지!"

말투가 좀 더 무뚝뚝한 시인이 말을 받았다.

"부드럽기로는 황금 달빛이야!"

다시 부드러운 목소리가 외쳤다.

"아니, 그것은 쓰러진 전사의 방패지."

무뚝뚝한 목소리가 대답했다. 곧 두 사람의 비유는 바닥이 나 버렸다. 그 후에는 달의 아름다움, 처녀의 땋은 머리처럼 평원을 구불거리며 지나는 아라스 강, 그리고 밤이면 강물에 비치는 달을 보기 위해 강변으로 나오는 연인들에 대한 노래가 이어졌다. 결국 목소리가 무뚝뚝한 시인이 승리했고, 그는 사악한 미소를 지으며 상대의 류트를 차지했다. 나는 승자에게 다가갔다. 그는 접시에 동전이 채워지는 동안 음울한 표정을 짓고 있었다. 내가 "승리해서 기쁜가?"라고 물었다. 그는 역겹다는 듯 침을 뱉었다.

"나리, 이건 진정한 승리가 아닙니다. 옛날에는 승리라는 것이 있었지요. 백 년 전만 해도 승자는 패자의 머리를 자를 수 있었습니다. 정말이지 예술이 엄청나게 숭상되던 시절이었지요. 이제는 우리 모두 나약해졌어요. 더 이상은 시를 위해 기꺼이 자기 피를 바치는 사람이 없어요."

"자네는 이제 이 나라 최고의 시인이 되지 않았나?"

"아닙니다. 전 기술자에 불과하지요. 진짜 아슈크가 아닙니다."

"진짜 아슈크란 무엇이지?"

"라마단이 되면 카디르라는 신비한 밤이 옵니다. 그날 밤에는 삼라만상이 한 시간 동안 잠들죠. 강물도 흐름을 멈추고, 사악한 영혼도 보물을 감시하지 않습니다. 풀이 자라는 소리, 나무가 이야기하는 소리까지 다 들리지요. 요정들이 강에서 일어납니다. 그날 밤에 자식을 낳아 아버지가 된 남자는 현자이자 시인이 되고요. 시인은 시인의 수호성인인 예언자 엘리야를 부릅니다. 정해진 시각이 되면 예언자가 나타나 시인에게 자기 잔의 술을 마시게 하고 "이제 너는 진정한 아슈크이다. 너는 나의 눈으로 세상의 모든 것을 보게 되리라."라고 말해 줍니다. 이렇게 축복받은 시인은 모든 것을 지배할 수 있습니다. 동물과 인간, 바람과 바다가 모두 그의 말에 복종하지요. 그의 말은 곧 예언자의 권력이니까요."

시인은 말을 마치고 땅바닥에 주저앉아 얼굴을 감쌌다. 그러고는 잠깐 서글프게 흐느꼈다.

"하지만 어떤 밤이 카디르인지, 그 밤의 한 시간이 언제인지는 아무도 모릅니다. 그러니 진정한 아슈크는 더 이상 없는 거죠."

그는 자리에서 일어나 가 버렸다. 고독하면서도 음침한 그 모습은 녹색 낙원 카라바흐의 초원을 거니는 한 마리 늑대 같았다.

6

페카푸르 샘의 가는 물줄기가 돌바닥 위를 흐르며 졸졸 소리를 냈다. 하늘을 바라보는 주위 나무들은 지친 성인들 같았다. 전망이 아주 좋았다. 남쪽으로는 아르메니아의 초원이 성경 속의 목초지인 양 풍작을 약속하는 풍요롭고 다정한 모습으로 펼쳐졌다.

슈샤는 높은 언덕들에 가려 보이지 않았다. 동쪽으로는 카라바흐 평야가 아제르바이잔의 모래 먼지투성이 사막으로 이어졌다. 자라투스트라의 불타는 숨결이 사막의 바람을 타고 평원을 휩쓸어 버린 것이다. 하지만 우리 주위의 숲에서는 나뭇잎 하나 흔들리지 않았다. 마치 고대의 신들이 방금 전에 떠나 아직 마법의 힘이 남아 있는 듯 여겨졌다.

우리가 피우는 담배에 당겨진 불 또한 이 신성한 장소에서 축복받은 불의 후손일지도 몰랐다. 모닥불을 피우고 화려한 색깔의 깔개 위에 앉거나 누운 채 그루지야인들이 한창 파티를 벌이는 중이었고 나도 그 사이에 끼어 있었다. 꼬챙이에 끼운 고기를 굽는 불길 주위로는 와인 잔이며 과일, 야채, 치즈 접시들이 놓여 있었다. 샘 근처에는 음유시인들인 사산다리가 앉았다. 다이라, 치아누리, 타라, 디플리피토 등 유랑시인들의 손에 들린 악기 이름조차 노랫소리 같았다.

곧 페르시아 리듬의 사랑 노래 바야트가 들리기 시작했다. 도시에 사는 그루지야인들이 자연을 한껏 즐기기 위해 청한 노래였다. 이런 식의 자유분방한 놀이 문화를 우리 라틴어 선생님이 보았다면 틀림없이 디오니소스 분위기라고 묘사했을 것이다. 휴가 온 사람들을 모두 초청해 슈샤 숲에서 한밤의 연회를 연 것은 마침내 이곳에 도착한 키피아니 가족이었다.

내 앞에는 니노의 아버지가 앉아 있었다. 붉은 얼굴에 검은 콧수염이 풍성했고, 두 눈이 번쩍거리는 분이었다. 정해진 관례에 따라 연회를 이끌어 나가는 '타마다'의 역할을 맡은 니노의 아버지는 잔을 들고 나를 위해 건배했다. 나는 평소 술을 마시지 않았지만 그때만큼은 살짝 입술을 적셨다. 타마다, 게다가 니노의 아버지가 권하는 건배에서 술을 마시지 않으면 예의에 어긋나기 때문이었다.

하인들이 샘에서 물을 길어 왔다. 이는 카라바흐의 또 다른 신기한 자랑거리였다. 그 물을 마시면 아무리 많이 먹고 마셔도 과식으로 괴로워하지 않게 된다는 것이다. 실제로 그 물을 마시자 산처럼 쌓인 음식이 조금은 작아진 듯 느껴졌다. 니노의 어머니는 남편 곁, 불길이 일렁이는 곳에 앉아 있었다. 엄격해 보였지만 두 눈은 웃고 있었다. 리온 평원이 있는 민그렐리아 지방(그루지야 서쪽, 흑해 연안의 평원 지대로 차와 포도 산지이다_옮긴이), 먼 옛날 마녀 메데아가 황금 양털을 훔치러 온 이아손을 만났던 바로 그곳 출신임을 보여 주는 눈이었다. 타마다가 잔을 높이 들었다.

"존경하는 다디아니를 위하여!"

눈이 아이처럼 맑은 노인이 감사를 표했고, 모두들 세 번째 잔을 마시기 시작했다. 그리고 하나같이 잔을 깨끗이 비웠다. 하지만 취한 사람은 없었다. 그루지야인들은 연회의 흥겨움을 가슴으로 만끽할 뿐, 머리는 페카푸르 샘물의 힘을 빌려 맑게 유지하기 때문이었다.

그곳에서 우리만 연회를 벌이고 있는 것은 아니었다. 곳곳에서 모닥불이 타오르는 중이었다. 슈샤 사람들은 누구나 매주 한 번씩은 샘물가를 찾는다고 했다. 연회는 해가 뜰 때까지 계속되었다. 신성한 숲 속에서 그리스도 교도와 이슬람 교도는 함께 즐거움을 나누었다.

나는 옆에 앉은 니노를 바라보았고, 니노도 나를 보았다. 니노는 회색 머리의 다디아니 노인과 이야기를 하는 중이었다. 올바르고 훌륭한 행동이었다. 나이 든 사람에게는 존경이, 젊은 사람에게는 사랑이 필요한 법이니 말이다.

"내 성 주그디디에 꼭 한번 와서 머무르도록 하게."

노인이 말했다.

"오래전 메데아의 노예들이 양털에서 황금을 얻었던 리온 강가에 있지. 자네도 함께 오게, 알리 칸. 고대부터 민그렐리아의 열대 정글을 지켜 온 숲을 보게 될 거야."

"초대해 주셔서 감사합니다. 하지만 숲은 별로 보고 싶지 않군요."

"왜 숲을 싫어 하나? 난 숲이 충만한 삶을 상징한다고 생각하는데."

"알리 칸은 어린아이가 귀신을 무서워하듯 숲을 무서워해요."

니노가 설명했다.

"뭐, 그 정도까지는 아닙니다. 어르신이 숲에 대해 느끼는 감정은 제가 사막에 대해 느끼는 감정과 비슷할 것 같습니다."

내가 덧붙였다. 다디아니가 아이처럼 맑은 눈을 깜박거렸다.

"사막이라……. 버려진 덤불과 뜨거운 모래가 있는 곳이지."

"숲의 세상은 저를 당황하게 만듭니다. 공포와 수수께끼, 귀신과 악마로 가득 차 있으니까요. 멀리 앞을 볼 수도 없지요. 주위도 꽉 막혀 있고요. 어둡기까지 합니다. 햇빛이 숲이 만드는 어둠 속에서 길을 잃죠. 그런 어두컴컴한 상황에서는 모든 것이 비현실적입니다. 전, 그래서 숲이 싫습니다. 숲의 그림자는 답답합니다. 나뭇가지들이 부딪치는 소리도 슬픕니다. 저는 단순한 것들, 바람이나 모래, 돌이 좋습니다. 사막은 칼의 움직임처럼 단순합니다. 반면, 숲은 고르디오스(Gordius)의 매듭(알렉산더 대왕이 단칼에 끊어 버렸다고 하는 매듭_옮긴이)처럼 복잡하죠. 숲에 들어가면 저는 길을 잃고 맙니다."

다디아니가 생각에 잠겨 나를 보았다.

"자네는 사막 사나이의 영혼을 가지고 있군. 어쩌면 이것이 남자를 구분하는 진짜 기준일지도 몰라. 사막 사나이냐, 숲 사나이냐 둘 중 하나지. 동양의 메마른 매력은 사막에서 오지. 뜨거운 바람과 뜨거운 모래가 사나이를 사로잡는 곳, 세상만사가 단순하고 아무런 문제도 없는 그곳 말일세.

반면, 숲은 질문투성이지. 사막은 무엇 하나 묻지도, 주지도, 약속하지도 않아. 하지만 영혼의 불길은 숲에서 오네. 사막 사나이에게는 얼굴도 하나이고, 진실도 하나이며, 그 진실에 만족하지. 숲 사나이는 얼굴이 여러 개야. 광신자는 사막에서 나오고 창조자는 숲에서 나오지. 어쩌면 그것이 동과 서의 주된 차이일수도 있네."

"아르메니아인과 그루지야인이 숲을 사랑하는 이유도 바로 그것이죠."

아르메니아 명문가 출신인 풍보 멜리크 나카라리언이 끼어들었다. 두 눈이 툭 튀어나오고, 눈썹은 무성하며, 철학과 음주에 열성적인 사람이었다. 우리는 이미 잘 알고 지내는 사이였다. 그는 나를 위해 건배한 후 외쳤다.

"알리 칸! 산에는 독수리가 있고, 정글에는 호랑이가 있네. 사막에는 무엇이 있나?"

"사자와 전사지."

내가 대답했다. 니노가 즐겁다는 듯 손뼉을 쳤다. 잘 구워진 양고기가 꼬챙이째 손에서 손으로 돌았다. 끝없이 잔이 채워졌다. 그루지야 식의 행복이 숲을 채웠다. 다디아니는 나카라리언과 열띤 토론을 벌였다. 니노가 내게 살짝 눈짓을 했고, 나는 고개를 끄덕였다. 벌써 어둠이 드리워져 있었다. 모닥불 빛에 비친 사람들은 유령 같기도 했고 산적 같기도 했다. 아무도 우리에게 관심을 기울이지 않았다.

나는 자리에서 일어나 천천히 샘 쪽으로 걸어가서는 몸을 굽혀 손으로 물을 떠먹었다. 물맛이 좋았다. 한참 동안 나는 물에 비친 달을 바라보았다. 등 뒤에서 발소리가 들렸다. 니노의 작은 발 아래에서 마른 가지가 부러지는 소리였다. 나는 손을 내밀었고 니노가 그 손을 잡았다.

우리는 숲으로 들어갔다. 우리가 모닥불가를 떠난 것, 그리고 니노가 작은 풀숲 가장자리에 앉아 나를 자기 쪽으로 잡아당긴 것은 썩 올바른 행동은 아니었다. 카라바흐의 도덕 규범은 무척 엄격한 편이었다. 무스타파 영감이 무려 십팔 년 전에 일어났던 강간 사건을 언급하면서 공포에 질린 표정을 짓고, 그 사건 이후 과일 작황이 예전만 못해졌다고 말할 정도였다. 우리는 서로를 바라보았다. 니노의 얼굴은 달빛을 받아 창백하고 신비로웠다.

"공작 따님이 된 걸 축하해."

니노는 살짝 눈을 흘겼다. 니노가 공작 따님이 된 지 이십사 시간 정도 지난 때였다. 니노의 아버지가 이십사 년이나 공을 들이며 기다린 끝에 마침내 러시아 황실로부터 공작 작위를 받았던 것이다. 그 기쁜 소식을 담은 전보는 그날 아침 상트페테르부르크로부터 도착했다. 그리고 니노의 아버지는 잃어버린 엄마를 찾은 아이처럼 기쁨에 넘쳐 한밤의 연회를 주최하게 되었던 것이다.

"공작 따님."

나는 다시 한 번 니노를 이렇게 부르면서 니노의 얼굴을 두 손으로 감싸 안았다. 니노는 저항하지 않았다. 카체트 포도주를 너무 많이 마신 탓인지도 몰랐다. 어쩌면 달빛 은은한 숲속 분위기 때문에 자제력을 잃었을 수도 있었다.

니노의 손바닥은 따뜻하고 부드러웠다. 몸짓도 순종적이었다. 마른 가지가 바스락 소리를 냈다. 우리는 부드러운 이끼 위에 누웠다. 니노가 내 얼굴을 바라보았다. 나는 니노의 탄력 있는 가슴이 만들어 낸 작은 곡선을 어루만졌다. 무언가 낯설고 신기한 감정이 니노에게서 내게로 전해져 우리 둘을 감쌌다. 온몸의 감각 하나하나가 민감해진 니노는 신비로운 대지 같은 모습으로 나를 사로잡았다.

니노의 얼굴은 한층 더 작고 진지해졌다. 나는 니노의 드레스를 벗겼다. 달빛을 받은 니노의 피부는 오팔처럼 빛났다. 니노의 심장이 고동치고 있었다. 니노는 무언가를 갈구하는 듯 띄엄띄엄 부드러운 외마디 소리를 냈다. 나는 니노의 작은 가슴에 얼굴을 묻었다. 향긋한 냄새와 함께 희미하게 짠맛이 느껴졌다. 니노의 두 무릎이 떨리고 뺨에는 눈물이 흘렀다. 나는 입을 맞춰 눈물을 닦아 주었다. 이윽고 니노가 일어나 앉았다. 자신을 사로잡았던 수수께끼 같은 감정을 이해하지 못하겠다는 듯 말이 없었다. 내 사랑 니노는 이제 겨우 열일곱 살이었고, 홀리 퀸 타마르 여학교의 학생이었다. 니노가 말했다.

"나는 널 정말 사랑하는 것 같아, 알리 칸. 공작 딸이 된 지금도 마찬가지야."

"오랫동안 공작 따님으로 남아 있지는 못할 거야."

이 말에 니노는 놀란 눈으로 나를 쳐다보았다.

"무슨 뜻이야? 러시아 황제가 작위를 다시 빼앗기라도 한다는 거야?"

"결혼하면 더 이상 그렇게 불릴 수 없으니 말이야. 하지만 상심할 것 없어. 칸 또한 훌륭한 칭호니까."

니노는 깍지 낀 두 손을 목 뒤에 대고 몸을 뒤로 젖히며 웃었다.

"그럼, 칸의 부인은 뭐라고 부르지? 그런 호칭은 없잖아. 그건 그렇고 아주 우스운 청혼인걸. 방금 청혼한 것 맞아?"

"그래, 청혼이었어."

내 얼굴을 가볍게 두드리던 니노의 손가락이 내 머리를 감싸 안았다.

"내가 청혼을 받아들인다면 앞으로 너도 슈샤의 숲과 나무들을 좋아해 줄 수 있어?"

"그럴 수 있어."

"하지만 우리는 테헤란에 있는 너희 아저씨 댁으로 신혼여행을 가겠지. 그럼 특별 대우를 해 준다면서 나를 왕실의 하렘으로 데려가 뚱보 여자들과 차를 마시고 대화하게 할지도 몰라."

"글쎄."

"그리고 난 다음에는 사막으로 가야 할걸. 날 쳐다볼 사람이 아무도 없는 곳 말야."

"아냐, 니노. 사막으로 갈 필요는 없어. 넌 사막을 좋아하지도 않을 거야."

니노가 내 목에 팔을 두르고 코를 내 이마에 가져다 댔다.

"알리 칸, 너와 결혼하게 될지도 모르겠어. 하지만 숲과 사막처럼 서로 다른 우리가 앞으로 극복해야 할 온갖 장애물에 대해 생각해 본 적 있어?"

"이를 테면 어떤 것?"

"제일 먼저 우리 부모님이 문제야. 내가 이슬람 교도와 결혼한다고 하면 두 분은 크게 상심하실 거야. 너희 아버지도 너한테 화를 내실 거고 내게 개종을 강요하시겠지. 하지만 내가 개종한다면 러시아 황제는 신앙을 버린 벌로 날 시베리아에 보내 버릴 거야. 나를 개종시킨 너도 함께 유배될 거고. 우리가 북극해 한가운데 있는 빙산 위에 앉아 있으면 커다란 백곰이 우리를 먹어치울걸."

나는 큰 소리로 웃었다.

"아니, 니노. 그 정도는 아냐. 넌 이슬람 교도가 될 필요가 없고 너희 부모님도 그렇게 상심하시지 않을 거야. 우리, 신혼여행은 파리나 베를린으로 가자. 볼로뉴 숲이나 티에르가르텐에서 네가 좋아하는 나무도 실컷 보고 말이야. 그럼 문제 없겠지?"

"넌 항상 내게 친절해."

니노는 놀란 표정으로 말했다.

"청혼을 거절하지는 않겠어. 하지만 받아들이려면 시간이 많이 필요할 것 같아. 서두르고 싶지는 않거든. 내가 졸업할 때 우리 부모님께 말씀드려 보자. 날 납치하지는 말아 줘. 다른 건 몰라도 납치는 안 돼. 난 너희 이슬람 방식이 싫어. 납치해 말에 태워 산속으로 데려가고 그로부터 시르반시르 가문과 키피아니 가문 사이에 피의 복수가 시작되는 그런 방식 말이야."

갑자기 니노는 걷잡을 수 없이 명랑해졌다. 얼굴, 손, 발, 피부 등 니노의 모든 것이 웃는 듯 보였다. 니노는 나무에 등을 기대고 고개를 숙였다. 그리고 내가 앞으로 다가서자 고개를 들었다. 나무 그늘 속의 니노는 사냥꾼을 피해 숲에 숨은 신비로운 동물 같았다.

"이제 가자."

니노가 말했고, 우리는 숲길을 따라 모닥불 쪽으로 걸어갔다. 갑자기 무슨 생각이 들었는지 니노가 발길을 멈추고 달을 올려다보았다.

"그런데 우리 아이들의 종교는 어떻게 되지?"

다급한 말투였다.

"자기에게 잘 맞으면서도 훌륭한 종교를 갖게 될 거야."

나는 애매하게 대답했다. 니노는 수상쩍다는 듯 나를 바라보더니 생각에 잠겨 잠시 침묵했다. 그러고는 서글픈 어조로 말했다.

"그건 그렇고, 네 상대로 나는 너무 늙은 것 아냐? 곧 열일곱 살이 되잖아. 미래의 네 아내는 이제 열두 살 정도여야 할 것 같은데."

절대로 나이가 많은 것이 아니라며 나는 니노를 안심시켰다. 문제라면 너무 지혜롭다는 것일 텐데, 지혜란 좋은 것이니 무슨 상관이란 말인가? 때때로 나는 우리 아시아인들이 너무 일찍 성숙해서 지혜로운 어른이 되는 것 같다고 생각했다. 그러면서 다른 한편으로는 아시아인들은 모두 멍청하고 단순한 존재로 여겨지기도 했다.

머릿속이 혼란스러웠다. 나무들, 니노, 멀리서 타오르는 모닥불 등에 당황해서였는지도 모른다. 아니, 제일 당황스러운 것은 나 자신이었다. 카체트 포도주를 너무 많이 홀짝거린 데다가 고요한 사랑의 정원을 사막의 산적처럼 떠돌았으니 말이다. 하지만 니노는 사막의 산적에게 포로로 잡혔다고 느끼지는 않는 듯했다. 니노는 평온하고 침착했다. 눈물도, 웃음도, 황홀한 열정도 자취 없이 사라졌다. 하지만 내가 평소 같은 모습으로 돌아가는 데는 오랜 시간이 걸렸다.

우리는 페카푸르 샘으로 돌아갔다. 한동안 우리가 자리를 비웠다는 걸 아무도 알아차리지 못하는 것 같았다. 나는 물 잔을 게걸스럽게 들이켰다. 입술이 타는 듯했다. 잔을 내려놓았을 때, 나는 멜리크 나카라리언과 눈이 마주쳤다. 다 이해한다는 듯한 우정과 배려를 담은 눈길이었다.

7

　나는 사랑에 대해 생각하며 테라스 소파에 누워 있었다. 내 사랑은 아버지나 아저씨, 선조들과는 아주 달랐다. 남녀 간의 사랑이 마땅히 가져야 할 모습과는 한참 거리가 멀었기 때문이다. 나는 샘물가에서 물을 긷는 니노가 아닌, 니콜라이 거리에서 학교에 가는 니노를 만났다.

　아시아에서 사랑이 시작되는 곳은 물가였다. 산골 마을에서 졸졸거리며 흘러 가는 샘물이든, 물이 풍족한 도시에서 큰 소리로 노래 부르는 분수가든 하여튼 물가 말이다. 저녁 때면 커다란 진흙 물통을 어깨에 인 소녀들이 물가로 모여들기 마련이다. 근처에는 총각들이 둥글게 모여 앉아 소녀들 쪽으로는 눈길 한 번 주지 않은 채 전쟁이며 도적 이야기를 나눈다. 소녀들은 천천히 물통을 가득 채우고 천천히 뒤돌아 걸어간다. 가득 채워진 물통이 워낙 무거운 데다가 자칫하면 돌부리에 걸려 넘어질 수 있기 때문에 소녀들은 히잡을 뒤로 젖히고 길을 잘 살피며 걷는다. 매일 저녁 같은 소녀들이 물가로 가고, 매일 저녁 같은 총각들이 근처에 모여든다.

아시아에서 사랑은 바로 그렇게 시작된다. 아주, 정말이지 아주 우연히 한 소녀의 시선이 총각들을 향할 수 있다. 총각들은 모두 딴청을 피운다. 하지만 소녀가 다시 물가를 찾았을 때, 한 청년이 괜히 하늘을 쳐다볼 수 있다. 때로 둘의 시선이 마주치기도 하고 그렇지 않기도 한다. 다음 날이면 그 청년이 있던 자리에 다른 사람이 앉아 있기도 한다. 하지만 어떻든 샘가에서 두 남녀의 눈길이 몇 차례 마주치고 나면 모두들 사랑이 시작되었다는 것을 안다.

다음 순서는 자연스럽게 이어진다. 사랑의 열병을 앓는 청년은 마을 외곽에서 노래를 부르며 방황하고 양가 친척들은 신부를 데려오기 위해 얼마나 돈을 치를지 협상한다. 현자들은 신혼부부가 전사들을 몇 명이나 낳아 키우게 될지 예측한다. 모든 것이 간단하다. 오래전부터 정해진 단계를 따르면 그뿐이다.

하지만 나는 어떤가? 내 샘물가는 어디였나? 니노 얼굴의 히잡은 어디 있는가? 히잡 뒤에 감춰진 얼굴을 보지 못한다 해도 여자의 습관이나 생각, 욕망을 알 수 있다는 것은 참으로 신기한 일이다. 히잡은 눈과 코, 입을 가린다. 하지만 영혼을 가리지는 못한다. 아시아 여자의 영혼은 더없이 순결하다. 하지만 히잡을 쓰지 않은 경우에는 이와 전혀 다르다. 눈이나 코, 입, 그 밖에 많은 것을 볼 수는 있다. 하지만 그 눈 뒤에 숨겨진 것은 절대 알지 못한다. 설사 잘 안다고 생각하는 상대라 해도 그렇다.

나는 니노를 사랑한다. 나를 당황스럽게 만들 때가 많지만 그래도 나는 니노를 사랑한다.

니노는 거리에서 다른 남자들이 자기를 쳐다보면 기뻐한다. 정숙한 동양 여인이라면 역겨워할 일인데도 말이다. 아직 우리는 약혼도 하지 않았지만, 니노는 내게 입을 맞추고 나도 니노의 가슴을 애무하고 넓적다리를 껴안을 수 있다. 연애 소설을 읽을 때면 니노의 눈은 꿈꾸는 듯 부드러워진다. 마치 무언가를 갈구하는 것 같다. 하지만 무얼 생각하느냐고 묻기라도 하면 깜짝 놀라 고개를 젓는다. 니노 자신도 아직 잘 모르는 것이다. 니노와 함께 있을 때면 나는 더 이상 바라는 것이 없다. 다만 니노는 러시아에 너무 자주 간다. 니노의 아버지가 딸을 상트페테르부르크에 종종 데려가는 것이다.

러시아 여자들이 모두 미쳤다는 건 누구나 아는 일이다. 그곳 여자들의 눈은 욕망으로 가득 차 있다. 아무렇지도 않게 남편을 배신하지만 그러면서도 아이를 두 명 이상 낳는 일은 드물다. 그건 바로 신의 벌을 받았다는 증거이다! 그래도 나는 니노를 사랑한다. 그 눈, 그 목소리, 말하고 생각하는 방식까지도 모두 다 사랑한다. 나와 결혼하면 니노는 그루지야 여자들이 모두 그렇듯 훌륭한 아내가 될 것이다. 쾌활하고 부주의하고 꿈꾸는 듯한 성향에도 불구하고 말이다.

나는 돌아누웠다. 이런저런 생각을 하다 보니 피곤했다. 눈을 감고 미래를 꿈꾸는 것이 좋을 것 같았다. 내게 미래는 바로 니노였다.

나의 미래는 니노가 내 아내가 되는 날 시작될 것이었다. 정말이지 굉장한 날이 될 것이다. 그날 나는 니노를 볼 수 없을 것이다. 결혼식 날, 신랑과 신부가 서로를 보지 못한다는 것만큼 끔찍한 일이 또 있을까. 무장한 내 친구들이 말을 타고 니노를 데려온다. 니노는 두꺼운 히잡을 쓰고 있다. 또 그날만큼은 니노도 반드시 아시아 식의 긴 외투를 입어야 한다.

물라가 질문을 던지고 친구들은 방 네 귀퉁이에 서서 발기 불능을 예방하는 주문을 중얼거린다. 어떤 남자든 적이 있기 마련이고, 그 적이 결혼식 날 단검을 빼들고 서쪽을 향해 '아니사니, 바니사니, 마마웰리, 카니아니(그가 할 수 없도록, 그가 할 수 없도록, 그가 할 수 없도록)'이라고 중얼거릴지도 모르기 때문에 생긴 관습이다. 하지만 고맙게도 내게는 좋은 친구들이 있다. 특히 일리아스 벡은 예방 주문에 관한 한 모르는 것이 없다. 결혼식이 끝나자마자 신랑 신부는 헤어진다. 니노는 자기 친구들에게로, 나는 내 친구들에게로 가는 것이다. 그리고 우리는 젊은 시절에 작별을 고한다. 그다음에는?

나는 잠시 눈을 떠 나무 테라스며 정원의 나무들을 보았지만 곧 다시 눈을 감았다. 그다음에 벌어질 일을 잘 보기 위해서였다. 결혼하는 날은 인생에서 가장 중요한, 아니 어쩌면 유일하게 중요한 날이기 때문이다. 하지만 퍽 힘든 날이기도 하다.

결혼식 날 밤, 신방에 들어가는 것은 쉽지 않다. 기다란 복도의 방문 앞마다 가면을 쓴 사람이 서 있다. 신랑은 그 손에 동전을 쥐어 줘야만 지나갈 수 있다. 신방에는 친구들이 수탉이나 고양이 등 예상 외의 것들을 감춰 둔다. 따라서 방 안을 주의 깊게 살펴야 한다. 늙은 노파가 침대에 누워 킥킥거리는 경우도 있다. 이 역시 돈을 주어 내보내야 한다. 이런 절차가 끝나고 혼자가 되면 마침내 니노가 들어온다. 하지만 이는 결혼의 가장 어려운 절차가 시작되었다는 의미일 뿐이다.

니노는 미소를 지으며 기대에 찬 눈빛으로 나를 바라본다. 니노의 온몸을 조이고 있는 염소 가죽 코르셋은 아주 복잡하게 묶여 있다. 신랑을 골탕 먹이기 위해 노련한 손길이 오랜 시간을 들여 묶은 매듭이다. 나는 혼자서 그걸 풀어내야 한다. 신부는 도와줄 수 없게 되어 있지만 아마 니노라면 도와주려 할 것이다. 너무도 복잡하게 뒤엉킨 그 매듭을 칼로 잘라내 버린다면 신랑에게는 불명예와 치욕이 따른다. 따라서 자제력을 발휘해 다음날 구경 온 친구들에게 말끔하게 풀린 매듭을 보여 주어야 한다. 그러지 못한다면 야유를 받게 된다. 그리고 온 마을이 새신랑을 비웃는다.

결혼식 날 밤 신방이 있는 집은 개미굴처럼 북적거린다. 매듭을 푸는 데 시간이 너무 오래 걸리는 경우 친구들, 친구의 친척, 친구의 친구의 친척들까지 모두 몰려들어 복도며, 지붕이며, 거리를 메우고 초조하게 기다린다. 신방 문을 두드리기도 하고,

'야옹'이나 '멍멍' 소리도 내면서 권총 소리를 애타게 기다리는 것이다. 마침내 총성이 울리면 모두들 기쁨에 차서 하늘을 향해 총을 쏘아 댄다. 모두들 집 밖으로 뛰쳐나가 보초병처럼 둘러선다. 그리고 충분히 넉넉한 시간이 흘렀다고 여겨지기 전까지 신혼부부는 집 밖으로 한 발짝도 나가지 못한다. 그래, 내 결혼식은 바로 그렇게 치러질 것이다. 오랜 전통과 관습에 따라 성대하게 말이다.

나는 그렇게 소파에서 잠이 들어 버린 것이 분명했다. 눈을 떠보니 코치가 바닥에 침을 뱉으며 단검으로 손톱을 손질하고 있었다. 나는 그가 들어오는 소리를 듣지 못한 것이다.

"무슨 새로운 소식이라도 있나?"

나는 나른한 목소리로 물었다.

"뭐, 특별한 것은 없습니다."

코치는 지루하다는 투로 대답했다.

"이웃에서 여자들이 싸움을 벌였고, 당나귀 한 마리가 달아나 샘에 빠졌다고 합니다."

코치는 단검을 칼집에 꽂아 넣고 무심한 어조로 계속 말했다.

"그리고 러시아 황제가 몇몇 유럽 왕실에 전쟁을 선포했습니다."

"뭐라고? 무슨 전쟁?"

나는 깜짝 놀라 자리에서 벌떡 일어났다.

"뭐, 그냥 일반적인 전쟁이죠."

"그게 무슨 말이야? 누구를 상대로 싸우는데?"

"유럽 왕실 몇 군데와 싸운다고요. 이름은 기억하지 못하겠어요. 너무 많더라고요. 무스타파 영감이 적어 두었어요."

"영감을 이리로 좀 오라고 하게."

코치는 엉뚱한 호기심이 어이없다는 듯 고개를 저으며 나갔다가 집 주인 영감과 함께 돌아왔다. 무스타파 영감은 모든 것을 알고 있는 사람답게 우월감을 드러내며 히죽 웃었다. 얼굴에서도 빛이 났다. 러시아 황제는 정말로 전쟁을 선포했다고 했다. 이미 온 도시가 아는 일이라고 했다. 다만 나 혼자 테라스에서 낮잠을 즐기고 있었던 것이다. 물론 러시아 황제가 대체 왜 전쟁을 선포했는지 그 정확한 이유는 아무도 몰랐다. 그저 지혜롭게 내린 결정일 거라는 추측뿐이었다.

"그런데 누구를 상대로 전쟁을 하는 거지?"

내가 격앙된 목소리로 물었다. 무스타파 노인은 주머니 속에서 종잇조각을 꺼냈다. 그러고는 목청을 가다듬고 위엄 있는 목소리로, 하지만 더듬거리면서 읽어 내려갔다.

"독일 황제와 오스트리아 황제, 바이에른 왕, 프러시아 왕, 작센 왕, 뷔르템베르크 왕, 헝가리 왕, 그리고 기타 많은 왕과 귀족들입니다."

"도련님, 이러니 제가 기억 못했던 것도 당연하지요."

코치가 끼어들었다. 무스타파는 종잇조각을 다시 접으며 말했다.

"그런데 드높은 오스만 제국의 위대한 칼리프이며 술탄이신

마흐무드 라시드, 그리고 왕 중의 왕이신 페르시아의 술탄 아흐
메드 샤께서는 추후 통지가 있을 때까지 이 전쟁에 참여하지 않
겠다고 선언하셨습니다. 이는 믿지 않는 자들끼리 벌이는 싸움
이니 우리와 별 상관이 없기 때문입니다. 마흐무드 알리 모스크
의 물라는 독일이 이길 것으로 생각하고 있습니다."

무스타파 영감은 말을 끝낼 수 없었다. 갑자기 교회 열일곱 곳
의 종이 일제히 울려 대면서 다른 소리는 아무것도 들리지 않게
되었기 때문이다. 나는 달려 나갔다. 이글거리는 팔월의 하늘이
위협적으로, 하지만 아무런 움직임 없이 도시 위에 펼쳐져 있었
다. 저 멀리서 푸른 산들은 무심한 관찰자처럼 도시를 굽어 보았
다. 종소리가 산의 회색 바위에 반사되었다.

거리는 사람들로 가득했다. 흥분으로 뜨겁게 달아오른 얼굴들
이 교회와 모스크의 탑을 올려다보았다. 흙먼지가 피어올랐다.
모두들 목소리가 잔뜩 쉬어 있었다. 오랜 세월 비바람을 이겨 온
말 없는 건물 벽이 돌로 만든 영원의 눈인 양 우리를 바라보았다.
탑들은 조용히 위협하듯 우리 위로 솟아 있었다. 종소리가 그쳤
다. 색깔이 화려한 긴 가운을 걸친 뚱뚱한 물라가 근처의 모스크
탑으로 올라갔다. 그는 두 손을 입에 대고 자랑스러우면서도 서
글픈 소리로 외쳤다.

"일어나 기도하라! 일어나 기도하라! 기도는 잠보다 낫다!"

나는 마구간으로 달려갔다. 코치가 내 말에 안장을 얹었다. 나
는 말에 올라 거리를 내달렸다. 행인들이 두려운 시선을 보내며

길을 비켰다. 도시를 빠져나오자 말은 행복한 기대감에 귀를 바짝 세웠다. 구불거리는 길이 넓은 리본처럼 펼쳐졌다. 나는 카라바흐 귀족 저택들을 지나 달려갔다. 농부 하나가 내게 손을 흔들었다.

"전쟁터로 달려가는 건가, 알리 칸?"

나는 골짜기를 내려다보았다. 정원 한가운데 지붕이 납작한 작은 집이 보였다. 그 집을 보는 순간, 나는 승마 규칙을 모두 잊어버린 채 가파른 언덕을 미친 듯이 달려 내려갔다. 집이 점점 커지고 그 뒤로 산이, 하늘이, 도시와 러시아 황제가, 세상 모든 것이 모습을 감췄다. 나는 모퉁이를 돌아 정원으로 들어섰다. 하인 하나가 집에서 나와 무표정한 눈길로 나를 쳐다보았다.

"공작님 일가는 세 시간 전에 집을 떠났습니다."

손이 저절로 단검으로 향했다. 하인이 옆으로 물러섰다.

"니노 아가씨께서 알리 칸께 편지를 남기셨습니다."

그가 가슴팍 주머니에 손을 넣었다. 나는 말에서 내려 테라스 계단에 주저앉았다. 희고 부드러운 봉투에서 살짝 향기가 풍겼다. 나는 다급하게 편지를 뜯었다. 니노는 어린아이처럼 커다란 글자로 이렇게 편지를 써 놓았다.

친애하는 알리 칸! 갑자기 전쟁이 벌어져 서둘러 바쿠로 돌아가. 네게 전갈할 시간도 없었어. 화내지 마. 나도 울고 있어. 사랑해! 이번 여름은 정말 짧다. 어서 우리를 뒤따라 돌아오도록 해. 기다리고 있을게. 여행 길 내내 너만 생각할 거야. 아버지는 전쟁이 곧 끝날 것이고 우리 쪽이 이기리라 생각하고 계셔. 이런 혼란 속에서 바보가 된 기분이야. 슈샤 시장에 가서 카펫 한 장만 사다 줘. 시간이 없어서 못 샀거든. 말 머리 무늬가 들어가고 화려한 것이 좋겠어. 내 입맞춤을 보낸다. 바쿠는 끔찍하게 더울 거야.

나는 편지를 접었다. 사실 잘못된 일은 아무것도 없었다. 다만 나, 알리 칸 시르반시르가 멍청이처럼 굴었던 것뿐이었다. 총독에게 전쟁 개시 축하 인사를 보내거나 아니면 최소한 러시아 황제의 승리를 위해 모스크에 가서 기도를 올리는 식의 올바른 처신 대신 앞뒤 가릴 것 없이 말을 타고 달려왔으니 말이다. 나는 테라스로 이어지는 계단에 앉아 앞을 바라보았다. 하지만 아무것도 눈에 들어오지 않았다. 나는 바보였다! 부모님과 함께 집으로 돌아가는 것 외에, 그리고 내게 가능한 한 빨리 뒤따라오라고 부탁하는 것 외에 니노가 할 수 있는 일이 무엇이었겠는가? 물론, 전쟁이 터지면 향기 나는 편지를 남기는 대신 사랑하는 사람에게 달려가야 하는 것이 분명했다.

하지만 우리나라에 전쟁이 난 것은 아니었다. 전쟁을 벌이는 것은 러시아였고, 그건 니노와 내게 직접적인 상관이 없었다. 하지만 그렇다 해도 화가 나서 미칠 지경이었다. 전쟁이 터진 것도, 니노 아버지가 서둘러 집으로 돌아가기로 결정한 것도, 홀리 타마르 학교가 여학생들의 처신을 제대로 가르치지 않았다는 것도. 그리고 무엇보다도 체면이나 의무를 모두 잊은 채 그저 무작정 달려온 나와는 달리, 니노가 훌쩍 떠나 버리고 말았다는 것도 화가 났다.

나는 니노의 편지를 읽고 또 읽었다. 그리고 갑자기 단검을 빼 높이 쳐들고는 내리쳤다. 단검은 바람을 가르는 날카로운 소리와 함께 앞쪽의 나무에 박혔다. 하인이 단검을 빼내더니 전문가다운 눈길로 살핀 후 돌려주면서 조용히 말했다.

"진품 쿠바츠 철로 만들었군요. 나리 손도 강하시고요."

나는 말에 올라 천천히 집으로 향했다. 멀리 시내의 지붕들이 보이기 시작했다. 더 이상 화가 나지는 않았다. 나무에 내 분노를 모두 쏟아내 버렸던 것이다. 니노의 행동은 옳았다. 니노는 훌륭한 딸이었고, 장차 훌륭한 아내가 될 것이다. 나는 부끄러워서 고개를 숙인 채 말을 몰았다. 거리는 먼지투성이였다. 붉은 태양이 서쪽으로 지고 있었다.

갑자기 옆에서 말 울음 소리가 들렸다. 나는 고개를 들었다가 그대로 굳어 버렸다. 잠시 동안 나는 니노도, 세상만사도 모두 잊어버렸다. 작고 좁은 머리에 당당한 눈빛을 지닌, 몸통과 다리는 발레리나처럼 가느다란 말이 눈앞에 서 있었던 것이다. 기울어 가는 햇살을 받고 있는 윤기 흐르는 털은 붉은색이 도는 황금빛이었다.

안장에 앉은 사람은 콧수염이 축 늘어진 매부리코 노인, 바로 근처 영지를 다스리는 멜리코프 백작이었다. 처음 슈샤에 왔을 때, 사람들이 사리 벡 성인의 말에 대해 해 준 이야기가 떠올랐다. 카라바흐를 통틀어 붉은 기 도는 황금색 순종 말은 열두 필뿐인데, 술탄의 하렘에 있는 여인들처럼 철저히 숨겨 놓았다고 했지. 그런데 지금 그 기적의 말이 내 눈앞에 나타난 것이다.

"백작님, 어디로 가십니까?"

"전쟁터로 간다, 젊은이."

"정말 훌륭한 말입니다."

"그래. 놀란 모양이군. 사실 이 말을 본 사람은 몇 안 되지."

백작의 눈길이 부드러워졌다.

"이 말의 심장은 정확히 2.7킬로그램이라네. 몸통을 물로 적시면 황금색 후광이 번쩍거리지. 이 말은 햇빛을 본 적이 없어. 오늘 끌고 나와 처음으로 햇살을 보는 순간, 이놈의 눈이 마치 바위에서 막 터져 나온 샘물처럼 번쩍이더군. 최초로 불빛을 보았던 인간의 눈도 틀림없이 그랬을 거야. 이 말은 사리 벡 성인이 키웠던 말의 후손이야. 아직까지 아무도 이놈을 제대로 보지 못했네. 황제께서 전쟁에 부르실 때에만 이 멜리코프도 붉은 기 도는 황금빛 말에 오르는 거지."

백작은 멋지게 경례를 해 보이고 내 곁을 지나갔다. 허리에 찬 검이 살짝 부딪치는 소리가 났다. 정말, 전쟁이 이곳까지 찾아온 것이다.

집으로 돌아오니 이미 어두워져 있었다. 전쟁에 대한 흥분으로 온 도시가 들썩거렸다. 토후 귀족들은 술에 취해 공중에 총을 쏘면서 떠들썩하게 뛰어다녔다. 그들은 "피가 물처럼 흐를 것이다! 피가 물처럼! 카라바흐의 이름은 영광에 빛나게 될 것이다!"라고 외쳤다. 당장 집으로 돌아오라는 아버지의 전보도 와 있었다.

"짐을 싸 둬. 내일 출발할 테니."

나는 코치에게 지시했다. 그러고는 거리로 나와 소란스러운 광경을 지켜보았다. 걱정이 되었지만 이유는 알 수 없었다. 나는 별을 올려다보며 오랫동안 깊은 생각에 잠겼다.

8

"알리 칸 도련님, 우리의 친구는 대체 누구죠?"

코치가 물었다. 슈샤에서 빠져나오는 가파르고 구불구불한 길을 내려가는 중이었다. 이 단순하기 짝이 없는 촌놈 코치는 전쟁이나 정치에 관해 엉뚱한 질문을 끊임없이 퍼부어 댔다. 우리나라에서 제대로 된 사람들 사이에선 대화 주제가 딱 세 가지였다. 종교, 정치, 그리고 사업 문제이다. 그런데 전쟁은 그 세 가지 모두를 아우르는 주제였다. 누구나 언제 어디서든, 원하는 만큼 자주 전쟁 이야기를 할 수 있었고, 그건 또 절대 싫증나지 않는 주제이기도 했다.

"코치, 우리의 친구라면 일본 황제, 인도 황제, 영국 왕, 세르비아 왕, 벨기에 왕, 그리고 프랑스 공화국 대통령을 들 수 있지."

코치는 못마땅하다는 듯 입술을 내밀었다.

"하지만 프랑스 공화국 대통령은 평민이잖아요. 그가 어떻게 전쟁을 벌인다는 거죠?"

"전쟁이야 장군들이 나가서 하는 거지."

"자기 전쟁이라면 남에게 미루지 말고 자기가 나가서 싸워야지요. 그렇지 않으면 좋은 결과도 없는 법이잖아요."

코치는 걱정스러운 눈으로 마부의 등 뒤를 바라보더니 단언하듯 말했다.

"러시아 황제는 키도 작고 말랐죠. 하지만 독일 카이저는 체격이 좋고 튼튼해요. 아마 첫 번째 전투에서부터 러시아 황제를 이겨 버릴 걸요."

순진한 청년은 두 군주가 말을 타고 서로를 향해 돌진하는 것으로 전쟁이 시작될 것이라 굳게 믿고 있었다. 그렇지 않다고 설득하려 해 봤자 소용없는 일이었다.

"카이저가 러시아 황제를 쓰러뜨리면 황태자가 나가야 하지요. 하지만 러시아 황태자는 어리고 병약해요. 카이저에게는 건장한 아들이 여섯이나 있지만 말예요."

나는 맞장구를 쳐 주기로 했다.

"카이저가 오른쪽 팔만 쓴다 해도 러시아 황제를 충분히 이길 수 있을 걸."

"그럼요. 왼쪽 팔로는 그저 고삐만 잡으면 돼요. 오른쪽 손으로 싸우고요."

골똘히 생각에 잠긴 탓에 코치의 이마 위에 깊은 주름이 생겼다.

"프란츠 요제프 황제가 백 살이라는 게 사실인가요?"

"잘 모르겠어. 아주 나이가 많은 것은 분명하지만."

"끔찍해요."

코치가 말했다.

"그렇게 나이 많은 사람이 말에 올라 검을 뽑아야 한다니 말예
요."

"꼭 황제가 그렇게 해야 하는 것은 아냐."

"당연히 그렇게 해야죠. 그와 세르비아 왕 사이에 벌어지는 피
의 복수전이니까요. 그 두 사람은 이제 철천지 원수죠. 오스트리
아 황제는 황태자의 죽음을 복수해야 하고요. 그 황제가 우리 마
을에 사는 농부였다면 그 피의 대가로 소 백 마리와 집 한 채 정도
를 받는 걸로 그쳤을 거예요. 하지만 황제인 이상 황태자가 흘린
피를 절대 용서할 수 없죠. 그가 용서할 수 있다면 다른 모든 사
람도 따라서 용서할 테고, 그럼 나라가 황폐해지는 일도 없을 텐
데요."

코치의 말은 옳았다. 피의 복수는 국가 질서와 개인의 행동 규
범에서 가장 기본이 되는 것이었다. 유럽인들이 뭐라 떠들든 간
에 말이다. 늙고 현명한 이들이 용서를 구한다면, 진심으로 용서
를 구한다면, 피 흘림을 용서하는 것도 물론 훌륭한 행동이었다.
충분한 대가를 치르면 용서가 되는 것이다. 하지만 피의 복수라
는 기본 원칙은 반드시 유지되어야 했다. 그렇지 않다면 대체 어
떤 결과가 빚어지겠는가?

인류는 나라가 아닌 가문으로 나뉘어 있다. 가문들 사이에는

일정한 균형 관계가 존재한다. 그것은 신이 주신 남성의 생식 능력을 바탕으로 한다. 그런데 만약 살인으로 그 균형 관계가 깨진다면 신의 의지를 거스르고 공격을 가한 가문 역시 구성원 하나를 잃어야 한다. 이렇게 해야 균형이 회복되는 것이다. 물론 피의 복수가 실제 이루어지는 모습은 원칙과는 약간 다르기도 하다. 총알이 빗나갈 수도 있고, 필요 이상으로 많은 사람이 죽을 수도 있다. 이렇게 되면 피의 복수가 계속 이어진다. 하지만 원칙 자체는 옳고 분명하다. 코치는 이를 잘 이해했고 만족스럽게 고개를 끄덕였다. 아들이 흘린 피를 복수하기 위해 말에 오른 백 살의 늙은 황제는 훌륭한 남자가 분명한 것이다.

"도련님, 오스트리아 황제와 세르비아 왕이 피의 복수를 벌이는 것이라면 다른 왕들은 누구 편을 들지요?"

이건 어려운 질문이었고, 나도 답을 알 수 없었다.

"이것 봐. 우리 러시아 황제는 세르비아 왕과 같은 신을 믿으니 그를 돕게 되지. 아마 독일 황제나 다른 적국 왕들은 오스트리아 편을 들 거야. 영국 왕은 러시아 황제와 한 편이 될 테고. 뭐 그런 식으로 해서 편이 정해지는 거지."

코치는 이 대답이 썩 만족스럽지 않은 모양이었다. 일본 황제는 우리 러시아 황제와는 전혀 다른 신을 믿고 있으며, 프랑스를 통치하는 알 수 없는 평민은 그 어떤 왕실과도 관련이 없다고 확신하고 있었던 것이다. 또한 코치가 아는 한 프랑스에서는 아예 신을 믿지 않았다. 그 나라가 공화국이라 불리는 것도 바로 그것 때문이 아닌가. 내게도 그 점은 명확하지 않았다. 나는 모호하게 대답하다가 거꾸로 질문을 던졌다.

"코치도 전쟁에 나갈 건가?"

그는 꿈꾸는 듯한 눈길로 자기 검과 총을 내려다보았다.

"네. 물론이죠."

"그럴 필요가 없다는 건 알고 있잖아? 우리 이슬람 교도들은 참전할 의무가 없어."

"그건 알지만, 그래도 나가고 싶습니다."

단순한 친구가 갑자기 말이 많아졌다.

"전쟁은 좋은 거예요. 넓은 세상을 여행할 수 있죠. 전 서쪽에서 불어오는 바람 소리를 듣고, 적들이 흘리는 눈물을 보게 될 거예요. 말과 총을 가지고 전우들과 함께 정복된 도시를 행진하겠죠. 돌아올 땐 돈도 많을 테고 모두들 영웅이 된 나를 우러러볼 거예요. 내가 죽으면 성대한 장례식이 치러지겠죠. 모두들 나를 찬양하고 내 아들이나 아버지는 존경받을 거예요. 전쟁은 멋진 일이에요. 상대가 누구인가에 상관없이 말이죠. 살아 있는 동안 전쟁이 벌어졌다면 당연히 나가야죠."

그는 끝없이 말을 했다. 자신이 적들에게 가할 상처가 몇 개일지 세기도 하고, 벌써 차지해 버리기라도 한듯 전리품에 대해 상세히 설명하기도 했다. 전쟁에 대한 열망으로 두 눈을 빛내는 그 거무스름한 얼굴은 옛날 역사책에 나오는 늙은 전사를 연상시켰다. 나는 자신이 어떻게 해야 하는지에 대해 추호의 의심도 없는 그가 부러웠다. 어찌할 바를 모르고 그저 앞날에 대해 생각만 하고 있는 나와는 사뭇 대조적이었던 것이다. 나는 너무 오랫동안 러시아 제국 학교에 다녀서 러시아 식의 분석적인 사고방식에 물들어 버린 것인지도 몰랐다.

우리는 역에 도착했다. 그루지야 여자들, 아이들, 노인들, 농부들 그리고 사카탈리에서 온 유목민들로 역사 안은 발 디딜 틈이 없었다. 그들이 어디로 갈 예정인지, 아니 어디로 가고 싶은지조차 알 수 없었다. 그건 그들도 모르는 듯했다. 사람들은 마치 진흙 덩어리처럼 바닥에 누워 있든지, 들어오는 기차만 보이면 행선지에 상관하지 않고 몰려들든지 했다.

다 떨어진 양털 외투를 입은 노인 하나는 눈에서 고름을 질질 흘리며 대합실 입구에 앉아 흐느끼고 있었다. 그는 페르시아와 접경한 렌코라니 지역에서 왔다며 자기 집이 다 무너지고 아이들도 다 죽었으리라고 하소연했다. 페르시아에는 전쟁이 일어나지 않았다고 내가 말해 주었다. 하지만 그를 달랠 수는 없었다. 그는 계속 한탄했다.

"아닙니다, 나리. 페르시아는 오랫동안 녹슬었던 칼날을 날카롭게 벼리고 있어요. 유목민들이 우리를 공격할 테고 샤세반 족 또한 믿지 않는 이들의 땅에 살아온 우리를 적으로 생각하겠죠. 페르시아의 은빛 사자가 우리나라를 쑥대밭으로 만들 테고, 우리 딸들은 노예가, 아들들은 노리개가 될 겁니다."

코치가 사람들을 밀어 대 공간을 만든 덕분에 나는 간신히 플

랫폼으로 나갈 수 있었다. 기관차는 선사시대의 괴물처럼 보였다. 노란 사막을 배경으로 기관차는 시커멓고 심술궂게 서 있었다. 우리는 기차에 올랐고, 두둑한 팁을 받은 차장은 칸막이 객실 하나를 통째로 내주었다. 붉은 벨벳으로 덮인 좌석에는 '카프카스 횡단 열차'라는 뜻의 러시아어 약자가 새겨져 있었다.

기차가 사막을 뚫고 움직이기 시작했다. 눈 닿은 끝까지 펼쳐진 사막과 둥글고 조그마한 헐벗은 언덕들, 오랜 세월 풍화된 바위들이 모두 붉게 빛났다. 몇 킬로미터 떨어진 바다에서 상쾌한 바람이 불어왔다. 낮은 절벽들 여기저기에는 먼지투성이 풀잎이 늘어져 있었다.

대상 행렬도 보였다. 백 마리도 더 되어 보이는, 혹이 하나이기도 하고 두 개이기도 한 크고 작은 낙타들이 기차를 응시했다. 낙타들은 다리를 넓게 벌리고 건들건들 움직였다. 그리고 규칙적으로 고개를 흔들어 목에 건 작은 종을 딸랑거렸다. 한 마리가 발을 헛딛기라도 하면 종소리가 어긋났고, 그러면 행렬 전체의 리듬이 깨어졌다. 그런 경우 모든 낙타들이 일제히 그 자리에 멈춰서 상황이 정리될 때까지 기다렸고, 다시 한 무리를 이루어 움직였다. 동물과 새를 섞어 놓은 듯한 존재, 우아하면서도 추하고, 매력적이면서도 혐오스러운 동물, 사막의 뜨거운 꿈으로부터 태어나 그 뜨거운 꿈을 위해 살아가는 낙타는 사막의 상징이나 다름없었다.

내게 잘못된 것도 바로 그 종소리였다. 내 첫 번째 반응은 가능한 한 빨리 전쟁에 나가자는 충동적인 판단이었다. 하지만 이제는 생각할 시간이 있었다. 대상 행렬은 부드러운 모래를 밟으며 꿈꾸듯 동쪽으로 향했다. 기차는 철길을 따라 기계적으로 무감각하게 서쪽으로 내달렸다. 어째서 나는 기차에서 뛰어내려 대상들에 합류하지 않았던 것일까? 낙타들, 낙타를 이끄는 사람들, 사막, 바로 그곳이야말로 내가 속한 곳이 아닌가!

산 너머의 세계가 내게 대체 무엇이란 말인가? 전쟁을 벌이는 유럽인들, 유럽의 도시, 왕이나 황제들이 나와 무슨 상관이 있나? 그들의 슬픔이나 행복, 청결과 불결은 우리와 다르다. 무엇이 깨끗하고 불결한지, 무엇이 옳고 그른지에 대한 가치관이 서로 다른 것이다. 우리는 얼굴 생김새도, 삶의 리듬도 그들과 다르다. 기차가 서쪽으로 달리는 것과는 상관없이 내 영혼과 가슴은 동쪽에 속해 있다.

나는 창문을 활짝 열고 몸을 바깥으로 길게 내밀었다. 그리고 벌써 한참 멀어진 대상 행렬을 바라보았다. 나는 침착했고, 마음속으로는 이미 결정을 내리고 있었다. 우리나라에는 적이 없었다. 누구도 카프카스의 초원을 위협하지 않았다. 따라서 이 전쟁은 나의 전쟁이 아니었다. 하지만 코치의 경우는 상황이 달랐다. 그는 러시아 황제를 위해 싸우든 서방을 위해 싸우든 상관하지 않았다. 그저 모험에 대한 기대에 사로잡혀 있을 뿐이었다. 다른 모든 아시아인들처럼, 그는 피를 흘리고 싶어 했고 적들이 울부짖는 모습을 보고자 했다.

물론 나도 전쟁에 나가고 싶었다. 내 영혼 또한 자유로운 전투를, 저녁 무렵 전장에서 피어오르는 연기를 열망했다. '전쟁'은 남성다움과 강인함을 상징하는 멋진 말이다. 그 말만으로도 창의 날카로운 힘이 느껴졌다. 하지만 나는 기다려야 했다. 이 전쟁에서 누가 이기든 그다음에는 과거 러시아 황제들이 행한 많은 침략을 합친 것보다 더 큰 위험이 우리 앞에 다가오리라는 예감이 들었다. 그때 우리 도시, 우리 나라, 우리 대륙을 침략할 미래의 적을 맞아 싸울 사람이 남아 있어야 했다. 보이지 않는 손이 저 대상 행렬의 고삐까지도 낚아채 새로운 초원으로, 새로운 길로 이끌게 될 것이다. 그 길은 결국 서쪽으로 향하는 길, 내가 따라가고 싶지 않은 길일 수밖에 없다.

바로 그것이 내가 집에 머물기로 한 이유였다. 지금은 보이지 않는 적이 나의 세계를 공격할 때, 나는 그때 마침내 단검을 뽑을 것이다. 나는 등받이에 몸을 기대었다. 이렇게 생각을 끝까지 정리할 수 있어 좋았다. 남들은 분명 내가 니노의 검은 눈을 떠나기 싫어 집에 남았다고 하겠지. 실제로 그럴지도 모른다. 그들의 생각이 옳을 수도 있다. 내게 그 검은 눈동자는 바로 내 고향 땅이었고, 이방인들이 타락시킨 아들을 부르는 고향의 외침이다. 나는 내 고향 땅의 그 검은 눈동자를 보이지 않는 위험에서 지켜 낼 것이다.

나는 코치를 보았다. 그는 전쟁에 대한 흥분을 보여 주듯 열정적으로 코를 골며 자고 있었다.

9

도시는 카프카스의 이글거리는 팔월의 태양 아래 게으르게 누워 있었다. 고대로부터 조금도 변하지 않은 모습 그대로였다. 러시아인들은 많이 사라졌다. 황제와 조국을 위해 도시를 떠나 전쟁에 나간 것이다. 경찰은 독일과 오스트리아인의 집을 수색했다. 석유 값도 올랐다. 하지만 성벽 안쪽과 바깥쪽 사람들은 모두 행복하게 잘 지냈다. 다만 찻집의 종업원들이 다급하게 새로 도착한 소식을 전하는 일이 생겼을 뿐이었다.

전쟁은 저 멀리 다른 행성에서 벌어지고 있었다. 전투가 벌어진, 혹은 함락당한 도시 이름들은 까마득히 낯설었다. 신문 일면을 장식한 사진 속의 장군들은 다정하게 웃는 표정이었지만 동시에 승리에 대한 확신과 자신감도 드러나 있었다.

나는 전쟁에 나가지 않았을 뿐 아니라 공부하러 모스크바에 가지도 않았다. 조금 늦어진다고 해서 공부가 달아나는 일은 없을 것이었다. 많은 사람들이 전쟁에 나가지 않는 나를 비난했다. 하

지만 우리 집 옥상에 올라 옛 시가지의 형형색색 풍경을 내려다
볼 때면 나는 그 어떤 황제의 명령도 내가 집을 떠나도록 할 수는
없다는 확신이 들었다. 아버지도 놀라고 당황스러워했다.

"너, 알리 칸 시르반시르가 정말로 전쟁에 나갈 생각이 없다는
말이냐?"

"네, 아버지. 전쟁에 나가고 싶지 않습니다."

"우리 선조들은 대부분 전장에서 목숨을 잃었다. 그것이 우리
가문의 전통이다."

"저도 알고 있습니다. 저 역시 전장에서 목숨을 잃을 것입니
다. 하지만 지금은 아닙니다. 물론 먼 미래도 아닙니다만……."

"치욕 속에 살기보다는 죽는 것이 더 낫다."

"저는 치욕스럽게 살지 않을 겁니다. 다만 이 전쟁은 저와 상관
없습니다."

아버지는 이해 못하겠다는 눈길로 나를 쳐다보셨다. 당신 아
들이 겁쟁이가 아닌지 걱정스러웠던 것이다. 그러고는 이미 귀
에 못이 박히도록 들은 우리 가문의 역사에 대해 다시 들려주셨
다. 나디르 샤 치세 때 시르반시르 가문의 다섯 전사가 은 사자의
왕국을 지키기 위해 어떻게 싸웠는지에 대한 이야기였다.

인도와의 전투에서 네 명이 사망했다. 전사 단 한 명만이 막대
한 전리품을 가지고 델리에서 돌아왔다. 그는 영지를 사고 저택
을 지었으며 왕보다 더 장수했다. 그리고 다음 대에 샤인 루크가
후세인 칸과 전쟁을 하게 되었을 때 아가 모하마드를 도와 다시

출전했다. 그와 여덟 아들은 아가 모하마드를 따라 센드, 코라
산, 그루지야 등 각지를 원정했다. 그중 세 명만이 살아남아 위
대한 환관 아가 모하마드가 이후 샤가 될 때까지 충성했다. 아가
모하마드가 슈샤에서 살해당하던 밤, 우리 세 선조도 함께 숙영
하고 있었다. 아가 모하마드의 후계자인 파스 알리 샤는 시르반
시르 가문의 아홉 전사가 흘린 피의 보상으로 시르반, 마잔다란,
길리안 그리고 아제르바이잔의 영토를 하사했다. 세 형제는 왕
중 왕의 세습 봉신이 되어 시르반을 통치하게 되었다.

그 후 러시아인들이 왔다. 이브라힘 칸 시르반시르는 바쿠를
지켜 냈고, 간자에서 영웅적인 최후를 맞아 가문의 명예를 드높
였다. 이후 시르반시르 가문은 갈라졌다. 페르시아 계열이던 사
람들은 모하마드 샤와 나스르 앗 딘 샤 휘하에서 투르크멘 족과
아프간인들을 상대로 싸우다가 죽었고, 러시아 계열이었던 이들
은 크림 전쟁이나 터키 혹은 일본과 맞선 전쟁에서 황제를 위해
목숨을 바쳤다. 바로 이런 과정을 통해 그토록 많은 훈장과 메달
을 얻었고, 가문의 후손이 'gerundium'과 'gerundivium'을 구
별하지 못해도 시험에 합격할 수 있게 된 것이었다.

"이제 우리나라에 다시 전쟁이 찾아왔다. 하지만 너, 알리 칸 시
르반시르는 황제의 온건한 칙령 뒤에 숨어 겁쟁이처럼 카펫 위에
앉아만 있구나. 우리 가문의 역사가 네 피 속에 흐르고 있다. 먼지
투성이의 죽은 책을 뒤적이는 건 아무 소용없다. 네 가슴과 혈관
에서 우리 선조들의 영웅적인 업적을 읽어 내도록 해라."

아버지는 서글픈 표정으로 입을 다무셨다. 아버지는 나를 이해하지 못했고, 그래서 당신의 아들을 겁쟁이라고 부른 것이었다. 전쟁이 터졌는데 당신의 아들이 당장 전장으로 달려가지 않고 적들의 피에 목말라 하지도 않으며 그들의 눈물도 보고 싶어 하지 않는다니! 이런 아들은 무언가 잘못된 것이 틀림없다! 나는 카펫 위에 앉아 폭신한 쿠션에 등을 기댄 채 농담조로 말했다.

"세 가지 소원을 들어 주신다고 하셨죠. 첫 번째는 카라바흐에서 여름을 보내는 것이었습니다. 이제 두 번째 소원을 말씀드리죠. 제가 원할 때 칼을 뽑을 수 있도록 해 주십시오. 그리 오래 걸리지는 않을 겁니다. 앞으로 아주 오랫동안 평화는 먼 과거의 일로 남을 테니까요. 이 나라는 좀 더 나중에 제 검을 요구할 겁니다."

"좋다."

아버지가 말씀하셨다. 이후 아버지는 더 이상 전쟁 이야기를 하지 않으셨지만 나를 유심히 지켜보셨다. 당신 아들이 영 잘못되지는 않았을 거라는 희망을 가지시는 듯했다. 나는 타자 피르 모스크의 물라를 찾아갔다. 그는 즉시 내 뜻을 이해해 주었다. 그러고는 긴 가운을 휘날리고 용연향 향기를 풍기며 우리 집에 찾아와 아버지와 단둘이서 오랫동안 이야기를 나누었다.

물라는 코란을 자주 인용하면서 이슬람 교도는 이 전쟁에 꼭 참전할 필요가 없다는 점을 아버지에게 납득시켰다. 그 후에야 나는 집에서 평화와 안정을 얻을 수 있었다. 하지만 그건 집안에서뿐이었다. 전쟁의 열풍은 젊은이들을 휘어잡았고, 이성적인 판단 하에 뒤로 물러설 줄 아는 사람은 그리 많지 않았다. 나는 가끔 친구들을 만나러 갔다. 지지아나쉬빌리 문을 지난 뒤 오른쪽으로 돌아 아숩 거리를 따라가다가 성 올가 거리를 건너 세이날 아가의 집으로 걸어가는 것이다.

일리아스 벡은 탁자 앞에 앉아 전황 자료를 들여다보고 있었다. 학교에서 지진아였던 마흐무드 하이다르도 그 옆에 웅크리고 앉아 있었다. 눈썹을 잔뜩 찌푸리고 두려움에 찬 모습이었다. 전쟁은 그의 삶을 뒤흔들어 놓았다. 막 지혜의 집을 떠난 그는 일리아스 벡과 마찬가지로 어깨 위에 황금빛 공무원 견장을 달겠다는 꿈을 가지고 있었고 둘이 함께 공무원 시험을 준비하던 중이었다. 방에 들어서면서 나는 마흐무드 하이다르가 절망적으로 중얼거리는 소리를 들었다.

"군의 임무는 안팎의 적들로부터 황제와 조국을 지키는 것이다."

나는 불쌍한 친구가 보고 있던 책을 낚아채 질문을 던졌다.

"자, 친애하는 마흐무드 하이다르. 외부의 적은 누구지?"

그는 얼굴을 찡그리며 열심히 생각한 끝에 불쑥 대답했다.

"독일인과 오스트리아인이지."

"아냐, 이 친구야."

나는 낄낄거리며 신나게 읽어 내려갔다.

"외부의 적이란 전쟁 같은 의도로 우리 국경을 침범하겠다고 위협하는 모든 군사 조직으로 정의된다."

나는 일리아스 벡 쪽으로 고개를 돌렸다.

"자, 그럼 '발사'란 무엇이지?"

일리아스 벡은 기계적으로 대답했다.

"발사란 화약의 힘으로 포신에서 탄알이 튀어나가는 것으로 정의된다."

이런 식의 질의응답 놀이는 얼마 동안 계속되었다. 우리는 규칙과 규정에 따라 적을 죽이는 것이 얼마나 어려운지 깨닫고 놀라지 않을 수 없었다. 우리나라 사람들은 이런 식의 싸움 규칙에는 영 서툴렀다. 이윽고 마흐무드 하이다르와 일리아스 벡은 훗날 자신들의 군사 원정이 얼마나 즐거울지에 대해 열띤 토론을 시작했다. 그런 헛된 얘기들 중 가장 중요한 등장인물은 폐허가 된 마을에서 무사히 구출한 외국 여자들이었다. 두 친구는, 또한 군인은 모두 야전 사령관의 지휘봉을 배낭에 넣고 다니는 법이라며 나를 가엾다는 듯 바라보았다.

"내가 장교가 되면 넌 내게 길을 양보하면서 경의를 표해야 해."

마흐무드 하이다르가 말했다.

"왜냐하면 내 용감한 피가 네 게으른 뼈를 지켜 주기 때문이지."

"네가 장교가 되는 건 아마 전쟁이 끝난 한참 후, 독일인들이 모스크바를 점령했을 때일걸."

나의 악담에도 불구하고 미래의 두 전쟁 영웅은 못마땅한 기색이 전혀 없었다. 이들은 누가 전쟁에서 이길 것인가에 대해 나보다도 더 관심이 없었다. 우리와 전선 사이에는 세상의 육분의 일을 차지하는 거대한 러시아 영토가 가로놓여 있었던 것이다. 독일군이 그 모두를 점령하기란 불가능했다. 다만 기존의 그리스도교 군주를 대신하여 또 다른 그리스도교 군주가 우리를 통치하게 될 것이다. 그게 전부였다. 따라서 일리아스 벡에게 전쟁은 모험이었고, 마흐무드 하이다르에게는 사나이다운 과업을 위해 떳떳하게 학업을 끝낼 수 있는 반가운 구실이었다.

나는 두 친구 모두 훌륭한 야전 장교가 되리라고 믿었다. 우리민족은 본래 용감하니 말이다. 하지만 무엇을 위해 용감한 것일까? 일리아스 벡도, 마흐무드 하이다르도 이 질문에는 관심이 없었고, 내 경고에 귀를 기울이지도 않았다. 피를 갈구하는 동양의 본능이 되살아난 것으로 그저 충분했던 것이다.

두 친구로부터 충분히 장난기 어린 무시를 당하고 난 후, 나는 세이날 아가의 집을 나섰다. 그리고 아르메니아인 거주 지역의 거미줄처럼 뒤엉킨 좁은 골목을 뚫고 해안 산책로에 갔다. 카스피 해의 납빛 짠물이 흰 화강암을 핥아 댔다. 항구에는 포함이 정박해 있었다.

나는 벤치에 앉아 용감하게 파도와 싸우고 있는 작은 어선을 바라보았다. 샤가 통치하는 평화롭고 거대한 초록 나라, 페르시아의 아스타라 항으로 나를 쉽고 편안하게 데려다 줄 수 있는 배들이었다. 그곳 페르시아는 고전 시인들이 아름다운 시구를 읊으면서 사랑의 탄식을 늘어놓는 곳이었고, 영웅 루스템의 위업을 기억하는 곳이었으며, 테헤란 궁전에 핀 붉은 장미가 진한 향기를 내뿜는 곳이었다. 꿈속에서나 볼 수 있는 그런 멋진 나라였던 것이다.

나는 해안 산책로를 오르내리면서 시간을 보냈다. 니노의 집으로 찾아간다는 것은 아직 어색했기 때문이다. 그건 올바른 행동에 대한 나의 상식에도 완전히 어긋나는 짓이었다. 하지만 전시인 만큼 니노의 아버지도 조금은 다른 기준을 적용할 것 같았다. 마침내 나는 심호흡을 하고 니노의 집으로 이어지는 계단을 오르기 시작했다. 사 층 건물의 이 층에 '키피아니 공작'이라는 놋쇠 문패가 붙어 있었다. 흰 앞치마를 두른 하녀가 문을 열더니 공손히 인사했다. 나는 하녀에게 모자를 건네 주었다. 동양에서는 손님이 모자를 가지고 있는 법이었지만 나는 유럽 방식을 따랐다. 니노 식구들은 응접실에 모여 차를 마시고 있었다.

응접실은 아주 컸다. 가구는 모두 붉은 비단으로 장식되었고 구석에는 종려나무와 꽃 화분들을 놓았다. 벽에는 칠을 하거나 카펫을 거는 대신 벽지를 붙였다. 가족들은 크고 아름다운 찻잔을 들고 우유를 넣은 홍차를 마시고 있었다. 완전히 영국식이었다. 비스킷과 러스크도 마련되어 있어서 니노 어머니의 손에 입을 맞추자 비스킷과 러스크, 그리고 라벤더 향기가 났다. 공작은 나와 악수를 했고, 니노는 찻잔에 시선을 고정한 채 내게 손을 내밀었다. 나도 자리에 앉아 차를 대접받았다.

"그래, 자네는 전쟁에 나가지 않기로 결정했다면서?"

공작이 부드럽게 물었다.

"네. 당분간은 그렇습니다, 공작님."

공작 부인이 찻잔을 내려놓았다.

"내가 당신이라면 전쟁을 돕는 위원회 같은 곳에 가입하겠어요. 그럼 최소한 군복은 갖게 될 테니까요."

"그것도 좋겠군요. 좋은 생각입니다."

"나도 그렇게 하려고 하네."

공작이 말했다.

"하던 일을 놓을 수는 없으니 여가 시간이라도 조국을 위해 희생해야지."

"물론입니다, 공작님. 그런데 안타깝게도 제게는 여가 시간이라는 것이 거의 없으니 조국을 위해 희생할 수도 없군요."

공작은 정말로 놀란 듯했다.

"무엇을 하는데 그렇게 바쁜가?"

"영지를 관리하느라 바쁩니다, 공작님."

그 말이면 족했다. 그건 내가 언젠가 영국 소설에서 읽은 문장이었다. 귀족이 아무 일도 하지 않고 지낸다면 그건 곧 영지 관리에 바쁘다는 뜻이라고 말이다. 이제 니노의 교양 있는 부모님은 나를 한층 더 높이 사기 시작하는 듯했다.

우아한 표현을 몇 마디 더 주고받은 끝에 나는 그날 밤 니노와 오페라 공연에 가도 좋다는 허락을 받았다. 나는 다시 한 번 무릎을 꿇고 공작 부인의 손에 입을 맞추었으며 'R'을 상트페테르부르크 식으로 발음하기까지 했다. 나는 일곱 시 삼십 분에 니노를 데리러 오겠다고 약속했다. 니노는 나를 문까지 배웅했다. 내가 하녀에게서 모자를 받아들었을 때 니노는 얼굴을 붉히고 고개를 숙인 채 서툰 타타르어로 말했다.

"네가 도시에 남기로 해서 정말 기뻐. 하지만 혹시 전쟁에 나가는 것이 두려워서 이곳에 남는 건 아니겠지? 남자라면 전투를 피하지 말아야지. 난 네 상처도 사랑할 거야."

나는 니노의 손을 잡았다.

"아니, 두려워하는 게 아냐. 네가 내 상처를 치료할 날이 반드시 올 거야. 하지만 그때까지는 나를 겁쟁이라고 생각해도 괜찮아."

니노는 이해하지 못하겠다는 표정으로 나를 보았다. 나는 집으로 돌아와 낡은 화학 교과서를 갈기갈기 찢어 버렸다. 그러고는 진짜 페르시아 차를 한 잔 마시고 오페라 좌석을 예약했다.

10

눈을 감고 그 눈을 손으로 감싸라. 마음의 눈을 열어 보라. 테헤란의 연극 공연 모습이 기억나는가? 푸른 돌로 만든 거대한 홀 입구에는 샤 나스르 앗 딘의 멋진 서명이 있었다. 홀 한가운데에 네모진 무대가 있고, 그 둘레에는 귀족들, 기대감에 부푼 아이들, 열정적인 젊은이들이 혹은 서고 혹은 앉고 혹은 누워 있다. 성 후세인에 관한 연극을 보러 온 관중들이다.

홀은 희미하게 밝혀져 있다. 무대 위에서는 수염 난 천사들이 어린 후세인을 달래고 있다. 잔혹한 칼리프 야시드가 후세인의 목을 가져오라며 사막으로 전사들을 보낸 것이다. 구슬픈 노래가 흐르다가 갑자기 검이 부딪치는 소리가 들린다. 알리, 파티마, 그리고 최초의 여자 이브가 무대를 이리저리 돌아다니며 페르시아 사행시를 길게 읊었다. 누군가 칼리프에게 어린 후세인의 목을 담은 황금 쟁반을 건넸다. 관객들은 몸을 떨며 흐느꼈다. 물라가 객석을 돌아다니며 솜에 눈물을 모았다. 눈물에는 강한 마법의 힘이 있기 때문이다. 관객의 신앙이 깊을수록 연극의 효과도 큰 법이었다. 무대 위의 나무 판자는 사막이 되고, 상자는 다이아몬드가 박힌 칼리프의 옥좌, 나무 기둥 몇 개는 에덴의 정원, 수염 난 남자는 예언자의 딸이 될 수 있었다.

자, 이제 눈을 뜨라! 손도 떼고 주위를 둘러보라! 헤아릴 수 없이 많은 전구가 대낮처럼 밝혀져 있다. 벽과 의자는 붉은 벨벳으로 덮였고, 박스 좌석은 황금빛 신상 조각이 떠받치고 있다. 일등석에 앉은 신사들의 대머리가 밤하늘의 별처럼 빛난다. 여인들의 흰 등과 벗은 팔이 들뜬 분위기를 더한다. 어둡고 깊은 공간이 관객과 무대를 가로막고 있다. 그 아래에서는 이름도 얼굴도 없는 악사들이 앉아 악기를 조율하고 있다. 관객석은 소곤거리는 대화 소리, 팸플릿을 넘기는 사각거림, 부채나 오페라 글라스를 흔드는 소리로 가득하다.

이것이 바로 〈예브게니 오네긴〉이 시작되기 몇 분 전 바쿠 오페라 극장의 모습이었다. 니노는 내 옆에 앉아 갸름한 얼굴로 나를 바라보았다. 입술이 촉촉했고, 눈은 말라 있었다. 별로 말도 없었다. 불이 꺼지자 나는 팔을 뻗어 니노의 어깨를 감싸 안았다. 니노는 차이코프스키의 음악에 완전히 빠져든 듯 고개를 한쪽으로 기울이고 있었다. 주인공 예브게니 오네긴이 무대 위에 등장했고, 타티아나가 아리아를 불렀다.

나는 연극보다는 오페라가 좋았다. 오페라의 줄거리는 상대적으로 간단하고, 관객 대부분도 이미 알고 있다. 음악 소리도 너무 크지만 않다면 괜찮다. 하지만 연극의 경우, 무대 위에서 벌어지는 괴상한 사태 전개를 따라가는 것이 정말로 힘든 경우가 많다. 극장 안은 어둡다. 눈을 감고 있으면 옆자리 사람들은 내가 음악에 완전히 빠져들었다고 생각하겠지만 나는 눈을 뜨고 있었다. 앞으로 몸을 내민 니노의 우아한 옆모습 뒤로 일 열에 앉은 사람들이 보였다. 한중간에 양처럼 눈이 튀어나오고, 이마가 철학자처럼 생긴 사람이 있었다. 바로 내 오랜 친구 멜리크 나카라리언이었다. 음악에 맞춰 앞뒤로 움직이는 그의 머리가 니노의 왼쪽 눈과 코 사이를 오갔다.

"저기 봐. 나카라리언이야."

내가 속삭였다.

"이런 야만인 같으니라고. 무대를 봐야지."

니노는 이렇게 대답하면서도 흘끗, 뚱보 아르메니아인 친구를 보았다. 나카라리언도 우리를 발견하고 사람 좋은 웃음을 지으며 고개를 끄덕였다.

휴식시간에 나는 니노를 위해 초콜릿을 사러 갔다가 극장 매점에서 나카라리언을 만났다. 그는 우리 자리로 와서 인사를 했다. 뚱뚱하지만 현명해 보이는 그는 머리가 약간 벗겨져 있었다.

"나카라리언, 지금 몇 살이지?"

"서른이야."

"서른 살이라고요?"

니노가 고개를 쳐들더니 되물었다.

"그럼, 앞으로 시내에서 볼 날이 얼마 없겠군요."

"왜 그렇게 생각하지요, 공작 따님?"

"그 나이라면 이미 징집 대상이니까요."

그는 큰소리로 웃었다. 두 눈이 튀어나오고, 배가 흔들릴 정도로 말이다.

"아니, 난 전쟁 따위에는 나가지 않아요. 의사가 내 신장에서 치료 불가능한 기능 저하 현상을 발견했거든. 그러니 난 후방에 남아야 해."

금방 이해하기 어려운 병이었다. 난 복통이 아닐까 생각했다. 니노의 두 눈이 휘둥그레 커졌다.

"아주 위험한 병인가요?"

어느새 동정하는 듯한 목소리로 니노가 물었다.

"뭐, 상황에 따라서는. 자기가 해야 할 일을 잘 아는 의사라면 어떤 병이든 심각하게 만들 수 있지."

니노는 놀랍고도 역겹다는 표정이었다. 멜리크 나카라리언은 카라바흐에서 가장 지체 높은 귀족 가문 출신이었다. 그의 아버지는 장군이었고, 그는 황소처럼 튼튼했으며, 아직 미혼이었다. 그가 자기 자리로 돌아가기 직전에 나는 함께 저녁 식사를 하자고 제안했다. 그는 정중한 감사 인사와 함께 초대를 수락했다. 막이 오르고 니노는 내 어깨에 머리를 기대었다. 유명한 차이코프스키의 왈츠가 흐르는 동안 니노는 나를 바라보며 속삭였다.

"나카라리언에 비하면 넌 정말 영웅이야. 최소한 너한테는 신장 기능 저하 증세가 없으니까 말이야."

"아르메니아 사람들은 이슬람 교도에 비해 상상력이 풍부하지."

나는 이렇게 말하면서 나카라리언을 옹호했다. 니노는 렌스키가 예브게니 오네긴 앞으로 걸어 나오면서 각본대로 총에 맞아 죽는 장면에서도 내 어깨에서 고개를 들지 않았다. 쉽고 우아하면서도 완벽한 승리였기 때문에 꼭 축하하는 자리를 만들어야 할 것 같았다.

나카라리언은 출구에서 우리를 기다리고 있었다. 나카라리언의 우아한 유럽식 승용차도 시르반시르 가문의 쌍두마차와 나란히 서 있었다. 우리는 학교를 지나 어두운 거리를 달렸다. 밤에 보니 학교 건물들이 좀 더 친밀하게 느껴졌다. 우리가 멈춘 곳은 클럽의 대리석 계단 앞이었다. 좀 위험한 짓이기는 했다. 하지만 동행인이 시르반시르와 나카라리언이라는 성을 가지고 있는 한 키피아니 공작 따님은 홀리 퀸 타마르 여학교의 규칙에 신경 쓸 필요가 없었다.

흰 램프가 넓은 테라스를 밝히고 있었다. 우리는 깜깜한 총독 정원, 어렴풋한 바다, 그리고 나르긴 섬의 등대가 바라보이는 자리에 앉았고, 유리잔을 부딪치며 건배했다. 니노와 나카라리언은 샴페인을 마셨다. 나는 늘 그렇듯 오렌지에이드만 홀짝거렸다. 세상의 그 어떤 것도, 심지어 니노의 검은 눈동자마저도 나를 공공장소에서 술을 마시게 하지는 못했던 것이다. 클럽의 육

인조 악단이 마침내 연주를 그쳤을 때, 나카라리언이 심각한 표정으로 생각에 잠겨 말했다.

"여기 우리 셋은 그루지야인, 이슬람 교도, 아르메니아인이라는 카프카스 삼대 민족을 대표하고 있군. 같은 하늘 아래 같은 땅에서 태어났지만 공통점 못지 않게 차이점도 많아. 마치 하느님의 삼위일체처럼 말이야. 유럽적이면서도 아시아적이고, 동쪽과 서쪽 모두와 무언가를 주고받고 있지."

"카프카스 사람에게는 전쟁이 중요한 자리를 차지하고 있다고 늘 생각했어요."

니노가 말했다.

"물론, 지금 나와 함께 앉아 있는 두 카프카스인들은 전쟁을 원하지 않지만요."

나카라리언이 부드러운 시선으로 니노를 보았다.

"아니, 우리는 둘 다 전쟁을 원한답니다, 아가씨. 하지만 서로를 상대로 삼지는 않지요. 높은 담장이 우리와 러시아 사이를 가로막고 있어요. 카프카스 산맥이라는 담장이죠. 러시아인들이 이긴다면 우리는 교회도, 언어도, 정체성도 다 잃어버린 채 완전히 러시아화되겠지요. 그리고 더 이상은 동과 서, 두 세계를 연결하는 다리가 되지 못하고 오히려 두 세계 모두에게 미움받는 건달이 될 겁니다."

그러자 니노의 입술에서는 학교에서 배운 이야기가 흘러나왔다.

"페르시아인들과 터키인들이 우리나라를 갈기갈기 찢어 놓았어요. 샤는 동방을, 술탄은 서방을 파괴했지요. 얼마나 많은 그루지야 소녀들이 노예가 되어 하렘으로 끌려갔는지 아세요! 하지만 러시아인들은 스스로 원해서 온 것이 아니잖아요. 우리가 와 달라고 청했지요. 조지 12세가 먼저 러시아 황제의 은총을 구했다는 건 다 아는 사실이에요. '우리가 그루지야 왕국의 보호자가 되기로 한 것은 이미 무한히 넓은 제국의 영토를 확장하기 위함이 아니노라.'라는 구절을 알잖아요?"

물론 우리도 알고 있었다. 학교에 다니는 팔 년 내내 귀에 못이 박히도록 들어온 말, 백 년 전 러시아의 알렉산드르 1세가 내린 칙령의 한 구절이었다. 티빌리시 중심가의 청동 명판에도 그 말이 새겨져 있었다. 니노의 말이 크게 틀린 것은 아니었다. 아시아의 하렘은 한때 그리스도 교도 여자들로 가득 채워졌고, 카프카스 도시의 거리에도 그리스도 교도의 시체가 쌓였다. 물론 그런 상황에서 "그리스도 교도들은 신이 이슬람 교도에게 내린 합법적인 사냥감이야."라고 말할 수도 있었지만 나는 침묵한 채 나카라리언의 대답을 기다렸다.

"그래. 하지만 기억해야 할 점이 있어요."

나카라리언이 입을 열었다.

"정치적인 관점에서 생각하는 사람들은 때로 공정하지 못한, 심지어는 부당한 행동을 해야 하죠. 나도 러시아인들이 이 나라에 평화를 가져왔다는 점은 인정해요. 하지만 이제는 우리 카프카스 사람들 스스로 평화를 지킬 수 있어요. 러시아인들은 자신이 민족 사이의 싸움에서 우리를 보호해야 한다고 하지요. 그래서 이곳은 러시아의 지배를 받고 러시아 총독과 공무원들이 와 있어요. 하지만 한번 생각을 해 봐요. 공작 따님께서는 내게 보호받아야 하는 입장인가요? 나는 알리 칸으로부터 보호받아야 하나요? 페카푸르 샘 근처에서 평화롭게 앉아 시간을 보냈던 우리가 아니었나요? 카프카스 민족들이 페르시아를 적으로 생각해야 하던 시절은 지나갔어요. 적은 북쪽에 있고, 이 적은 우리가 서로에게서 보호받아야 하는 아이 같은 존재라고 주장하고 싶어 하죠. 하지만 우리는 더 이상 아이가 아니에요. 오랜 시간이 흐르면서 충분히 성숙한 셈이죠."

"그래서 전쟁에 나가지 않겠다는 건가요?"

니노가 물었다. 나카라리언은 샴페인을 너무 많이 마신 상태였다.

"그것 때문만은 아니지요."

그가 대답했다.

"난 게을러서 편안한 생활을 좋아해요. 아르메니아 교회 소유의 토지를 빼앗아 간 러시아인들에 대항해 나는 내 생활을 지키는 거예요. 참호보다는 여기가 훨씬 좋으니까. 우리 가문 사람들은 명예를 위해 이미 할 만큼 했어요. 그러니까 나는 쾌락주의자라고 할 수 있죠."

"내 생각은 달라."

내가 말했다.

"난 쾌락주의자가 아냐. 난 전쟁을 좋아하지."

"친구여, 자네는 아직 젊어."

나카라리언이 다시 잔을 들이켰다. 그는 오랫동안 이야기했다. 세상사에 아주 통달한 사람처럼 말이다. 집으로 돌아갈 즈음이 되자 니노는 나카라리언의 주장이 옳다는 점을 거의 인정하게 된 듯했다. 우리는 나카라리언의 차에 올라탔다.

"이 멋진 도시는 유럽의 관문이야. 러시아가 그렇게 후진적이지 않았다면 우리는 이미 유럽 국가가 되었을걸."

나카라리언이 운전하면서 말했다. 나는 지리 수업 시간의 행복했던 경험을 떠올렸고 큰 소리로 웃었다. 정말이지 멋진 저녁 한때였다. 작별 인사를 할 때 나는 니노의 눈과 손에 입을 맞추었고, 그동안 나카라리언은 바다를 바라보았다. 그리고 그는 나를 지지아나쉬빌리 문까지 태워 주었다. 그 안쪽까지는 차가 들어갈 수 없었던 것이다. 담장 안쪽은 아시아였다.

"니노와 결혼할 건가?"

나카라리언이 마지막 질문을 던졌다.

"인샤알라. 그것이 신의 뜻이라면."

"그러자면 여러 가지 어려움을 극복해야겠지. 언제든 도움이 필요하다면 도와줄게. 카프카스의 명문가들이 민족적으로 결합하는 건 대환영이니까. 우리는 협력해야 하거든."

나는 힘주어 그의 손을 잡았다. 훌륭한 아르메니아인도 있기는 한 모양이었다. 머리가 좀 복잡했다. 나는 지친 모습으로 집에 들어갔다. 하인이 웅크리고 앉아 책을 읽고 있었다. 흘깃 표지를 보았더니 코란의 아랍어 장식 글자가 페이지마다 가득했다. 하인이 일어나 공손히 인사를 했다. 나는 코란을 들고 읽었다.

"믿는 자여, 포도주와 도박, 그림은 혐오스러운 것, 사탄이 만든 것이니라. 이를 멀리하면 무사하리라. 사탄은 너희를 알라의 생각과 기도로부터 떼어 놓으려 하느니."

책장에서 달콤한 향기가 풍겼다. 얇고 누런 종이가 바스락 소리를 냈다. 가죽 표지 사이에 들어 있는 신의 말씀은 엄한 경고였다. 나는 책을 돌려주고 내 방으로 올라갔다. 낮은 소파는 넓고 부드러웠다. 무언가 분명히 보고 싶을 때, 늘 그러듯 나는 두 눈을 감았다. 샴페인, 무도회장의 예브게니 오네긴, 양의 눈처럼 빛나는 나카라리언의 눈이 보였다. 니노의 부드러운 입술, 산맥을 넘어 우리 도시로 밀려오는 적들도 보였다.

거리에서 단조로운 노랫소리가 들렸다. 실연을 슬퍼하는 하심 노인이었다. 나이 많은 그 노인이 애달퍼하는 사랑이 과연 무엇인지 아는 사람은 아무도 없었다. 그는 사랑의 열병을 앓는 사람을 뜻하는 아랍어 '마즈눈'이라는 영예로운 별명을 가지고 있었다. 밤이면 텅 빈 거리를 돌아다니고 한구석에 앉아 울면서 새벽이 올 때까지 서글픈 노래를 부르는 것이다. 단조로운 멜로디 덕분에 나는 금방 잠이 들었다. 나는 벽 쪽으로 돌아누워 어둠과 꿈속으로 빠져들었다. 그때까지만 해도 인생은 여전히 멋졌다.

11

막대기에는 양끝이 있다. 바로 꼭대기와 바닥이다. 막대기를 거꾸로 들면 꼭대기가 바닥이 되고 바닥은 꼭대기가 된다. 하지만 막대기 자체는 변한 것이 없다. 내가 바로 그랬다. 겉으로 보기에는 한 달 전, 한 해 전과 다를 것이 없었다. 거대한 세계에서는 똑같은 전쟁이 계속되었고, 똑같은 장군들이 이기거나 패배했다. 하지만 얼마 전까지도 나를 겁쟁이라고 부르던 사람들이 이제는 내 앞에서 고개를 숙였다. 친구나 친척들은 내 지혜에 감탄했고, 아버지도 대견하다는 눈빛이었다. 그래도 막대기 자체에 변한 것은 없었다.

어느 날 온 도시에 소문이 돌았다. 위대한 오스만 제국의 술탄 마흐무드 라시드가 믿지 않는 자들에 대해 전쟁을 선포했다는 것이다. 패배를 모르는 그의 군대는 동쪽과 서쪽으로 진군해 러시아와 영국의 압제로부터 믿는 자들을 구원할 것이었다. 성전(聖戰)이 선포되었고, 칼리프의 궁전은 예언자의 초록 깃발로 뒤덮혔다고 했다. 그렇게 해서 나는 영웅이 되었다. 친구들이 찾아와 내 혜안을 칭송했다. 내가 전쟁에 나가지 않았던 것은 지극히 옳은 행동이 되었다. 이슬람 교도가 술탄에 대항해 싸우는 것은 있을 수 없는 일이었다. 우리 형제인 터키인들이 바쿠로 올 것이고, 그들과 힘을 합치면 우리도 믿는 자들의 거대한 국가를 이루게 될 것이었다.

나는 칭찬에는 대답하지 않고 침묵한 채 고개만 숙였다. 현명한 사람이라면 칭찬에도 비난에도 흔들려서는 안 된다. 친구들이 지도를 펼쳤다. 그리고 도시의 어느 쪽으로 터키인들이 행진해 들어올 것인가를 두고 격렬한 논쟁을 벌였다. 나는 어느 방향에서 오든 터키인들은 아르메니아인 거주 지역을 통과할 것이라고 말해 논쟁을 중단시켰다. 친구들은 감탄하는 눈으로 나를 바라보며 다시금 내 지혜를 칭찬했다.

인간의 마음은 하룻밤에 변한다. 이제 성급하게 무기를 집어드는 이슬람 교도는 하나도 없었다. 세이날 아가는 바쿠 요새로 되돌아오기 위해 엄청난 돈을 치러야 했고, 일리아스 벡은 갑자기 전쟁에 싫증이 났다. 이 불쌍한 친구는 터키가 전쟁을 선포하기 직전에 공무원 시험에 합격했다. 마흐무드 하이다르까지도 합격하는 기적이 일어났다. 이제 두 사람 모두 장교였고, 막사에 앉아 황제와 협력을 맹세하지 않았던 나를 부러워하고 있었다. 하지만 상황을 되돌릴 길은 없었다. 누가 억지로 시킨 일이 아니었던 것이다. 그들 스스로 나선 끝에 얻은 결과였고, 이제 와서 맹세를 깬다면 나부터 그들을 비난할 것이었다.

그즈음 나는 거의 말이 없었다. 명확하게 생각을 정리할 수 없었기 때문이다. 그저 가끔씩 저녁 때 바깥으로 나가 항구 근처 작은 모스크를 향해 빠르게 걸음을 옮길 뿐이었다. 그 오래된 모스크에는 내 오랜 친구 사이드 무스타파가 살고 있었다. 그는 예언자의 후손이었다. 곰보로 얽은 얼굴에 눈이 가늘게 찢어진 그는 서열에 맞는 녹색 터번을 감고 있었다. 그의 아버지는 작은 모스크의 이맘(신의 통치를 위임받은 이슬람의 성직자_옮긴이)이었고, 할아버지는 성스러운 도시 메셰드에 있는 이맘 레자의 무덤가에 사는 유명한 현자였다.

사이드 무스타파는 하루에 다섯 번씩 기도를 했다. 그리고 신을 믿지 않았던 칼리프 예시드의 이름을 발바닥에 분필로 적어 두었다. 진실한 신앙을 미워했던 그 이름이 먼지 속에 파묻히도록 하기 위해서였다. 애도 기간인 모하람 열흘째에는 피가 흐를 때까지 자기 가슴을 할퀴었다고 했다. 니노는 사이드 무스타파가 괴팍하다고 싫어했다. 하지만 나는 그의 분명한 사고관이 좋았다. 그는 누구보다도 분명하게 선과 악, 진실과 거짓을 구분할 수 있었다. 사이드 무스타파는 현자다운 천진한 미소로 나를 반겼다.

"알리 칸, 소식 들었어? 돈 많은 야쿱 오글리가 도시에 처음 들어오는 터키 장교와 마시겠다면서 샴페인 열두 상자를 사들였대. 샴페인을 말이야! 이슬람의 성스러운 전쟁을 샴페인으로 축하하다니!"

나는 어깨를 으쓱해 보였다.

"그게 뭐 놀랍다고 그래? 온 세상이 미쳐 돌아가고 있는데."

"알라의 분노를 사는 사람은 길을 잃기 마련이지."

사이드 무스타파가 미소를 지으며 말했다. 그러고는 갑자기 벌떡 일어나 입술을 떨었다.

"어제 남자 여덟 명이 술탄의 군대에서 싸우겠다고 떠났대. 여덟 명이나 말야! 그들은 대체 자신의 행동을 어떻게 생각하는 걸까?"

"그 머리는 굶주린 당나귀의 뱃속처럼 텅 비었을걸."

내가 조심스럽게 대답했다. 사이드 무스타파의 분노는 끝이 없었다.

"좀 들어 봐! 시아파 교도들이 수니파 칼리프를 위해 싸운다니 말이 돼? 예시드가 예언자의 손자를 죽이지 않았다는 말인가? 무아위야는 알리를 살해하지 않았나? 예언자의 후계자가 누구란 말이야? 칼리프야, 아니면 예언자의 피가 흐르는 영원한 이맘이야? 수세기 동안 시아파 교도들은 슬픔에 잠겨 있었어. 우리와 배교자, 믿지 않는 자들보다 더 나쁜 그놈들 사이에는 피가 흘렀지. 이곳의 시아파 교도와 저쪽의 수니파 교도, 그 사이에 다리 따위는 없어. 술탄 셀림이 시아파 교도 사만 명을 학살했던 것이 그리 먼 과거도 아니라고.

그런데 대체 지금은 뭐야? 시아파 교도들이 예언자의 혈통을 훔쳐 간 칼리프를 위해 싸우려 하다니? 독실한 자들이 흘린 피도, 이맘들의 수수께끼도 모두 다 잊힌 것인가. 이곳 우리 시아파 교도의 땅에서 사람들은, 수니파가 와서 신앙을 망가뜨려 주기를 기다리고 있어. 터키인들은 과연 무엇을 원할까? 엔베르 파샤 장군은 오루미예(이란 북서부에 있는 도시_옮긴이)까지 전진했어. 페르시아는 반으로 쪼개질 거야. 진실한 신앙은 파괴되고 있어. 오, 알라여, 어서 불의 칼을 휘두르사 배교자들에게 벌을 내리소서! 오 알라여!"

그는 이렇게 절규하며 눈물을 흘렸고, 주먹으로 자기 가슴을 쳤다. 나는 몸을 떨며 그를 보았다. 무엇이 옳고 무엇이 그를까? 터키인들이 수니파라는 것은 사실이다. 하지만 그래도 나는 마음속으로 엔베르 파샤 장군이 바쿠로 오기를 고대하고 있었다. 이는 어떤 의미일까? 우리 순교자들의 피가 정말로 헛되이 되고 마는 것일까?

"사이드, 터키인들은 우리 혈통이야."

내가 말했다.

"언어도 같지. 샤 투란의 피가 양쪽 모두에 흐르고 있어. 어쩌면 바로 그 때문에 러시아 황제의 십자가 아래보다는 칼리프의 초승달 아래에서 죽는 것이 더 쉬울지도 모르지."

사이드 무스타파가 눈물을 그쳤다.

"내 혈관에는 무하마드의 피가 흘러."

냉정하면서도 자신만만한 목소리였다.

"샤 투란의 피라고? 학교에서 배웠던 것은 완전히 다 까먹은 모양이구나. 알타이 산에 가 봐. 아니 더 멀리 시베리아 경계에

가 봐. 거기 누가 살지? 우리랑 언어와 혈통이 같은 터키인들이
야. 신이 그들을 길을 잃고 헤매게 하셨고, 그들은 아직도 그곳
에서 우상을 숭배하는 이교도로 살고 있어. 수 텡그리라는 물의
신, 텝 텡그리라는 하늘의 신을 숭배하면서 말이야. 이들 야쿠츠
인이나 알타이인이 강력해져서 우리와 싸운다면 어떨까? 시아
파 교도들은 그 이교도의 승리를 기뻐해야 하나? 단지 우리와 혈
통이 같다고 해서?"

"우리는 어떻게 해야 하지, 사이드?"

내가 물었다.

"페르시아의 칼은 녹슬었어. 터키에 대항해서 싸우는 이들은
모두 러시아 황제 편이야. 우리는 무하마드의 이름으로 황제의
십자가 아래 모여 칼리프의 초승달에 맞서야 하나? 어떻게 해야
하는 거야?"

무스타파는 침묵에 빠져들었다. 그는 죽어 가는 천 년의 세월
이 품고 있는 고통을 모두 담은 듯한 눈빛으로 나를 보았다.

"우리가 어떻게 해야 하느냐고? 알리 칸, 그건 나도 몰라."

그는 고민에 빠졌지만 그런 순간에도 의미 없는 구절 뒤로 숨으
려 하지 않았다. 나는 혼란을 느끼며 침묵했다. 작은 석유 램프에
서 연기가 났다. 조그마한 원형 불빛 속에서, 여러 색이 섞인 기도
용 깔개가 정원의 꽃들처럼 보였다. 착착 접어 여행길에 가져갈
수 있는 정원이었다. 사이드 무스타파는 늘 여행하듯 살았으므로
다른 사람의 죄를 비난하는 것도 쉬운 일이었다. 십 년이나 이십

년이 지나면 그도 메세드의 레자 묘를 지키는 이맘이 되어 페르시아의 운명을 이끄는 현자의 반열에 오를 것이었다. 이미 그의 눈은 자기 나이를 알고 받아들이는 노인처럼 지쳐 보였다.

사이드 무스타파는 설사 페르시아를 다시금 강건하고 위대하게 만들 수 있다고 해도 그 대가로 진실한 신앙은 한 발짝도 양보하지 않을 사람이었다. 죄를 눈감아 주고 도깨비불 같은 지상의 화려함을 찾으니 차라리 파멸을 택하는 편이 나았다. 그리하여 그는 침묵했고, 무엇을 해야 할지 몰랐던 것이다. 그리고 나는 진정한 신앙을 고독하게 지켜 나간다는 점 때문에 그가 좋았다.

"우리 운명은 알라의 손에 달려 있어."

나는 화제를 돌렸다.

"신께서 우리를 바른 길로 인도하시겠지."

사이드 무스타파는 헤나로 붉게 염색한 자기 손톱을 내려다보았다. 호박 묵주 알이 손가락 사이에서 미끄러졌다. 그는 나를 올려다보았다. 얽은 얼굴에 활짝 미소가 피어났다.

"무슨 얘긴지 알아. 결혼하고 싶다는 거지."

나는 깜짝 놀라 자리에서 벌떡 일어섰다. 나는 시아파 교도 소년단을 만드는 문제에 대해 이야기하려던 참이었다. 하지만 그는 이미 성직자의 지혜로 내 심중을 꿰뚫은 셈이었다.

"내가 결혼하고 싶다는 걸 어떻게 알았지? 그리고 그것이 너와 무슨 상관이지?"

"네 눈에 그렇게 쓰여 있는 걸. 그리고 난 네 친구이니 당연히 상관이 있지. 넌 나를 싫어하는 그리스도 교도 니노와 결혼하고 싶은 거지?"

"그래. 어떻게 생각해?"

사이드는 날카로우면서도 지혜로운 눈길을 내게 던졌다.

"그렇게 해, 알리 칸. 남자라면 당연히 결혼해야 하고 사랑하는 여자를 아내로 맞는다면 더욱 좋지. 여자 쪽에서도 남자를 좋아해야만 하는 건 아냐. 지혜로운 남자는 여자의 비위를 맞추지 않지. 여자는 남자가 일구는 밭일 뿐이니까. 땅이 농부를 사랑해야 하는 건 아니잖아? 그저 농부가 땅을 사랑하는 것으로 충분해. 결혼해. 하지만 여자가 밭에 불과하다는 점은 잊지 말도록 해."

"그러면, 넌 여자에게는 영혼도 지혜도 없다고 믿는 거니?"

사이드 무스타파는 불쌍하다는 듯 나를 바라보았다.

"어떻게 그런 질문을 할 수 있니, 알리 칸? 당연히 여자에게는 영혼도 지혜도 없어. 대체 여자에게 그런 것이 왜 필요하지? 여자는 그저 정숙하고 아이를 많이 낳으면 그만이야. 율법에 따르면 남자 한 명의 증언이 여자 셋의 증언보다 더 중하다고 했어. 그걸 잊지 마."

나는 신심 깊은 사이드 무스타파가 그리스도 교도와 결혼하려는 내게 저주를 퍼부으리라 예상하고 있었던 터라 그 대답에 진심으로 감동했다. 그가 정직하고 현명하다는 것이 다시금 증명된 셈이었다. 나는 부드럽게 말했다.

"그러니까 넌 니노가 그리스도 교도여도 괜찮다는 거니? 아니면 니노가 이슬람으로 개종해야 할까?"

"그럴 이유가 어디 있어?"

그가 반문했다.

"영혼과 지혜가 없는 존재에게는 어차피 신앙도 없어. 여자는 천당도 지옥도 갈 수 없는 거야. 죽고 나면 그저 분해되어 무로 돌아갈 뿐이지. 하지만 너희 아들은 반드시 시아파 교도가 되어야 해."

나는 고개를 끄덕였다. 그는 자리에서 일어나 책장으로 갔다. 그리고 현명한 두 손의 기다란 손가락으로 먼지투성이 책을 꺼냈다. 표지를 보았더니 페르시아어로 '셀주크 족의 이야기'라고 쓰여 있었다. 그가 책장을 펼쳤다.

"이백칠 쪽에 나온 이야기야. 잘 들어 봐.

헤지라 637년에 술탄 알라딘 케이코바드는 카바디아의 성에서 죽었다. 카자세딘 케이코스로프가 셀주크의 왕좌에 올랐다. 그는 그루지야 공작의 딸과 결혼했는데, 그 그리스도 교도 아내에 대한 사랑이 어찌나 지극했는지 제국의 동전에 자기 얼굴과 함께 왕비의 얼굴도 새기라고 명령했다. 그러자 현명하고 신심 깊은 사람들이 나서서 아뢰었다.

'술탄은 신의 율법을 거슬러서는 안 됩니다. 그런 동전을 만드는 것은 죄입니다.'

격노한 왕은 '나를 너희 위에 올리신 것은 신이다. 너희가 할 일은 복종뿐이다.'라고 말했다.

현명하고 신심 깊은 사람들은 물러나 슬퍼하고 있었다. 하지만 신이 술탄에게 깨우침을 주었다. 왕은 다시 현명하고 신심 깊은 이들을 불러 '신이 내리신 신성한 율법을 거스르지 않을 것이다. 자, 그럼 이렇게 하도록 하자. 긴 갈기가 나고 오른쪽 앞발에 검을 든 사자와 그 머리 위에 솟은 태양을 새겨라. 사자는 나요, 태양은 내가 사랑하는 여자이다.'라고 말했다. 그 이후부터 사자와 태양은 페르시아의 상징이 되었다. 하지만 현자들은 그루지야 여인보다 더 아름다운 여인은 없다고들 말한다."

무스타파가 책을 덮고 미소를 지었다.

"자, 그러니 너는 케이코스로프가 했던 일을 하려는 거야. 그걸 금지하는 율법은 없어. 그루지야 여인들은 예언자가 신심 깊은 추종자들에게 '가서 취하리라'고 약속한 전리품 중 일부야. 이 책에 그렇게 쓰여 있지."

우울한 그의 얼굴이 갑자기 부드러워졌다. 작은 눈에서 빛이 났다. 성스러운 책에 실린 글로 이십 세기의 소심한 인간을 달랠 수 있다는 것이 행복했던 것이다. 믿지 않는 자들도 진정한 진보가 과연 어디서 이루어지는지 깨닫는다면 좋을 텐데 말이다. 나는 그를 포옹하고 입을 맞추었다. 그러고는 어두운 거리를 자신만만하게 걸어 집으로 갔다. 성서와 과거의 술탄, 그리고 현명한 무스타파가 내 곁에 있었다.

12

사막은 무엇에도 굴하지 않는 신비로운 세계로 가는 관문이다. 말발굽 아래에서 흙먼지와 돌이 휘날렸다. 카자크 안장은 깃털로 채워진 듯 부드러웠다. 카자크 족은 안장에 앉아 잠도 자고 벌떡 일어서는가 하면 누울 수도 있다. 안장 옆 주머니에는 카자크의 전 재산인 빵 한 덩어리, 보드카 한 병, 금화 한 줌, 카바르딘 마을에서 얻은 전리품이 들어 있기 마련이다. 하지만 내 주머니에는 아무것도 없었다.

나는 거친 사막 바람을 뚫고 끝없는 회색 모래 위를 달리고 있었다. 어깨에는 검은색 부르카, 즉 카바르딘 망토를 두르고 있었다. 추위나 더위를 막아 주는 펠트 망토였다. 기수나 강도가 말을 탈 때, 그리고 물건을 훔칠 때 사용하기 위해 개발했다는 부르카는 햇살도 빗방울도 완벽하게 막아 주었다. 손쉽게 텐트 천으로 활용할 수도 있고, 대담한 도둑질로 얻은 재화도 그 깊은 주름 속에 감추면 그만이었다. 처녀를 납치할 땐 마치 앵무새를 우리에 넣듯 남자의 널따란 펠트 망토 안에 숨길 수 있었다.

나는 회색 늑대의 문 쪽으로 말을 몰았다. 바쿠 근처 사막 한가운데, 모래 바다 속에 비바람에 닳은 회색 바위 두 개가 우뚝 서 있는 곳이었다. 오래된 전설에 따르면, 터키의 선조인 사리 쿠르트, 일명 그레이 울프가 그 좁은 돌문을 지나 아나톨리아의 녹색 평원으로 오스만 부족을 이끌었다고 한다. 보름달이 뜨는 밤이면 자칼과 사막 늑대가 그 바위 앞에 모여 울부짖었다. 시체 옆에서 울부짖는 개처럼 말이다. 이런 동물들은 죽음의 냄새에 극도로 민감한데, 아마 보름달이 시체처럼 느껴지는 모양이었다.

사람이 죽어 가면 그 집에 있는 개가 울부짖기 시작한다고 한다. 아직 숨이 붙어 있다 해도 죽음의 냄새를 맡는 것이다. 러시아 제국 국민 신분인 우리와 카프카스로 다가오는 터키인처럼 개와 사막 늑대는 친척 관계이다. 나는 거대한 사막의 텅 빈 공간을 뚫고 달렸다. 아버지도 바로 옆에서 달리고 있었다. 말에 오른 아버지가 마치 말과 한 몸이 된 켄타우로스처럼 보였다.

"사파르 칸."

내 목소리가 갈라졌다. 내가 아버지를 이렇게 부르는 경우는 극히 드물었다.

"사파르 칸, 말씀드릴 것이 있습니다."

"말이 달리는 동안 이야기하렴, 아들아. 말과 기수가 한 몸이 된 순간이 이야기하기 가장 좋으니까."

아버지는 나를 놀리는 것일까? 내가 채찍을 들어 말 옆구리를 때렸다. 아버지의 눈썹이 꿈틀했다. 아버지는 넓적다리만 가볍게 움직여 나를 따라잡았다.

"자, 무슨 말이냐?"

왠지 아버지의 목소리가 조롱하듯 들렸다.

"결혼하고 싶습니다, 사파르 칸."

긴 침묵이 흘렀다. 바람이 소리를 내며 스쳐 지나갔다. 말발굽 아래에서 돌멩이가 굴러다녔다. 마침내 아버지가 대답했다.

"너를 위해 집을 지어야겠구나. 해안가 도로에 좋은 장소를 봐 두었다. 마구간도 있을 거야. 여름이면 마르다키아니로 갈 수도 있다. 네 첫 아들은 선조를 기려 '이브라힘'이라 부르도록 해라. 원한다면 자동차도 주겠다. 하지만 아직 도로가 좋지 못하니 자동차는 별 소용이 없을 게다. 튼튼한 말이 더 낫겠지."

다시 침묵이 흘렀다. 회색 늑대의 문은 이제 우리 뒤에 있었다. 우리는 바다 쪽, 그러니까 바일로프 지역을 향해 달리고 있었다. 멀리서 아버지의 목소리가 울렸다.

"내가 나서서 예쁜 며느리를 찾아 주어야 하느냐, 아니면 네가 알아서 찾아냈느냐? 요즘에는 젊은이가 스스로 아내를 선택하는 일이 아주 많은 것 같더구나."

"니노 키피아니와 결혼하고 싶습니다."

아버지의 얼굴 표정은 바뀌지 않았다. 그저 오른손으로 말갈기를 쓰다듬었을 뿐이다.

"니노 키피아니라, 엉덩이가 너무 작기는 하지만 그루지야 여자들은 다 그렇지. 그러면서도 건강한 아이들을 낳더구나."

"아버지!"

이유는 알 수 없지만 나는 메스꺼운 느낌이 들었다. 아버지는 나를 곁눈질로 보며 미소를 지었다.

"알리 칸, 너는 아직 어리다. 여자의 엉덩이는 글을 읽는 능력보다 훨씬 더 중요한 법이다."

아버지는 태연하기 짝이 없었다.

"언제 결혼하고 싶으냐?"

"니노가 학교를 졸업하는 가을에 하고 싶습니다."

"아주 좋다. 그러면 내년 오월에 아이가 태어나겠구나. 오월은 행운의 달이지."

"아버지!"

다시 한 번 나는 이유를 알 수 없는 격분에 사로잡혔다. 아버지가 나를 놀리는 것 같았다. 나는 니노의 엉덩이나 글 읽는 능력을 보고 결혼하려는 것이 아니었다. 사랑하기 때문에 결혼하고 싶은 것이다. 아버지는 미소를 지었다. 그러더니 말을 멈추고 말씀하셨다.

"사막은 넓고 텅 비어 있다. 어디에서 아침을 먹든 상관이 없을 것 같구나. 난 배가 고프다. 여기서 좀 쉬어 가자."

우리는 말에서 내렸다. 아버지는 주머니에서 빵 덩어리와 양젖 치즈를 꺼내 절반을 내게 주셨다. 하지만 나는 배가 고프지 않았다. 우리는 모래에 누웠다. 아버지는 먹으면서 먼 곳을 바라보았다. 아버지가 심각한 표정을 짓더니 몸을 일으켜 가부좌를 하고 숫양처럼 똑바로 앉았다.

"네가 결혼한다니 아주 좋은 일이다. 나도 세 번 결혼했지. 하지만 여자들은 팔월의 파리처럼 쉽게 죽더구나. 그래서 너도 알다시피 지금은 홀몸이다. 하지만 네가 결혼할 때 나 역시 결혼할지도 모르겠다. 니노는 그리스도 교도야. 우리 가문에 이교도를 끌고 들어오지 않도록 해라.

여자는 깨지기 쉬운 그릇 같아. 그 점을 알아야 한다. 아내가 임신했을 때에는 때리지 말아라. 하지만 주인은 너고 아내는 네 그림자 속에서 산다는 점을 잊어서는 안 된다. 이슬람 교도는 한 번에 네 명까지 아내를 둘 수 있다. 하지만 한 명으로 만족하는 편이 더 좋다. 니노가 아이를 낳지 못한다면 문제가 다르지만 말이다. 부정을 저지르지는 말아라. 네 정액에 대해서는 마지막 한 방울까지도 네 아내가 온전한 권리를 가지고 있다. 간음한 자에게는 영원한 벌이 내려질 뿐이다. 아내를 대할 때에는 참을성을 가져라. 여자들은 아이 같지. 물론 아이보다 교활하고 사악하긴 하지만. 이 역시 알아 두어야 할 일이다. 내킨다면 비단이고 보석이고 선물을 많이 주어라. 조언이 필요한 경우, 아내가 조언을 해 주었다면 그 반대로 행동해야 한다. 아마 이 마지막 말이 가장 중요할 게다."

"하지만 아버지, 저는 니노를 사랑합니다."

아버지가 고개를 저었다.

"일반적으로 여자를 사랑한다는 것은 훌륭한 일이 못 된다. 고향이나 전쟁은 사랑할 수 있지. 또 아름다운 카펫이나 진기한 무기를 사랑하는 남자들도 있다. 여자를 사랑하는 남자도 종종 있기는 하지. 허페즈가 쓴 사랑의 시 〈라일라와 마즈눈〉을 너도 알고 있을 게다. 허페즈는 평생 사랑에 대해 노래했지. 하지만 현자들은 그가 단 한 번도 여자와 잠자리를 같이 하지 않았다고 말한다. 마즈눈은 그저 괴짜일 뿐이었지. 내 말을 믿어라. 남자는 여자를 찾아다녀야 하지만 사랑해야 하는 것은 여자 쪽이다. 그것이 신의 뜻이지."

나는 말이 없었고, 아버지 역시 더 이상 입을 열지 않았다. 어쩌면 아버지가 옳은지도 모른다! 사랑은 남자에게 가장 중요한 일이 아닌 것이다. 문제는 그저 아직 내가 아버지처럼 아주 지혜롭지 못하다는 것일지도 모른다. 갑자기 아버지가 웃더니 쾌활하게 외쳤다.

"좋다. 내일 내가 키피아니 공작 댁에 가서 합의를 보겠다. 글쎄다. 요즘 젊은이들은 나름으로 청혼하는 방식이 있는 건가?"

"제가 니노 부모님께 직접 말씀드리겠습니다."

내가 서둘러 말했다. 우리는 다시 말에 올라 바일로프로 갔다. 비비 에이밧 만의 정유탑들이 보였다. 검은 철골 기둥들이 사악한 검은 숲처럼 느껴졌다. 석유 냄새가 공기를 채웠다. 손에서 석유 방울을 뚝뚝 흘리는 일꾼들이 석유가 용솟음치는 구멍 근처에 서 있었다. 바일로프 감옥을 지나갈 때 갑자기 총소리가 들렸다.

"처형이 있는 걸까요?"

내가 물었다. 하지만 그것은 처형이 아니었다. 총소리는 바일로프 요새의 막사에서 들려왔기 때문이다. 군인들이 훈련을 하고 있었던 것이다.

"네 친구들을 보고 싶으냐?"

아버지가 물었다. 나는 고개를 끄덕였다. 우리는 일리아스 벡과 마흐무드 하이다르가 부하들을 훈련시키고 있는 커다란 연병장으로 말을 몰았다. 두 친구의 얼굴에서 비 오듯 땀이 흘렀다.

"오른쪽, 왼쪽, 오른쪽, 왼쪽!"

마흐무드 하이다르의 얼굴은 퍽 진지했다. 일리아스 벡은 다른 사람의 조종에 따라 움직이는 꼭두각시 인형 같았다. 두 사람이 우리에게 다가와 경례를 했다.

"어때, 군 생활은 할 만하니?"

내가 물었다. 일리아스 벡은 말이 없었다. 마흐무드 하이다르는 화난 듯한 표정으로 중얼거렸다.

"뭐, 학교보다는 나아."

"새로운 지휘관이 온대. 슈샤 출신의 멜리코프 백작이라더군."

일리아스 벡이 말했다.

"멜리코프? 내가 아는 사람 같군. 붉은 기 도는 황금빛 말을 타는 사람 아냐?"

"바로 그 사람이야. 이미 요새 전체가 그 말에 관한 소문으로 들썩거리고 있어."

우리는 입을 다물었다. 연병장은 흙먼지로 자욱했다. 입구 쪽을 바라보는 일리아스 벡의 눈에는 부러움과 그리움이 가득했다. 아버지가 그의 어깨를 두드렸다.

"알리 칸의 자유를 부러워할 필요는 없어. 곧 자유를 포기할 테니까."

일리아스 벡이 웃었다.

"하지만 알리 칸은 니노에게 자유를 바치는 거죠."

마흐무드 하이다르가 덧붙였다.

"그리고 시간도 바쳐야죠."

그는 이미 오래전에 결혼한 몸이었고, 그의 아내는 히잡을 쓰고 지냈다. 일리아스 벡도 나도 그 아내의 이름조차 몰랐다. 그는 미간을 찌푸리고 손윗사람다운 눈길로 나를 보았다.

"이제 너도 인생이 실제로 어떤 것인지 깨닫겠구나."

그가 그런 말을 하다니 어이가 없었다. 마흐무드 하이다르와 히잡을 쓴 아내가 인생에 대해 대체 무엇을 안다는 말인가? 나는 두 친구와 악수를 하고 그 자리를 떠났다.

나는 집으로 돌아와 소파에 누웠다. 아시아 식 실내는 언제나 차가웠다. 밤이면 냉기가 샘으로 흘러드는 물처럼 방을 가득 채웠다. 반면 낮에는 방에 들어가서 냉탕에 들어간 것처럼 열기를 피할 수 있었다. 갑자기 전화가 울렸다. 니노가 투정을 부렸다.

"알리 칸, 날도 덥고 수학 문제 때문에 죽을 지경이야. 어서 와서 좀 도와 줘!"

십 분 후 니노는 그 가느다란 팔을 내게 내밀었다. 섬세한 손가락이 잉크 얼룩으로 엉망진창이었다. 나는 그 잉크 자국에 입을 맞췄다.

"니노, 아버지께 말씀드려 허락을 얻었어."

니노가 몸을 떨더니 웃었다. 그리고 부끄러운 듯 방 안을 둘러보며 얼굴을 붉혔다. 니노가 워낙 가까이 붙어 서 있었기 때문에 나는 니노의 동공이 커지는 것까지 볼 수 있었다.

니노가 속삭였다.

"알리 칸, 난 두려워. 너무 두려운걸."

"시험이 두려운 거야, 니노?"

"아냐."

니노가 몸을 돌려 바다를 바라보았다. 그러고는 머리를 움켜쥐고 말했다.

"들어 봐. 기차가 이쪽 마을에서 저쪽 마을까지 시속 팔십 킬로미터로 갈 때……."

사랑스러운 니노! 나는 니노의 교과서 위로 몸을 숙였다.

13

바다에서 흘러온 짙은 안개가 도시를 가득 채웠다. 거리 모퉁이의 가로등이 짙은 연기를 내뿜었다. 나는 해안 산책로를 따라 달려갔다. 행인들의 얼굴이 앞에 나타났다가는 사라졌다. 무심하거나 공포에 질린 얼굴이었다. 나는 보도에 가로놓인 나무 판자에 걸려 넘어졌고, 그 바람에 구석에 앉아 있던 항구의 일꾼 한 사람과 부딪쳤다. 그 일꾼은 멍한 눈빛으로 먼 곳을 바라보고 있었다. 두꺼운 입술을 우물거리며 대마를 씹는 중이었던 것이다. 나는 그의 등짝에 주먹을 날리고 다시 달렸다. 항구 근처 작은 집의 창문들이 내게 윙크를 했다.

나는 길바닥에 놓인 유리도 밟고 지나갔다. 유리 깨지는 소리와 함께 공포로 일그러진 페르시아인의 얼굴이 보였다. 갑자기 눈앞에 누군가의 배가 나타났다. 통통하게 튀어나온 그 뱃살을 보니 더욱 미칠 것 같았다. 나는 온 힘을 다해 그 배에 머리를 박았다. 부드러웠다. 사람 좋은 목소리가 들렸다.

"반갑네, 알리 칸."

고개를 드니 나카라리언이 웃으며 나를 내려다보고 있었다.

"빌어먹을!"

나는 이렇게 외치고 다시 달리려 했지만 그가 나를 붙잡았다.

"자네 잔뜩 흥분했구만. 나랑 같이 있는 편이 좋겠어."

다정한 말투였다. 갑자기 피로가 몰려왔다. 숨을 헐떡이고 땀을 비 오듯 흘리며 나는 그 자리에 섰다.

"필리프로잔츠로 가세."

그가 말했다. 나는 고개를 끄덕였다. 달리 갈 곳도 없었다. 그는 내 손을 잡고 바랴친스키 거리를 따라 올라가 커다란 카페로 들어갔다. 푹신한 의자에 몸을 묻었을 때 그는 이해한다는 투로 말했다.

"카프카스인 특유의 흥분 상태군. 날씨가 너무 더운 탓일 거야. 아니면 그렇게 미친 듯이 달리게 된 다른 이유라도 있나?"

푹신한 의자를 놓고 벽에는 붉은 비단을 씌운 카페 안에서 나는 뜨거운 차를 마시며 이야기를 털어놓았다. 니노 부모님께 전화를 걸어 오늘 찾아뵈어도 좋겠느냐고 허락을 구했던 것, 니노가 불안해하면서 발끝으로 살금살금 걸어 나와 나를 맞았던 것, 공작 부부의 손에 입을 맞췄던 것, 우리 가문의 전통과 재산 상태를 설명하고 러시아 황제도 부러워할 만한 완벽한 러시아어로 멋지게 청혼했던 것까지.

"그래 어떻게 되었지, 친구?"

나카라리언은 정말로 이야기에 푹 빠진 것 같았다.

"어떻게 되었냐고? 들어 봐!"

나는 그루지야 억양이 살짝 섞인 공작의 말투와 동작을 그대로 흉내 냈다.

"친애하는 칸, 우리 아이에게 자네보다 더 좋은 신랑감은 없을 걸세. 자네 같은 남자에게 선택되어 결혼하는 것은 어느 여자에게든 행복이지. 하지만 니노의 나이를 생각해 보게. 아직 학교도 졸업 못하지 않았나. 그렇게 어린 아이가 사랑을 어찌 알겠나? 알다시피 우리에게는 조혼 풍습도 없네. 그리고 또 종교, 자라난 환경, 혈통이 너무 다르다는 것도 문제야. 이건 니노뿐 아니라 자네를 위해서도 하는 말이네. 아마 자네 아버님도 같은 생각을 하실 걸세.

더군다나 지금은 전시가 아닌가. 난리 통에 우리가 어찌 될지는 주님만이 아시지. 니노의 앞길을 가로막고 싶지는 않네. 하지만 일단은 지금 상태에서 전쟁이 끝날 때까지 기다리세. 그러면 자네 두 사람도 나이를 더 먹을 테고. 그때에도 두 사람의 감정이 지금과 같다면 그때 다시 얘기해 보지."

"그래, 넌 어떻게 할 거야?"

나카라리언이 물었다.

"니노를 납치해 페르시아로 데려가겠어. 이런 치욕은 절대 참을 수 없어! 시르반시르 가문의 청혼을 거절하다니! 공작은 대체 자기가 어떤 존재라고 생각하는 거지? 난 모욕당했어, 나카라리언. 시르반시르 가문은 키피아니 가문보다 훨씬 오래되었지. 아가 모하마드 샤 시절에 우리는 그루지야를 짓밟았어. 당시 키피아니 가문 사람들은 시르반시르 가문에 딸을 시집보낼 수만 있다면 그저 감지덕지했지.

또 종교 차이란 대체 무슨 소리야? 그리스도교가 이슬람교보다 우월하다는 건가? 내 명예는 어쩌고? 우리 아버지도 날 비웃을 거야. 그리스도 교도가 내 청혼을 거부하다니. 우리 이슬람 교도는 확실히 이빨 빠진 늑대가 되어 버렸어. 백 년 전만 해도……."

나는 순간 흠칫 놀라 말을 멈췄다. 하지만 말하지 않아야 좋았을 것이 이미 입 밖으로 나가 버린 후였다. 나카라리언 역시 그리스도 교도였던 것이다. 그 역시 모욕감을 느꼈을 수 있었다. 하지만 그는 태연했다.

"네가 화내는 건 이해해. 하지만 공작이 널 거부한 건 아냐. 물론 전쟁이 끝날 때까지 기다린다는 건 말도 안 돼. 공작은 자기 딸이 다 자랐다는 걸 깨닫지 못할 뿐이야. 니노를 납치하는 건 나도 반대 안 해. 그건 문제를 해결하는 유서 깊은 전통이니까. 하지만 최후의 방법임에는 틀림없지. 누군가 공작에게 가서 이 결혼의 문화적 · 정치적 의미를 설명해야 해. 그런 얘기를 듣고 나면 공작도 정신을 차리겠지."

"하지만 누가 그런 일을 한단 말이야?"

나카라리언은 넓은 손바닥을 펴서 자기 가슴을 두드렸다.

"내가 하지. 나만 믿어, 칸!"

나는 놀라서 그를 보았다. 대체 이 아르메니아인의 심중은 무엇일까? 터키인들이 밀려올 테니 미리 이슬람 교도 친구를 만들어 두려는 걸까? 아니, 어쩌면 정말로 카프카스 민족의 연대를 계획하는지도 몰랐다. 어느 쪽이든 내겐 상관없었다. 이제 그는 내 동지였다. 나는 손을 내밀었다. 그가 내 손을 잡았다.

"그저 나한테 다 맡기라고. 상황을 계속 알려 줄게. 아직 납치할 생각은 말아. 그건 최후의 수단이니까."

나는 일어섰다. 이 뚱보를 믿을 수 있겠다는 확신이 생겼다. 나는 그와 껴안으며 인사를 나누고 카페를 나섰다. 거리를 걷기 시작했을 때 누군가 뒤따라왔다. 돌아보니 아버지의 오랜 친구인 술레이만 아가였다. 그 역시 카페에 앉아 있었던 것이다. 내 어깨에 얹은 그의 손이 묵직했다.

"시르반시르 가문의 사람이 아르메니아인과 껴안다니 수치스러운 일이야."

나는 숨이 막혔다. 대답할 틈도 없이 그는 안개 속으로 사라졌다. 나는 계속 걸었다. 아버지께 오늘 니노 부모님을 왜 만나는지 말씀드리지 않았던 것이 정말 다행이었다. 상황을 물으시기라도 한다면 아직 말씀을 전하지 못했다고 하면 그만이었다. 대문 열쇠 구멍에 열쇠를 밀어 넣는 순간, 어째서 모두들 근거도 없이 아르메니아인을 미워하는지 모르겠다는 생각이 들었다.

다음 몇 주 동안 내 삶은 검은색 전화기 주변만 맴돌았다. 커다랗게 구부러진 수화기가 달려 있는 못생긴 그 기계가 갑자기 엄청나게 중요해졌다. 나는 꼼짝 안 하고 집에만 틀어박혀 있었다. 아버지가 어째서 빨리 청혼하지 않고 꾸물거리느냐고 물으실 때면 알 수 없는 소리를 중얼거렸다. 검은 괴물은 자주 울려 댔다. 내가 수화기를 귀에 가져다 대면 니노가 전황 보고를 시작했다.

"알리, 너야? 들어 봐. 나카라리언이 어머니 옆에 앉아 우리 외증조 할아버지인 일리코 차브차바제가 쓴 시 얘기를 하고 있어."

잠시 후 다시 전화가 걸려 왔다.

"알리니? 이제 나카라리언은 루스타벨리와 타마르 시대가 페르시아 문화의 영향을 크게 받았다고 말하는 중이야."

니노는 또 보고를 해 왔다.

"알리 칸! 나카라리언이 아버지와 차를 마시고 있어. 지금 막 '이 도시의 마법은 여러 민족 사이에 존재하는 수수께끼 같은 유대감에 뿌리를 두지요.'라고 말했어."

삼십 분 후에 또 전화가 왔다.

"나카라리언은 악어가 눈물을 흘리듯 끊임없이 지혜를 짜내고 있어. 지금 또 평화로운 카프카스를 이루기 위한 노력은 바쿠에서 시작되어야 한다고 말하는군."

나는 큰 소리로 웃으며 전화를 끊었다. 그런 상황이 날마다 이어졌다. 나카라리언은 키피아니 공작 댁에서 먹고 마시며 시간을 보냈다. 니노의 가족과 소풍도 가고, 공작 부부에게 충고도 했다. 그중에는 유익한 충고도, 허무맹랑한 충고도 있었다. 나는 아르메니아인의 놀라운 능력에 감탄을 금치 못했다.

"나카라리언 말이 최초의 돈은 하늘에 떠 있는 달이었대. 금화와 금화의 힘은 카프카스와 페르시아인들이 고대부터 달을 숭배하던 전통에서 나왔다는 거지. 알리 칸, 정말이지 이런 멍청한 짓을 더 이상은 못 참겠어. 공원으로 나와."

우리는 옛 성곽 담장에서 만났다. 니노는 자기 어머니가 제발 야만적인 이슬람 교도에게 인생을 맡기지 말라고 애원했던 일, 아버지가 농담조로 알리 칸은 니노를 하렘에 집어넣을 것이라 말했던 일, 그리고 내 작은 니노가 웃으면서 부모님에게, "두고 보세요. 알리가 절 납치해 버릴 테니까. 그때는 어떻게 하시겠어요?"라고 경고했던 일을 설명해 댔다. 나는 니노의 머리를 쓰다듬었다. 나는 나의 니노를 잘 알고 있었다. 니노는 자기가 원하는 것은 끝내 차지하고야 마는 성격이었다. 그것이 실제로 무엇인지 제대로 모른다고 해도 말이다.

"이 전쟁은 앞으로 십이 년을 더 끌 수도 있어."

니노가 투덜거렸다.

"우리더러 그렇게 오랫동안 기다리라니, 끔찍하지 않아?"

"니노, 넌 날 그렇게 사랑하니?"

니노의 입술이 떨렸다.

"우리는 서로에게 속해 있잖아! 부모님 때문에 너무 힘들긴 하지만. 아마 내가 오랫동안 비바람에 닳아 버린 여기 이 돌덩어리처럼 되고 난 후에나 두 분은 날 이길 수 있을 거야. 게다가 나는 정말로 널 사랑해. 하지만 네가 날 납치한다면 화나고 슬플 거야."

잠시 침묵이 흘렀다. 알다시피 입을 맞추면서 동시에 말을 할수는 없는 노릇이니 말이다. 니노는 살그머니 집으로 돌아갔고, 다시 전화벨이 울리기 시작했다.

"알리 칸, 나카라리언이 그러는데, 티빌리시 총독이 민족 간 결혼을 적극 장려하기로 했다는 거야. 그러면서 그걸 동양과 서양 문화의 물리적 결합이라 부르고 있어. 무슨 말인지 이해하겠어?"

아니, 난 이해할 수 없었다. 난 그저 집 안을 서성거리며 가능한 한 입을 다물고 있었다. 니노와 같은 학년인 사촌 아이샤는 니노가 사흘 연속 다섯 번이나 최하위 점수를 받았고, 모두들 그건 다 내 탓이라 여긴다고 알려 주었다. 나는 니노의 미래보다는 니노의 숙제에 대해 더 많이 고민해야 했다. 부끄러워진 나는 생각한 끝에 아이샤와 나르디 게임(중앙아시아에서 흔히 하는 체스와 비슷한 게임_옮긴이)을 벌였다. 게임에 이긴 아이샤는 학교에서 니노를 도와주겠다고 기분 좋게 약속해 주었다. 다시 전화벨이 울렸다.

"알리니? 지금은 몇 시간 동안이나 정치와 사업 이야기가 오가는 중이야. 나카라리언은 이슬람 교도들이 자유롭게 페르시아 영토에 돈을 투자할 수 있어 부럽다고 하네. 러시아가 어떻게 될지는 아무도 모르는 일 아니냐면서. 최악의 경우 산산조각 나 버릴 수도 있다고 말했어. 그런데 이슬람 교도만이 페르시아 땅을 살 수 있다는 거야. 나카라리언은 이미 길리안 땅의 절반은 시르반시르 가문 소유일 거라고 단언했어. 러시아에서 일어날 수 있는 대변동에 대한 가장 좋은 대비책은 다른 나라에 영지를 마련하는 것이라는군. 부모님은 아주 감명을 받았어. 어머니는 심지어 이슬람 교도 중에도 문명화된 영혼을 가진 사람이 있다고까지 말씀하셨어."

이틀이 더 지났을 때 아르메니아인의 유머 전쟁이 마침내 승리를 거두었다. 니노는 전화기에 대고 웃음과 울음을 동시에 쏟아냈다.

"부모님이 마침내 승낙하셨어, 아멘."

"그러면 네 아버지가 먼저 내게 전화하셔야 해. 날 모욕했으니까."

"걱정 마. 내가 알아서 할게."

그리고 정말 그렇게 되었다. 공작의 목소리는 부드럽고 다정했다.

"딸아이의 마음을 들여다보았네. 자네에 대한 감정은 진실하고 성스러웠어. 그 사랑을 막는 건 죄일 테지. 우리 집에 와 주게, 알리 칸."

나는 니노의 집에 갔다. 니노의 어머니는 울면서 내게 입을 맞추셨다. 공작은 결혼에 대해 진지한 충고를 해 주었다. 하지만 그것은 결혼이 상호 신뢰와 존경으로 이루어진다고는 단 한 번도 생각해 본 적이 없는 우리 아버지의 조언과는 전혀 달랐다. 공작에 따르면 남편과 아내는 말이나 행동으로 서로를 도와야 했다. 동등한 권리를 가지며 서로 상대의 영혼을 소유하고 있다는 점을 절대 잊어서는 안 되었다. 나는 니노에게 히잡을 씌우지 않을 것이고, 하렘을 두지도 않겠다고 맹세했다. 니노가 들어왔고, 나는 니노의 눈썹에 입을 맞추었다. 수줍은 듯 고개를 숙인 니노는 보호해 주어야 하는 작은 새처럼 보였다.

"하지만 아직 공개 발표는 하지 않는 것이 좋겠어."

공작이 말했다.

"먼저 니노가 학교를 마쳐야 하니 말일세. 니노, 공부를 열심히 해야 한다. 졸업 시험에 통과하지 못한다면 한 해 더 기다려 결혼해야 하니까."

니노가 붓으로 그려 놓은 듯 섬세한 눈썹을 치켜 올렸다.

"걱정 마세요, 아버지. 학교 시험에서나 결혼에서나 다 잘 해낼 거예요. 알리 칸은 두 가지 모두에서 절 도와 줄 거고요."

니노의 집에서 나오자 나카라리언이 자기 차를 몰고 와 기다리고 있었다. 툭 튀어나온 눈이 내게 윙크를 보냈다.

"나카라리언!"

내가 외쳤다.

"다케스탄에 있는 말 사육장이나 마을을 주고 싶은데. 아니면 페르시아의 메달, 그도 아니면 엔제리의 오렌지 농장은 어떨까?"

그가 주먹으로 내 등을 쳤다.

"아무것도 필요 없어."

그가 말했다.

"난 운명의 물줄기를 돌려 놓은 것만으로 행복해. 그거면 충분하다고."

나는 고마워 어쩔 줄 모르며 그를 보았다. 우리는 도시를 빠져나와 비비 에이밧 만 쪽으로 갔다. 검은 기계들이 석유를 흠뻑 머금은 땅을 고문하고 있었다. 끝없이 이어지는 자연 풍경이 노벨사 건물에 가로막혔다. 나카라리언이 내 운명을 가로막아 주었듯이 말이다.

거대한 바다가 해안에서 강제로 밀려났고, 새로 드러난 땅은 더 이상 바다도, 그렇다고 해안도 아니었다. 사업 수완이 좋은 누군가가 이미 그곳에 작은 카페를 지어 놓았다. 우리는 거기 앉아 캬크타 차를 마셨다. 세상에서 가장 좋은 차, 알코올만큼이나 강력한 차였다. 향기로운 차를 마시며 나카라리언은 오랫동안 이야기를 했다. 카라바흐를 침략했던 터키인에 대해, 소아시아에서 일어났던 아르메니아인 대학살에 대해. 내 귀에는 아무 얘기도 들리지 않았다.

"두려워하지 마. 터키인들이 바쿠에 들어오면 널 우리 집에 숨겨 줄게."

내가 말했다.

"난 두렵지 않아."

나카라리언이 대답했다.

바다 위 높은 곳, 나르긴 섬 뒤쪽에서 별이 반짝였다. 고요한 침묵이 해변을 감싸고 있었다.

"바다와 해변은 남자와 여자 같아. 영원한 전쟁에서 한 몸이 되는 거지."

그건 내가 한 말이었나, 아니면 나카라리언의 말이었나? 알 수 없었다.

그는 나를 집에 데려다 주었다. 나는 아버지에게 말했다.

"키피아니 공작이 딸을 시르반시르 가문에 들일 수 있는 영광을 주셔서 감사 인사를 전한답니다. 이제, 니노는 제 약혼녀입니다. 내일 가셔서 남은 일을 마무리해 주십시오."

나는 무척 피곤했고, 또 무척 행복했다.

14

며칠이 흘러 몇 주가 되고 몇 달이 되었다. 세상과 우리나라, 그리고 우리 집에는 많은 일이 일어났다. 밤이 점점 길어졌고, 총독 정원에서는 노란 나뭇잎이 서글프게 떨어져 내렸다. 가을비로 지평선이 시커멓게 보였다. 바다 위로 얇은 얼음 층이 생겨났다가는 해안가 바위에 부딪쳐 가루가 되었다. 하루는 아침에 일어나 보니 흰 눈이 베일처럼 거리 전체를 덮고 있기도 했다. 그렇게 짧은 순간 겨울이 세상을 지배했다. 이후 다시금 밤이 짧아지기 시작했다.

사막에서 온 낙타가 느릿느릿 발을 끌며 시내를 걸어 다녔다. 노란 털 사이사이에 사막의 모래를 품은 채 영원을 아는 듯한 눈길로 먼 곳을 바라보는 서글픈 모습이었다. 혹 위에 총을 얹어 운반하는 낙타였다. 옆구리에 매달린 바구니에는 탄약과 총이 담겼다. 큰 전투에서 얻은 전리품이었다. 터키인 전쟁 포로들이 상처투성이 몸에 누더기가 된 회색 군복을 걸치고 시내를 행진했다.

바닷가에는 포로들을 나르긴 섬으로 옮겨 줄 소형 증기선이 기다리고 있었다. 그곳에서 포로들은 설사병, 굶주림 혹은 향수병으로 죽어 갔다. 탈출한다 해도 페르시아의 소금 사막이나 카스피 해의 납빛 물속에서 죽을 수밖에 없었다.

아득히 먼 곳에서 시작되었던 전쟁이 갑자기 우리 가까이 다가왔다. 북쪽에서 병사들을 가득 실은 기차가 왔다. 서쪽에서 온 기차에는 부상병들이 가득했다.

러시아 황제는 자기 숙부를 내쫓고 천만 명에 이르는 강력한 군대를 직접 지휘하기 시작했다. 대신 황제의 숙부는 카프카스 지방을 통치하게 되었다. 거대하고 검은 그의 그림자가 우리나라 위에 무겁게 드리워졌다. 바로 니콜라이 니콜라예비치 대공이었다!

뼈가 앙상한 그의 손이 아나톨리아 중심부까지 밀고 들어왔다. 대공의 가슴은 황제에 대한 분노로 가득했고, 그의 군대는 거친 공격을 계속했다. 대공의 분노는 눈 덮인 산맥과 모래 사막을 넘어 트라브존을 향해, 이스탄불을 향해 뻗어 나갔다.

두려움에 가득 찬 사람들은 '팔이 긴 니콜라이'의 영혼을 파먹은 광분에 대해, 그가 이끄는 미친 전사들에게 대해 수근거렸다. 헤아릴 수 없이 많은 나라가 전쟁에 참여했다. 아프가니스탄으로부터 북극해에 이르는 기나긴 전선이 만들어졌고 참전한 왕국, 공화국, 장군들의 이름이 신문 지면을 채웠다. 마치 죽은 영웅의 시체 위에 앉은 독충들처럼 말이다.

다시 여름이 왔다. 찌는 듯한 더위가 엄습했고, 거리의 아스팔트가 우리 발자국 아래에서 녹아내렸다. 동쪽과 서쪽에서 떠들썩하게 승리를 축하했다. 나는 카페나 친구 집, 아니면 우리 집에 앉아 시간을 보냈다. 아르메니아인인 나카라리언과 친하게 지낸다는 점에 대해 나를 비난하는 사람이 많았다. 일리아스 벡의 연대는 아직도 시내에 머물며 먼지 나는 연병장에서 전술을 익히고 있었다. 오페라나 연극, 영화 상연은 전쟁 전과 다름없이 계속되었다. 많은 일이 일어났지만, 변한 것은 없었다.

니노가 지식의 짐에 허덕이며 내게 와 한숨지을 때 내 손은 그 부드러운 피부를 쓰다듬었다. 니노의 깊은 눈에는 호기심 섞인 공포가 가득했다. 사촌 아이샤는 선생님들이 말없이 인내심을 발휘하며 미래의 시르반시르 부인에게 하나씩 하나씩 합격점을 주었다고 말해 주었다.

니노와 내가 함께 거리를 걸을 때면 니노 학교 친구들의 시선이 끝까지 우리를 쫓아다녔다. 우리는 클럽, 극장, 무도회 등에 갔지만 둘만 있는 경우는 거의 없었다. 내 친구들이 우리 주위에 높은 담을 쌓았던 것이다. 일리아스 벡과 마흐무드 하이다르는 물론이고 신심 깊은 사이드 무스타파까지도 합세했다.

세 사람의 의견이 늘 일치하는 것은 아니었다. 뚱뚱하고 부유한 나카라리언이 샴페인을 홀짝거리며 카프카스 민족은 서로 힘을 합쳐야 한다고 이야기할 때면 마흐무드 하이다르의 표정이 어두워졌다. 그리고 그는 말했다.

"이봐, 나카라리언. 그건 당신이 걱정할 일이 아니야. 전쟁이 끝나고 나면 어차피 아르메니아인들은 거의 남아 있지 않을 테니까."

"하지만 나카라리언은 남아 있을 거야!"

니노가 외쳤다. 나카라리언은 말없이 샴페인 잔만 기울였다. 그가 재산을 모두 스웨덴에 옮겨 두었다는 소문이 파다했다. 어떻든 상관없었다. 나카라리언을 조금만 더 다정하게 대해 달라고 마흐무드 하이다르에게 부탁하자 그는 눈썹을 찌푸렸다.

"난 아르메니아 놈들을 견딜 수가 없어. 이유는 신만이 아시겠지."

드디어 니노가 홀리 퀸 타마르 여학교의 강당에 서서 수학 방정식, 고전 문학, 역사적 사건에 대한 지식을 증명해야 하는, 그리고 상황이 여의치 못할 경우 그루지야 소녀 특유의 커다란 두 눈으로 애원의 빛을 보내야 하는 날이 되었다. 졸업 시험 날이 온 것이다.

니노는 제대로 해냈고 합격했다. 시험을 끝낸 여학생들의 축하 무도회가 끝난 후 내가 기쁨에 빛나는 니노를 집에 데려다 주었을 때 키피아니 공작이 이렇게 말했다.

"이제 두 사람은 약혼한 셈이군. 알리 칸, 여행 준비를 하게. 티빌리시로 가야 하네. 우리 가문에 자네를 소개하겠네."

그렇게 해서 우리는 그루지야의 수도인 티빌리시로 가게 되었다.

티빌리시는 정글 같았다. 나무 한 그루 한 그루마다 이름이 있었고 아저씨, 사촌, 아주머니들도 모두 그랬다. 새로운 상황에 익숙해지기란 정말 힘들었다. 오르벨리아니, 차브차바제, 제레텔리, 아밀라크바리, 아바드시제 등 오래된 강철처럼 들리는 이름들이 귓전을 맴돌았다.

새로 얻은 친척을 환영하기 위해 오르벨리아니 가족이 도시 외곽의 디두베 정원에서 파티를 열었다. 그루지야 악사들이 카체트 전쟁 노래인 〈므라발랴베르〉, 그리고 체브수르의 야성적인 곡 〈렐로〉를 연주했다. 쿠타이 지역에서 왔다는 사촌 아바시제는 이메레티 산맥의 노래인 〈므갈리 델리아〉를 불렀다. 아저씨 한 분이 다브루리 춤을 추었고, 수염이 하얗게 센 노인 한 분은 풀밭 위에 깐 카펫에 펄쩍 뛰어올라 춤 실력을 과시하기도 했다.

파티는 밤새도록 이어졌다. 태양이 느릿느릿 언덕 위로 떠오르면 악사들이 국가인 〈일어서라, 타마르 여왕이여, 그루지야는 그대를 위해 울고 있으니〉를 연주하기 시작했다. 나는 조용히 테이블에 앉아 있었고, 니노도 곁에 있었다. 갑자기 단검과 장검들이 번득였다. 새벽녘에 사촌들이 벌이는 그루지야의 칼춤이었다. 그 춤은 무대 위에서 벌어지는 연극처럼 비현실적이고 아득하게 느껴졌다. 나는 옆에 앉은 사람들의 이야기에 귀를 기울였다. 그들의 목소리는 머나먼 과거에서 들려오는 메아리처럼 느껴졌다.

"사카제 치세 당시 제레델리가 칭기즈 칸으로부터 티빌리시를 방어했지."

"우리 차브차바제 가문이 왕가인 바그라티온보다 더 오래되었다는 건 물론 알고 있겠지?"

"오르벨리아니 가문의 시조가 누구냐고? 삼천 년 전 중국에서 건너온 분이지. 황제의 아들 중 하나였다고 해. 그래서 아직도 오르벨리아니 가문에서 눈이 가늘게 찢어진 후손이 나오는 거야."

나는 살며시 주위를 둘러보았다. 나보다 앞서 영원한 길을 떠난 시르반시르 선조들을 이 상황에서 어떻게 변호할 수 있을 것인가? 하지만 내 곁에는 니노가 있었다.

"알리 칸, 신경 쓰지 마. 사촌들의 가문이 전통과 권위를 아무리 자랑한들 무슨 소용이람. 네 선조가 티빌리시를 정복할 때 꼼짝없이 당하고 말았잖아."

나는 말없이 감사의 눈길을 보냈다. 친척들에 둘러싸여 있는 바로 그 순간에도 니노는 스스로를 시르반시르의 아내로 생각하는 것이다. 나는 그 점이 퍽 자랑스러웠다. 늙은이 하나가 내 쪽으로 몸을 굽히며 말했다.

"이 포도주는 아주 순수하지. 신이 이 안에 계시다니까. 이 포도주 외에 다른 술은 모두 악마가 빚은 거지. 이 사실을 아는 사람은 별로 없네. 자, 마셔, 알리 칸!"

카체트의 붉은 포도주는 흐르는 불꽃과도 같았다. 나는 망설였지만 결국에는 오르벨리아니 가문의 영광을 위해 잔을 들지 않을 수 없었다.

도시로 돌아올 때에는 이미 해가 중천에 떠서 타오르고 있었다. 나는 곧장 호텔로 직행하고 싶은 마음뿐이었다. 사촌인지 아저씨인지 분명치 않은 누군가가 나를 붙잡았다.

"자네, 지난밤에는 오르벨리아니 가문의 손님이었지만 오늘은 우리 손님일세. 푸르그비노에서 아침을 먹지. 점심때에는 친구들이 몰려올 걸세."

나는 그루지야 귀족 사회의 포로가 되어 버린 셈이었다. 그런 일이 한 주 내내 반복되었다. 알산 포도주와 카체트 포도주, 양고기 구이와 모탈리 치즈 접대가 끝없이 이어졌다. 사촌들은 그루지야 접대 전선에 나선 병정들처럼 열성적으로 차례차례 내게 파티를 베풀었다. 어느 파티에나 참석해야 하는 것은 나와 니노뿐이었다.

나는 니노가 여전히 원기왕성하다는 데 놀라지 않을 수 없었다. 주말이 되었어도 니노는 여전히 봄날 아침 이슬처럼 생생했다. 두 눈은 웃음을 머금었고, 입술은 사촌과 아주머니들에게 끊임없이 조잘조잘 이야기를 해 댔다. 잠도 제대로 자지 못한 채 며칠을 그렇게 마시고 춤춘 흔적이라고는 살짝 갈라져 나오는 목소리가 전부였다.

여드레째 되는 날 아침, 산드로와 도디코, 바메크, 소소라는 사촌들이 호텔방에 찾아왔다. 나는 공포에 떠는 토끼처럼 이불 밑으로 파고들었다. 사촌들은 단호하게 말했다.

"알리 칸, 오늘 너는 드샤켈리 가문의 손님이야. 우리가 카드 쇼리에 있는 영지로 데려다 줄게."

"오늘은 누구의 손님도 될 수 없어요."

나는 침울한 어조로 대답했다.

"오늘 이 불쌍한 순교자에게 천국의 문이 열릴 거예요. 불꽃 검을 든 대천사 미카엘이 나를 정의로운 길로 들여보내겠지요."

사촌들은 서로 눈짓을 하더니 큰 소리로 웃어 댔다. 그러고는 이구동성으로 "유황!"이라고 외쳤다.

"유황이라고요?"

내가 반문했다.

"유황이라니, 지옥 불을 얘기하는 건가요? 난 아니에요. 천당에 갈 거란 말예요."

"아니, 여기 이승에 있는 유황을 말하는 걸세."

나는 침대에서 몸을 일으키려고 안간힘을 썼다. 머리가 아주 무거웠고 팔다리는 내 것이 아닌 양 힘없이 늘어졌다. 거울을 보니 누렇다 못해 초록빛이 도는 파리한 얼굴과 멍한 두 눈이 보였다. 나는 카체트 포도주를 떠올렸다.

"정말이지 흐르는 불꽃이 맞군요. 난 벌을 받은 거예요. 이슬람 교도는 술을 마셔서는 안 된다고요."

나는 늙은이처럼 신음 소리를 내며 기다시피 침대를 빠져나왔다. 침대 옆에는 니노와 눈이 똑같고 니노처럼 날씬하며 유연한 사촌들이 서 있었다. 그루지야인의 외모는 온갖 아시아 민족이 뒤섞인 정글에서 단연 돋보이고 우아했다. 마치 사슴 같았다. 동양에서 이들처럼 매력적이고 우아하며 인생을 열정적으로 즐기는 민족은 달리 없었다.

"네 시간쯤 있다가 카드쇼리로 가겠다고 니노에게 말해 두겠네. 그 정도면 충분히 회복될 거야."

바메크가 말했다. 이어 그가 옆방에서 전화하는 소리가 들렸다.

"알리 칸이 갑자기 몸이 좀 불편하다고 하는군. 유황 온천에 데려가겠네. 니노에게 가족들과 함께 먼저 출발하라고 전해 주게. 우리끼리 뒤따라갈 테니. 아니, 걱정할 정도는 아냐. 그저 힘들어서 그런 거니까."

나는 천천히 옷을 입었다. 그루지야 식의 손님 접대는 테헤란 아저씨 댁에서의 조용하고 위엄 있는 방식과는 전혀 달랐다. 그곳에서는 진한 차를 마시고, 현자나 시인에 대해 이야기를 나누었다. 하지만 여기서는 포도주를 마시고, 춤추고, 웃고, 노래했다. 이곳 사람들은 강철처럼 강하면서도 나긋나긋했다.

그러면 여기가 유럽이 시작되는 입구일까? 아니, 그건 물론 아니었다. 이곳은 우리와 마찬가지로 카프카스 지역의 일부였다. 하지만 우리와는 너무도 다르다. 그렇다면 무엇이 그토록 다를까? 자유분방한 놀이 문화가 지혜를 대치하고 있는 것일까? 알수 없었다.

나는 그저 극도로 피곤할 뿐이었다. 계단을 내려오는 것도 힘에 부쳤다. 우리는 마차에 올랐다. 산드로가 "온천으로!"라고 외쳤다. 마부가 채찍을 휘둘렀다. 우리는 마이단이라는 지역으로 가서 둥근 돔 지붕을 얹은 커다란 건물에 들어갔다. 반쯤 벗은 말라깽이 남자가 입구에 서 있었다. 산 사람이라기보다는 해골처럼 보였다. 그의 눈길은 우리를 지나쳐 니르바나로 향하는 듯했다.

"잘 있었나, 메키세!"

산드로가 외쳤다. 말라깽이가 갑자기 정신을 차렸다. 그는 몸을 깊이 구부려 인사했다.

"도련님, 안녕하셨습니까?"

문이 열렸다. 크고 뜨거운 홀 안 여기저기 벤치가 놓여 있었고, 벤치마다 벌거벗은 남자들이 한두 명씩 누워 있었다. 우리는 옷을 벗고 복도를 따라 걷다가 두 번째 방으로 들어갔다. 바닥에 뚫린 네모난 구멍들에서 뜨거운 유황 증기가 뿜어져 나왔다. 산드로의 목소리가 꿈속에서처럼 아련하게 들렸다.

"옛날에 어느 왕이 여기로 사냥을 왔다네. 그런데 아무리 기다려도 꿩을 찾으러 간 매가 돌아오지를 않았다지. 그래서 왕이 직접 찾아 나섰다가 유황빛 냇물을 발견한 거야. 매와 꿩은 모두 그 물에 들어가 있었어. 그렇게 유황 온천을 발견한 왕이 티빌리시를 세우게 되었지. 그러니 지금 우리는 꿩의 목욕탕에 들어와 있는 셈이야. 마이단 바깥쪽에는 이 시내가 흘러 가는 작은 숲이 있지. 티빌리시는 유황과 함께 시작되었고, 결국 유황과 함께 최후를 맞을 거야."

천장이 둥근 방 안은 증기와 유황 냄새로 가득했다. 뜨거운 물

159

로 들어가니 썩은 계란으로 만든 맥주에 몸을 담그는 듯했다. 사촌들의 젖은 몸이 빛났다. 나는 유황이 스며들도록 손으로 가슴팍을 문질렀다. 그러면서 이 도시를 점령했던 과거의 전사들, 콰레즘 왕조의 알라딘, 절름발이 티무르, 칭기즈 칸의 아들 차가타이 등이 모두 이 물에 몸을 담갔으리라 생각했다. 그들은 적들이 흘린 피에 젖어 무거워진 몸을 유황 온천에 담가 다시금 가볍고 민첩하게 만들었으리라.

"이제 됐네, 알리 칸. 밖으로 나오게."

사촌의 목소리가 들려와 목욕하는 전사들에 대한 상상을 깨뜨렸다. 나는 들어가 있던 구멍에서 기어 나와 옆방으로 갔고, 돌 벤치 위에 쓰러졌다.

"메키세!"

산드로가 외쳤다. 문간에서 만났던 남자가 터번을 빼고는 실오라기 하나 걸치지 않은 채 들어왔다. 알고 보니 그는 마사지 담당이었다. 나를 엎드리게 한 후 그는 맨발로 내 등에 올라섰고, 카펫 위의 무희처럼 가볍게 나를 밟아 댔다. 그다음, 그의 손가락이 날카로운 갈고리처럼 내 살을 파고들었다. 그가 내 팔을 비틀었고 뼈가 부스러지는 소리가 들렸다. 사촌들은 주위에 서서 잔소리를 했다.

"팔을 한 번 더 돌리게, 메키세. 몸이 아주 안 좋거든."

"등 위에 한 번 더 올라가게. 이렇게 말야. 그리고 왼쪽 반신에 손가락 마사지를 해."

무척 아플 것이라고 생각했지만 고통은 전혀 없었다. 흰 비누 거품에 뒤덮힌 채 누운 나는 메키세의 강하면서도 유연한 몸놀림 아래서 편안했다. 온몸의 근육이 놀라울 정도로 부드럽게 풀려 간다는 느낌이 들었다.

"이 정도면 충분합니다."

메키세가 이렇게 말하더니 다시금 세상 사람이 아닌 듯한 예언자의 자세로 돌아갔다. 나는 일어났다. 온몸이 쑤셨다. 나는 옆방으로 가 얼음처럼 차가운 유황 물에 몸을 담갔다. 순간적으로 숨이 막혔다. 하지만 다음 순간 팔다리는 다시금 유연해졌고 활력을 되찾을 수 있었다.

나는 흰 천으로 몸을 감싸고 마사지 받던 방으로 되돌아갔다. 사촌들과 메키세가 기대에 찬 눈빛으로 나를 보았다.

"배가 고프군요."

나는 짐짓 점잖게 말하며 벤치에 다리를 꼬고 앉았다.

"이제 괜찮은 거야!"

사촌들이 고함을 질렀다.

"수박, 치즈, 야채, 포도주를 가져오게, 어서!"

우리는 작은 별실에 누워 연회를 벌였다. 언제 피곤했고 몸을 가누기 힘들었는지 잊어버릴 지경이었다. 얼음처럼 차게 식힌 수박의 향기롭고 붉은 과육을 베어 물었더니 더 이상 유황 냄새도 나지 않았다. 사촌들은 나파레올리 백포도주를 홀짝거렸다.

"자, 이제 자네도 알겠지."

사촌 도디코의 이 짧은 말 속에는 조국의 유황 온천에 대한 자부심, 그루지야 특유의 손님맞이에 지쳐 나가떨어진 외국인에 대한 동정, 이슬람 교도 친척이 드러낸 나약함에 대한 이해 등 모든 의미가 담겨 있었다. 연회는 계속 커졌다. 벌거벗은 사람들이 포도주 병을 들고 자꾸만 합류했던 것이다. 귀족들, 귀족이 모시고 온 손님들, 온천 단골들, 하인들, 현자와 시인, 산맥에서 온 영주들이 사이좋게 함께 앉아 있는 그 모습은 그루지야 특유의 평등을 나타내는 즐거운 풍경이었다. 그곳은 온천이라기보다는 클럽, 카페, 혹은 행복한 모임 장소에 가까웠다. 사람들은 근심 걱정 없는 눈빛으로 웃어 댔다. 하지만 가끔씩 불길한 예감을 담은 심각한 얘기가 들려오기도 했다.

"오스만이 몰려올 거야."

눈이 작은 남자가 말했다.

"대공이 이스탄불을 차지할 테고 말이야. 독일 장군 하나가 거기 대포를 설치했다더군. 그 대포가 티빌리시의 지온 돔을 정통으로 맞추면 어쩌지?"

"공작님, 그건 사실이 아닙니다."

얼굴이 호박 같은 남자가 말했다.

"대포는 아직 설치되지 않았고 계획만 있을 뿐입니다. 또 설사 대포가 놓인다 해도 티빌리시를 쏠 수는 없습니다. 독일 놈들 지도는 다 엉터리니까요. 전쟁 전에 러시아인들이 그린 지도이니 말입니다. 아시겠습니까? 러시아인들이 그린 지도가 얼마나 엉망이겠습니까?"

구석에서 누군가 한숨을 내쉬었다. 고개를 돌려 보니 흰 수염에 긴 매부리코를 한 사람이었다. 그가 한탄했다.

"불쌍한 그루지야, 우리는 뜨겁게 달군 부젓가락에 꼼짝없이 잡혀 있는 셈이지. 독일이 이기면 타마르의 땅은 종말을 맞아. 러시아가 이기면 그때는 어떻게 될까? 창백한 황제는 원하는 것을 다 가지겠지만 대공의 손가락이 우리 목을 조를걸. 지금도 우리 아들들, 최고 중에서도 최고인 젊은이들이 전장에서 죽어 가고 있어. 전쟁 후 남은 이들은 오스만이나 러시아 대공, 아니면 다른 적들의 압제에 시달릴 거야. 미국이 우리 적일지도 모르지. 불꽃처럼 타오르던 전쟁은 한순간에 재로 변하기 마련이야. 하지만 그것이 우리 타마르 땅이 맞을 최후야. 보라고! 우리 전사들은 작고 말랐는데 수확은 형편없는 데다가 포도주도 시지 않아?"

흰 수염은 말을 멈추고 숨을 가볍게 헐떡였다. 아무도 입을 열지 않았다. 갑자기 분노를 억눌러 참는 듯한 목소리가 들렸다.

"하지만 러시아는 바그라티온을 죽였다고요. 러시아 황제는 자기 조카와 결혼한 바그라티온을 끝내 용서하지 않고 에리반 연대에 넣어 전장으로 보내 버렸어요. 바그라티온은 사자처럼 싸우다가 총알을 열여덟 발이나 맞고 쓰러졌지요."

사촌들은 말없이 포도주만 마셨다. 나는 마룻바닥만 쳐다보았다. 바그라티온은 이 그리스도교 국가에서 가장 오래된 귀족 가문이었다. 흰 수염의 말이 옳았다. 그루지야는 벌겋게 달아오른 부젓가락에 끼여 짓눌려 죽어 가는 상황이었다. 또 다른 목소리가 울렸다.

"그래도 바그라티온은 테이무라스 바그라티온이라는 아들을 남겼죠. 누군가 그 진정한 왕을 안전하게 보호하고 있어요."

다시 침묵이 흘렀다. 메키세는 해골 같은 모습으로 여전히 미동도 없이 예언자처럼 문간을 지키고 있었다. 도디코가 몸을 쭉 펴고는 행복하게 외쳤다.

"우리나라는 얼마나 아름다운가! 유황 온천과 도시, 전쟁과 카체트 포도주, 평원을 흐르는 알라산 강을 봐! 그루지야가 멸망한다 해도 그루지야인으로 태어난 것은 축복이야. 모두들 절망적인 소리만 하는군. 하지만 타마라 땅이 지금보다 덜 고통받았던 적이 있는가? 그래도 우리 강들은 흐르고 포도나무는 자라고 사람들은 춤을 춰. 우리 그루지야는 멋진 나라야. 앞으로도 그럴 테고. 절망적인 요소가 아무리 많다 해도 말이야."

도디코가 벌떡 일어섰다. 젊고 날씬한 몸, 춤추는 듯 유쾌한 시선, 벨벳 같은 피부 등 과연 가수와 영웅의 후손다운 모습이었다. 구석자리에 있던 흰 수염이 미소를 지었다.

"신이 보우하사 저런 젊은이들이 남아 있는 한은……."

바메크가 내 쪽으로 몸을 구부렸다.

"알리 칸, 잊지 마! 자네는 카드쇼리의 드샤켈리 가문이 청한 손님이라고."

우리는 자리에서 일어나 옷을 입고 밖으로 나왔다. 마차꾼이 채찍을 휘둘렀고, 바메크는 "드샤켈리 가문은 유서 깊은 가문으로……."라며 설명을 시작했다. 그렇지 않을 리가 있겠는가! 나는 다시 즐겁게 웃었다.

15

니노와 나는 골로빈스키 거리의 메피스토 카페에 앉아 데이비
드 산과 산 위의 커다란 수도원을 바라보고 있었다. 사촌들이 하
루를 봐 준 덕에 얻은 시간이었다. 나는 니노가 무슨 생각을 하고
있는지 알고 있었다. 데이비드 산 저 위에 있는 묘지에 함께 가
본 적이 있었던 것이다. 그곳에는 러시아 황제의 신하이자 시인
이었던 알렉산드르 그리보예도프가 누워 있었다. 묘비에는 이렇
게 새겨져 있었다.

그대의 업적은 영원히 기억될 것이다. 하지만 그대가 니노에게 보내
는 사랑이 그대 자신보다 더 오래 살아남은 이유는 무엇인가?

여기서 니노라는 사람은 열여섯의 나이에 그리보예도프와 결
혼했던 니노 차브차바제였다. 내 옆에 앉아 있는 니노의 왕고모
뻘 되는 분이기도 했다. 니노의 왕고모님은 테헤란의 군중이 러

시아 관리의 저택을 둘러싸고 "알라를 찬미하라!"라고 고함을 지르던 때 겨우 열일곱 살이었다. 술리 술탄 거리에서 온 대장장이가 도끼를 휘둘러 관리의 가슴팍을 박살 냈다. 며칠이 지난 후까지도 죽은 시체에서 나온 살덩이가 거리를 굴러다녔고, 개떼가 머리통을 물어뜯었다고 한다. 바로 러시아 황제의 신하이자 시인이었던 알렉산드르 그리보예도프의 시체였다. 당시 페르시아의 술탄이었던 파스 알리 샤는 만족했고, 황태자였던 아바스 미르자도 매우 행복해했다. 폭동에 참여했던 광신적인 노인 현자 메시 아가는 큰 상을 받았고, 내 작은 할아버지 시르반시르는 길리안의 영지를 하사받았다.

그것이 백 년 전에 일어난 일이었다. 그리고, 이제는 메피스토 카페의 발코니에 나, 시르반시르와 그리보예도프의 조카 손녀뻘인 니노가 나란히 앉아 있었다.

"우리는 적으로서 피의 복수를 해야 하는 사이야."

나는 산을 바라보며 고개를 끄덕였다.

"너도 내게 저 위에 있는 것처럼 아름다운 묘비를 만들어 주겠니?"

"글쎄, 그건 네가 평생 어떻게 행동하느냐에 달렸지."

니노는 이렇게 대답하고 커피잔을 비웠다.

"가자. 좀 걷고 싶어."

나는 자리에서 일어섰다. 니노는 아이가 엄마 품을 좋아하듯이 도시를 사랑했다. 우리는 골로빈스키 거리를 걸어 올라가 옛 시가지 골목으로 갔다. 니노는 오래된 지온 돔 앞에서 멈췄다. 어둡고 축축한 방으로 들어가자 십자가가 천장까지 닿을 정도로 높이 솟아 있었다. 성녀 니노가 그루지야인들에게 구세주를 알리기 위해 서방에서 사 가지고 온 포도나무로 만든 것이었다. 니노는 무릎을 꿇고 성호를 그은 뒤 자기 수호 성녀의 그림을 올려다보며 속삭였다.

"성녀 니노여! 저를 용서해 주세요."

니노 눈가의 눈물이 교회 창문으로 스며든 햇살에 반짝였다.

"나가자."

내가 말했다. 니노는 일어나 내 뒤를 따랐다. 우리는 말없이 거리를 걸었다. 마침내 나는 니노에게 물어 보았다.

"성녀 니노에게 무얼 용서해 달라고 빈 거니?"

"너, 알리 칸을."

슬프고 지친 목소리였다. 니노와 함께 티빌리시 거리를 거니는 것은 고약한 노릇이었다.

"나를 왜?"

어느덧 광장에 도착했다. 그루지야인들이 카페 안 혹은 거리 곳곳에 앉아 있었다. 어디선가 터키 식 피리인 주르나를 연주하는 소리가 들려왔다. 저 아래쪽에서는 쿠라 강의 좁은 물줄기가 빠르게 흘러 갔다. 니노의 시선은 스스로의 정체성을 찾아 헤매는 듯 먼 곳을 향하고 있었다. 니노가 다시 말했다.

"너랑, 그리고 그동안 일어났던 모든 일들."

나는 이해할 수 있었지만 계속 물었다.

"무슨 일들?"

니노는 입을 다물었다. 광장 건너편에는 흰 돌로 지은 카슈베티 대성당이 처녀처럼 부드럽고 다정한 모습으로 솟아 있었다. 니노가 말했다.

"티빌리시를 걸어 봐. 히잡을 쓴 여자가 있어? 없지! 아시아라는 느낌이 들어? 그렇지 않아. 이곳은 네가 속한 세상과는 달라. 거리는 넓고 사람들은 솔직하고 공정해. 티빌리시에 있을 때면 내가 아주 현명하다는 느낌이 들어, 알리 칸. 여기에는 사이드 무스타파 같은 편협한 바보도, 마흐무드 하이다르 같은 불평꾼도 없어. 이곳에서 사는 건 더 쉽고 즐겁다고."

"하지만 이 나라는 뜨겁게 달군 부젓가락에 붙잡혀 있어, 니노."

"바로 그거야."

니노는 자갈 박힌 보도 위로 가벼운 걸음을 내디뎠다.

"바로 그래. 절름발이 티무르는 일곱 번이나 티빌리시를 파괴했어. 터키인, 페르시아인, 아랍인, 몽골인들도 이 나라를 침입했지. 하지만 우리는 살아남았어. 적들은 그루지야를 황폐화시켰고 사람들을 죽이고 겁탈했지만 진실로 그루지야를 가지지는 못했어. 성녀 니노는 서구에서 포도나무를 가지고 왔지. 우리는 서구에 속한 나라야. 우리는 아시아인이 아냐. 동쪽 끝에 위치한 유럽 국가인 거지. 너도 이런 것을 느낄 수 있니?"

니노는 빠르게 걸으며 어린아이 같은 눈썹을 찌푸렸다.

"우리가 티무르, 칭기즈 칸, 샤 아바스, 샤 타마스프, 그리고 샤 이스마일에 도전했기 때문에, 바로 그 이유 때문에 네가 사랑하는 나, 니노가 오늘날 존재하는 거야. 지금의 너는 칼을 차지도 않고 코끼리를 끌거나 전사들을 거느리고 있지도 않지만, 그래도 너는 세상을 피로 물들인 샤의 후손이야. 우리 딸은 히잡을 쓸 테고 페르시아의 칼이 날카롭게 벼려지는 때가 오면 우리 아들과 손자는 백 번째로 티빌리시를 파괴하겠지. 알리 칸, 그러니 우리는 함께 서구 세계에 속해야 해."

나는 니노의 손을 잡았다.

"내가 어떻게 했으면 좋겠어, 니노?"

"이건 정말 멍청한 소리일지 모르지만, 난 네가 이 넓은 거리와 푸른 숲을 사랑하기를, 사랑에 대해 좀 더 많이 이해하기를, 아시아 도시의 허물어져 가는 담장에 집착하지 않기를 바라는 거야. 십 년쯤 지나면 너도 음흉한 광신도로 변해 길리안에 앉아 내게 '니노, 넌 그저 땅 한 뼘에 불과해.'라고 말하게 될까 봐 두려워. 말해 줘. 나의 어떤 점을 사랑하는 거니?"

티빌리시가 니노를 혼란스럽게 만드는 것이 틀림없었다. 쿠라 강 주위의 습한 공기 때문에 정상적인 생각을 하지 못하는 것만 같았다.

"어떤 점을 사랑하느냐고, 니노? 너의 모든 것을, 목소리, 향기, 걷는 방식 등 모든 것을 사랑해. 더 이상 무엇이 필요하니?

난 너 자체를 사랑하는 거야. 그루지야든 페르시아든 어디서든 사랑은 같은 거야. 천 년 전 바로 여기에서 너희 유명한 시인 루스타벨리는 타마르 여왕에 대한 사랑을 노래했지. 그 위대한 시를 바탕으로 만든 노래는 페르시아의 루바이야트와 아주 똑같아. 그루지야는 루스타벨리를 빼면 아무것도 아니고, 그 루스타벨리는 페르시아를 빼면 아무것도 아니지."

"여기 바로 이 장소에……."

니노가 생각에 잠겨 중얼거렸다.

"사야트 노바 역시 서 있었을지 몰라. 그루지야의 사랑을 노래했다는 이유로 샤가 목을 베어 버렸던 위대한 시인 말이야."

내가 니노에게 해 줄 수 있는 말은 많지 않았다. 니노는 그 어느 때보다 더 깊은 사랑을 느끼고 표현하면서 고향 땅에 작별 인사를 하고 있었던 것이다. 니노가 한숨을 내쉬었다.

"넌 내 눈, 내 코, 내 머리카락 모두를 사랑하지, 알리 칸. 하지만 잊어버린 것이 있어. 넌 내 영혼도 사랑하니?"

"그래, 난 네 영혼을 사랑해."

나는 지친 목소리로 말했다. 이상한 일이었다. 사이드 무스타파가 여자들한테는 영혼이 없다고 말했을 때 나는 웃었다. 하지만 니노가 영혼에 대해 언급하자 혼란스러워졌다. 여자의 영혼이라니, 그건 대체 무엇일까? 여자란 자기 영혼의 끝없이 깊은 우물을 남자가 굳이 이해하려 들지 않을 때 만족해야 하는 존재인데 말이다.

"그럼, 너는 나의 어떤 점을 사랑하니, 니노?"

갑자기 니노가 울기 시작했다. 길 한복판에서 울음을 터뜨린 것이다. 커다란 눈물 방울이 뺨을 따라 굴러 내리는 모습이 마치 어린 소녀 같았다.

"용서해, 알리 칸. 난 지금의 네 모습 그 자체를 사랑해. 하지만 네가 속한 세계는 두려워. 미칠 것 같아. 난 지금 약혼자인 너와 함께 이 거리에 서서 마치 칭기즈 칸의 전쟁이 모두 네 잘못인 양 굴고 있네. 이런 나를 용서해 줘. 이슬람 교도들이 그루지야인을 죽인 것을 네가 책임져야 한다는 건 말도 안 돼. 다시는 이러지 않을게. 하지만 생각해 봐. 네가 사랑하는 니노 역시 네가 미워하는 유럽의 작은 한 조각이야. 이곳 티빌리시에서 난 그걸 그 어느 때보다 강하게 느껴. 난 널 사랑하고, 넌 날 사랑하지. 하지만 난 숲과 초원을 사랑하고 넌 언덕과 돌, 모래를 사랑해. 바로 그 때문에 난 네가, 네 사랑이, 그리고 네 세계가 두려워."

"그래?"

나는 당황해서 되물었다. 니노가 하고 싶은 말이 무엇인지 이해할 수 없었다. 어느덧 니노의 눈에서 눈물이 말랐고, 입술에는 미소가 번졌다. 나노는 고개를 옆으로 돌렸다.

"석 달만 있으면 결혼하는데 더 이상 뭘 바라겠니?"

니노는 웃으면서 동시에 울 수 있고, 사랑하면서 동시에 미워할 수 있는 사람이었다. 니노는 칭기즈 칸의 원정을 잊고 나를 용서했으며 다시 나를 사랑했다. 니노는 내 손을 끌고 베리 다리를 건너 복잡한 시장 안으로 이끌었다. 용서를 구하는 상징적인 행동이었다. 시장은 티빌리시라는 유럽식 공간에서 유일하게 동양적인 곳이었기 때문이다. 아르메니아인 혹은 페르시아인 뚱보 카펫 장수들이 화려한 색깔의 페르시아 보물들을 펼쳐 놓았다. 노란 표면에 현명한 문구가 새겨진 놋쇠 접시가 어두컴컴한 곳에서 빛났다. 행운 점을 치는 밝은 회색 눈의 쿠드르 족 소녀는 자신의 지식에 스스로 압도된 듯 보였다. 술집이나 카페로 통하는 문가마다 티빌리시에 넘치도록 많은 한량들이 무리를 이루어 태양 아래 벌어지는 온갖 일에 대해 열을 올리며 떠들어 대고 있었다.

각기 다른 언어를 쓰는 팔십 개 민족이 어울려 사는 이 도시는 독특한 냄새를 풍겼고, 우리는 코를 찌르는 그 냄새를 들이마셨다. 색색깔의 잡동사니로 가득 찬 시장에서 니노의 슬픔은 사라졌다. 아르메니아 행상, 쿠르드 점쟁이, 페르시아 요리사, 오세트 사제, 러시아인, 아랍인, 잉구슈인, 인도인 등 온갖 아시아 민족이 티빌리시 시장에 모여 있었다.

한 가게에서 고함소리가 났다. 상인들이 둥글게 몰려 서 있었다. 아시리아인과 유대인이 말다툼을 벌이는 중이었다. "우리 조상들이 너희 조상들을 바빌론 감옥에서 빼냈을 때……."라는 소리가 들렸다. 구경꾼들이 왁자하게 웃었다. 니노도 웃었다. 유대인도 아시리아인도, 시장도, 자기가 흘렸던 눈물도 우습다는 듯 말이다. 우리는 계속 걸었다. 몇 발짝만 더 가면 한 바퀴를 돈 셈이었다. 그리고 우리는 다시 골로빈스키 거리의 카페 메피스토 앞에 섰다.

"한 번 더 돌까?"

나는 이렇게 물었지만 내가 무엇을 하고 싶은지는 솔직히 알 수 없었다.

"아니, 데이비드 산 위에 있는 수도원에 올라가서 우리의 화해를 기념하자."

우리는 옆 골목으로 들어갔다. 케이블카로 가는 방향이었다. 작고 빨간 케이블카가 천천히 데이비드 산을 향해 올라가기 시작했다. 도시가 아래로 가라앉았다. 니노는 그 유명한 수도원이 어떻게 지어졌는지 이야기해 주었다.

"오래전에 데이비드 성인이 이 산에 살았대. 그리고 아래 도시에는 공작과 불륜 관계인 공주가 살았지. 임신한 공주는 공작에게 버림받았어. 분노한 왕이 공주에게 누구 아이를 임신한 것이냐고 캐묻자 차마 공작 이름을 대지 못한 공주가 엉뚱하게 데이비드 성인이라고 대답했지. 머리끝까지 화가 난 왕은 성인을 궁전으로 불러왔어. 그리고 공주도 불렀지. 공주는 성인을 앞에 두고도 같은 얘기를 되풀이했어. 하지만 성인이 자기 지팡이를 공주에게 살짝 가져다 대자 기적이 일어났지. 공주가 어린아이 같은 목소리로 공작이 아이 아버지라고 고백한 거야. 성인이 손을 모아 기도를 올리자 공주는 돌덩이를 낳았어. 그 돌은 아직도 여기 있고, 거기서 성 데이비드 샘이 솟아나고 있지. 아이를 낳고

174

싶은 여자는 그 성스러운 샘에서 목욕을 하면 된다고 해."

니노는 생각에 잠겨 이렇게 덧붙였다.

"데이비드 성인이 죽은 후 그 지팡이가 어디로 갔는지 아무도 모른다니 멋지지 않니, 알리 칸?"

우리는 어느덧 수도원에 다다랐다.

"니노, 샘에 가고 싶어?"

"아니, 아직은 몇 년 더 있다가 가야 할 것 같은데."

우리는 수도원을 둘러싼 담장 옆에 서서 마을을 내려다보았다. 쿠라 계곡에는 푸른 안개가 가득했다. 지붕들이 이루는 바다 위로 성당의 첨탑이 외로운 섬처럼 삐죽 솟아 있었다. 동서 양쪽으로 기쁨의 정원이 길게 뻗어 있었다. 유쾌한 티빌리시 사람들이 즐겨 찾는 곳이었다.

멀리 므데크 성이 검게 솟아오른 모습도 보였다. 한때 그루지야 왕궁이었지만 지금은 러시아 제국이 감히 정치에 대해 왈가왈부하는 카프카스인들을 잡아 가두는 감옥으로 사용하고 있었다. 니노가 고개를 돌렸다. 고문과 죽음으로 악명 높은 그곳의 풍경과 러시아 황제에 대한 자신의 충성심을 연결시키기가 어려웠던 것이다.

"네 친척 중에 저 성 안에 갇혀 있는 사람이 있어, 니노?"

"아니. 하지만 네 친척 중에는 있겠지. 그만 가자, 알리 칸."

"어디로 갈까?"

"그리보예도프 묘지에나 가지, 뭐."

우리는 모퉁이를 돌아 비바람에 닳은 묘비 앞에 섰다. 니노가 납작한 돌멩이를 집어 들더니 묘비에 살짝 가져다 댄 후 놓았다. 조약돌은 바로 떨어져 굴러갔다. 니노가 얼굴을 붉혔다. 티빌리시의 오래된 미신에 따르면, 축축한 돌덩이에 가져다 댄 돌멩이가 잠깐이라도 그대로 붙어 있으면, 그 돌멩이를 붙인 처녀는 그해 안에 결혼하게 된다고 했다. 그런데 니노의 돌멩이는 떨어지고 만 것이다. 나는 니노의 당황한 얼굴을 보고 큰 소리로 웃었다.

"삼 개월만 지나면 결혼할 텐데 이건 엉터리군. '죽은 돌이 하는 말을 믿지 말라.'라는 예언인가 봐."

"맞아."

니노가 대답했다. 우리는 다시 케이블카를 타러 갔다.

"전쟁이 끝나면 우리는 무얼 하게 될까?"

니노가 물었다.

"전쟁이 끝나면? 지금과 똑같겠지. 바쿠 시내를 산책하고 친구들을 만나고. 카라바흐에도 가고 아이들을 낳겠지. 아주 멋질 거야."

"난 유럽에 가 보고 싶어."

"물론 가 봐야지. 파리, 베를린, 또 네가 원하는 곳이라면 다 가자. 겨울 내내 유럽에 머물 수도 있어."

"그래. 겨울 한철은 유럽에서 보내자."

"니노, 넌 이제 우리나라가 싫은 거야? 원한다면 티빌리시에 살아도 괜찮아."

"그렇게 말해 줘서 정말 고마워, 알리 칸. 하지만 우리는 바쿠에서 살게 되겠지."

"니노, 세상에 바쿠만 한 곳은 달리 없어."

"그래? 세상의 다른 도시를 그렇게 많이 보았니?"

"그렇지는 않아. 하지만 원한다면 우리 함께 전 세계를 돌아 보자."

"여행하는 내내 너는 낡은 담장을 그리워하고, 사이드 무스타파와 나누는 영적 대화를 아쉬워하겠지. 하지만 뭐, 그게 싫다는 건 아냐. 난 지금의 네 모습 그대로가 좋으니까."

"네 말대로 난 우리 조국, 우리 도시를 좋아해. 돌멩이 한 개, 한 개, 사막의 모래 한 알, 한 알까지 말이야."

"알고 있어. 바쿠가 그렇게 좋다니 참 이상도 하지. 이방인들 눈에 그곳은 먼지투성이에다가 석유 냄새가 진동하는 무덥고 지루한 도시일 뿐이야."

"그야 이방인들이니 그렇지."

니노가 내 어깨에 팔을 두르고 입술로 살짝 내 뺨을 건드렸다.

"우리가 서로 이방인이 되는 일은 없어야 해, 영원히! 언제까지나 날 사랑할 거지, 알리 칸?"

"언제나, 니노!"

케이블카가 도심 정류장에 도착했다. 우리는 팔짱을 끼고 다시 골로빈스키 거리를 걸었다. 왼쪽으로 멋진 철제 장식 담장을 두른 커다란 정원이 나타났다. 닫힌 정문 앞에서는 병사 둘이 경비를 서고 있었다. 돌로 만든 조각처럼 꼼짝 않고 선 경비병들은 숨조차 쉬지 않는 것 같았다. 정문 위로 러시아 황제의 상징인 쌍두 독수리가 위엄 있게 날개를 펼치고 번쩍거렸다. 그곳은 다름 아닌 카프카스 총독, 즉 대공 니콜라이 니콜라예비치의 관저였던 것이다. 니노가 갑자기 멈춰 섰다.

"저길 좀 봐."

니노가 정원 안쪽을 가리켰다. 소나무 산책로를 따라 키가 크고 여윈 회색 머리 남자가 천천히 걷고 있었다. 남자가 얼굴을 우리 쪽으로 돌렸을 때, 나는 냉정하고 잔혹한 대공의 두 눈을 알아보았다. 얼굴은 길고, 입술은 굳게 다물고 있었다. 그는 소나무들이 만들어 내는 그늘 속에서 마치 거대하고 우아한 한 마리 야생 동물처럼 보였다.

"대공은 무슨 생각을 하고 있을까, 알리 칸?"

"러시아 황제의 왕관에 대해 생각하겠지, 니노."

"대공의 회색 머리에 왕관이 잘 어울릴 것 같아. 대공은 이제 무얼 하려고 할까?"

"러시아 황제를 내쫓으려 한다고들 말하더군."

"어서 가자. 좀 무서워."

우리는 아름다운 철제 장식 담장 반대쪽으로 방향을 돌렸다. 니노가 말했다.

"러시아 황제나 대공에 대해 그렇게 나쁘게 말해서는 안 돼. 어떻든 터키에 대항해 우리를 보호해 주고 있잖아."

"저들은 너희 나라를 움켜진 부젓가락 중 하나야."

"너희 나라라고? 그럼, 네 나라는?"

"우리는 상황이 다르지. 대공은 우리를 모루 위에 놓고 망치로 내려치고 있어. 그러니 우리가 그를 미워하는 거지."

"그렇다고 엔베르 파샤 장군을 좋아하는 건 말도 안 돼. 그는 절대 우리 도시로 들어오지 못해. 대공이 이길 테니까."

"어떻게 될지는 신만이 아시겠지."

난 조용히 대답했다.

16

　대공의 군대는 터키의 트라브존에 도달하기 무섭게 에르제룸을 정복했고 쿠르드 산맥을 넘어 바그다드로 향했다. 또한 대공의 군대는 테헤란, 타브리즈, 심지어는 성스러운 메셰드까지 페르시아의 주요 도시들을 휩쓸었다. 터키와 페르시아의 절반 가량이 니콜라이 니콜라예비치의 검은 그림자 아래 가려졌다. 그루지야 귀족들과 만난 자리에서 그는 "황제의 명령에 따라 나는 이스탄불의 하기아 소피아 대성당 탑 위에 비잔틴 십자가가 황금빛으로 빛나기 전까지는 진군을 멈추지 않을 것이다."라고 단언했다.

　이슬람의 초승달을 상징으로 삼던 국가들은 엄청난 재난에 직면했다. 아직도 오스만의 전능함이나 엔베르 파샤 장군의 승리에 대해 이야기하는 것은 좁고 어두운 골짜기에 동떨어져 살아가는 전사들뿐이었다. 페르시아는 더 이상 존재하지 않았고, 터키도 곧 그렇게 될 상황이었다.

한층 말이 없어진 아버지는 외출이 잦아졌다. 전황 자료와 지도를 들여다보며 함락된 도시 이름들을 중얼거리다가 손에 호박 묵주를 쥔 채 몇 시간씩 꼼짝 않고 앉아 계시기도 했다. 나는 보석가게, 꽃가게, 서점 등을 돌아다니며 니노에게 줄 선물을 사기에 바빴다. 니노를 만날 때면 전쟁도, 대공도, 위험에 처한 초승달도 내 머릿속에서 깨끗이 사라져 버렸다.

어느 날 아버지가 시선을 먼 곳으로 향한 채 약간 난처한 듯 표정으로 이렇게 말씀하셨다.

"알리 칸, 오늘 밤에는 집에 있도록 해라. 손님들이 오셔서 중요한 문제를 의논할 테니까."

나는 아버지의 마음을 읽고 짓궂게 물었다.

"아버지, 절대 정치에 개입하지 말라고 제게 당부하지 않으셨나요?"

"민족의 운명을 염려하는 것을 꼭 정치라고 할 수는 없다. 때로는 민족의 운명을 생각하지 않을 수 없는 경우가 있는 법이다, 알리 칸."

나는 그날 밤 니노와 오페라 공연에 가기로 약속을 해 놓은 상태였다. 초대 가수로 샬랴핀이 나오는 그날의 공연은 니노가 벌써 며칠 전부터 고대하던 것이었다. 나는 일리아스 벡에게 전화를 걸었다.

"일리아스, 내가 오늘 저녁에 시간이 안 돼서 그러는데 네가 니노랑 오페라 공연에 가 줄 수 있니? 표는 이미 사 놓았어."

그는 무뚝뚝한 목소리로 대답했다.

"어쩌지? 그렇게 해 주면 좋겠지만 나랑 마흐무드 하이다르는 둘 다 오늘 저녁에 당직을 서야 해."

나는 사이드 무스타파에게도 전화를 걸었다.

"미안하지만 안 되겠는걸. 유명한 물라 하지 마크수드와 만나기로 했거든. 그분은 테헤란에서 며칠 다니러 이곳에 오신 거야."

마지막으로 나카라리언에게 연락해 보았다. 그는 퍽 당황한 듯했다.

"아니, 왜 네가 가지 못하는 거니, 알리 칸?"

"집에 손님이 오셔."

"아르메니아인들을 모두 죽여 없앨 계획이라도 세우는 거니? 같은 민족이 피를 흘리며 쓰러지는 이런 상황에 극장에 가서는 안 되는 일이지만, 네 부탁이니 하는 수 없지. 게다가 샬랴핀은 대단한 가수니까."

마침내 해결된 셈이었다. 필요할 때 도움을 주는 친구가 진정한 친구라고 했던가. 나는 니노에게 사과를 하고 집에 남았다.

일곱 시부터 손님들이 모여들었다. 물론 내가 예상했던 인물들이었다. 붉은 카펫 위에 낮은 소파들이 놓인 넓은 거실에 모인 사람들은 하나같이 일억 루블 이상 주무르는 이들이었다. 손님 수는 많지 않았고, 모두들 내가 몇 년째 익히 아는 사람들이었다.

가장 먼저 도착한 사람은 일리아스 벡의 아버지인 세이날 아가였다. 등이 굽고 눈도 침침한 그는 소파에 앉은 후 지팡이를 내려두고 생각에 잠긴 채 설탕 과자를 먹기 시작했다. 다음으로는 알리 아사둘라와 미르자 아사둘라 형제가 왔다. 부친인 고(故) 샴시로부터 수천억 루블의 유산을 물려받았고, 이와 함께 지혜도 전해받아 읽고 쓰는 법을 배운 이들이었다.

미르자 아사둘라는 돈과 지혜, 그리고 평화를 사랑했다. 동생인 알리 아사둘라는 훨훨 타오르는 자라투스트라의 불꽃과도 같았지만 스스로를 불태워 죽일 정도까지는 아니었다. 그는 늘 세상 곳곳을 돌아다녔고 전쟁과 모험, 위험을 즐겼다. 그와 관련된 싸움이나 살인 이야기는 헤아릴 수 없이 많았다.

그 옆에 앉은 술렌 부리앗 사데는 모험이 아니라 사랑 전문가였다. 그날 모인 사람 중에서 아내를 네 명이나 둔 사람은 그뿐이었다. 그의 아내들은 늘 격렬한 싸움을 벌이고 있었다. 그는 그런 상황을 몹시 부끄러워했지만 천성을 바꿀 수는 없는 모양이었다. 자녀가 몇이나 되느냐는 질문을 받으면 그는 "열다섯 아니면 열여섯이겠죠. 이 불쌍한 인간이 그걸 어떻게 알겠습니까?"라고 서글프게 대답했다. 하지만 재산이 얼마나 되느냐고 질문을 던졌다 하더라도 똑같은 대답을 했을 것이다.

거실 반대편에 앉은 유수프 오글리는 역겨움과 질투가 뒤섞인 시선으로 술렌 부리앗 사데를 바라보았다. 그는 아내가 하나뿐이었고 들리는 말로는 미인도 아니라고 했다. 결혼식 날 그의 부인이 이렇게 말했던 것이다.

"다른 여자에게 당신 정액을 뿌리는 날에는 그 여자들의 귀와 코, 유방을 잘라 버리겠어요. 그리고 당신 물건도 잘라 버릴 테니 알아서 해요."

그의 처가 친척들은 조금만 수틀리면 단검을 뽑아 드는 것으로 유명했고, 그래서 신부의 협박은 심각하게 받아들일 만했다. 그리하여 불쌍한 남편은 그림 수집을 취미로 삼을 수밖에 없었다.

일곱 시 삼십 분에 거실로 들어선 사람은 아주 작고 마른 인물이었다. 손은 섬세했고, 손톱은 붉게 물들어 있었다. 모여 있던 우리는 모두 일어나 그의 불행에 고개 숙여 유감을 표했다. 외아들인 이스마일이 몇 년 전에 죽었던 것이다. 이 아버지는 니콜라이 거리에 멋진 집을 짓고 대문에 커다란 금색 글씨로 '이스마일'이라고 새겨 그 집을 이슬람 자선 단체에 기부했다.

아가 무사 나기라는 이름의 그 사람이 이 모임에 참여하게 된 것은 오로지 이억 루블에 달하는 그의 재산 때문이었다. 그는 더 이상 이슬람 교도가 아니었던 것이다. 그는 샤 나스르 앗 딘이 처형해 버린 밥이라는 인물이 창시한 이단 교파 바하이스트에 속해 있었다. 밥의 가르침이 무엇이었는지 아는 사람은 극히 드물었다. 하지만 나스르 앗 딘이 바하이스트 교도에게 달군 바늘을 손톱 밑에 밀어 넣기도 하고 산 채로 불태우는가 하면, 죽을 때까지 채찍으로 때리는 등 끔찍한 벌을 내렸다는 것은 모두들 알고 있었다. 그런 벌을 받을 정도라면 그 교파의 가르침은 아주 악한 것임에 틀림없었다.

여덟 시가 되자 손님들이 모두 모였다. 석유 재벌들은 모여 앉아 차를 마시고 과자를 먹으며 서로의 사업이나 집안 대소사, 자기가 기르는 말, 정원, 카지노의 초록 테이블에서 손해 입은 일 등에 대해 이야기를 나누었다. 그렇게 아홉 시까지 대화가 이어졌다. 예의범절에 따른 절차였다. 아홉 시가 되자 하인들이 차를 치우고 문을 닫았다.

"샴시 아사둘라의 아드님이신 미르자 아사둘라가 우리 민족의 운명에 대해 생각을 많이 했다고 합니다. 이제 이야기를 들어 봅시다."

아버지께서 이렇게 말씀하시자 미르자 아사둘라가 꿈꾸는 듯한 아름다운 얼굴을 들었다.

"대공이 이긴다면 세계 지도에 이슬람 국가는 하나도 남아 있지 못할 것입니다. 러시아 황제는 세금을 많이 거두려 하겠지요. 물론 여기 앉은 우리들은 부유하니 황제도 섣불리 건드리지는 못할 겁니다. 하지만 우리 모스크와 학교는 문을 닫고, 우리말도 사용하지 못하게 될 것입니다. 예언자의 민족을 지키는 자가 아무도 없는 상황에서 이방인들은 마구 밀려들어 오겠지요. 엔베르 파샤 장군이 이긴다면 우리에게 훨씬 유리합니다. 비록 아직까지는 거의 승리를 거두지 못하고 있지만 말입니다.

그런데 이 상황에서 우리가 할 수 있는 일이 있을까요? 제 생각에는 아마 없을 듯합니다. 우리에게 돈이 있다지만 러시아 황제에게는 더 많습니다. 어떻게 하면 좋겠습니까? 황제에게 우리의 돈과 사람을 줘야 할지도 모릅니다. 병력을 제공한다면 전쟁 후에 우리를 짓누르는 손이 조금 가벼워질 수 있으니까요. 아니면 무언가 다른 방법이 있을까요?"

그의 형제인 알리 아사둘라가 일어섰다.

"누가 알겠습니까? 전쟁이 끝나면 더 이상 러시아 황제라는 것이 존재하지조차 않을지도 모릅니다."

"형제여, 설사 그렇게 된다 해도 우리나라에는 러시아인들이 수없이 많네."

"그 숫자는 줄어들 수 있습니다."

"우리가 그들을 모두 죽일 수는 없어, 알리."

"우리는 그들 모두를 죽일 수 있습니다, 미르자 형님."

이어 두 사람은 입을 다물었다. 세이날 아가가 노인의 지친 목소리로 부드럽게, 그리고 군더더기 없이 의견을 말했다.

"알라의 뜻이 무엇인지는 아무도 모릅니다. 대공이 이스탄불을 점령한다 해도 그것은 승리가 아닙니다. 우리 운명을 좌우하는 것은 이스탄불이 아니라 서구니까요. 서구에서는 터키인들이 승리하고 있습니다. 비록 그곳에서는 독일인이라고 불리지만 말입니다. 러시아인들은 트라브존을 점령했고, 터키인들은 바르샤바를 점령한 상황입니다. 러시아인들이 어째서 중요하다는 겁니까? 도시에 남은 러시아인들도 거의 없지 않나요? 듣자하니 지금 러시아에는 라스푸틴이라고 하는 농민이 황제를 좌지우지하고, 황녀들을 농락한다고 합니다. 대공은 언제든 권좌를 차지할 욕심이 가득하고, 평화를 간절히 원하는 민중은 혁명을 일으킬 수도 있어요. 전쟁이 끝나면 모든 것이 완전히 달라질 겁니다."

"맞습니다."

긴 턱수염을 기른 뚱뚱한 남자가 눈을 반짝이며 말했다.

"전쟁이 끝나면 정말 모든 것이 달라질 겁니다."

법률가로서 언제나 민중과 민중의 복지에 대해 이야기하는 파스 알리 칸이었다. 그는 열정적으로 이렇게 덧붙였다.

"모든 것이 달라지면 우리도 누군가에게 도움을 구걸할 필요는 없습니다. 이 전쟁을 치르는 나라들은 승패에 관계없이 결국 모두 쇠약해지겠지요. 하지만 우리는 약해지지도 상처를 입지도 않았을 테니 구걸이 아니라 요구할 수 있는 위치에 설 것입니다. 우리는 이슬람 시아파 국가입니다. 우리는 오스만가(家)에서 받는 것과 똑같은 대우를 로마노프가(家)에게 받고자 합니다.

바로 모든 측면에서의 독립이죠! 전쟁 후 강대국들이 약해질수록 우리는 자유를 누리게 됩니다. 이 자유는 우리로부터, 우리가 보전한 힘으로부터, 그리고 우리 돈과 석유로부터 나옵니다. 우리가 세상을 원하는 것보다 세상이 우리를 더 많이 원한다는 점을 잊지 말아야 합니다."

우리 집 거실에 모인 일억 루블 이상의 자산가들은 매우 만족해했다. 기다리며 추이를 지켜본다는 것은 훌륭한 방법이었다. 우리에게는 석유가 있었다. 전쟁에서 이긴 국가는 우리의 협조를 구걸해야 했다. 그때까지 우리는 무엇을 할 것인가? 병원, 고아원, 맹인 보호소 등 신념을 위해 싸웠던 이들을 위해 시설을 마련하면 되는 것이었다. 그렇다고 우리를 나쁘게 말할 사람은 아무도 없었다. 나는 구석에 잠자코 앉아 있었다. 화가 났다. 알리 아사둘라가 거실을 가로질러 와서는 내 옆에 앉았다.

"알리 칸, 네 생각은 어때?"

그러더니 대답할 틈도 없이 몸을 굽혀 속삭였다.

"이 나라에 있는 러시아인들을 몽땅 죽여 없애면 멋지지 않을까? 러시아인뿐만이 아니지. 우리와 신앙과 생각이 다른 외국인들을 몽땅 죽이는 거야. 사실 우리 모두 그걸 원하고 있지. 다만 감히 입 밖에 내어 말하는 사람이 나 혼자일 뿐이야. 그다음에는 어떻게 해야 할까? 내 생각에는 파스 알리가 통치할 수 있을 것 같아. 물론 나야 엔베르 파샤가 더 좋긴 하지만. 어쨌든 우선은 외국인들을 모조리 끝장내야 해."

그는 '끝장내다'라는 단어를 마치 '사랑한다'처럼 부드럽게 발음했다. 그의 눈이 빛났고 얼굴에는 사악한 미소가 떠올랐다. 나는 대답하지 않았다. 바하이스트인 무사 나기가 말하는 중이었다.

"난 늙은이요. 눈앞에 벌어지는 일을 보고 들리는 얘기를 듣자니 슬프오. 러시아인들은 터키인을 죽이고, 터키인은 아르메니아인을 죽이며, 아르메니아인은 우리를 죽이려 하고, 또 우리는 러시아인을 죽이고 싶어 하는구려.

이게 선한 일이오? 난 모르겠소. 세이날 아가, 미르자, 알리,

그리고 파스 알리가 우리 민족의 운명에 대해 어떻게 생각하는지 들어 보았소. 학교, 우리말, 병원과 자유에 대해 깊이 염려하는 것은 알겠소. 하지만 제대로 된 것을 가르치지 않는 상황이라면 학교가 무슨 소용이오? 육체만 치료할 뿐 영혼은 잊어버리는 병원은 또 무슨 소용이오?

우리 영혼은 신에게 다가가기 위해 발버둥 치지. 어떤 나라든 자기들의 신이 유일하고 또한 전부라고 믿소. 하지만 나는 그 모든 현자의 목소리에 똑같은 신이 존재한다고 생각하오. 그래서 나는 그리스도와 공자, 부처와 무하마드를 모두 숭배하지. 우리는 모두 하나의 신으로부터 왔고, 밤을 통해 그에게로 되돌아갈 수 있소. 흑과 백 따위는 없소. 흑은 곧 백이고, 백은 곧 흑이기 때문이지.

그러니 내가 하고 싶은 말은 이것이오. 세계 어디서든 누군가를 해칠 수 있는 일은 하지 맙시다. 우리는 결국 상대방 영혼의 일부이고, 모든 영혼이 우리의 일부이기 때문이오."

우리는 어찌 할 바를 모르고 침묵했다. 이것이 바로 이단인 밤의 사상인 모양이다. 갑자기 흐느끼는 소리가 들려 돌아보니 아사둘라가 눈물이 뒤범벅된 얼굴을 찡그리며 고통스럽게 흐느끼고 있었다.

"오, 신이여, 구해 주소서! 물론 당신 말씀은 옳습니다! 그 말씀을 듣는 것조차 무한한 행복입니다! 오, 전능한 신이여! 모든 사람이 당신처럼 심오한 지혜를 발견할 수만 있다면!"

그는 갑자기 눈물을 그치고 깊이 한숨을 쉬더니 냉정해진 목소리로 덧붙였다.

"존경하는 분, 신의 손이 우리 모두의 손 위에 있다는 것은 분명합니다. 그렇지만 전능한 분의 자비로운 개입에만 늘 의지할 수 없다는 것도 진실입니다. 우리는 그저 인간일 뿐이고 성령의 계시가 없다면 어려움을 극복할 방법을 찾아야 합니다."

그는 눈물과 말로 영리하게 답변한 셈이었다. 미르자는 신뢰와 존경의 눈길로 동생을 쳐다보았다. 손님들이 일어섰다. 여윈 손들이 짙은 눈썹을 건드리며 경의를 표했다. 서로 등을 구부리며 "평화가 함께 하기를 빕니다. 당신 입술에 미소가 남기를 빕니다."라고 중얼거렸다.

모임은 끝이 났다. 일억 루블 자산가들이 거리로 나가 고개를 끄덕이고 머리를 숙이는가 하면 악수를 하고 헤어졌다. 열 시 삼십 분이었다. 텅 빈 거실을 보니 힘이 빠졌다. 나는 퍽 외로웠다.

"병영으로 가야겠다. 일리아스 벡이 야간 근무 중이야."

나는 하인에게 이렇게 말하고, 니노의 집을 지나 바다 쪽으로 내려가 병영으로 갔다. 초소 창문이 밝혀져 있었다. 일리아스 벡과 마흐무드 하이다르는 주사위를 굴리다가 말없이 고개를 끄덕이며 나를 맞았다. 마침내 주사위 놀이가 끝났다. 일리아스 벡이 주사위를 구석으로 던지고 셔츠 단추를 풀었다.

"어떻게 되었니?"

그가 물었다.

"아사둘라가 또 러시아인들을 몽땅 죽이겠다고 맹세했니?"

"그랬지 뭐. 새로운 전황 소식은 없어?"

"전쟁이라."

그는 지겹다는 듯 말했다.

"독일인들이 폴란드를 거의 다 점령했고, 대공은 눈밭에 처박히거나 바그다드를 차지하거나 할 거야. 터키인들은 아마 이집트를 격파할 테고. 알게 뭐야? 지겨운 세상이야."

마흐무드 하이다르가 짧게 자른 머리를 쓰다듬었다.

"지루하다니 천만의 말씀이야. 우리에겐 말과 병사가 있고, 우리는 무기를 어떻게 사용해야 하는지도 알고 있어. 더 이상 필요한 것이 뭐람? 이제 얼마 있으면 나도 산에 올라 참호에 누워 코앞에서 적을 맞게 되겠지. 나와 맞설 적은 근육질 몸매에서 땀 냄새를 풍길 거야."

"그러게 원하면 왜 전방에 자원하지 않는 거니?"

내가 물었다. 그 말에 마흐무드 하이다르는 슬픈 눈빛이 되었다.

"난 이슬람 교도를 쏠 수 없어. 수니파라 해도 말이야. 하지만 그렇다고 탈영할 수도 없지. 난 이미 충성의 맹세를 해 버렸으니까. 우리나라에서는 이 모든 것이 완전히 바뀌어야 해."

나는 애정 어린 눈으로 그를 바라보았다. 어깨가 떡 벌어지고 얼굴은 강하면서도 소박한 그는 한시바삐 싸움을 벌이고 싶어 죽겠다는 모습이었다.

"난 전선에 가고 싶기도 하고 그렇지 않기도 해."

그가 서글프게 말했다.

"그럼 우리나라는 어떻게 되어야 한다는 거지?"

내가 다시 물었다. 그는 눈썹을 찌푸렸지만 금방 대답하지는 않았다. 그에게는 쉽지 않은 질문이었던 것이다. 마침내 그가 말했다.

"우리나라가 어떻게 되어야 하냐고? 모스크를 지어야지. 우리 땅은 건조하니까 땅에 물도 대야 하고. 외국인들이 몰려와 우리에게 멍청하다고 떠들어 대도록 내버려 두는 것은 좋지 않아. 설사 정말로 멍청하다 해도 그건 우리 문제일 뿐이야. 또 있어. 큰 불을 일으켜 유정탑들을 모두 태워 버렸으면 좋겠어. 아주 멋질 거야. 우리 모두 다시 가난해지는 거지. 유정탑 대신 푸른색의 아름다운 모스크를 지어야지. 석유로 얼룩졌던 땅에 물소가 뛰고 옥수수가 자라나게 해야 해."

그는 머릿속에 그 광경을 그려 보는지 잠시 말을 멈췄다. 일리아스 벡이 신나게 웃었다.

"그럼, 읽기와 쓰기 같은 건 다 금지되어야지. 전기 대신 촛불을 사용하고, 제일 멍청한 사람을 왕으로 뽑고 말이야."

마흐무드 하이다르는 짓궂은 말에도 벌컥 화를 내지 않았다.

"맞아. 옛날에는 멍청한 사람들이 지금보다 훨씬 더 많았어. 그들은 유정탑이 아닌 수로를 만들었고 외국인들에게 농락당하는 대신 외국인들을 털었지. 그때 사람들은 지금보다 더 행복했어."

나는 이 단순한 친구를 껴안고 입 맞춰 주고 싶다는 생각이 들었다. 그는 마치 자신이 학대받는 가련한 국토인양 말하고 있었다. 갑자기 누군가 거칠게 문을 두드렸다. 나는 놀라 펄쩍 일어서며 문을 열었다. 사이드 무스타파가 달려 들어왔다. 금방이라도 떨어질 듯 터번이 한쪽에 매달려 있었다. 녹색 허리띠도 느슨했고 회색 망토는 먼지투성이었다. 그는 쓰러지듯 의자에 앉아 숨을 헐떡거렸다.

"나카라리언이 니노를 납치했어. 삼십 분쯤 전에. 지금 마르다키아니로 가는 중이야."

17

마흐무드 하이다르가 벌떡 일어섰다. 눈이 아주 가늘어져 있었다.

"내가 말에 안장을 얹을게."

그가 달려 나갔다. 나는 머릿속이 빙글빙글 돌았고, 귀에서 둥둥 북소리가 났다. 보이지 않는 손이 내 머리를 막대기로 내리치는 듯했다. 일리아스 벡의 목소리가 멀리서 들려 왔다.

"알리 칸, 진정해! 진정하라고! 우리가 틀림없이 따라잡을 테니까."

그의 좁은 얼굴은 아주 창백해졌다. 그가 내 허리에 띠를 매 주었다. 곧은 카프카스 검이 매달린 띠였다. 그리고 권총 한 자루도 손에 쥐어 주었다.

"자, 진정하라고, 알리! 분노를 억누르고 일단 마르다키아니로 갈 생각부터 하자고."

나는 기계적으로 주머니에 권총을 꽂았다. 사이드 무스타파의 얽은 얼굴이 가까이 다가왔다. 두꺼운 그의 입술에서 두서없이 말이 쏟아져 나왔다.

"물라 하지 마크수드를 만나기 위해 집을 나섰지. 현자의 천막은 극장 바로 옆이었어. 열한 시쯤 헤어졌는데, 그 사악한 공연이라는 것도 막 끝난 모양이더군. 니노가 차에 타는 게 보였어. 나카라리언도 함께 있었고. 하지만 차가 출발하지 않고 한참 서 있는 거야. 두 사람은 이야기를 나누었어. 난 나카라리언의 표정이 마음에 들지 않았지. 다가가 엿들었더니 니노가 '싫어요, 난 그를 사랑해요.'라고 말하는 거야. 그러자 나카라리언은 '내가 당신을 더 사랑하오. 이 나라에는 돌덩이 하나도 온전히 남지 못할 것이오. 내가 아시아의 마수로부터 당신을 구하겠소.'라고 했어.

니노는 싫다고 소리치며 집에 데려다 달라고 했고, 나카라리언은 시동을 걸었어. 난 뛰어서 따라갔지. 키피아니 집을 향해 가는 차 안에서 두 사람은 계속 이야기를 하고 있었어. 무슨 내용인지는 들을 수 없었지만. 차가 멈추었을 때 니노는 울고 있었지. 갑자기 나카라리언이 니노를 껴안고 얼굴에 입을 맞추었어.

'당신이 그 야만족 차지가 되어서는 안 돼!' 그는 이렇게 외쳤고, 이어 무언가 속삭이기 시작했어. 하지만 '……마르다키아니에 있는 내 집으로 갑시다. 모스크바에서 결혼식을 올리고, 스웨덴에 가서 살면 어떻겠소?'라는 마지막 부분만 들렸어. 니노는 그를 밀쳐 냈지. 차는 다시 출발했고 나는 곧바로 이리로 달려온……."

그는 말을 맺지 못했다. 아니, 내가 끝까지 듣지 않은 것인지도 몰랐다. 마흐무드 하이다르가 뛰어들어 왔다.

"말이 준비되었어!"

우리는 모두 마당으로 달려갔다. 발을 구르기도 하고 '힝힝' 소리를 내기도 하는 말들이 달빛을 받으며 서 있었다.

"자, 이것!"

마흐무드 하이다르가 가리키는 말을 본 순간 나는 그 자리에 못 박힌 듯 멈춰 버렸다. 붉은 기가 도는 금색 털을 가진 카라바흐의 기적, 세계를 통틀어 열두 필밖에 없다는 말, 사령관 멜리코프가 애지중지하는 바로 그 말이었던 것이다. 마흐무드 하이다르의 얼굴은 어두웠다.

"사령관이 미쳐 날뛰겠지. 자기 외에는 아무도 이 말을 타지 않았으니까. 이 말은 바람처럼 달릴 수 있어. 자, 어서 가! 따라잡을 수 있을 거야."

나는 안장에 올라탔다. 내 회초리가 옆구리를 스치는 순간, 그 기적의 말이 솟구쳐 올랐고 단번에 병영을 벗어났다. 우리는 바다를 따라 달렸다. 나는 증오에 가득 차 말을 몰아 댔다. 집들이 춤추듯 뒤로 밀려났다. 말발굽에서 불꽃이 튀는 듯했다. 내 감정은 점점 더 격해졌다. 나는 고삐가 찢어져라 당겼고, 말은 머리를 들고 달려 나갔다.

마침내 도시 외곽의 진흙 오두막이 끝나고, 달빛 아래 평화로이 뻗은 벌판이 눈앞에 펼쳐졌다. 마르다키아니로 향하는 도로였다. 밤공기가 나를 조금이나마 진정시켜 주었다. 양쪽으로 펼쳐진 멜론 밭에서 커다랗고 둥근 과일이 황금 덩어리처럼 빛났다. 말이 전속력으로 달리기 시작했다. 날듯이 유연하고 황홀한 질주였다. 나는 말갈기에 닿을 듯 상체를 최대한 낮게 숙였다.

갑자기 머릿속이 맑아졌다. 모든 것이 분명했다. 두 사람이 주고받았다는 말이 다시 들려왔다. 이제야 나카라리언의 마음을 읽을 수 있었다. 엔베르 파샤는 소아시아에서 싸우고 있었고, 러시아 황제의 옥좌는 위협에 처한 상황이었다. 대공은 아르메니아 부대를 거느렸다. 전선이 무너지면 오스만 군대가 아르메니아, 카라바흐, 바쿠를 덮칠 것이었다.

나카라리언은 그런 결과를 미리 내다본 것이다. 그래서 아르메니아 금으로 만든 묵직한 금괴를 스웨덴으로 옮긴 것이다. 카프카스 민족들의 평화 공존은 그것으로 끝이었다. 나는 니노와 나카라리언이 극장 발코니 석에 앉은 모습을 떠올렸다.

"아가씨, 이제 동과 서를 연결하는 다리는 없어요. 사랑의 다리도 없지요."

니노는 대답하지 않지만 귀를 기울이고 있다.

"우리는 서로를 도와야 합니다. 오스만의 검이 우리 모두를 위협하고 있으니까요. 우리는 아시아에 주재하는 유럽의 대사들이라고 할 수 있지요. 난 당신을 사랑합니다. 우리는 서로에게 속해 있어요. 스톡홀름으로 가면 삶은 쉽고 단순합니다. 그곳은 유럽이고 서구이니까요."

마치 나카라리언이 바로 옆에서 속삭이기라도 하듯 또렷한 말소리가 귓전에 울렸다.

　"이 나라에는 돌덩이 하나도 온전히 남아 있지 못할 겁니다!"

　마지막은 이런 말이었다.

　"당신의 운명이 어찌 될지는 당신 스스로 결정해야 합니다, 니노. 전쟁이 끝나면 우리는 런던에서 살 거요. 궁전을 거닐면서 말이오. 유럽인은 자기 운명의 주인이 되어야 해요. 나도 알리 칸을 존경하지만 그는 야만인이고 영원한 사막의 포로일 뿐이오."

　나는 다시 채찍을 휘둘렀다. 그리고 울부짖었다. 사막의 늑대가 달을 보며 내지르는 것처럼 길고도 서글픈 울부짖음이었다. 밤새도록 말을 달리며 내가 낸 소리는 그것 하나였다. 나는 몸을 한층 더 구부렸다. 목이 아팠다.

　마르다키아니로 이어지는 달 밝은 길을 달리며 나는 왜 울고 있을까? 나는 분노를 억눌러야 했다. 날카로운 바람이 얼굴을 때렸다. 바람 때문에 눈물이 나는 것뿐이었다. 나는 울지 않는다. 동과 서 사이에 다리가 없다는 점을 깨달았을 때에도, 심지어 사랑의 다리조차 놓을 수 없음을 알게 되었을 때에도 말이다. 미소 짓는, 광채 나는 그루지야의 눈이여! 그래, 나는 사막의 늑대, 회색빛의 터키 늑대이다.

　모스크바에서 결혼식을 올리고 스웨덴으로 가자니! 이 얼마나 치밀하게 준비된 말인가? 흰 시트를 씌운 스톡홀름의 호텔 침대는 따뜻하고 청결하겠지. 런던의 저택도. 저택이라고? 내 얼굴이 말의 붉은 기 도는 황금빛 피부에 닿았다.

갑자기 나는 말의 목을 물어뜯었다. 입 안 가득 짭짤한 피 맛이 느껴졌다. 저택이라고? 바쿠의 부자들이 모두 그렇듯 나카라리언도 마르다키아니에 저택을 가지고 있었다. 바다 근처 오아시스 주변에 펼쳐진 과수원 사이로 우뚝 선 대리석 건물이었다.

자동차는 얼마나 빨리 달릴 수 있을까? 또 카라바흐 말은 얼마나 날쌔게 뒤쫓을 수 있을까? 나는 그 저택을 알고 있었다. 마호가니로 짠 붉고 넓은 침대가 놓여 있었지. 스톡홀름 호텔에 있는 것처럼 눈부신 흰 시트가 깔려 있고. 나카라리언이 밤새도록 철학 이야기를 늘어놓을 리 없다. 그는, 그는 분명 일을 저지르고 말리라. 눈앞에 침대가, 그리고 욕망과 공포를 가득 담은 그루지야의 눈이 떠올랐다.

나는 말의 목에 한층 더 깊이 이를 박아 넣었다. 기적의 동물은 계속 달렸다. 어서 가자, 어서 가! 네 분노는 두 사람을 따라잡은 후에나 필요하다, 알리 칸! 마르다키아니로 가는 도로는 좁았다.

갑자기 나는 큰소리로 웃어 댔다. 우리가 아시아에, 야만적이고 후진적인 이 땅에 있다는 것은 얼마나 멋진 일인가! 이곳에는 유럽 자동차에 맞는 매끄러운 도로는 없었다. 카라바흐 말이 달리기 좋은 거칠고 좁은 길이 나 있을 뿐이었다. 이런 길로 자동차가 얼마나 빨리 달릴 수 있겠는가? 길 양쪽의 멜론들이 나를 쳐다보며 말하는 듯했다.

"정말 나쁜 길이군요. 영국제 자동차에는 맞지 않죠. 카라바흐 말을 탄 사람을 위한 길이에요."

이렇게 마구 달리게 한 말이 무사할까? 그럴 것 같지 않았다. 슈샤에서 만났던 멜리코프의 얼굴이 아직도 생생했다. 그는 검을 쨍그랑거리며 "황제께서 전쟁을 선포하셨을 때만 나는 이 말에 오른다네."라고 말했지. 하지만 뭐 어쩌겠는가! 멜리코프가 자기 말을 위해 통곡하도록 내버려 둘 수밖에.

다시 한 번 내 채찍이 허공을 갈랐다. 바람이 마치 주먹처럼 내 얼굴을 때렸다. 모퉁이를 돌아섰을 때, 마침내 멀리서 자동차 엔진 소리가 들렸다. 전조등의 두 줄기 흰 빛이 울퉁불퉁한 도로를 비추고 있었다. 나카라리언의 차였다! 천천히 앞으로 나가는 중이었다. 유럽 자동차가 아시아의 도로에서 쩔쩔매고 있었던 것이다.

다시 내 채찍이 공중에서 춤을 추었다. 이제 운전대를 잡고 있는 나카라리언의 모습도 보였다. 옆에 니노가 있었다! 니노는 구석에서 몸을 잔뜩 웅크리고 있었다. 저 두 사람은 어째서 말발굽 소리를 듣지 못하는 것일까? 밤이 되었으니 바깥에 신경 쓸 필요가 없다고 생각하는 것일까? 유럽제 자동차 안에서 나카라리언은 지극히 안전하다고 느끼는 것이 분명했다.

저 번쩍이는 상자를 당장 멈추게 하라! 자, 지금이다! 나는 권총의 안전장치를 풀었다. 귀엽고 작은 벨기에 권총아, 네 역할을 다해 다오! 총알이 발사되었고, 작은 불꽃이 순간적으로 도로 위를 스쳐 지났다. 나는 말을 세웠다. 내 작은 동료는 제 역할을 해냈다. 왼쪽 타이어가 터져 풍선 장난감처럼 납작해진 것이다. 번쩍거리는 상자가 멈춰 섰다. 나는 차 위에 올라섰다. 어디서 긁혔는지 관자놀이에서 피가 흘렀다. 권총을 멀리 내던져 버리긴 했지만, 그다음에는 어떻게 해야 할지 알 수 없었다.

공포에 질린 두 얼굴이 나를 바라보았다. 나카라리언의 손이 떨면서 권총 쪽으로 다가갔다. 유럽제 자동차 안이라고 해서 안전하지는 않다는 것을 마침내 깨달은 모양이었다. 통통한 손가락과 다이아몬드 반지가 보였다.

어서, 알리 칸! 침착해야 해! 나는 단검을 뽑았다. 떨리는 손으로는 총을 쏠 수 없는 법이다. 내 단검은 경쾌한 음악 소리와 함께 허공을 갈랐다. 단검으로 찌르는 법을 내가 어디서 배웠던가? 페르시아? 아니면 슈샤에서? 아니, 어디에서도 배운 적이 없었다. 그저 선조들로부터 내려와 내 피 속에, 혈관 속에 자리 잡은 것이었다. 이토록 정확하게 원호를 그리며 단검을 내리치는 방법은 인도로 가서 델리를 정복했던 최초의 시르반시르 때부터 이어져 내려왔으리라.

깜짝 놀랄 만큼 높고 가느다란 비명 소리가 울렸다. 손가락을 쫙 펼친 통통한 손, 손목을 지나 흐르는 핏줄기가 보였다. 마르다키아니로 가는 길에서 적의 피를 보는 것은 멋진 일이었다. 권총은 차 바닥에 떨어졌다. 다음 순간 나카라리언은 뚱뚱한 몸을 날렵하게 움직여 기어 나가더니 길가 야생 덤불이 무성한 곳으로 도망쳤다.

니노는 여전히 푹신한 좌석 위에 똑바로 앉아 있었다. 얼굴은 마치 돌처럼 딱딱했고, 아무런 표정이 없었다. 하지만 한밤의 갑작스러운 싸움에 놀란 탓인지 온몸을 와들와들 떨고 있었다.

멀리서 다가오는 말발굽 소리가 천둥처럼 울렸다. 나는 덤불로 뛰어들었다. 날카로운 가지들이 보이지 않는 적의 손인 양 나를 할퀴었다. 나뭇잎들이 내 발밑에서 바스락거렸고, 마른 가지에 내 손을 베었다. 멀리서 사냥감이 거칠게 숨을 내쉬었다. 나카라리언이었다! 스톡홀름에 있는 호텔! 니노의 얼굴에 입을 맞춘 기름진 입술!

이제 그가 보였다. 통통한 두 손으로 덤불을 헤치고 비틀거리며 멜론 밭을 지나 바다 쪽으로 달리는 중이었다. 어째서 내가 권총을 내던져 버렸을까? 지금 퍽 유용했을 텐데 말이다. 풀에 베인 손에서 피가 흘렀다.

저기, 둥글고 탐스러운, 하지만 멍청한 얼굴을 한 멜론아, 지금 날 비웃는 거냐? 나는 그놈을 짓밟았고, 멜론은 내 발밑에서 '퍽' 소리를 내며 깨졌다. 나는 밭을 가로질러 뛰었다. 창백한 달이 우리를 구경했다. 차가운 황금 달빛이 멜론 밭 위로 쏟아졌다. 나카라리언, 넌 절대 스웨덴으로 금괴를 가져가지 못할 거야.

바로 지금이다! 내가 그의 어깨를 잡았다. 그는 되돌아서더니 나무토막처럼 그 자리에 멈췄다. 미움이 가득한 시선이었다. 이제 내가 그의 정체를 알았으니 미워하지 않을 수 있겠는가. 그가 내 얼굴에 주먹을 날렸다. 다음은 내 갈비뼈 아래쪽이었다.

좋아, 나카라리언! 유럽에서 복싱을 배웠다고 했지. 현기증이 났다. 한순간 숨이 멎었다. 난 아시아 출신일 뿐이야, 나카라리언! 그래서 허리띠 아래를 치는 법은 배우지 못했지.

그저 사막의 늑대처럼 미쳐 버릴 뿐이다. 나는 뛰어올랐다. 그의 몸이 나무줄기라도 되듯이 두 팔로 끌어안았다. 내 발이 그의 뚱뚱한 배를 짓눌렀고 손은 굵은 목을 졸랐다. 그는 유럽식으로 익힌 무술을 모두 잊어버린 듯 손발을 막무가내로 휘둘렀다. 내가 몸을 구부렸고, 우리는 함께 넘어졌다. 그리고 땅 위를 데굴데굴 굴렀다.

어느 순간 나카라리언이 나를 깔고 앉아 목을 조르고 있었다. 일그러진 얼굴 한쪽으로 축 늘어진 입술이 보였다. 나는 발로 그의 배를 걷어찼고, 발끝을 배 깊숙이 집어넣었다. 내 목을 조르던 손에 힘이 빠졌다. 그 순간 찢어진 그의 목깃이 보였다. 지체 없이 나는 그 희고 굵은 목을 물어뜯었다. 그래, 나카라리언! 이것이 바로 우리 아시아인들이 싸우는 방식이야. 허리띠 아래를 때리는 일은 없지만 회색 늑대처럼 덤벼드는 거지. 떨리는 나카라리언의 혈관이 느껴졌다.

엉덩이 쪽에서 무언가 살짝 움직였다. 나카라리언의 손이 내 단검을 쥐고 있었다. 긴박한 상황에서 단검을 깜박 잊었던 것이다. 철제 칼날이 번득이는가 싶더니 갈비뼈 근처에서 날카로운 통증이 느껴졌다. 내 피는 얼마나 따뜻한가! 칼날이 내 몸에서 빠져나갔다. 나는 나카라리언의 목을 놓고, 그의 상처 입은 손에서 단검을 빼앗았다.

이제 그는 얼굴을 하늘로 향하고 내 밑에 깔려 있었다. 나는 단도를 쳐들었다. 그가 비명을 질렀다. 길고 가느다란 울부짖음이 있은 후 머리가 뒤로 젖혀졌다. 얼굴에서 보이는 것은 입, 죽음의 공포로 커다랗게 열린 그 문뿐이었다. 스톡홀름의 호텔이라고? 넌 이제 꼼짝없이 붙잡힌 멧돼지에 불과해! 어째서 내가 머뭇거리는 것일까? 등 뒤에서 외치는 소리가 들렸다.

"죽여 버려! 알리 칸, 죽이라고!"

마흐무드 하이다르였다.

"심장 바로 위에 칼을 꽂아 버려!"

치명적인 지점이 어디인지는 나도 잘 알고 있었다. 그저 적의 가련한 목소리를 한 번만 더 듣고 싶었던 것이다. 나는 단검을 치켜들었다. 온몸의 근육에 힘이 팽팽하게 들어갔다. 내 단검은 정확히 심장 부분에서 적의 몸과 하나가 되었다. 그는 몸부림쳤다. 한 번, 두 번, 그리고 다시 한 번. 나는 천천히 자리에서 일어났다. 옷에 피가 묻어 있었다. 내 피일까, 아니면 그의 피일까? 그게 뭐 중요한가?

마흐무드 하이다르가 이를 드러내고 웃었다.

"멋지게 해치웠어, 알리 칸. 널 영원히 존경해 줄게."

갈비뼈가 아팠다. 그가 나를 부축했다. 우리는 다시 덤불로 들어갔고, 반짝거리는 유럽제 자동차 옆으로 다가갔다. 마르다키 아니로 가는 길 위였다. 말 네 필과 사람 둘이 보였다. 일리아스 벡이 손을 들어 인사했다. 사이드 무스타파는 녹색 터번을 눈썹

위로 올렸다. 자기 말 위에 니노를 태우고 죄인을 다루듯 꽉 붙잡고 있던 사이드는 마치 꿈꾸는 듯 눈을 반쯤 감은 상태로 이렇게 물었다.

"이 여자는 어떻게 하지? 네가 찌를래, 아니면 내가 할까?"

"죽여 버려."

마흐무드 하이다르가 자기 단검을 내게 내밀었다. 나는 일리아스 벡을 쳐다보았다. 백지장처럼 하얀 얼굴로 그가 고개를 끄덕였다.

"시체는 바다에 던지면 그만이야."

나는 니노 곁에 다가가 섰다. 그녀의 눈은 아름다웠다……. 눈물범벅이 되어 가방을 들고 길 건너 우리 학교로 달려온 적이 있었지. 한번은 내가 니노 걸상 밑에 앉아 "샤를마뉴는 800년, 아헨에서 즉위했어."라고 속삭여 주기도 했다. 어째서 니노는 말이 없을까? 내 도움을 청하러 달려오던 그날처럼 울지 않는 이유는 무엇일까? 샤를마뉴의 즉위식이 언제였는지 모르는 것은 니노 잘못이 아니었다.

나는 말의 목에 기대어 서서 니노를 바라보았다. 사이드의 말 위에 앉아 달빛을 받으며 단검을 바라보는 니노의 모습은 얼마나 아름다운지! 그루지야의 피는 세계에서 가장 귀족적이다. 그루지야의 입술, 그 입술에 나카라리언이 입을 맞추었지. 스웨덴의 금괴, 그놈이 니노에게 입을 맞추었어.

"일리아스 벡, 내가 다쳐서 그러는데 니노를 집에 데려다 줘.

밤길이 추울 테니 무언가 덮어 주고. 니노를 무사히 집까지 데려가지 못하면 일라이스 벡, 널 죽여 버릴 거야. 내 말대로 해 줘. 그게 내가 원하는 거야. 그리고 마흐무드 하이다르와 사이드 무스타파는 내가 집에 가는 걸 도와 줘. 기운이 하나도 없군. 기대서 가야 할 것 같아. 피를 너무 많이 흘렸어."

나는 카라바흐 말의 갈기를 잡았고, 마흐무드 하이다르의 도움을 받아 말에 올랐다. 일리아스 벡은 카자크 안장의 푹신한 쿠션 위에 니노를 조심스레 앉혔다. 니노는 저항하지 않았다. 일리아스 벡이 외투를 벗어 여전히 창백하게 질린 니노의 어깨에 둘러 주었다. 나는 그를 한 번 돌아보고 고개를 끄떡해 보였다. 그와 함께 있으면 니노는 안전할 것이다. 마흐무드 하이다르도 말에 올라탔다.

"알리 칸, 넌 영웅이야. 정말 훌륭히 싸웠어. 할 일을 해낸 거야."

그는 내 어깨에 팔을 두르고 나를 부축했다. 사이드 무스타파의 두 눈은 아래쪽을 보고 있었다.

"이제 니노의 목숨은 네 손에 달렸어. 당장 거둘 수도 있고, 살려 둘 수도 있지. 율법은 둘 다 허용하니까."

그가 희미하게 미소를 지었다. 마흐무드 하이다르가 손에 고삐를 쥐어 주었다. 우리는 밤공기를 뚫고 조용히 달리기 시작했다. 저 멀리 가냘프게 반짝이는 바쿠의 불빛을 향해서.

18

심연의 낭떠러지 위에 좁은 석조 테라스가 튀어나와 있었다. 비바람에 닳은 누런 바위들이 늘어섰고, 바짝 마른 땅에 나무라고는 한 그루도 없었다. 거대한 돌들이 거칠게 맞물려 자연 요새를 이루었다. 네모진 소박한 오두막들이 바위 위에 다닥다닥 붙어 있었다. 위쪽 오두막의 앞뜰이 아래쪽 오두막의 지붕이 되는 식이었다. 저 아래쪽에서는 계곡물이 흐르고, 청명한 대기 속에서는 바위가 밝게 빛났다. 바위 사이로 난 좁은 길은 눈길이 닿는 곳 끝까지 구불구불 이어졌다.

이곳이 바로 다게스탄의 산속 마을, 아울이었다. 어두운 오두막 안 흙바닥에는 두꺼운 깔개가 깔려 있었다. 바깥쪽에서는 기둥 두 개가 좁은 지붕을 떠받쳤다. 독수리 한 마리가 날개를 쫙 펼친 채 꼼짝 않고 드넓은 하늘에 멈춰 있었다.

나는 작은 지붕 위에 누워 호박으로 만든 물 담뱃대를 입에 물고 차가운 연기를 폐 속으로 빨아들이는 중이었다. 관자놀이가 시원해지면서 푸른 연기가 가만히 퍼져 나갔다. 인심 좋은 누군가가 하시시를 약간 섞어 넣고 만들어 준 담배였다. 춤추는 연기 주위로 얼굴들이 오갔다. 전사 루스템과 그 기사들, 바쿠의 내방 양탄자에 그려져 있던 익숙한 얼굴들이었다. 나는 두꺼운 비단 천에 싸여 양탄자 위에 누워 있던 일을 떠올렸다. 갈비뼈가 아팠다. 부드러운 손이 상처를 소독하고 싸맸다. 옆방에서 가벼운 발걸음 소리가 들렸다. 희미하게 말소리도 들려왔다. 귀를 기울였다. 말소리가 커졌고, 아버지가 이렇게 말하고 있었다.

"검찰관 님, 죄송합니다. 저도 아들이 어디 있는지 모른답니다. 페르시아에 있는 제 아저씨한테 도망친 것이 아닌가 합니다."

이어 검찰관이 화를 내며 큰 소리로 말했다.

"아드님에 대한 체포 허가가 나왔소. 이건 살인 사건입니다. 페르시아까지 가서라도 찾고야 말 겁니다."

"그렇게만 해 주신다면 감사한 일이지요. 하지만 어느 재판정에서든 아들놈은 무죄 판결을 받을 겁니다. 피할 수 없는 일이었으니까요. 그 이전에 일어났던 상황을 고려한다면 말입니다. 더군다나……."

이어 바스락거리며 책장을 넘기는 소리가 들렸다. 어쨌든 내 귀에는 그렇게 들렸다. 그러고는 조용해졌다가 다시 검찰관이 말했다.

"알겠습니다, 젊은이들이니까요. 걸핏하면 단검을 빼들기 마련이지요. 전 국가의 명을 따르는 사람에 불과합니다. 개인적으

로는 이해한다 해도 어떻든 아드님은 도시에 모습을 나타내서는
안 됩니다. 또 체포 허가는 페르시아에서도 유효합니다.”

발걸음 소리가 희미해지고 다시 침묵이 찾아왔다. 카펫에 새
겨진 장식 문자가 미로처럼 느껴졌다. 내 눈은 글자를 따라가다
가 ‘N’자의 멋진 소용돌이 곡선에서 길을 잃어 버렸다. 사람들이
나를 내려다보았다. 그리고 내가 이해할 수 없는 말들을 중얼거
렸다. 정신을 차려 보니 나는 침대에 앉아 있었고, 일리아스 벡
과 마흐무드 하이다르가 내 곁에 서 있었다. 두 친구 모두 전투복
차림을 하고 웃는 표정이었다.

“작별 인사를 하러 왔어. 전방 배치 명령을 받았거든.”

“왜?”

일리아스 벡이 탄약통을 만지작거리며 말했다.

“난 니노를 무사히 데려다 주었어. 가는 내내 니노는 한마디도
안 하더군. 그러고는 병영으로 갔지. 몇 시간이 지나자 모두들
무슨 일이 벌어졌는지 알게 되었어. 멜리코프 사령관은 자기 방
에 틀어박혀 인사불성이 될 때까지 술을 마셨어. 자기 말을 두 번
다시 보지 않겠다고 했지. 그러더니 밤에 나가서 총으로 쏴 죽여
버렸어. 그 후 전방에 자원했지. 우리 아버지는 내 군법 재판을
간신히 없던 일로 만들어 주셨어. 대신 우리는 전방, 그것도 최
전방에 배치를 받은 거야.”

“미안해. 다 내 잘못이야.”

두 친구는 즉각 반박했다.

"아냐, 넌 영웅이야. 남자라면 당연히 해야 할 일을 한 거야. 우린 아주 자랑스러워."

"그 후 니노를 본 적 있어?"

두 친구의 얼굴이 굳어 버렸다.

"아니, 보지 못했어."

냉정한 목소리였다. 우리는 포옹을 했다.

"우리 걱정은 하지 마. 전방이든 후방이든 우린 잘 해낼 테니까."

미소와 인사말이 오간 뒤 문이 닫혔다. 나는 베개에 기대고 앉아 카펫의 붉은 무늬를 바라보았다. 불쌍한 친구들. 다 내 잘못이었다. 나는 이상한 백일몽에 빠져들었다. 현재는 사라졌다. 니노의 얼굴이 때로는 웃으며, 때로는 진지한 표정으로 안개 속을 떠다녔다. 낯선 손길이 나를 건드렸다. 누군가 페르시아어로 "하시시를 피워야 해. 그럼 정신을 차릴 수 있을 거야."라고 말했다. 누군가 호박 담뱃대를 입에 물려 주었다. 꿈과 현실을 오락가락하는 와중에 다시 말소리가 들려왔다.

"존경하는 칸 어른, 정말 끔찍한 일이 일어났습니다. 제 딸이 아드님을 따라가도록 하는 것이 좋을 듯합니다. 당장 결혼시키는 거죠."

"공작님, 알리 칸은 지금 결혼할 수 없습니다. 나카라리언 일가가 언제 피의 복수를 해 올지 모릅니다. 이미 아들을 페르시아로 보냈습니다. 언제든 죽임을 당할 수 있는 위험한 상황에 처한

제 아들은 공작 따님께 적당한 남편감이 못 됩니다."

"사파르 칸, 제발 부탁드립니다. 저희가 책임지고 아이들을 보호하겠습니다. 인도든, 스페인이든 멀리 보내야 합니다. 제 딸의 명예가 더렵혀졌습니다. 결혼만이 딸아이를 구할 수 있습니다."

"공작님, 그건 알리 칸의 잘못이 아닙니다. 니노는 러시아인 아니면 아르메니아인 중에서 좋은 남편감을 찾을 수 있을 겁니다."

"제발! 그건 그저 저녁 나절의 가벼운 교외 드라이브였을 뿐입니다. 이런 더운 날씨에 충분히 가능한 일 아닙니까? 아드님은 너무 성급했고 잘못된 판단을 내렸습니다. 이 상황을 바로잡을 사람은 알리 칸 자신뿐입니다."

"그렇게 될 수도 있지요, 공작님. 어떻든 지금 알리 칸은 결혼할 상황이 아닙니다."

"사파르 칸, 저 역시 아버지입니다."

두 사람은 입을 다물었다. 다시 모든 것이 조용해졌다. 둥근 하시시 알갱이는 개미처럼 보였다. 마침내 붕대가 벗겨지고 상처가 느껴졌다. 내 몸에 남은 최초의 영예로운 상처였다. 나는 자리에서 일어나 방 안을 느릿느릿 거닐었다. 하인들은 두려움 섞인 눈길로 나를 훔쳐보았다. 문이 열리고 아버지가 들어오셨다. 내 심장이 빠르게 뛰었다. 하인들이 자리를 비켰다. 아버지는 잠시 말이 없었다. 다만 방 안을 이리저리 오갈 뿐이었다. 마침내 발걸음을 멈춘 아버지는 입을 여셨다.

"검찰관이 매일같이 찾아오는구나. 검찰관뿐만이 아냐. 나카라리언 일가가 너를 백방으로 찾고 있다. 다섯 명은 벌써 페르시아로 출발했다고 한다. 나도 장정 스무 명을 동원해 이 집을 지키도록 해야 했지. 또 멜리코프 일가도 네게 피의 복수를 선언하고 나섰다. 말 때문이야. 네 친구들은 전방으로 보내졌다."

나는 대답하지 못하고 고개를 숙였다. 아버지가 내 어깨 위에 손을 올리셨다. 부드러운 목소리였다.

"알리 칸, 네가 자랑스럽구나. 아주 자랑스럽다. 나라도 너처럼 행동했을 게다."

"그럼, 제가 아버지 기대에 어긋나지 않은 건가요?"

"거의 그렇다. 다만 한 가지 물어볼 것이 있다."

아버지는 나를 껴안고 내 눈을 들여다보았다.

"어째서 여자를 살려 둔 거냐?"

"모르겠습니다. 너무 지쳐 있었던 모양입니다."

"죽여 버리는 것이 좋을 뻔했다, 아들아. 그런데 지금은 너무 늦었어. 하지만 그것 때문에 널 비난하지는 않겠다. 우리 가문 모두가 널 아주 자랑스러워하고 있다."

"이제 어떻게 해야 하죠, 아버지?"

아버지는 다시 방 안을 오락가락하며 괴로운 듯 한숨을 내쉬었다.

"여기 있을 수는 없다. 그렇다고 페르시아로 갈 수도 없고. 검찰관들과 영향력 있는 두 가문이 널 찾을 테니까. 제일 좋은 방법은 다게스탄으로 가는 것이다. 아울 마을이라면 아무도 널 찾지 못할 것이다. 아르메니아인도, 검찰관도 감히 그곳에는 들어가지 못하니까."

"얼마나 오랫동안 가 있어야 하죠?"

"아주 오래 있어야 할 게다. 검찰관이 이 사건을 잊어버릴 때까지. 그리고 네 적들이 우리와 평화로운 관계를 맺을 때까지. 내가 종종 널 보러 가도록 하마."

나는 그날 밤에 출발해 마카치 칼레라는 곳으로 갔고, 거기서 산으로 들어갔다. 갈기털이 긴 작은 말들이 나를 태우고 좁은 길을 따라 야생의 심연 가장자리에 있는 머나먼 마을 아울로 향했다. 그리하여 나는 다게스탄 사람들의 극진한 대접을 받으며 무사히 숨어 지내게 된 것이다. 피의 복수를 피하는 중이라는 설명에 마을 사람들은 모두들 다 이해하겠다는 표정을 지었다.

부드러운 손길이 내 담배에 하시시를 섞어 주었다. 나는 담배를 많이 피웠고, 말없이 누워 환영에 시달렸다. 아버지의 친구이자 물라이신 카시 어른이 여행길을 동행하면서 쉴 새 없이 이야기를 해 주었다. 그 말소리가 달 밝은 길에서 열에 들떠 자꾸만 잠에 빠져드는 나를 다잡아 주었다.

"꿈꾸지 마, 알리 칸. 생각도 하지 말고. 내 말 들어. 안달랄 이야기를 들어 보았나?"

"안달랄이라고요?"

나는 무뚝뚝하게 반문했다.

"안달랄이 어디인지 아나? 육백 년 전, 그곳은 아름다운 마을이었지. 똑똑하고 용감하며 선량한 공작이 그곳을 다스렸다네. 하지만 그곳 사람들은 그 넘치는 덕을 제대로 깨닫지 못했지. 그래서 어느 날 공작 앞에 나아가 '더 이상 당신의 지배를 받기 싫으니 떠나 주십시오.'라고 말했지.

공작은 울며 말에 올라타고는 가족에게 작별 인사를 하고 페르시아로 먼 길을 떠났어. 그리고 그곳에서 위대한 인물이 되었지. 샤가 어찌나 그를 총애했는지 뭐든 그가 말하는 대로 되는 식이었어. 공작은 많은 도시와 나라를 다스렸지. 하지만 안달랄에 대한 원한은 사라지지 않았어.

그는 샤에게 '안달랄 골짜기에는 황금과 보석으로 만든 보물들이 많습니다. 안달랄을 정복하는 것이 좋겠습니다.'라고 말했어. 샤는 대군을 산으로 보냈지. 안달랄 사람들은 말했어. '당신들은 수가 많으나 아래쪽에 있고, 우리는 수가 적지만 위쪽에 있다. 알라께서도 여기 위쪽에 계시다. 그는 하나지만 우리 모두보다 더 강하도다.' 그래서 안달랄 사람들은 남녀노소를 가리지 않고 싸웠어. 공작이 떠난 후에도 안달랄에 남은 공작의 아들들이 제일 앞줄에 섰지. 페르시아 군대는 큰 타격을 입었어. 샤는 퇴각을 명령했고, 공작은 제일 나중에 전쟁터를 빠져나왔어.

십 년이 흘렀어. 나이 들어 고향이 한층 그리워진 공작은 샤의 궁전을 떠나 다시 안달랄로 찾아왔지. 사람들은 배신자에게 침을 뱉고 문을 닫아걸었어. 하루 종일 마을을 돌아다녀도 친구 하나 만날 수 없었어. 마침내 공작은 이슬람의 심판관 카지에게 가서 말했어. '제가 저지른 죄를 심판받기 위해 고향에 왔습니다. 율법에 따라 심판해 주십시오.' 카지는 그를 묶은 후 '선조들이 정한 법에 따라 이자는 산 채로 파묻혀야 한다.'라고 선언했어. 사람들은 '어서 그렇게 하십시오.'라고 외쳤지.

하지만 그저 한 인간일 뿐이었던 카지는 우선 공작에게 물었어. '스스로를 변호할 말이 있는가?' 공작이 대답했어. '없습니다. 저는 유죄입니다. 선조들이 정한 법은 존중되어야 합니다. 그것이 마땅한 일입니다. 하지만 아버지에 대항해 싸운 자는 죽음으로 죄를 씻어야 한다는 법 또한 존재합니다. 이와 관련해 제 권리를 요구합니다. 제 아들들은 제게 대항해 싸웠습니다. 제 무덤 위에서 아들들의 목을 쳐 주십시오.' 카지는 '그렇게 될 것이다.'라고 말했지. 모두들 흐느껴 울기 시작했어. 공작의 아들들은 아주 존경받고 있었거든. 하지만 법은 지켜져야만 했지. 배신자는 산 채로 화형당했고 아들들, 다시 말해 그 나라 최고의 전사들은 아버지 무덤 위에서 목이 잘렸어."

"정말 엉터리 같은 얘기군요."

내가 투덜거렸다.

"그게 이곳의 영웅담인가요? 그 영웅은 나라에서 제일 가는 졸장부 같은데요. 육백 년 전이나 되는 먼 과거 사람이고 더군다나 배신자라니요."

물라인 카시 어른이 헛기침을 했다. 기분이 상한 것이다.

"이맘 샤밀에 대해서는 들어봤니?"

"이맘 샤밀이라면 모르는 얘기가 없지요."

"오십 년 전 일이었지. 사람들은 샤밀 치하에서 행복했어. 포도주도, 담배도 없었지. 도둑이 잡히면 오른손을 자르게 되어 있었지만 도둑질하는 사람이 없었어.

그러다가 러시아인들이 왔어. 예언자가 이맘 샤밀 앞에 나타나 성스러운 전쟁을 시작하라고 명령했지. 산 사람들은 모두 샤밀에게 목숨을 바칠 것을 맹세한 상태였고, 그중에는 체첸 지방도 있었어. 하지만 러시아 군대는 강했어. 체첸을 공격해 마을을 불태우고 경작지를 파괴했지. 그러자 체첸의 현자들은 이맘이 사는 다르고로 사람을 보내 맹세에서 풀어 달라고 간청하기로 했어. 하지만 막상 이맘의 얼굴을 보자 사자들은 입이 떨어지지 않았어.

그래서 대신 이맘의 어머니 하눔에게 갔지. 하눔은 체첸의 고통을 듣고 눈물을 흘리며 대신 아들에게 부탁해 주겠다고 약속했어. 이맘은 언제나 착한 아들이었고 어머니 말씀도 잘 들었거든. 언젠가는 '어머니에게 슬픔을 안겨 주는 아들에게는 저주가 있을 것이다.'라고 말하기까지 했지.

하눔의 부탁을 들은 이맘은 '코란은 반역을 금합니다. 또한 코란은 아들이 어머니의 말씀을 거역하는 것도 금합니다. 이 문제에 있어 나의 지혜는 충분치 못합니다. 알라께서 지혜를 밝혀 주시도록 단식하고 기도하겠습니다.'라고 말했어.

이맘은 사흘 밤낮을 단식했지. 그리고 다시 사람들 앞에 나타나 말했어. '알라께서 길을 알려 주셨다. 내게 처음으로 반역을 말한 자는 회초리 백 대의 벌을 받을 것이다. 내게 처음으로 반역을 말한 사람은 내 어머니 하눔이니 어머니에게 회초리 백 대 형을 내린다.'

사람들이 하눔을 끌고 갔지. 전사들이 하눔의 히잡을 벗기고 모스크 계단에 쓰러뜨린 후 회초리를 들었어. 겨우 한 대 내리쳤을 때 이맘이 무릎을 꿇고 울면서 외쳤어. '전능한 율법은 거역될 수 없다. 나를 포함해 누구도 율법이 정한 벌을 없앨 수는 없다. 하지만 또한 코란은 자식이 부모의 벌을 대신 받을 수 있도록 하고 있다. 따라서 이제 내가 어머니의 벌을 받겠다.'

모두가 지켜보는 가운데 이맘은 겉옷을 벗고 모스크 계단에 엎드렸어. '어서 나를 쳐라. 전력을 다해 치지 않을 경우 이맘인 내가 너희들의 목을 자를 것이다.' 그리고 이맘은 회초리 아흔아홉 대를 맞았지. 온몸이 피투성이가 되고 살점이 떨어져 나갔어.

이 광경을 본 사람들은 공포에 떨었고 두 번 다시 반역 이야기를 꺼낼 용기조차 내지 못했어. 바로 그렇게 해서 이 산은 오십 년 동안 평화롭게 다스려졌지. 그리고 사람들은 행복했어."

나는 잠자코 있었다. 하늘에 떠 있던 독수리가 사라졌고, 주위가 어두워졌다. 작은 모스크의 탑 위에 물라가 나타났다. 카시 어른이 기도용 깔개를 펼쳤다. 우리는 메카 쪽을 바라보고 기도했다. 아랍어 기도문은 오래된 전쟁 노래처럼 들렸다.

"이제 가세요, 카시 어른. 제게 좋은 친구가 되어 주셨습니다. 이제 자야겠어요."

그는 탐색하듯 나를 쳐다보다가 이윽고 한숨을 쉬더니 하시시 가루를 섞었다. 그가 내 오두막을 나서면서 마주친 이웃 사람에게 하는 말소리가 들렸다.

"저 친구는 몸이 몹시 아프네."

이웃이 대답했다.

"다게스탄에서는 누구도 오랫동안 아프지 않죠."

19

    여자와 아이들이 줄 지어 마을을 지나고 있었다. 고개를 숙인 채 몹시 지친 모습이었다. 먼 길을 걸었던 것이다. 저마다 흙과 거름이 든 주머니를 보물단지라도 다루듯 소중하게 끌어안고 있었다. 먼 마을에서 양, 은화 그리고 손으로 짠 직물을 대가로 주고 받아 온 것이었다. 이제 황폐한 바위 땅에 그 귀한 흙과 거름을 뿌려 옥수수를 키울 셈이었다.

    농토는 낭떠러지 위 비탈진 곳에 매달려 있었다. 남자들은 사슬을 몸에 감고 좁은 평지로 미끄러져 내려가 얻어 온 흙을 바위 투성이 대지에 조심스레 뿌렸다. 귀한 흙이 바람에 날리거나 경사로에서 미끄러져 떨어지지 않도록 미래의 밭 주위로 얼기설기 담이 세워졌다. 길이는 세 걸음, 폭은 네 걸음에 불과한 이 좁은 땅들이 산사람들의 가장 소중한 자원이었다.

    남자들은 새벽같이 밭으로 나갔다. 그리고 오랫동안 기도를 올린 뒤 귀중한 땅 위에서 허리를 굽혔다. 바람이 세게 불면 여자들이 담요를 가져와 땅을 덮어 주었다. 가느다란 갈색 손가락들이 씨앗을 소중하게 쓰다듬었고, 때가 되자 작은 낫으로 초라한 수확을 했다. 그리고 알곡을 갈아 길고 편평한 빵 덩어리를 구웠다. 첫 번째 빵에는 동전을 넣었다. 그것은 씨앗이 일궈 낸 기적에 대한 그들 방식의 추수 감사였다.

나는 그 작은 밭의 담장을 따라 걸었다. 위쪽 바위틈에서 양들이 뛰어다녔다. 커다란 흰 펠트 모자를 쓴 농부 한 명이 이륜마차를 타고 다가왔다. 바퀴들이 우는 아이처럼 끽끽거렸다. 그 소리로 미루어 먼 길을 온 것이 분명했다.

"영감님, 제가 바쿠에 연락해서 그 마차 바퀴에 칠 기름을 보내라고 해야겠습니다."

내가 이렇게 말하자 농부가 히죽 웃었다.

"난 평범한 사람이라오. 굳이 나를 숨길 필요가 뭐 있소? 다들 이 소리만 듣고도 내 마차인 줄 알지. 그래서 기름을 안 치는 거야. 자기를 숨기려 애쓰는 아브렉들이나 그렇게 할까."

"아브렉이오?"

"그래, 추방자 아브렉들 말이야."

"수가 많은가요?"

"꽤 많지. 도둑놈이나 살인자들이야. 민족을 위해 살인을 저지르기도 하고 자기 이익을 위해 그러기도 하지. 하지만 그들 모두 무서운 맹세를 해야 해."

"어떤 맹세죠?"

농부는 마차를 세우더니 마차에서 내렸다. 그러고는 자기 밭 담장에 기대어 가방에서 양젖 치즈 한 덩이를 꺼내 긴 손가락으로 뚝 자르더니 절반을 내게 내밀었다. 쫄깃한 치즈 안에 검은 양털이 섞여 있었다. 나는 먹기 시작했다.

　"아브렉의 맹세 말이오? 그걸 모른단 말이오? 자정이면 아브렉은 모스크로 숨어 들어가 이렇게 맹세를 하지.

　'이 신성한 장소를 두고 나는 오늘부터 추방자가 될 것을 맹세한다. 인간의 피를 흘리되 누구에게도 동정심을 느끼지 않을 것이다. 모든 사람들을 상대로 싸울 것이다. 사람들이 소중하고 영예롭게 여기는 모든 것을 훔쳐 낼 것이다. 어미 젖을 먹는 아이를 베어 버릴 것이며 가난한 거지의 오두막을 불태우고 기쁨이 있는 곳에 슬픔을 가져다줄 것이다. 내가 이 맹세를 지키지 못한다면, 애정이나 동정이 내 마음에 스며든다면, 나는 내 아버지의 무덤을 다시 보지 못할 것이며 물 한 방울, 빵 한 조각 먹지 않으리라. 죽은 내 몸뚱이는 길거리에 버려져 더러운 개들의 먹이가 되도록 하리라.'"

　농부의 목소리는 엄숙했다. 태양을 향하고 있는 얼굴의 초록색 눈은 깊고도 깊었다.

　"그래, 이것이 바로 아브렉의 맹세라오."

　"누가 그런 맹세를 하죠?"

　"불의로 인해 너무 많은 고통을 당했던 사람들이."

　그는 입을 다물었다. 나는 집으로 돌아왔다. 직사광선이 내리쬐었다. 어쩌면 나도 아브렉이 아닐까? 그래서 이 거친 산중으로 들어오지 않았을까? 다게스탄의 도둑놈들이 한다는 그 피의 맹세를 나도 해야 하는 건 아닐까? 맹세의 말이 내 귓전을 맴돌았다.

문득 내 집 앞으로 시선을 돌리니 안장을 얹은 말 세 필이 보였다. 그중 한 필은 은(銀) 고삐까지 매고 있었다. 허리에 금 단검을 매달고 테라스에 앉아 있던 뚱뚱한 소년이 내게 손을 흔들며 웃었다. 우리 학교 학생으로 열여섯 살인 아슬란 아가였다. 유전을 소유한 부자 아버지를 둔 그는 몸이 허약해 자주 키슬로보트스크의 온천에 갔다. 하지만 나이 차이 때문에 나와는 거의 모르는 사이였다. 그는 자랑스러움에 얼굴이 상기된 채 말했다.

"하인들하고 이 근처를 지나게 된 김에 한 번 만나 보고 싶었어요."

"어서 와, 아슬란 아가. 오늘 밤에는 고향을 위해 파티를 해야겠군."

그러고는 오두막을 향해 크게 소리쳤다.

"카시 어른, 식사를 준비해 주세요. 바쿠에서 손님이 왔어요!"

반 시간 후 아슬란 아가는 매트 위에 가부좌를 하고 앉아 구운 양고기와 케이크를 먹고 있었다. 기쁨에 넘치는 모습이었다.

"만나서 정말 기뻐요, 알리 칸. 피의 복수를 피해 이 외진 마을에서 영웅처럼 살고 계시는군요. 하지만 걱정 말아요, 당신이 어디 있는지 고자질하지는 않을 테니."

그건 전혀 걱정할 바 없는 일이었다. 바쿠 사람이라면 내가 어디 숨었는지 누구나 알고 있으니 말이다.

"어떻게 날 찾아온 거지?"

"사이드 무스타파에게 들었어요. 이 마을이 제가 가는 길에 있기도 했고요. 사이드가 안부 전하라고 하더군요."

"그런데 아슬란 아가는 어디로 가는 길이야?"

"키슬로보트스크로요. 하인 둘과 함께 가지요."

"아, 그래."

내가 미소를 지었다. 아슬란 아가는 아주 솔직한 아이였다.

"그럼 왜 지름길로 가지 않았지? 기차를 탈 수도 있었을 텐데."

"산 공기를 쐬고 싶어서요. 마카치 칼레로 내려가면 키슬로보트스크로 바로 갈 수 있는 길이 있잖아요."

그는 입 안 가득 케이크를 밀어 넣고 신나게 씹어 댔다.

"하지만 여기서 그 길로 가려면 사흘은 잡아야 하는데."

아슬란 아가는 아주 놀랐다는 시늉을 했다.

"정말이에요? 사람들이 저한테 거짓말을 한 모양이군요. 어떻든 그 덕분에 당신을 만날 수 있었으니 기쁜 일이지요."

이 개구쟁이 소년은 나중에 바쿠에 돌아갔을 때 자랑거리를 만들기 위해 의도적으로 길을 돌아왔던 것이다. 아마 나는 바쿠에서 꽤 유명해진 모양이었다. 포도주를 따라 주자 아슬란 아가는 벌컥벌컥 마셨다. 그러고는 내게 바짝 다가앉았다.

"그 이후 또 누굴 죽인 적 있어요? 말해 봐요, 비밀은 지킬게요."

"글쎄, 한 열 명쯤?"

"정말이요?"

그는 신이 나서 계속 포도주를 마셔 댔고, 나는 연신 술잔을 채워 주었다.

"니노랑 결혼하실 건가요? 온 도시가 그걸로 내기를 걸고 있어요. 사람들은 당신이 아직도 니노를 사랑하고 있다고 말하더군요."

아슬란은 '하하' 웃고는 다시 포도주를 마셨다.

"우리 모두 얼마나 놀랐는지 알아요? 몇 주 동안이나 모두들 그 얘기뿐이었다고요."

"그래? 그건 그렇고, 바쿠에 뭐 새로운 소식은 없니?"

"아무것도 없어요. 새로운 신문이 나왔고 노동자들은 파업했지요. 선생님들은 당신이 늘 충동적인 사람이었다고 말하더군요. 그런데 그날 어떻게 상황을 알게 된 거였어요?"

"자네 질문에는 충분히 대답한 것 같은데. 이제 내 차례야. 니노를 본 적이 있나? 아니면 나카라리언 가문 사람들은? 키피아니 가문은 무슨 얘기를 하고 있지?"

불쌍한 소년이 케이크 때문에 질식하지나 않을까 염려스러울 지경이었다.

"그건 전혀 모르는 걸요. 사람들을 통 만나지 못했어요. 바깥에 나가지 않았거든요."

"왜? 어디가 아팠나?"

"네, 아팠어요. 좀 심했죠. 디프테리아였어요. 하루에 세 번씩이나 관장을 해야 했으니 얼마나 끔찍했겠어요?"

"디프테리아 때문에 관장을 했다고?"

"……네."

"어서 더 마셔, 아슬란. 건강에 좋을 거야."

그는 포도주를 마셨다. 나는 그에게 몸을 굽히고 물었다.

"친애하는 친구, 마지막으로 진실을 말해 본 게 언제지?"

그는 천진난만한 눈을 커다랗게 뜨고 솔직하게 말했다.

"초등학교 다닐 때, 삼 곱하기 삼이 얼마인지 알게 되었을 때였죠."

달콤한 포도주를 잔뜩 마신 소년은 취해 버렸다. 그는 아직 어린아이였지만 이제 포도주 덕분에 내 질문에 좀 더 솔직한 대답을 할 수 있게 되었다. 그는 호기심 때문에 내가 있는 마을을 찾게 되었다는 것, 그리고 디프테리아에 걸린 적도 없고 바쿠에서 오가는 이야기를 모두 알고 있다는 것을 털어놓았다.

"나카라리언 일가가 당신을 죽일 거예요."

그는 신이 나서 떠들었다.

"다만 적절한 기회가 오기를 기다리고 있죠. 서두르지 않고요. 키피아니 가족은 한 번인가 두 번 보았어요. 니노는 오랫동안 아팠다고 하더군요. 그리고 가족이 함께 티빌리시로 갔다가 얼마 전에 돌아왔어요. 클럽 무도회에서 보았죠. 포도주를 물처럼 마셔 대며 끊임없이 웃고 있더라고요. 러시아인들하고만 춤을 췄어요. 니노 부모님은 니노를 모스크바로 보내려 했지만 니노가 가려 하지 않았죠. 요즘은 매일 외출해요. 러시아인들은 모두 니노와 사랑에 빠졌고요. 일리아스 벡은 훈장을 받았고, 마흐무드 하이다르는 부상을 입었어요. 나카라리언의 저택은 불타 버렸는데 당신 친구들 짓이라고 하더군요.

아! 또 다른 소식도 있어요. 니노가 작은 개를 키우기 시작했지요. 매일 인정사정없이 때린다고 하더군요. 그 개 이름이 '알리 칸'이라고도 하고 '나카라리언'이라고도 해요. 내 생각에는 '사이드 무스타파'가 아닌가 싶어요. 당신 아버지도 보았어요. 그렇게 소문을 퍼뜨리고 다니면 따귀를 때려 주겠다고 위협하시더군요. 키피아니 가족은 티빌리시에 영지를 마련했대요. 언젠가 영원히 떠나 버리겠죠."

그는 정말이지 엉터리 같은 소년이었다.

"아슬란 아가, 도대체 커서 뭐가 되고 싶지?"

그는 취한 눈으로 나를 보았다.

"나는 왕이 될 거예요."

"뭐가 된다고?"

"기사들이 아주 많은 아름다운 나라의 왕이 되고 싶다고요."

"또 다른 건?"

"죽고 싶어요."

"아니 왜?"

"내 왕국을 정복하게 되었을 때에요."

나는 큰 소리로 웃었다. 그는 마음이 상한 것 같았다.

"그 돼지 같은 놈이 사흘 동안이나 반성문을 쓰게 했어요."

"학교에서?"

"네. 이유가 뭔지 알아요? 내가 신문에 또다시 어린이 학대에 관해 글을 썼기 때문이죠. 정말이지 어찌나 화를 내는지."

"하지만 아슬란, 존경받는 사람이라면 신문에 글을 쓰진 않지."

"그렇지 않아요. 이번에 돌아가면 당신에 대해 글을 쓰겠어요. 물론 이름은 빼고요. 난 당신의 친구이고 신의를 지키죠. 제목은 '피의 복수로부터 도피하다-통탄할 만한 우리의 관습'이 어떨까요."

그는 포도주 병을 마저 비우고는 깔개 위에 고꾸라져 곧장 잠이 들었다. 하인이 들어와 내게 못마땅한 눈길을 보냈다. 마치 "부끄러운 줄 알아요, 알리 칸. 어린아이에게 이렇게 술을 먹이다니."라고 말하는 듯했다.

나는 밤공기를 쐬러 밖으로 나왔다. 아슬란 아가는 얼마나 타락한 아이인가. 그가 한 이야기의 절반 정도는 틀림없이 거짓말이리라. 니노가 왜 자기 개를 때리겠는가? 니노가 그 개를 무어라 부르는지는 신만이 아시리라!

나는 동네 골목을 걸어 올라가 밭 가장자리에 앉았다. 달 그림자 속에서 검은 바위들이 무표정하게 나를 내려다보았다. 바위는 과거를, 인간의 꿈을 기억할까? 하늘 높이 떠 있는 별들이 바쿠의 불빛처럼 빛났다. 우주에서 수많은 빛이 날아와 이제 내 눈과 만나는 것이다. 나는 한 시간이 넘도록 하늘에서 눈을 떼지 못하고 그 자리에 앉아 있었다.

"러시아인들하고만 춤을 췄어요."라고 했던가. 나는 갑자기 도시로 돌아가 유령 같은 밤을 끝내고 싶어졌다. 도마뱀 한 마리가 '바스락' 하고 소리를 냈다. 집어 들어 보고 있자니 죽음의 공포에 사로잡힌 작은 심장이 내 손 안에서 방망이질을 했다. 나는 차가운 피부를 어루만졌다. 두려움에 질린 것 같기도 하고, 지혜로 가득 찬 것도 같은 작은 두 눈이 나를 빤히 바라보았다. 나는 그 작은 생명체를 얼굴 가까이에 바싹 가져다 댔다. 말라 버린 껍질에 싸인, 아주 오래된 살아 있는 돌멩이 같았다.

"니노."

나는 이렇게 중얼거리며 개에 대해 생각했다.

"니노, 내가 널 때려야 하나? 하지만 어떻게 널 때릴 수 있단 말이야?"

갑자기 도마뱀이 입을 벌렸다. 끝이 뾰족한 작은 혀가 순간적으로 나왔다가 다시 들어갔다. 그 혀가 너무도 작고 너무도 재빨라 나는 웃지 않을 수 없었다. 손을 펴 주자 도마뱀은 사라졌다. 그리고 주위에는 검은 바위뿐이었다. 나는 자리에서 일어나 집으로 돌아갔다. 아슬란은 아직도 정신없이 자고 있었다. 충성스러운 하인이 그의 머리를 자기 무릎에 받쳐 놓았다. 나는 지붕으로 올라가 기도 신호가 들려올 때까지 하시시를 피웠다.

20

어찌된 영문인지 알 수 없었다. 어느 날 잠에서 깨어나 보니 니노가 내 앞에 서 있었다.

"너 아주 게을러졌구나, 알리 칸."

니노는 이렇게 말하면서 깔개 위에 앉았다.

"게다가 코까지 골던걸. 아주 나쁜 습관이야."

"담배에 섞은 하시시 때문에 코를 고는 거야."

내가 중얼거렸다. 니노는 고개를 끄덕였다.

"그럼, 하시시를 끊어야겠구나."

"니노, 그런데 왜 개를 때리는 거니?"

"왼손으로 꼬리를 잡고 오른손으로는 등짝을 때려 줘. 비명을 지를 때까지 그렇게 해."

"개 이름은 뭐라고 부르는데?"

"킬리만자로."

니노가 부드럽게 대답했다. 나는 눈을 비볐다. 갑자기 모든 것이 선명하게 보였다. 나카라리언, 카라바흐에서 데려온 말, 달밝은 길, 사이드의 말안장에 앉은 니노…….

"니노!"

나는 벌떡 일어나 앉았다.

"여기는 어떻게 온 거야?"

"네가 날 죽이고 싶어 한다고 아슬란 아가가 모든 사람들에게 떠들어 댔어. 그래서 왔지."

니노가 내 쪽으로 얼굴을 가까이 했다. 두 눈에는 눈물이 가득했다.

"알리 칸, 정말 보고 싶었어."

내 손이 니노의 검은 머리카락 속으로 파고들었다. 나는 니노에게 입을 맞추었다. 니노는 입술을 열었고 그 따뜻함에 나는 정신을 잃을 것 같았다. 나는 니노를 깔개 위에 눕히고 단숨에 꽃무늬 비단 옷을 벗겼다. 니노의 피부는 부드럽고 향기로웠다. 부드럽게 그 몸을 쓰다듬자 니노의 숨길이 거칠어졌다. 니노는 나를 올려다보았고 작은 젖가슴이 내 손 안에서 떨렸다. 꼭 껴안아 주자 니노가 신음 소리를 냈다. 피부 아래로 가냘프고 부드러운 갈비뼈가 보였다. 나는 그 젖가슴에 얼굴을 묻었다.

"니노."라고 말하자 그 단어가 지닌 마력 때문에 세상만사가 사라지는 것 같았다. 남은 것은 촉촉하게 젖은 그루지야의 커다란 두 눈뿐이었다. 두려움, 기쁨, 호기심, 그리고 갑작스러운 파열의 통증이 뒤범벅된 눈 말이다. 니노는 울지 않았다. 하지만 갑자기 이불을 움켜쥐고 따뜻한 깃털 아래로 기어들어 갔다. 니노는 내 가슴에 얼굴을 숨겼다. 그 가느다란 몸의 움직임 하나하나가 비의 축복을 기다리는 목마른 대지의 부름 같았다. 나는 부드럽게 이불을 벗겼다. 시간이 가만히 멈추어 버렸다······.

우리는 피곤에 지쳐 행복한 기분으로 말없이 누워 있었다. 그러다가 니노가 이렇게 말했다.

"이제 집에 가야 해. 네가 날 죽이지 않으리라는 걸 알았어."

"너 혼자 온 거야?"

"아니, 사이드 무스타파가 데려다 줬어. 내가 널 실망시키면 죽여 버리겠다고 하던 걸. 바깥에서 총을 겨누고 기다리고 있어. 내가 널 실망시켰다면 불러도 좋아."

나는 사이드를 부르는 대신 니노에게 입을 맞추었다.

"그래서, 단지 그것 때문에 여기 온 거야?"

"아니."

니노가 솔직하게 대답했다.

"말해 줘, 니노."

"뭘?"

"그날 밤, 사이드의 말 위에 앉아서 왜 아무 말도 없었던 거지?"

"그건 자존심이야."

"그럼, 네가 이곳으로 온 이유는?"

"그 역시 자존심이야."

나는 니노의 손을 잡고 그 분홍빛 손가락으로 장난을 쳤다.

"나카라리언은?"

"나카라리언이 내 뜻과는 상관없이 날 납치했다고 생각하지는 마."

니노가 천천히 대답했다.

"내가 하려는 일이 무엇인지 알고 있었고 그것이 옳다고 생각했어. 하지만 그건 틀린 행동이었어. 내 잘못이고 죽어 마땅해. 그 때문에 아무 말도 하지 않았던 것이고, 그것 때문에 여기까지 온 거야. 이제 넌 다 알게 된 셈이고."

나는 니노의 손바닥에 입을 맞추었다. 니노는 상대가 죽었고 진실을 털어놓는 것이 위험하다는 것을 알면서도 감추려 하지 않았다. 니노는 자리에서 일어나 방을 둘러보고는 우울하게 말했다.

"이제 집에 가야 해. 네가 나랑 결혼해야만 하는 건 아냐. 난 모스크바로 갈 거야."

나는 문을 활짝 열어젖혔다. 얼굴이 얽은 내 친구가 손에 권총을 들고 가부좌로 앉아 있었다. 녹색 허리띠도 단단히 맨 모습이었다.

"사이드, 물라와 증인을 찾아 줘. 한 시간 내에 결혼할 생각이야."

"물라는 필요 없어."

사이드가 대답했다.

"증인 두 명만 있으면 되지. 내가 널 결혼시키면 돼. 그럴 만한 자격을 가졌거든."

나는 다시 문을 닫았다. 니노가 검은 머리를 어깨 위로 늘어뜨린 채 침대에 앉아 있었다. 니노가 웃었다.

"알리 칸, 제정신이야? 너 정말 타락한 여자와 결혼하려는 거야?"

나는 니노 옆에 붙어 앉았다.

"정말로 나랑 결혼하고 싶어?"

니노가 물었다.

"네가 나를 받아 준다면. 알다시피 나는 피의 복수 상대가 되어 버렸어. 적들은 나를 찾느라 혈안이 되어 있어."

"나도 알아. 하지만 그들도 여기까지는 오지 않을 거야. 이곳에 산다면 아무 문제없지."

"니노, 네가 여기서 나랑 함께 지내겠다는 말이야? 하인 하나 없는 이 산속 마을, 이 오두막에서?"

"응."

니노가 말했다.

"난 여기서 살고 싶어. 네가 여기 있어야 하니까. 청소도 하고 빵도 굽고 네게 좋은 아내가 되도록 할게."

"지루하지 않겠어?"

"아니."

니노가 잘라 말했다.

"어떻게 지루할 수가 있겠어? 우리가 한 이불을 덮고 누워 있는데 말이야."

누군가 문을 두드렸다. 니노가 급히 내 가운을 걸쳤다. 녹색 터번을 고쳐 맨 사이드 무스타파가 들어와 증인 두 명을 소개했다. 그러고는 바닥에 앉았다. 사이드의 허리띠 속에서 놋쇠 잉크병과 펜이 나왔다. 잉크병에는 '오로지 신을 찬양하라.'라고 씌여 있었다. 사이드는 종이를 펴고 왼쪽 손바닥으로 눌러 고정시킨 후 대나무 펜을 잉크에 담갔다. 그는 멋진 글씨로 써내려 갔다.

"전능하신 신의 이름으로."

그러고는 나를 보았다.

"성함을 말씀해 주십시오."

"알리 칸 시르반시르입니다. 시르반시르 가문의 사파르 칸이 아버님입니다."

"종교는 무엇이지요?"

"이슬람교 시아파, 이맘 드샤파의 해석을 따르고 있습니다."

"당신의 소망은 무엇입니까?"

"이 여인을 공식적인 제 아내로 맞고 싶습니다."

"자, 그럼 이쪽 여자 분은 성함이 어떻게 되시지요?"

"니노 키피아니입니다."

"종교는?"

"그리스정교입니다."

"소망은 무엇입니까?"

"이 남자의 아내가 되고 싶습니다."

"결혼 후에도 자신의 종교를 유지하시겠습니까 아니면 남편을 따라 개종하시겠습니까?"

니노는 잠시 망설이다가 고개를 들고 확신에 찬 어조로 말했다.

"제 종교를 유지하고 싶습니다."

사이드 무스타파는 그대로 기록했다. 그의 손바닥이 스쳐 간 흰 종이 위로 이름답게 장식된 아랍 글씨가 가득 채워졌다. 결혼 증명이 완성되었다.

"이제 서명해."

사이드가 말했다. 내가 먼저 서명했다.

"어떤 이름으로 서명해야 하지?"

니노가 물었다.

"새로운 이름으로."

니노는 침착하게 '니노 하눔 시르반시르'라고 서명했다. 다음 으로 증인들이 서명을 했다. 사이드 무스타파는 자기 이름이 새 겨진 도장을 찍었다. 멋진 쿠피 문자로 '세상을 다스리는 신의 종, 하피 사이드 무스타파 메세디'라고 새겨진 도장이었다. 그가 결혼 증명서를 내게 건네 주었다. 그러고는 나를 껴안고 페르시 아어로 말했다.

"난 본래 좋은 사람은 못 돼, 알리 칸. 하지만 아슬란 아가 말이 니노가 없으면 네가 산속에서 주정뱅이가 되고 말 상황이라고 하더군. 그건 큰 죄악이지. 니노가 자기를 이곳으로 데려다 달라고 내게 부탁했어. 니노 생각이 옳았다면 사랑해 줘. 틀렸다면 내일 당장 죽여 버리도록 하고."

"더 이상은 옳지 않아, 사이드. 하지만 그렇다 해도 니노를 죽이지는 않을 거야."

사이드는 영문을 모르겠다는 표정을 지었다. 하지만 방 안을 둘러본 후에는 알겠다는 듯 웃어 댔다. 한 시간 후 우리는 심연을 내려다보며 결혼 기념 하시시를 피우고 있었다. 우리의 결혼식은 그게 전부였다.

전혀 기대하지 못했던 방향으로 인생은 다시 멋지게 펼쳐졌다. 거리를 걷고 있으면 눈길이 마주치는 사람들마다 내게 미소를 보냈고, 나도 미소로 화답했다. 나는 그 어느 때보다도 더욱 행복했기 때문이다. 무릎 부분에 주름이 잡힌 밝은 빨간색 다게스탄 식 바지를 입고 작은 발을 드러낸 니노만 곁에 있다면 평생을 그 좁은 오두막에서 보내도 좋겠다는 생각이 들 지경이었다.

니노는 산중 생활에 놀랍도록 잘 적응했다. 아울 마을 여자들은 니노가 한때 자신들과는 전혀 다른 생각과 행동을 하며 살았다는 것을 아무도 상상하지 못했다. 마을에서 하인을 두는 집은 하나도 없었기 때문에 니노도 하인을 두려 하지 않았다. 그리고 직접 식사를 준비하고 여자들과 수다를 떨었으며 마을에서 일어나는 온갖 시시콜콜한 이야기들을 내게 전해 주었다. 나는 말을 타고 사냥을 나가 집에 고기를 가져왔고, 니노의 상상력이 만들어 낸 괴상한 요리를 먹었다.

당시 우리가 하루하루를 어떻게 보냈는지 소개해 보겠다. 나는 아침 일찍 일어나 진흙 물통을 든 니노가 맨발로 우물에 가는 모습을 지켜본다. 물을 긷고 나면 니노는 날카로운 돌에 발을 다치지 않도록 조심하면서 집으로 돌아온다. 오른쪽 어깨에 물통을 올리고 가냘픈 손으로 물통을 꽉 잡은 자세이다. 넘어져서 물통을 떨어뜨렸던 적은 처음 딱 한 번뿐이었다. 그때 니노는 물에 젖은 생쥐 꼴이 되고 말았다. 아주 수치스러운 일이었지만 동네 여자들이 니노를 잘 위로해 주었다.

니노는 매일같이 다른 여자들과 어울려 물을 길러 갔다. 줄지어 산 위로 올라가는 행렬을 멀리서 바라보면 니노의 맨발과 진지하게 정면을 응시하는 눈이 보였다. 니노는 나를 똑바로 보지 않았고 나도 곁눈질을 했다. 니노는 산중 마을의 법도를 금세 이해했다. 어떤 경우에도 남녀 사이의 사랑이 공개적으로 표현될 수는 없었다.

니노는 어두운 집으로 들어와 문을 닫고 바닥에 물동이를 내려놓는다. 내게 물 한 잔을 따라 주고 구석에서 빵과 치즈, 그리고 꿀을 꺼낸다. 우리는 아울 사람들처럼 손으로 식사를 한다. 니노는 가부좌를 하고 바닥에 앉는 어려운 기술을 금방 익혔다. 식사가 끝나면 니노는 손가락을 빤다. 반짝이는 흰 치아를 드러내며 니노가 말한다.

"이곳 관습에 따르면 이제 내가 네 발을 씻어 줘야 해. 하지만 여긴 우리 둘만 있고 내가 물을 길러 다녀왔으니 네가 내 발을 씻어 줘."

나는 니노의 발이라는 작고 재미있는 장난감을 물에 담근다. 니노는 발을 마구 움직여 내 얼굴에 물을 튀긴다. 발 씻기 의식이 끝난 후 우리는 마당에 앉는다. 나는 쿠션에, 니노는 내 발에 몸을 기댄다. 니노는 노래를 흥얼거리기도 하고, 가만히 내 얼굴을 바라보기도 한다. 나는 나의 '마돈나'의 얼굴만 쳐다보고 있어도 전혀 지루하지 않다. 저녁이면 니노가 작은 동물처럼 이불 아래에서 몸을 웅크리고 눕는다. 어느 날 밤에는 이렇게 묻기도 했다.

"알리 칸, 행복해?"

"무척. 넌 어때? 바쿠로 돌아가고 싶지 않아?"

"아니, 나도 아시아 여자라면 누구나 하는 일, 남편 돌보는 일을 잘 할 수 있다는 걸 보여 주고 싶어."

니노는 진지하게 대답했다. 석유 램프가 꺼지면 니노는 어둠 속에 누운 채 중요한 문제들을 생각한다. 구운 양고기에 마늘을 그렇게 많이 넣어야만 하는지, 시인 루스타벨리와 타마르 여왕이 정말로 연인이었는지, 이 깊은 산속에 사는 동안 혹시라도 갑자기 지독한 치통이 찾아오면 어떻게 해야 할지, 옆집에 사는 여자는 왜 빗자루를 들고 남편을 죽도록 두들겨 패는지 등등.

"인생은 정말 수수께끼로 가득해."

니노는 서글프게 중얼거리고는 잠이 든다. 밤에 잠이 깨면 내 팔꿈치를 건드린 후 아주 당당하게 "나, 니노야."라고 중얼거린 후 다시 잠이 들곤 한다. 나는 가녀린 어깨를 담요로 덮어 준다. 그러면서 '니노, 넌 다게스탄의 산속 마을보다 더 나은 곳에서 살아야 하는 사람인데.'라고 생각한다.

어느 날 나는 춘사크라는 이웃 마을에 갔다가 류트, 축음기, 비단 스카프 등 문명의 산물을 가득 싣고 돌아왔다. 축음기를 보자 니노의 얼굴이 환히 빛났다. 그 마을을 온통 다 뒤져도 음반이라고는 딱 두 장, 산촌 사람들의 춤곡과 아이다 아리아밖에 찾아내지 못했다는 것이 애석할 뿐이었다. 그 두 음반을 어찌나 듣고 또 들었는지 나중에는 어느 쪽 음반에 담긴 곡인지를 분간하지 못할 정도였다.

니노의 부모님은 우리에게 좀 더 문명화된 곳에 가서 살라고 간청도 하고 위협하기도 했다. 니노의 아버지인 키피아니 공작은 딱 한 번 이곳에 다니러 왔다가 딸이 사는 모습을 보고 질색하며 이렇게 말했다.

"제발, 당장 이곳을 떠나게! 이런 야만스러운 곳에 있다가는 틀림없이 니노가 병에 걸리고 말 걸세."

"전 그 어느 때보다도 건강한 걸요."

니노가 말했다.

"아버지도 아시잖아요. 우리는 여기 있어야 해요. 아직 과부가 되고 싶지는 않다고요."

"하지만 다른 중립국들도 많지 않니. 예를 들어 스페인은 어떻겠니? 나카라리언 가문 사람들도 거기서는 너희를 찾지 못할 게다."

"하지만 어떻게 스페인까지 가죠?"

"스웨덴을 거쳐서."

"전 스웨덴에는 가지 않을 거예요."

니노가 화를 냈다. 공작은 바쿠로 돌아간 후 매달 레이스 달린 속옷이며 케이크, 책 따위를 보내왔다. 니노는 책만 간직하고 나머지는 내버렸다. 우리 아버지도 한 번 오셨다. 니노는 부끄러운 미소로 시아버지를 맞이했다. 학생 시절부터 어려운 방정식 문제를 만날 때면 짓던 그런 미소였다. 다행히 이번에는 방정식이 쉽게 풀렸다.

"네가 음식을 만드느냐?"

"네."

"물도 길어 오고?"

"네."

"먼 길을 왔더니 피곤하구나. 내 발 좀 씻어 주겠니?"

니노가 물을 떠와 아버지의 발을 씻겨 드렸다.

"고맙구나."

아버지는 이렇게 말하며 주머니에서 분홍빛 진주 목걸이를 꺼내 니노의 목에 걸어 주셨다. 그러고는 니노가 준비한 식사를 마친 후 품평을 하셨다.

"넌 좋은 아내를 두었지만 좋은 요리사는 두지 못했구나. 바쿠에서 요리사를 보내 주마."

"그렇게 하지 말아 주세요. 제가 직접 남편의 음식을 만들고 싶어요."

니노가 말했다. 아버지는 큰 소리로 웃었고, 나중에 니노에게 커다란 다이아몬드 귀걸이 한 쌍을 보내셨다.

마을은 무척 평화로웠다. 딱 한 번 카시 어른이 중대한 뉴스를 전하러 달려온 적은 있었다. 무장한 이방인이 아울 마을 근처에서 붙잡혔다는 것이었다. 아르메니아인이라고 했다. 온 마을이 비상 상황에 돌입했다. 나는 마을의 손님이었기 때문이다. 혹시라도 내가 죽는다면 마을 사람들 모두의 명예에 영원히 흠집이 남는 셈이었다.

나는 남자를 보러 갔다. 정말로 아르메니아 사람이기는 했다. 하지만 그가 나카라리언 가문에서 온 것인지는 알 수 없었다. 마을 현자들은 모임을 가지고 논의한 끝에 그 남자를 호되게 때려준 후 놓아주고 뒤를 밟기로 했다. 나카라리언 사람이라면 다른 이들에게 경고가 될 것이고 설사 나카라리언 사람이 아니라 해도 신께서는 아울 사람들의 선량한 의도를 감안해 용서하시리라는 판단이었다.

지구 다른 편에서는 전쟁의 폭풍이 거셌다. 우리는 그 전쟁에 대해서는 아무것도 몰랐다. 우리의 산속 마을은 샤밀 시대로부터 전해 오는 온갖 전설과 동화들로 가득했다. 전쟁 소식은 그 틈을 뚫고 들어오지 못했다. 나는 때때로 친구들이 보내오는 신문조차 읽지 않은 채 내던져 버렸다.

"전쟁이 벌어지고 있다는 걸 기억은 하고 있어?"

언젠가 니노가 이렇게 묻기도 했다. 나는 웃었다.

"솔직히 말해서 다 잊어버렸어, 니노."

내게는 그때가 정말이지 최고의 날들이었다. 비록 과거와 미래의 중간 휴식기에 불과하다고 해도 말이다. 신이 알리 칸 시르반시르에게 내리신 우연의 선물이라고나 할까.

그러던 차에 편지가 도착했다. 온통 거품을 내뿜는 말을 탄 기진맥진한 심부름꾼이 전해 준 편지였다. 아버지가 보낸 것도, 사이드가 보낸 것도 아니었다. 봉투에는 '아슬란 아가가 알리 칸에게'라고 적혀 있었다.

"이 아이가 왜 네게 편지를 보냈을까?"

니노가 놀라서 물었다.

심부름꾼은 "당신에게 보낸 편지가 여러 통 이리로 오는 중입니다. 아슬란 아가는 가장 먼저 소식을 전하고 싶어 많은 돈을 지불했지요."라고 설명했다. 나는 '이로써 아울 마을에서의 생활이 끝나는구나.'라고 생각하며 봉투를 뜯었다.

신의 이름으로 알리 칸에게 인사를 전합니다. 어떻게 지내는지요? 말들과 포도주, 마을 사람들 모두 별고 없겠지요? 저 역시 제 말들, 포도주, 사람들과 함께 잘 지내고 있습니다. 우리 도시에서 중대한 사건이 줄지어 일어나고 있습니다. 죄수들이 감옥을 나와 자유로이 돌아다닙니다.

경찰은 어디 있느냐고요? 경찰은 죄수들이 있던 바닷가 감옥에 들어

갔습니다. 그럼, 군인들은 어디 있느냐고요? 이제 군인이라고는 한 사람도 찾아볼 수 없습니다. 여기까지 읽고 나면 아마 당신은 고개를 저으며 대체 총독은 무얼 하고 있는지 궁금하겠지요. 우리의 현명한 총독은 어제 이 도시에서 도망쳤습니다. 사악한 민족을 통치하는 데 질려 버린 것이겠지요. 남긴 거라고는 낡은 바지 몇 벌에 황제의 신하임을 나타내는 휘장뿐이죠. 내가 또 거짓말을 한다고 생각하나요? 하지만 놀라지 마세요. 이번만은 절대 거짓말이 아니니까.

어째서 황제가 경찰과 총독을 새로 보내지 않느냐고요? 거기에도 이유가 있습니다. 이제는 황제도 없어졌거든요. 황제라는 존재 자체가 더 이상 없습니다. 대체 이 모든 사태를 무어라 불러야 좋을지 모르겠지만, 어떻든 어제 우리가 한꺼번에 덤벼들어 교장을 두들겨 팼는데도 말리는 사람이 아무도 없더군요.

알리 칸, 난 당신의 친구로서 이 모든 소식을 제일 먼저 전하고 싶었습니다. 물론 다른 많은 사람들도 오늘 당신한테 편지를 보낼 것입니다. 자, 그러니까 내가 말하고 싶은 것은 나카라리언 가문 사람들이 모두 고향으로 떠났고 검찰관들도 없다는 겁니다. 당신은 이제 걱정할 것이 하나도 없습니다.

                    당신의 친구이자 종복인 아슬란 아가.

내가 고개를 들었다. 니노의 얼굴이 창백했다.

"알리 칸!"

니노가 떨리는 목소리로 말했다.

"길이 뚫렸어. 우리가 돌아갈 수 있게 되었어. 갈 수 있다고!"

니노는 흥분하며 이 말만을 계속 반복했다. 니노는 내 목에 매달려 "돌아갈 수 있어!"라고 흐느끼며 외쳤고, 맨발로 마당의 모래를 툭툭 차 댔다.

"그래, 니노! 갈 수 있고말고."

나는 행복과 슬픔을 동시에 느꼈다. 산의 메마른 바위들이 노란 햇살 아래 빛났다. 심연의 낭떠러지 위로 작은 오두막들이 벌통처럼 매달려 있고, 기도와 명상을 상징하는 작은 모스크 첨탑이 보였다. 그것이 아울 마을에서의 마지막 날이었다.

21

군중들의 얼굴에는 두려움과 기쁨이 뒤섞여 있었다. 무의미한 구호가 쓰인 붉은 천 조각이 거리를 가로지르며 잔뜩 내걸렸다. 시장 여인네들은 길모퉁이에 모여 미국 인디언과 아프리카 부시맨의 자유를 요구했다. 변화의 물결은 전선에도 영향을 미쳤다. 대공이 모습을 감췄고, 거지꼴의 병사들이 무리 지어 도시를 배회했다. 밤이면 총격전이 벌어졌고, 낮이면 폭도들이 상점을 털었다.

니노는 지도책을 들여다보았다.

"평화로운 나라가 어디인지 찾고 있어."

니노는 이렇게 말하며 색색깔로 표시된 나라들을 짚어 나갔다.

"모스크바나 상트페테르부르크는 어떨까?"

내 장난에 니노는 어깨만 으쓱해 보이고는 노르웨이에서 손가락을 멈췄다.

"내 생각에도 그곳은 평화로울 것 같아. 하지만 어떻게 거기까지 갈 수 있지?"

내가 말했다. 그러자 니노는 한숨을 쉬었다.

"갈 수 없겠지. 미국은 어때?"

"거긴 독일 잠수함 U보트가 있어서 안 돼."

내가 장난스럽게 대답했다.

"인도, 스페인, 중국, 일본은?"

"전쟁 중이거나 아니면 우리가 갈 수 없는 곳이야."

"알리 칸, 우리는 쥐덫에 걸린 것 같아."

"맞아, 니노. 달아나 봤자 소용없어. 조금이라도 이 도시가 정상화될 수 있는 방법을 찾아야 해. 최소한 터키 군이 올 때까지만이라도."

"영웅을 남편으로 둬 봤자 아무 소용도 없군!"

니노가 비난하듯 말했다.

"붉은 천 조각도, 구호도, 연설도 다 싫어. 계속 이런 식이라면 페르시아에 있는 너희 아저씨한테로 가 버리겠어."

"계속 이렇지는 않을 거야."

나는 집을 나섰다. 이슬람 자선 협회에서는 회의가 한창 진행되고 있었다. 그날 회의 참석자 가운데 몇 달 전 우리 집에 모여 민족의 장래를 걱정했던 훌륭한 신사 분들은 하나도 없었다. 방을 채운 이들은 하나같이 근육이 우람한 젊은이들이었다.

문간에서 나는 일리아스 벡을 만났다. 그와 마흐무드 하이다르는 모두 전선에서 돌아와 있었다. 황제의 퇴위로 충성 맹세에서 자유로워진 것이다. 피부가 구릿빛으로 그을린 채 고향으로 돌아온 두 사람은 자신만만하고 강인한 모습이었다. 전쟁은 그들에게 좋은 영향을 미쳤다. 다른 세상을 맛보는 경험을 했고 그 경험은 평생 가슴에 남을 것이었다.

"알리 칸, 우리가 무언가를 해야 해."

일리아스 벡이 말했다.

"적이 도시 코앞까지 왔어."

"그래, 스스로 방어해야지."

"아니, 우리가 먼저 공격해야 해."

일리아스 벡은 연단에 올라 위엄 있는 목소리로 말했다.

"이슬람 교도들이여, 우리 도시가 처한 상황을 다시 한 번 정리해 보겠습니다. 혁명이 시작되면서 전선은 붕괴되었습니다. 러시아인 잔여 병력이 바쿠 주위에 진을 치고 전리품을 노리고 있습니다. 지금 도시에 있는 이슬람 병력은 자원병 부대 단 하나뿐입니다. 우리는 수적으로도 열세고 병력도 뒤떨어집니다. 이 밖에 아르메니아 민족당의 군사 조직이 있습니다. 스테파 랄라이와 안드로닉의 지휘 하에 지금 우리 쪽으로 이동해 오는 중입니다. 이곳에 사는 아르메니아인들로 부대를 편성하여 카라바흐와 아르메니아로 갈 계획이라고 합니다. 우리는 그 계획에 찬성했습니다.

이렇게 해서 아르메니아인들은 우리와 함께 러시아에 최후통첩을 하게 될 것입니다. 러시아 병사나 피난민들이 우리 도시를 통과하지 않게 해 달라는 것이 최후통첩의 내용입니다. 러시아 측이 이를 거부한다면, 우리는 아르메니아인들과 더불어 군사적인 수단을 이용해 원하는 바를 얻어 낼 것입니다. 이슬람 교도들이여, 자원병 부대에 합류하십시오. 손에 무기를 드십시오. 적들이 코앞에 있습니다."

나는 가만히 이야기를 들었다. 피와 전쟁 냄새가 풍겼다. 나도 벌써 여러 날째 연병장에서 기관총 쏘는 법을 익히고 있었다. 이제 새로 배운 기술을 사용할 때가 된 것이다. 마흐무드 하이다르는 내 옆에 서서 탄띠를 만지작거리고 있었다. 나는 고개를 돌려 그를 바라보았다.

"모임이 끝난 후 일리아스 벡과 함께 우리 집으로 와 줘. 사이드 무스타파도 올 거야. 이 문제에 대해 이야기를 좀 해 보자고."

그가 고개를 끄덕였고, 나는 집으로 돌아왔다. 친구들은 무장한 모습으로 찾아왔다. 사이드 무스타파까지도 녹색 허리띠에 단검을 차고 있었다. 니노가 차를 내왔다. 우리 사이에는 낯선 침묵이 감돌았다. 전투를 앞둔 밤의 시내는 낯설고 우울했다.

사람들은 여전히 거리를 거닐었다. 일을 보러 나오기도 하고, 산책하러 나오기도 했다. 하지만 왠지 그 모든 것이 비현실적으로 보였다. 일상의 삶이 이제 곧 아주 낯설게 되어 버릴 것임을 예감이라도 하듯 말이다.

"무기는 충분해?"

일리아스 벡이 물었다.

"총 다섯 자루, 연발 권총 여덟 자루, 기관총 하나에 탄약. 여자와 아이들이 숨을 지하실도 있어."

니노가 고개를 들었다.

"난 지하실로는 안 가."

단호한 목소리였다.

"나도 함께 우리 집을 지킬 거야."

니노는 단단히 결심을 한 것 같았다.

"니노."

마흐무드 하이다르가 조용히 말했다.

"우리가 총을 쏘는 거야. 넌 다친 사람을 돌보고."

니노의 어깨가 흔들렸다.

"오, 하느님! 우리 거리가 전쟁터가 되고, 극장이 지휘 본부가 되다니! 이제 조금만 있으면 니콜라이 거리를 지나기가 중국에 가는 것만큼 어려워지겠지. 홀리 타마르 여학교에서 학생들이 공부할 수 있으려면 정치 체제를 바꾸거나 적에게 이기는 수밖에 없다니! 이제 너희는 완전무장을 하고 총독 정원을 기어 지날 테고, 나와 알리가 만나던 호수 근처에는 기관총이 놓일 거야. 우린 정말 이상한 도시에 살고 있군."

"전투는 없을 거야."

일리아스 벡이 말했다.

"러시아인들이 우리의 최후통첩을 받아들일 테니까."

마흐무드 하이다르가 히죽 웃었다.

"여기 오는 길에 내가 아사둘라를 만났다는 걸 아직 얘기 안 했군. 러시아인들은 최후통첩을 거부했대. 대신 우리에게 무기를 버리라고 요구했다지. 하지만 어림없어! 내 총은 절대 내놓지 않을 테니까."

"그렇다면 이젠 전쟁이군."

일리아스 벡이 말했다.

"우리와 아르메니아 연합군이 나서야 해."

니노는 말없이 창밖을 바라보았다. 사이드 무스타파가 터번을 매만졌다.

"알라, 알라……."

그가 중얼거렸다.

"난 전선에 나가 본 적이 없어. 또 알리 칸처럼 똑똑하지도 않지. 하지만 난 율법을 알아. 이슬람 교도라면 믿지 않는 자들의 충성에 의존해 싸워서는 안 돼. 사실 누구에게든 의존한다는 건 나쁜 거야. 이건 율법뿐 아니라 우리 인생도 가르쳐 주는 진실이지.

아르메니아 부대의 지휘관이 누구라고? 스테파 랄라이라고 했나? 난 그를 알아. 1905년에 이슬람 교도가 그의 부모를 죽였지. 어떻게 그가 그 사실을 잊겠어? 그 일이 아니라 해도 아르메니아인들이 우리와 함께 러시아인에 맞설 것이라고는 생각 안 해.

러시아인들은 대체 어떤 존재지? 오합지졸의 무정부주의 도둑놈들 아니야? 그 지휘관 스테판 샤우미안 역시 아르메니아인이지. 아르메니아 무정부주의자와 아르메니아 민족주의자는 이슬람 민족주의자와 아르메니아 민족주의자보다 훨씬 빨리 친구가 될 수 있어. 이것이 바로 피의 수수께끼지. 틀림없이 연합군에 균열이 생길 거야. 코란이 진리라는 것만큼이나 확실한 일이야."

"사이드, 세상에는 피뿐 아니라 상식이라는 것도 있어."

니노가 말했다.

"러시아인들이 이긴다면 아마 스테파 랄라이나 안드로닉이 그리 좋은 대접을 받지는 못할걸."

마흐무드 하이다르가 큰 소리로 웃었다.

"친구들, 미안해."

그가 말했다.

"나는 그저 우리가 이긴다면 아르메니아인들을 어떻게 다루어야 할지 생각해 봤을 뿐이야. 터키가 아르메니아를 침략해야만한다면 우리가 그걸 막을 리 없잖아."

일리아스 벡은 흥분해서 말했다.

"생각이나 말로 해결되는 것은 없어. 아르메니아 문제는 아주간단하게 해결될 거야. 랄라이의 군대는 아르메니아로 이주할것이고 그 가족도 따라가겠지. 일 년만 지나면 바쿠에 남은 아르메니아인은 한 사람도 없을걸. 그쪽은 자기네 나라를 가지고, 우리도 우리나라를 갖는 거야. 그저 이웃해 사는 두 민족이 될 뿐이라고."

"일리아스 벡, 사이드 말이 옳아."

내가 말했다.

"너는 피의 수수께끼를 잊고 있어. 스테파 랄라이의 부모는 이슬람 교도 손에 죽었어. 피의 복수라는 의무를 잊는다면 그는 형편없는 졸장부 취급을 당할 거야."

"아니, 정치가가 될 수도 있지. 자기 민족이 피를 흘리다 죽어 버리지 않도록 하기 위해 개인적인 복수를 참는 정치가 말이야. 그가 현명하다면 우리와 손잡는 것이 자신과 자기 민족에게 유리하다는 걸 알겠지."

우리는 해가 질 때까지 논쟁을 계속했다. 그리고 니노가 말했다.

"너희가 누구든, 정치가든 평범한 인간이든 간에 난 그저 다음 한 주 동안 모두들 무사하길 바라. 아무 일 없이 다시 만날 수 있어야 할 텐데. 시내에서 전투가 벌어져야만 한다면……."

니노는 말을 맺지 못했다.

그날 밤 내 옆에 누운 니노는 잠들지 못했다. 약간 벌어진 입술이 촉촉했다. 니노는 조용히 창문 쪽을 응시했다. 나는 니노를 안아 주었다. 니노는 내 쪽으로 돌아누우며 물었다.

"너도 싸우러 갈 거야, 알리 칸?"

"물론이지."

"그래."

니노가 반복했다.

"물론 그렇지."

갑자기 니노가 두 손으로 내 얼굴을 감싸더니 자기 가슴 쪽으로 끌어당겼다. 눈을 커다랗게 뜬 채 내게 입도 맞추었다. 거친 열정에 사로잡힌 니노가 몸부림을 쳤다. 욕망과 순종, 죽음의 공포가 한꺼번에 몰아닥친 듯했다. 니노의 표정은 마치 다른 세계, 혼자만의 고독한 세계에 있는 듯 보였다. 갑자기 니노가 내게서 몸을 떼더니 내 머리를 껴안고 말했다. 내가 처음 들어보는 아주 부드러운 목소리였다.

"아이 이름은 '알리'라고 짓겠어."

니노는 다시 침묵했고, 창문을 바라보았다. 사원의 첨탑이 창백한 달빛 아래 당당하게 솟아 있었다. 옛 성벽의 그림자가 위협적으로 검게 드리워졌다. 멀리서 쇠 부딪치는 소리가 들려왔다. 누군가 자기 단검을 가는 모양이었다. 그것은 희망의 소리처럼 들렸다.

갑자기 전화벨이 울렸다. 나는 자리에서 일어나 어둠 속에서 여기저기 부딪쳐 가면서 전화기 쪽으로 갔다. 일리아스 벡이었다.

"아르메니아인들이 러시아 쪽에 붙었군. 이슬람 교도에게 내일 오후 세 시까지 무기를 버리고 항복하라고 요구하고 있어. 물론 우리는 거부했지. 넌 지지아나쉬빌리 문 왼쪽 담장에서 기관총을 맡도록 해. 서른 명을 더 보내 줄게. 문을 지킬 수 있도록 만반의 준비를 해 두라고."

내가 수화기를 놓았다. 니노는 침대 위에 앉아 나를 바라보았다. 나는 단검을 꺼내 날카로운 칼날을 확인했다.

"무슨 일이지, 알리?"

"적들이 다가왔어, 니노!"

나는 옷을 입고 하인들을 불렀다. 어깨가 떡 벌어진 건장한 하인들이 왔다. 나는 총 한 자루씩을 나누어 주었다. 그리고 아버지께 내려갔다. 아버지는 거울 앞에 앉아 있었다. 하인 하나가 체르케스 외투를 손질하는 중이었다.

"어디를 맡았느냐, 알리 칸?"

"지지아나쉬빌리 문입니다."

"잘 됐구나. 난 자선 협회에서 지원 업무를 하게 될 게다."

아버지의 검이 날카로운 소리를 냈다. 손가락으로 콧수염을 가다듬던 아버지가 말씀하셨다.

"용감하게 행동해라, 알리. 적들이 성벽을 넘지 못하게 해야 해. 성벽 바깥 광장까지 밀려오면 그때 기관총을 쏴라. 아사둘라가 마을에서 농부들을 몰고 와 니콜라이 거리 뒤쪽에서 적들을 공격할 게다."

아버지는 연발 권총을 권총집에 집어넣고 피곤하다는 듯 눈을 깜박였다.

"페르시아로 떠나는 마지막 배가 여덟 시에 있다. 니노는 그 배를 타야 한다. 러시아인들이 승리하면 여자들을 몽땅 강간할 테니까."

나는 우리 방으로 돌아왔다. 니노가 전화를 받는 중이었다.

"아니에요, 엄마. 전 여기 있을 거예요. 정말로 전혀 위험하지 않다니까요. 고마워요, 아빠. 걱정 마세요, 먹을 것은 충분하니까. 네, 고마워요. 걱정 마세요. 하지만 전 그리로는 가지 않을 거예요. 절대로!"

마지막 단어에서 니노의 목소리가 높아졌다. 그건 외침이나 다름없었다. 니노가 수화기를 내려놓았다.

"네 말이 옳아, 니노."

내가 말했다.

"부모님 댁에 가도 안전하지는 않을 거야. 여덟 시에 마지막 배가 페르시아로 떠난다는군. 어서 짐을 꾸리도록 해."

"날 멀리 보내 버리려는 거야, 알리 칸?"

니노의 얼굴이 빨갛게 상기되었다. 그런 얼굴빛은 처음 보는 것이었다.

"테헤란에 가 있으면 안전해, 니노. 적들이 여자들을 몽땅 강간할 거라고."

니노는 머리를 쳐들고 용감하게 말했다.

"하지만 날 강간하지는 못해. 절대로! 그러니 걱정하지 마."

"니노, 제발 페르시아로 가! 아직 시간이 있어."

"그만 해!"

니노가 말을 잘랐다.

"알리, 난 정말 무서워. 적도, 전투도, 앞으로 일어날 온갖 끔찍한 일들도 무서워. 하지만 난 여기 있을 거야. 널 돕지는 못하지만 어떻든 난 네 일부잖아. 그러니 난 여기 있어야 해."

이야기는 끝났다. 나는 니노의 두 눈에 입을 맞추었다. 몹시 자랑스러웠다. 니노는 훌륭한 아내였다. 내 말을 거역하는 순간까지도 말이다.

나는 집을 나섰다. 새벽이 밝아 오는 중이었다. 공기 중에 흙먼지가 섞여 있었다. 나는 성벽에 올랐다. 하인들이 성벽 뒤에 웅크리고 총을 장전한 채 경계를 섰다. 일리아스 벡이 보낸 서른 명은 텅 빈 두마 광장을 살피고 있었다. 갈색 얼굴에 검은 콧수염을 기른, 잔뜩 긴장했지만 어딘지 어설퍼 보이는 사람들이었다. 기관총에 붙은 작은 총구는 러시아인의 코처럼 약간 들려 있었고 넓었다.

주위는 고요했다. 때때로 연락병이 지시문을 들고 담장을 따라 조용히 오갈 뿐이었다. 어딘가에서는 현자와 사제들이 최후의 순간에 기적적인 타협을 이루기 위해 애쓰는 중이라고 했다.

해가 떴다. 뜨거운 열기가 납빛 하늘에서 돌담 위로 쏟아져 내렸다. 나는 우리 집 쪽을 바라보았다. 니노가 지붕에 앉아 태양을 바라보고 있었다. 정오쯤에 니노가 먹을 것과 마실 것을 챙겨 성벽으로 왔다. 니노는 호기심에 가득 차 기관총을 구경했고, 내가 돌려보낼 때까지 그늘에 앉아 있었다.

한 시가 되었다. 사원 첨탑에서 사이드 무스타파가 엄숙하면서도 서글픈 기도를 올렸다. 그 후 사이드는 어설프게 권총을 차고 우리에게 합류했다. 허리띠에는 코란이 꽂혀 있었다. 나는 성벽 바깥쪽 두마 광장을 바라보았다. 몇몇 사람이 당장이라도 공격이 일어날 것을 염려하듯 허리를 굽히고 먼지 속을 바삐 오갔다.

히잡을 쓴 여자 하나는 광장 가운데에서 놀고 있는 아이들을 붙잡아 데려가기 위해 소리를 지르며 뒤를 쫓아다녔다. 한 번, 두 번, 세 번. 시청의 시계탑 종소리가 적막을 깼다. 그 소리가 다른 세상으로 가는 문을 열어 주기라도 한 듯, 거의 때를 같이 해 도시 외곽에서 처음으로 총소리가 울렸다.

22

　그날 밤에는 달이 뜨지 않았다. 돛단배는 카스피 해의 무거운 물 위를 고요히 미끄러져 갔다. 가끔씩 작은 물보라가 우리를 덮쳤다. 차고 짠 물보라였다. 검은 돛이 거대한 새의 날개처럼 우리 위로 드리워졌다. 나는 양가죽으로 몸을 감싼 채 젖은 뱃전에 누워 있었다. 테킨 족 뱃사공은 수염 없는 넓은 얼굴을 들어 하늘을 바라보았다. 나는 고개를 들었다. 구불구불한 털이 손에 닿았다.

　"사이드니?"

　내가 물었다. 사이드 무스타파의 얽은 얼굴이 가까이 다가왔다. 묵주의 붉은 돌을 손가락 사이로 굴리고 있었는데 그 모습이 마치 희고 고운 손가락들이 핏방울로 장난을 치는 듯했다.

　"나 여기 있어, 알리 칸. 가만 누워 있어."

　그가 말했다. 나는 그의 눈가에 고인 눈물을 보고 일어나 앉았다.

　"마흐무드 하이다르가 죽었어."

　내가 말했다.

"니콜라이 거리에서 시체를 보았어. 코와 귀를 잘라 가 버렸더 군."

사이드 무스타파가 나를 보았다.

"바일로프에서 온 러시아 군이 해변 도로를 둘러쌌어. 너희들 이 놈들을 두마 광장에서 쫓아내 버렸고."

"그랬나?"

나는 기억을 더듬었다.

"맞아, 아사둘라가 와서 공격 명령을 내렸어. 우리는 총검과 단검으로 무장하고 진격했지. 너는 기도문을 외웠고."

"그리고 너는 적들의 피도 마셨어. 아숨 거리 모퉁이에 누가 서 있었는지 알아? 바로 나카라리언 일가였어. 네가 한꺼번에 몽땅 해치운 거야."

"몽땅 한꺼번에 해치웠지."

내가 반복했다.

"아숨 하우스 지붕 위에 기관총 여덟 대가 있었지. 우리가 구역 전체를 장악했어."

사이드 무스타파가 눈썹을 문질렀다. 그의 얼굴은 온통 재투 성이였다.

"위쪽에서는 하루 종일 온갖 얘기가 떠돌았어. 네가 죽었다고 하는 사람도 있었지. 니노도 그 말을 들었지만 아무 얘기도 하지 않더군. 그저 말없이 자기 방에 앉아 있었어. 기관총 소리가 계 속 울렸어. 갑자기 니노가 손으로 얼굴을 감싸더니 "그만! 제발 그만!"이라고 외쳤어. 그래도 기관총은 멈추지 않았지. 얼마 후 우린 총알이 다 떨어졌지만 적들은 그걸 함정이라고만 생각했지. 무사 나기도 죽었어. 랄라이가 목을 졸랐다더군."

난 아무 할 말이 없었다. 사막의 붉은 바다에서 온 테킨 족 뱃사공은 하늘만 바라보았다. 그가 입은 색색깔의 윗옷이 바람에 휘날렸다. 사이드가 말했다.

"네가 지지아나쉬빌리 문에서 싸웠다고 하던데, 정말 거기 있었니? 나는 그 성벽 반대편에 있었어."

"그래, 거기 있었지. 검은 가죽 재킷이 다가오더군. 단검으로 찌르자 검은 재킷이 붉게 물들었어. 내 사촌 아이샤도 죽었지."

바다는 거울 같았고 배에서는 타르 냄새가 났다. 이름 없는 배는 홍해 사막 연안의 이름 없는 해안을 따라 미끄러졌다. 사이드가 부드럽게 말했다.

"모스크에 있던 우리는 얼굴을 가리고 단검을 든 채 아래쪽 적들에게로 뛰어내렸어. 대부분은 죽었지. 하지만 신은 나를 죽이지 않으셨어. 일리아스도 살아남아 시골에 숨었지. 놈들은 너희 집을 완전히 약탈했어. 카펫 한 장, 가구 하나, 도자기 하나 남은 것이 없어. 텅 빈 벽뿐이야."

나는 눈을 감았다. 느낄 수 있는 것이라고는 타는 듯한 고통뿐이었다. 시체들이 산더미처럼 쌓인 수레가 떠올랐다. 어둠 속에서 비비 에이밧 만의 기름투성이 해안 위로 꾸러미를 들고 가는 니노의 모습도 보였다. 사막에서 온 남자들을 태운 보트가 나타났다. 나르긴 섬의 등대가 빛을 밝혔다. 도시는 어둠 속으로 사라졌다. 시커먼 유정탑이 무자비한 교도소 감시병처럼 보였다.

그리고 나는 가슴 부위에 찌르는 듯한 통증을 느끼며 양가죽에 싸여 배에 누워 있었다. 나는 몸을 일으켰다. 니노는 범포 꾸러미 그늘에 누워 있었다. 좁다란 얼굴이 아주 창백했다. 나는 니노의 차가운 손을 잡았다. 손가락이 가늘게 떨렸다. 뒤쪽 뱃사공 옆에는 아버지가 앉아 계셨다. 두 사람 사이에 말소리가 오갔다.

"……차드쉬 오아시스로 가면 원하는 대로 눈 색깔을 바꿀 수 있단 말이오?"

"그렇습니다, 나리. 세상에 그런 장소는 딱 한 군데, 바로 차드쉬 오아시스뿐이죠. 성인이 예언하기를……."

"니노."

내가 말했다.

"아버지는 차드쉬 오아시스의 기적 이야기를 하고 계셔. 이런 세상에서 살아남는 방법은 바로 저거야."

"난 그럴 수가 없어."

니노가 대답했다.

"그럴 수 없다니까. 길거리의 흙먼지가 붉은 피로 뒤덮였어."

니노가 손으로 얼굴을 감싸고 소리 없이 흐느꼈다. 어깨가 흔들렸다……. 나는 그 옆에 앉아 성벽 바깥 쪽 두마 광장에 대해, 학교에 갈 때마다 걸어 지나던 니콜라이 거리에 죽어 넘어진 마흐무드 하이다르에 대해, 그리고 갑자기 붉은색으로 변한 검정

가죽 재킷에 대해 생각했다. 살아 있다는 것이 고통스러웠다. 아버지의 목소리는 아주 멀리서 들려오는 것 같았다.

"첼레켄 섬에는 뱀이 있소?"

"그럼요, 나리. 아주 길고 지독한 독을 품은 뱀들이죠. 하지만 그놈들을 자기 눈으로 본 사람은 없어요. 메르브 오아시스에서 온 성인이 말씀하시길……."

더 이상 참을 수가 없었다. 나는 뒤쪽으로 가서 말했다.

"아버지, 아시아는 죽었습니다. 우리 친구들도 죽었고, 우리는 도망치고 있어요. 신의 분노가 내렸습니다. 그런데도 아버지는 첼레켄 섬의 뱀 이야기를 하고 계십니다."

아버지의 얼굴은 평온했다. 작은 돛대에 기댄 채 아버지는 오랫동안 나를 바라보았다.

"아시아는 죽지 않았다. 다만 아시아의 경계가 영원히 바뀌어버렸을 뿐이야. 바쿠는 이제 유럽이다. 그건 우연도 아냐. 바쿠에는 더 이상 아시아적인 것이 남지 않았거든."

"아버지, 사흘 동안 저는 기관총과 총검, 단검으로 아시아를 지켰습니다."

"너는 용감한 사나이다, 알리 칸. 하지만 용기란 무엇이냐? 유럽인들 또한 용감하다. 너도, 너와 함께 싸운 전사들도 더 이상 아시아인들은 아니다. 나는 유럽을 미워하지 않는다. 무관심할 뿐이지.

네가 유럽을 미워하는 건 네 안에 유럽적인 것이 있기 때문이야. 너는 러시아 학교를 다녔고, 라틴어를 배웠고, 유럽인 아내를 맞았다. 네가 아시아인이라고 할 수 있는 근거가 무엇이냐? 네가 이겼다면 너 스스로 바쿠에 유럽을 들여왔을 것이다. 의식적으로든 무의식적으로든. 새로운 공장이나 도로를 건설하는 것이 우리냐 러시아인이냐 하는 것은 별로 중요하지 않아. 세상은 더 이상 과거의 모습대로 유지될 수 없다. 가능한 한 적을 많이 죽이고 그 피를 취한다고 해서 훌륭한 아시아인이 되는 것은 아니다."

"그럼, 어떻게 해야 훌륭한 아시아인이 되는 거지요?"

"너는 이미 절반은 유럽인이다, 알리. 그래서 그런 질문을 하는 거야. 네게 설명할 수가 없구나. 그건 인생이 네게 보여 줄 수밖에 없는 거야. 네 얼굴은 대지를 향하고 있다. 그래서 패배가 고통스럽고, 그 고통이 겉으로 드러나는 것이지."

아버지는 눈길을 떨어뜨리고 입을 다물었다. 바쿠와 페르시아의 다른 모든 노인들이 그렇듯 아버지도 우리의 현실 세계를 넘어선 다른 세계, 언제든 찾아갈 수 있는 곳, 그리고 거기서라면 어떤 공격도 이겨 낼 수 있는 그런 곳을 알고 있었다. 나는 그 다른 세계의 평화, 친구를 땅에 묻고 난 후에도 뱃사공과 차드쉬 오아시스의 기적에 대해 이야기할 수 있는 그런 평화에 대해 희미한 느낌만 가졌을 뿐이다.

나는 그 세계의 문을 두드렸지만 안으로 들어가지는 못했다. 고통스러운 현실에 너무 깊숙이 개입되었기 때문이리라. 그리하여 나는 더 이상 아시아인이 아니었다. 이 때문에 나를 비난하는 사람은 없었지만 모두들 그 사실은 알고 있는 듯했다. 나는 다시 집에 돌아가기를, 꿈에도 그리던 아시아 세계에서 살 수 있기를 바랐지만, 이제 이방인이 되고 말았다. 나는 홀로 배에 서서 검은 거울 같은 수면을 바라보았다. 마흐무드 하이다르가 죽었고, 아이샤도 죽었으며, 우리 집은 파괴되었다. 그리고 나는 샤의 땅, 고요한 페르시아로 가는 작은 돛단배를 타고 있었다. 갑자기 니노가 다가왔다.

"페르시아로 가는 거야?"

니노가 물었다.

"거기서 쉴 거야."

"그래, 쉬자. 한 달이고 일 년이고 잠들고 싶어, 알리 칸. 푸른 나무들이 가득한 정원에서 잠자고 싶어. 총소리 따위는 들리지 않는 곳에서."

"지금 바로 그런 나라로 가고 있는 거야. 페르시아는 천 년 동안이나 잠자고 있어. 총성이 울린 적도 없지."

우리는 다시 뱃전으로 갔다. 니노는 금세 잠들었다. 나는 오랫동안 깨어 사이드의 모습을 바라보기도 하고 그의 손가락에 걸린 핏방울 같은 묵주알을 쳐다보기도 했다. 그는 기도를 올리고 있었다. 그는 숨겨진 세계, 현실이 끝나면서 시작되는 그 세계를 알고 있었다.

해가 떠올랐다. 해 뒤로 페르시아가 있었다. 뱃전에 쭈그리고 앉아 생선을 먹고 물을 마시면서 우리는 페르시아에 가까이 왔다는 것을 느꼈다. 뱃사공은 아버지만 상대하며 이야기를 했다. 마치 나는 물건처럼 여기며 제대로 눈길도 주지 않았다.

나흘째 되는 날 저녁, 수평선에 노란 띠가 나타났다. 구름 같기도 한 그것이 바로 페르시아였다. 노란 띠는 점점 넓어졌다. 흙집 앞으로 선착장이 보였다. 샤의 항구인 엔셀리였다. 우리는 곰팡내 나는 나무 선착장에 닻을 내렸다. 모닝코트를 입은 남자가 마중 나와 있었다. 높다란 양가죽 모자 위로 은색 사자상이 빛났다. 사자는 떠오르는 해를 뒤로 하고 앞발을 쳐든 모습이었다. 남자 뒤로 맨발에 해어진 옷을 걸친 해경 두 사람이 걸어왔다. 남자는 커다랗고 둥근 눈으로 우리를 바라보며 물었다.

"아이가 생일에 떠오르는 태양을 맞이하듯 여러분을 환영합니다. 신분 증명서를 가지고 계십니까?"

"우리는 시르반시르 일가요."

아버지가 대답했다.

"그렇다면 샤의 다이아몬드 문에 출입할 자격을 가지신 아사드 앗 살타네 시르반시르 님께서 영광스럽게도 여러분과 같은 혈통이십니까?"

"내 형제요."

그 한마디로 모든 조사가 생략되었다. 남자가 우리를 안내했다. 창고 근처에 이르렀을 때 그가 말했다.

"아사드 앗 살타네 어른께서 여러분의 도착을 예견하셨습니

265

다. 그리고 사자보다 강하고, 사슴보다 빠르며, 독수리보다 아름답고, 절벽 위의 성보다 더 안전한 탈것을 보내셨지요."

모퉁이를 돌자 털털거리는 소리가 나는 낡아빠진 포드 승용차가 서 있었다. 타이어는 여기저기 땜질한 흔적투성이었다. 승용차에 올라타자 엔진이 덜덜 떨기 시작했다. 운전사는 마치 대양을 오가는 배라도 모는 듯 태연하게 먼 곳을 응시했다. 다행히 삼십 분 만에 차가 굴러가기 시작했다. 우리는 레시트를 거쳐 테헤란으로 가는 여행을 시작했다.

23

엔셀리 항구에서 레시트로 가는 도중 거쳐 간 길과 마을은 사막의 타는 듯한 입김으로 몹시 뜨거웠다. 가끔씩 지평선에 아비예시드가 유령처럼 나타났다. '지옥의 물'이라는 뜻의 아비 예시드는 페르시아 판 신기루였다. 레시트로 가는 큰 길은 물이 없고 진흙만 쌓인 강을 따라 이어졌다. 페르시아에는 길게 흐르는 강이 없었다. 그저 웅덩이나 연못뿐이었다. 말라붙은 강변에는 모래 위에 그림자를 드리운 바위들이 서 있었다. 그 모습은 배불리 먹고 만족해서 꾸벅꾸벅 졸고 있는 선사 시대의 거인을 연상시켰다.

대상 행렬의 종소리가 멀리서 들려왔다. 차가 천천히 언덕을 오를 때면 가파른 산길을 따라 줄지어 걸어가는 낙타들이 보였다. 행렬 선도자는 지팡이를 짚고 앞장서 걸었고, 검은 옷차림의 일행이 뒤를 따랐다. 낙타는 힘 있게 큰 걸음을 옮겼다. 목에 매달린 작은 방울이 균형 잡힌 동작에 따라 천천히 울렸다. 양쪽 옆구리로 커다랗고 검은 보따리들이 매달려 있었다. 이스파한에서 비단을 실어 오는 것일까? 아니면 길리안에서 가져온 모피일까?

차가 멈췄다. 검은 보따리는 시체였다. 백 구, 아니 이백 구도 넘을 것 같은 시체들이 검은 천에 싸여 매달려 있었다. 우리 앞을 지나치는 낙타들은 바람이 불 때마다 흔들리는 옥수숫대처럼 고개를 흔들었다. 사막과 산맥을 지나, 희게 빛나는 소금 평야를 지나, 초록빛 오아시스와 거대한 호수들을 지나 그 행렬은 묵묵히 짐을 옮기고 있었다. 저 멀리 터키 국경 근처에서 낙타들은 무릎을 꿇을 것이다. 붉은 터키 모자를 쓴 공무원들이 시체를 찔러 보며 검사를 하고 나면, 행렬은 다시 성스러운 도시 카르발라의 사원 첨탑을 향해 길을 재촉하겠지.

순교자 후세인 언덕에 도착하면 준비되어 있던 묘지로 시체들이 옮겨지고 죽은 자들은 최후의 트럼펫이 울릴 때까지 카르발라의 모래 속에서 쉬게 될 것이다. 우리는 손을 눈 위에 올리고 인사를 했다.

"성인의 묘지에서 우리를 위해 기도해 주십시오!"

우리가 이렇게 외치자 행렬 선도자는 "기도가 필요한 것은 우리 자신입니다!"라고 대답했다. 그렇게 행렬은 마치 그림자처럼 조용히, 마치 거대한 사막의 신기루인 아비 예시드처럼 움직여 갔다.

우리는 레시트의 거리를 지나갔다. 나무와 진흙이 지평선을 가렸고 도시가 생겨난 이후 흘러간 긴 세월을 느낄 수 있는 곳이었다. 넓은 공간이 두렵다는 듯 흙집들이 좁은 길에 다닥다닥 붙어 있었다. 진흙과 불타는 석탄 외에 다른 색깔은 찾아볼 수 없었다. 모든 것이 아주 작았다. 운명에 순응한다는 것을 상징이라도 하듯 말이다.

웅크린 오두막들 사이로 갑자기 솟아오른 사원을 보자 놀라웠다. 남자들은 짧게 자른 머리 위에 호박처럼 보이는 둥근 모자를 썼다. 얼굴은 무표정했고 온 사방이 먼지와 흙이었다. 페르시아 인들이 특히 먼지와 흙을 좋아하는 것은 아니었다. 그저 종국에는 모든 것이 먼지로 돌아갈 것을 알기에 그냥 놓아 둘 뿐이었다.

우리는 작은 찻집에서 쉬었다. 방에서 하시시 냄새가 났다. 남자들이 곁눈질로 니노를 보았다. 구석에 서 있는 누더기 차림의 수도사는 손에 구리 사발을 들고 침에 젖은 입술을 약간 벌리고 있었다. 모두를 보면서도 동시에 아무도 보고 있지 않는 시선이었다. 보이지 않는 존재에게 귀를 기울이는 듯한, 혹은 보이지 않는 존재의 신호를 기다리는 듯한 모습이었다. 무거운 침묵이 느껴졌다. 갑자기 그가 몸을 곧추세우더니 크게 외쳤다.

"서쪽에서 태양이 떠오르는 것이 보인다!"

사람들이 몸을 떨었다. 그 순간 찻집 문간에 누군가 나타났다. 레시트 시장이 전갈을 보낸 것이었다.

"벌거벗은 여인 때문에 각하께서 경호를 명하셨습니다."

벌거벗은 여자란 히잡을 쓰지 않은 니노를 뜻했다. 페르시아 어를 알지 못하는 니노는 영문을 몰랐다. 우리는 시장 관저에서 그날 밤을 보냈다. 아침이 되자 호위병이 말에 안장을 얹었다. 우리를 테헤란까지 호위하기 위해서였다. 히잡 쓰기를 거부하는 니노가 페르시아에서는 곧 벌거벗은 여자가 되어 버리기 때문이기도 했고, 강도가 출몰하기 때문이기도 했다. 우리 차는 다시 느릿느릿 사막을 가로지르기 시작했다. 카스빈의 고대 유적지를 지났다. 샤 샤푸르가 군대를 규합한 곳이었다. 허약했던 사파비 왕조의 왕들이 알현식을 거행한 곳이기도 했다.

백 킬로미터, 구십 킬로미터, 팔십 킬로미터……, 길은 긴 뱀처럼 구불거리며 끊임없이 이어졌다. 그리고 마침내 옅은 색 타일로 장식된 테헤란 입구가 나타났다. 멀리 보이는 데마벤드 산의 만년설을 배경으로 네 기둥이 장엄하게 서 있었다. 아랍 식의 검은 아치 입구는 거기 새겨진 경구들과 더불어 악마의 눈처럼 보였다.

커다란 문 아래 먼지 많은 바닥에는 끔찍한 상처가 난 거지들이나 누더기 차림의 떠돌이 수도사들이 누워 있었다. 희고 가는 손가락들이 우리 쪽으로 마구 뻗어 왔다. 왕의 도시 테헤란의 화려함을 노래하는 그들의 목소리는 구슬펐다. 오래전 벅찬 희망을 안고 사원의 첨탑이 가득한 도시로 온 사람들이 이제 먼지 속에 누운 먼지 같은 존재가 되어 자신들을 거부한 도시에 대해 서글픈 노래를 부르는 것이었다.

우리가 탄 작은 차는 미로처럼 얽힌 골목들을 뚫고 캐논 광장을 건너고, 샤의 다이아몬드 문을 지나 다시 외곽으로 나왔다.

심란으로 가는 넓은 도로를 탄 것이다. 심란 궁전의 문은 활짝 열려 있었고, 안으로 들어서자 장미 향기가 구름처럼 밀려왔다. 벽에 붙은 푸른 타일이 시원하고도 다정해 보였다. 우리는 은색 물줄기를 뿜어 올리는 분수가 있는 정원을 빠른 걸음으로 지났다. 커튼이 내려진 어두운 방은 퍽 시원했다. 니노와 나는 푹신한 쿠션 위에 몸을 던지고 곧장 깊은 잠에 빠져들었다.

우리는 죽은 듯이 잤다. 잠시 깨어나 졸다가도 다시 잠들었다. 주름 잡힌 커튼이 드리워진 시원한 방에 있다는 것은 정말로 행복했다. 바닥과 낮은 소파는 무수히 많은 쿠션과 매트, 방석으로 뒤덮여 있었다. 우리는 꿈속에서 나이팅게일이 노래하는 소리를 들었다. 이토록 크고 조용한 집, 모든 위험에서 멀리 떨어져, 바쿠의 낡은 성벽에서도 멀리 떨어져 잠잘 수 있다는 것이 이상했다.

시간은 조용히 흘러갔다. 때때로 니노가 한숨을 쉬며 잠에 취한 채 몸을 일으켰다가는 다시 내 배 위로 머리를 떨어뜨렸다. 나는 푹신한 쿠션에 얼굴을 묻었다. 페르시아 하렘의 달콤한 냄새가 났다. 무한정 게으름을 피우고 싶었다. 한번은 몇 시간 동안이나 코끝이 가려웠지만 손을 올려 긁지 않고 계속 괴로워하다가 마침내 다시 잠이 들기도 했다.

갑자기 니노가 깨어나 몸을 일으키더니 "알리 칸, 배가 고파 죽을 지경이야."라고 말했다. 우리는 정원으로 나갔다. 분수 주위에 장미 덩굴이 만개해 있었고, 사이프러스는 하늘까지 닿을 듯 높았다. 화려한 꼬리를 자랑하는 공작새 한 마리가 지는 해를 바라보며 꼼짝 않고 서 있었다. 저 멀리 황금빛과 붉은빛 하늘을 배경으로 흰 눈을 뒤집어쓴 데마벤드 산이 보였다.

내가 손뼉을 쳤다. 얼굴이 커다란 환관이 우리를 향해 달려 왔다. 뒤따르는 늙은 여자는 깔개와 쿠션 더미를 안고 있었다. 우리는 나무 그늘에 앉았다. 환관이 대야와 물을 가져왔고, 곧 깔개 위에는 페르시아의 맛있는 음식이 놓였다.

"기관총 소리를 들으니 손가락으로 음식을 먹는 편이 낫다고 생각해."

니노는 이렇게 말하면서 찐 쌀 접시에 왼손을 찔러 넣었다. 환관의 얼굴에 경악의 빛이 스쳐 갔다. 그는 주인의 부끄러움을 보지 않겠다는 듯 곧 외면했다. 나는 니노에게 오른손 세 손가락만을 사용하는 페르시아 식 식사법을 보여 주었다. 니노는 바쿠를 떠난 후 처음으로 웃었고, 나도 안도감을 느끼며 편안한 기분이 되었다. 독실한 시인과 현자들이 사는 평화로운 샤의 땅, 그중에서도 특히 아름다운 심란 궁에 머문다는 것은 멋진 일이었다. 갑자기 니노가 물었다.

"너희 아저씨 아사드 앗 살타네는 어디 계셔? 그리고 하렘은?"

"아저씨는 테헤란의 궁전에 계셔. 아마 아내 네 명과 함께 지내실 거야. 그리고 하렘은 지금 우리가 있는 이곳이야. 이 정원과 주위 방들 모두가 말이야."

니노가 웃었다.

"그렇다면 마침내 내가 하렘에 갇힌 셈이군. 결국 이런 날이 올

줄 알았어.”

비쩍 마른 늙은 환관이 오더니 원한다면 노래를 불러 주겠다고 했다. 우리는 거절했다. 소녀 셋이 와서 깔개를 걷었고 늙은 여자는 남은 음식을 치웠으며 어린 소년이 공작에게 먹이를 주기 시작했다.

“알리 칸, 저 사람들은 다 누구야?”

“하인이지.”

“굉장하군. 대체 우리가 하인을 몇 명이나 둔 거야?”

나는 환관을 불러 물어보았다. 그는 한참을 생각하며 입속말로 셈을 한 끝에 스물여덟 명이 하렘을 돌본다고 대답했다.

“그럼, 여자들은 몇 명이나 살고 있지?”

“칸께서 지시하는 데 따라 다릅니다. 지금 당장은 옆에 두고 계신 여자 하나뿐이지요. 하지만 방은 충분히 많습니다. 아사드 앗살타네 어른은 부인들과 함께 시내에 계십니다. 그러니 이곳은 나리의 하렘이지요.”

그는 땅바닥에 주저앉아 말을 이었다.

“제 이름은 자히아 쿨리입니다. 칸 나리의 경호를 맡고 있지요. 저는 읽고 쓰고 셈을 할 줄 압니다. 집안 관리나 여자들 관리에 대해서는 모르는 것이 없죠. 그러니 절 믿고 맡기셔도 됩니다.

지금 데리고 계신 여자는 거칠어 보이지만 시간만 주신다면 확실하게 가르쳐 놓겠습니다. 언제 달거리가 있는지 말해 주시면 기록하고 기억해 두죠. 날짜를 알고 있어야 여자들의 기분을 판단할 수 있거든요. 지금 보기에는 성격이 좀 까다로운 것 같습니다만, 제가 직접 저 여자를 씻기고 면도도 시키겠습니다.

아직 겨드랑이에 털도 그대로 있군요. 여자의 몸가짐에 저토록 둔감한 나라가 있다니 정말 끔찍한 일입니다. 내일 제가 저 여자 손톱을 붉게 물들이도록 하죠. 침대로 가기 전에 입 안도 검사하겠습니다."

"아니, 그건 대체 왜 검사하지?"

"이가 나쁘면 숨 쉴 때 고약한 냄새가 나지 않습니까? 그러니까 입 안과 숨 냄새를 검사하는 겁니다."

"대체 이 사람이 뭐라고 떠드는 거야?"

니노가 물었다.

"어떤 치과 의사가 좋은지 추천해 주고 있어. 좀 별난 사람이군."

난처한 상황이었다. 나는 환관에게 이렇게 명했다.

"자히아 쿨리, 자네가 여러 가지로 숙련된 사람이라는 걸 알겠네. 하지만 지금 아내는 임신 중이어서 조심해서 대해야 해. 교육은 나중에 아이를 낳은 후로 미루세."

나도 모르게 얼굴이 붉어졌다. 니노가 임신 중이라는 것은 사실이었지만, 어떻든 니노와 환관 사이에서 적당히 거짓말을 해야 했으니 말이다.

"나리께서는 정말 현명하십니다."

환관이 대답했다.

"임신한 여자는 아무래도 배우는 속도가 아주 늦지요. 그건 그렇고 뱃속의 아이를 아들로 만드는 비방이 있습니다. 물론 아직은 시간이 충분할 것으로 보입니다만."

마지막 말은 니노의 가냘픈 몸을 흘깃 살펴본 후 덧붙인 것이었다. 바깥 베란다에서는 슬리퍼를 신은 수많은 발들이 사각거리며 오갔다. 환관들과 여자들이 수수께끼 같은 신호를 주고받았다. 자히아 쿨리가 나갔다가 심각한 표정으로 돌아왔다.

"나리, 사이드 무스타파라는 분께서 뵙기를 청하십니다. 나리께서 하렘의 즐거움을 누리시는 동안 감히 방해해서는 안 되겠지만 사이드란 분은 예언자의 집에서 오신 학식 있는 분이라고 해서요. 지금 바깥채 손님방에서 기다리고 계십니다."

'사이드'라는 말을 알아들은 니노가 고개를 들었다.

"사이드 무스타파가 온 거야?"

니노가 물었다.

"어서 안으로 들어오라고 해. 함께 차를 마실 테니."

그 순간 시르반시르 가문의 명망이 박살 나지 않은 것은 오로지 환관이 러시아어를 알아듣지 못한 덕분이었다. 칸의 아내가 하렘에서 다른 남자를 접대하다니! 그건 상상조차 할 수 없는 일이었다. 나는 난처한 표정으로 설명을 했다.

"사이드는 여기 들어올 수 없어. 여긴 하렘이니까."

"정말 우스꽝스러운 관습이군. 좋아, 그럼 바깥에서 만나지, 뭐."

"니노, 저기……, 어떻게 설명해야 할지 모르겠지만, 여기 페르시아 관습은 전혀 달라. 그러니까 내가 말하려는 건……, 사이드가 남자라는 거야. 무슨 말인지 알겠니?"

니노가 눈을 크게 떴다.

"지금 내가 사이드를 만나면 안 된다고 말하는 거야? 다케스탄까지 그 먼 길을 나랑 동행했던 사이드를 말이야?"

"미안하지만 그래, 니노. 어떻든 당분간은 안 돼."

"좋아."

니노는 갑자기 차가운 말투로 대답했다.

"어서 가 봐."

나는 우물쭈물 자리에서 일어났다. 그리고 커다란 도서실로 가서 사이드와 차를 마셨다. 그는 메셰드에 있는 자기 아저씨를 찾아가 머물면서 바쿠가 믿지 않는 자들로부터 해방될 날을 기다리겠다고 했다. 나는 좋은 생각이라고 말해 주었다. 사이드는 예의바른 사람이었으므로 니노에 대해서는 안부를 묻지도, 심지어 니노 이름을 입에 올리지도 않았다. 갑자기 문이 열렸다.

"오랜만이야, 사이드."

의기소침한 표정으로 니노가 건네는 인사말이었다. 사이드 무스타파는 자리에서 펄쩍 뛰어 일어났다. 얽은 얼굴에 공포스러운 표정이 떠올랐다. 니노가 깔개 위에 앉았다.

"나도 차 한 잔 줄래, 사이드?"

복도 쪽에서는 슬리퍼 발소리가 어지러이 오갔다. 시르반시르 가문의 명예는 영원히 추락해 버린 셈이었다. 사이드가 정신을 수습하기까지 몇 분이 걸렸다. 니노는 사이드를 보며 살짝 얼굴을 찌푸렸다.

"난 기관총을 두려워하지 않았어. 그러니 환관들도 겁내지 않을 거야."

우리는 몇 시간 동안 함께 앉아 있었다. 사이드는 예의 바를 뿐 아니라 재치 있는 사람이었기 때문이다. 잠자리에 들기 전 환관이 나를 찾아왔다.

"나리, 제게 벌을 내리십시오. 감시를 좀 더 잘 해야 했는데. 설마 그렇게까지 거친 여자일 줄은 정말이지 상상도 못했습니다. 다 제 잘못입니다."

환관의 얼굴에는 깊은 자책감이 드러나 있었다.

24

참으로 이상한 일이었다. 비비 에이밧 만의 기름투성이 해안에서 마지막 총성이 울렸을 때, 나는 두 번 다시 행복할 수 없으리라고 생각했다. 하지만 겨우 넉 주가 흐른 뒤 나는 심란의 향기로운 정원에서 완벽한 평화를 누리고 있었다. 집에 온 기분이었다. 테헤란 근처 고요한 저택에서 신선한 공기를 호흡하는 풀 한 포기가 되어 버린 것 같기도 했다.

시내로 나가는 일도 많지 않았다. 그저 가끔씩 친구나 친척을 만났고, 아니면 하인들을 대동하고 시장의 어두운 미로를 뚫고 다니는 경우가 있을 뿐이었다. 좁은 골목, 천막 노점들, 어두운 모퉁이를 밝히는 램프, 치렁치렁 늘어지는 옷을 입은 부자들, 통 넓은 바지를 입은 서민들, 누더기를 입은 거지들이 우글우글 모인 위로 돔 모양의 둥근 지붕이 마치 진흙으로 만든 우산처럼 덮여 있었다.

나는 장미, 견과류, 카펫, 스카프, 비단, 보석 등을 살살이 뒤지고 다녔다. 그리고 금으로 무늬가 새겨진 항아리, 가는 줄 세공의 골동품 목걸이와 팔찌, 향수, 모로코 가죽으로 만든 쿠션 등을 찾아냈다. 무거운 은화들이 속속 상인의 주머니 속으로 사라졌다. 하인들은 동양의 온갖 귀중품을 무겁게 짊어졌다. 모두 니노를 위한 선물이었다.

나는 장미 정원에서 니노의 작은 얼굴이 그토록 고통스러운 표정을 짓게 되는 것이 괴로웠다. 무거운 짐 때문에 하인들이 등을 구부렸다. 나는 계속 걸었다. 시장 한 모퉁이에서 부드러운 가죽 표지 위에 작은 그림이 그려진 코란을 발견했다. 사이프러스 아래 앉아 있는 소녀와 눈이 아몬드 같은 왕자를 담은 그림이었다. 사냥 나온 왕과 긴 창, 도망치는 사슴도 보였다. 다시 은화가 '쩔렁' 하고 소리를 냈다.

조금 더 가자 낮은 탁자에 마주 앉은 상인 두 명이 보였다. 한 사람이 주머니에서 커다란 동전을 꺼내 상대에게 주자 상대는 동전을 깨물어 보기도 하고 작은 저울에 달아 보기도 하며 꼼꼼히 살핀 후 커다란 주머니 속에 넣었다.

상인은 지불이 끝날 때까지 백 번, 천 번, 아니 만 번이라도 주머니에 손을 넣어 동전을 꺼내는 일을 반복할 것이었다. 그 행동은 침착하면서도 당당했다. 그것이 바로 거래였다! 무하마드 자신도 본래는 상인이 아니었나?

시장은 놀라움 그 자체였다. 두 상인 옆에는 현자가 앉아 책장을 넘기고 있었다. 그의 얼굴은 바위, 그 위에 새겨진 글씨가 비바람에 닳고 이끼에 덮인 바위를 연상시켰다. 길고 가느다란 손가락은 섬세하고 성실했다. 누런 책장에서 시라스 장미향, 페르시아 나이팅게일의 노래, 기쁨의 멜로디가 느껴졌다. 가는 눈에 눈썹이 긴 노인은 아름다운 손으로 애정에 가득 차서 책장을 넘겼다. 주위에서는 속삭이는 소리, 웅성거리는 소리, 외침 소리 등이 가득했다.

나는 케르만에서 만든 옅은 색상의 골동품 카펫을 뒤지기 시작했다. 니노는 케르만 카펫의 부드러운 선을 좋아했다. 근처에는 장미수와 장미유를 파는 상인도 있었다. 장미유는 수천 송이 장미에서 딱 한 방울 얻을 수 있다는 귀한 물건이었다. 그건 마치 수천 명이 모여들어 테헤란 시장의 좁은 골목을 채우는 것과도 같았다. 나는 마음속으로 니노가 작은 장미유 병 위로 몸을 굽히는 모습을 상상했다. 하인들은 지쳐 버렸다.

"우선 이 짐을 빨리 심란으로 옮기게. 난 뒤따라가겠네."

하인들이 인파 속으로 사라졌다. 나는 페르시아 찻집으로 이어지는 낮은 문을 따라 들어갔다. 찻집 안은 손님들로 바글거렸다. 붉은 턱수염 사내가 중앙에 앉아 있었다. 반쯤 눈을 감고 허페즈의 사랑시를 읊는 중이었다. 청중들은 시에 완전히 도취되어 한숨을 쉬었다. 이어 그는 신문을 읽기 시작했다.

"미국에서는 말소리를 옮겨 주는 기계가 발명되었답니다. 왕 중의 왕이시며, 태양보다 더 밝은 빛을 내뿜고, 그 위엄이 화성까지 닿으며, 그 옥좌는 세계에서 가장 높은 우리 황제께서 현재 영국을 다스리는 왕을 바가샤의 궁전에서 만나셨군요. 또 스페인에서는 머리가 세 개에 발은 네 개인 아이가 태어났답니다. 사람들은 이를 불길한 징조로 여기고 있습니다."

청중들은 놀랍다는 듯 혀를 찼다. 붉은 턱수염은 신문을 접고 또다시 시를 읊었다. 이번에는 기사 루스템과 그 아들 소랍에 대한 시였다. 나는 시는 듣는 둥 마는 둥 하고 뜨거운 황금빛 차를 들여다보며 생각에 잠겨 있었다. 머리가 복잡했다. 문제가 있었기 때문이다.

나는 페르시아 궁전에서 지내는 삶이 만족스러웠다. 하지만 같은 궁전에서 사는 니노는 전혀 만족하지 못했다. 야만적인 환경에서 온갖 불편함을 참아야 했던 다게스탄에서는 아주 행복해하던 니노였지만, 페르시아에서 요구되는 예의범절에는 도무지 익숙해지지 못했다. 니노는 나와 함께 거리를 산책하고 싶어 했지만, 그런 행동은 경찰이 엄격히 금지했다. 남편과 아내는 함께 외출할 수 없었다. 함께 손님을 만날 수도 없었다.

니노는 시내 구경을 시켜 달라고 했다가 내가 "나도 정말로 네게 구경을 시켜 주고 싶지만 그럴 수가 없어. 그건 절대 금지야."라고 대답하자 화를 냈다. 크고 검은 눈에는 비난과 당황스러운 감정이 가득 담겨 있었다. 칸의 아내가 히잡을 쓰지 않은 채 거리를 돌아다녀서는 안 된다는 점을 대체 어떻게 설명할 수 있겠는가? 나는 제일 비싼 히잡을 사서 "정말 아름답지 않아, 니노? 먼지와 햇빛에서 네 얼굴을 잘 가려 줄 거야. 솔직히 나도 하나 쓰고 싶을 정도지."라고 말해 보았지만 니노는 서글픈 미소와 함께 히잡을 밀어냈다.

"얼굴을 가린다는 건 여자의 품위를 포기하는 거야. 내가 이걸 쓴다면 스스로를 모욕하는 셈이고."

나는 니노에게 경찰 단속 규정을 보여 주기도 했다. 니노는 규정문을 찢어 버렸다. 고심 끝에 나는 수정 창문이 달린 포장마차를 불렀고, 그걸 함께 타고 시내로 나갔다. 캐논 광장에서 아버지를 본 니노는 인사를 하려 했다. 하지만 그건 절대 안 되는 일이었고, 나는 니노를 달래기 위해 시장 물건의 절반을 사들여야만 했다.

그리고 지금 나는 혼자서 찻잔을 들여다보며 앉아 있다. 니노는 지루해서 죽을 지경이었지만 내가 도울 방법은 없었다. 니노는 유럽에서 온 부인들과 처녀들을 만나고 싶어 했지만 그것 역시 안 될 일이었다. 칸의 아내는 믿지 않는 자들의 여자와 섞일 수 없었다. 유럽 여자들은 하렘에서 사는 니노를 불쌍히 여길 것이고, 그런 말을 듣다 보면 결국 니노 역시 자기 삶을 견디지 못할 것이 뻔했다. 며칠 전 니노는 우리 친척들을 만나러 갔다가 몹시 실망한 채 돌아왔다. 그리고 절망적인 투로 내게 말했다.

"알리 칸, 그 여자들은 내가 하루에 몇 번이나 남편에게 사랑받는 영광을 누리는지 알고 싶어 해. 네가 늘 내 곁에만 있다고 그 남편들이 이야기하더래. 남편이 아내를 사랑해 주는 것 외에 부부가 함께 할 수 있는 다른 일이 있으리라고는 상상도 못하는 것

같아. 악을 막아 주는 부적과 연적으로부터 지켜 준다는 부적을
선물로 받았어.

술탄 하눔 아주머니는 그렇게 젊은 남편한테 유일하게 사랑받
는 아내가 되는 것이 너무 피곤하지 않느냐고 묻기도 했지. 또 모
두들 어떻게 네가 무동(舞童)에게 가지 않도록 지키는지 알고 싶
어 했어. 수아타라는 친척은 네가 더러운 병에 걸린 적이 없느냐
고 물었어. 난 시샘을 받아 마땅하다고도 했지. 알리 칸, 난 마치
똥물이라도 뒤집어쓴 기분이었어."

나는 니노를 달래기 위해 최선을 다했다. 니노는 공포에 질린
아이처럼 구석에 웅크리고 앉아 어깨 너머로 두려움에 가득 찬
시선을 던졌다. 진정하기까지는 시간이 한참 걸렸다.

차가 식어 버렸다. 나는 내가 하렘에서 일생을 보내지 않는다
는 점을 보이기 위해 일부러 오래 시간을 끌었다. 항상 아내에게
매달려 있다는 것은 좋지 않은 모습이었다. 친척들은 이미 날 놀
려 대고 있었다. 하루 중 여자에게는 시간을 조금만 쓰고 나머지
는 남자들과 어울려야 옳은 일이었던 것이다. 하지만 니노에게
는 내가 전부였다. 나는 신문이자 극장, 카페, 친구, 남편을 모두
합쳐 놓은 존재였다. 이 때문에 나는 하루 종일 니노 혼자 집에
둘 수가 없었다. 그리고 이 때문에 시장에 나와 있는 물건을 몽땅
사들이다시피 했던 것이다.

오늘밤 아저씨가 아버지를 위해 큰 모임을 열기로 되어 있었
다. 황태자께서도 참석할 모임이었다. 니노는 혼자 집에 있어야

만 했다. 곁에 있는 사람이라고는 니노를 교육시키고 싶어 안달인 환관들뿐이었다.

나는 시장을 떠나 심란으로 향했다. 니노는 온통 카펫과 깔개로 둘러싸인 커다란 홀에 앉아 산더미처럼 쌓인 귀걸이, 팔찌, 비단 스카프, 향수병들을 바라보며 깊은 생각에 잠겨 있었다. 니노가 예의 바르게 조용히 입을 맞추며 나를 맞이하자 절망으로 내 가슴이 내려앉았다. 차가운 셔벗을 가지고 들어온 환관이 못마땅하다는 눈길로 나를 쳐다보았다. 그렇게 아내를 오냐 오냐 다루어서는 안 되었던 것이다.

페르시아에서 삶은 밤에 시작되었다. 낮은 더위와 먼지를 견뎌야 하는 힘든 시간이었다. 밤이 찾아오면 사람들은 생기를 얻었고, 생각이 자유로워졌으며, 말도 술술 나왔다. 밤에 걸맞은 예의범절이 따로 있었다. 나는 바쿠나 다게스탄, 그루지야와는 전혀 다른 그러한 삶의 모습이 아주 마음에 들었다.

여덟 시에 아저씨가 보낸 화려한 마차 두 대가 도착했다. 한 대는 아버지, 다른 한 대는 나를 위한 마차였다. 그것이 예의범절에 맞는 방식이었다. 마차 한 대마다 등을 들고 길을 밝히며 앞서 달리는 사람이 셋씩 붙어 있었다. 어린 소년 시절부터 시작해 평생 마차 앞에서 달리며 "길을 비켜라!"라고 위엄 있게 외치는 것을 유일한 직업으로 삼는 이들이었다. 길은 텅 비어 있었지만 그래도 그 사람들은 "길을 비켜라!"라고 외쳐 댔다. 그것이 예의범절이었기 때문이다.

우리는 좁은 골목길을 달려 회색 진흙 담장을 지났다. 그런 담장들 뒤에는 오두막이나 저택들, 병영이나 관청이 자리 잡았을 것이었다. 하지만 진흙 담장은 뒤에 숨은 온갖 이야기들을 가려버리고 거리를 무표정하게 만들었다. 하얀 달빛 속에서 시장의 둥근 탑들은 누군가의 손에 들린 수많은 장난감 풍선처럼 보였다. 우리는 거대한 담장 아래 아름다운 놋쇠 장식 대문 앞에 멈춰섰다. 대문이 열렸고, 우리는 궁전 안으로 들어갔다.

평소 그 집에 갔을 때면 낡은 외투를 입은 늙은이가 대문을 지키고 있었다. 하지만 오늘 밤은 궁전 전체가 꽃다발과 종이 등으로 뒤덮였고, 여덟 명이 우리 마차를 향해 고개를 깊이 숙였다. 한쪽은 분수가 솟고 나이팅게일이 노래하는 하렘이었고, 반대쪽 남자들의 공간에는 황금 물고기가 느릿느릿 헤엄쳐 다니는 사각형 연못이 하나 있었다.

우리는 마차에서 내렸다. 아저씨가 문간에 마중 나오셨다. 깊이 머리를 숙여 인사하고 우리를 안내하는 동안, 아저씨는 손으로 얼굴을 가리고 있었다. 나무를 조각한 벽과 금박 기둥이 선 큰 홀은 이미 검은 양가죽 모자를 쓰거나 터번을 두르고 얇고 검은 천으로 지은 폭넓은 가운을 걸친 사람들로 가득했다. 한가운데에는 코가 크게 구부러지고 회색 머리에 눈썹은 새의 날개 같은 나이 지긋한 남자가 앉아 있었다. 바로 황태자였다.

우리가 들어서자 모두들 일어섰다. 우리는 가장 먼저 황태자에게, 이어 다른 모든 사람들에게 인사를 했고 푹신한 쿠션에 파묻히듯 앉았다. 모두들 같은 과정을 반복했다. 일이 분 정도 우리는 조용히 앉아 있었다. 그러다가 갑자기 모두 벌떡 일어나 다시 한 번 서로에게 머리 숙여 인사를 했다. 마침내 인사가 끝났다. 다들 다시 자리에 앉았고 엄숙한 침묵이 흘렀다. 하인들은 옅은 푸른색 잔에 향기로운 차를 담아 내왔다. 과일 바구니도 가져왔다. 침묵을 깬 것은 황태자 폐하였다.

"나는 멀리까지 여행을 했고 여러 나라를 알고 있습니다. 하지만 페르시아만큼 복숭아와 오이가 맛있는 곳은 없더군요."

그는 오이 껍질을 벗겨 소금을 뿌리고 천천히 먹었다. 눈빛이 아주 슬펐다.

"폐하의 말씀이 옳습니다."

아저씨가 말했다.

"저도 유럽을 두루 다니면서 믿지 않는 자들이 먹는 과일이 어찌나 작고 못생겼는지 놀라지 않을 수 없었습니다."

"저는 페르시아로 돌아올 때면 늘 크나큰 안도감을 느낍니다."

유럽 법정에서 페르시아 제국을 대표한다는 신사가 말했다.

"우리 페르시아인들이 부러워할 만한 것은 세상에 하나도 없습니다. 세상은 페르시아인과 야만인으로 이루어져 있다고 말할 수도 있을 것입니다."

"거기에 인도인도 집어넣어야겠지."

황태자가 말했다.

"몇 년 전 인도에 갔을 때 나는 거의 우리 수준으로 문명화되고 문화를 아는 사람들을 만났지. 하지만 또다시 통탄스러운 일이 벌어졌어. 실수를 저지르기란 얼마나 쉬운지. 고귀한 혈통의 어느 인도인, 내가 거의 페르시아인처럼 여기던 인도인이 결국은 야만인으로 판명 났다네. 그 집에 식사 초대를 받고 가 보니 그가 글쎄, 식물의 바깥 잎을 먹지 않겠나.”

우리는 모두 놀라움을 금치 못했다. 커다란 터번을 쓰고 뺨이 푹 들어간 물라가 부드럽고 힘없는 목소리로 말했다.

“페르시아인과 페르시아인이 아닌 사람을 가르는 차이는 바로 우리가 아름다움을 찬양할 수 있는 유일한 존재라는 데 있습니다.”

“과연 옳은 말입니다.”

아저씨가 말을 받았다.

“저는 시끄러운 공장보다는 늘 아름다운 시가 좋습니다. 저는 가장 아름다운 운문 형태인 루바이야트를 우리 문학에 도입한 공로 때문에 아부 사이드의 이단 행위를 용서할 수밖에 없습니다.”

아저씨는 몇 번 헛기침을 한 후 시를 읊기 시작했다.

모스크와 학교가 영원히 문 닫기 전에는

진실을 찾는 이들도 진실에 이르지 못하네.

신앙과 불신이 하나가 되기 전에는

누구도 진정한 이슬람 교도가 되지 못하네.

"끔찍하군. 하지만 리듬만은……."

물라는 이렇게 말하면서 다정한 어조로 마지막 구절을 반복했다.

"누구도 진정한 이슬람 교도가 되지 못하네."

그는 자리에서 일어나 목이 가느다란 은 물통을 집어 들더니 비틀거리며 나갔다. 그리고 잠시 후 되돌아와 물통을 바닥에 내려놓았다. 우리는 모두 자리에서 일어나 그가 자신이 들었던 불필요한 말들을 씻어 버린 것을 축하했다. 다음으로는 아버지가 질문을 던지셨다.

"폐하, 총리인 보소 앗 다울라가 영국과 새로운 조약을 맺게 된다는 것이 사실입니까?"

황태자가 미소를 지었다.

"그 문제라면 아사드 앗 살타네에게 물어야 할 것 같소. 뭐 특별한 비밀이 아니라면 말이오."

아저씨가 대답했다.

"아주 훌륭한 조약입니다. 이제부터 그 야만인들이 우리의 노예가 되는 것이지요."

"그래요? 어떻게요?"

"이런 거죠. 영국인들은 일을 좋아하고, 우리는 안전을 원합니다. 그들은 전쟁을, 우리는 평화를 사랑하죠. 그래서 합의를 했습니다. 우리는 더 이상 국경의 안전에 대해 걱정할 필요가 없습니다. 영국이 국경을 수비하고, 길을 닦고, 집을 지을 겁니다. 그리고 무엇보다도 이러한 것들에 대한 대가로 돈을 낼 거고요. 영국인들은 세계에 문명을 가져다 준 것이 바로 우리라는 점을 알고 있습니다."

아저씨 옆에는 내 사촌뻘인 바흐람 칸 시르반시르가 앉아 있었다. 그는 고개를 들고 말했다.

"영국이 우리에게 호의를 베푸는 이유가 우리의 문명과 석유 중 어느 쪽이라고 생각하십니까?"

"두 가지 모두가 세상을 밝혀 준다. 그리고 둘 다 보호받을 필요가 있지."

아저씨가 차갑게 말했다.

"그리고 우리가 병사가 될 수 없다는 건 분명하지 않니?"

"왜 될 수 없죠?"

이번에는 내가 질문을 던졌다.

"전 우리 민족을 위해 싸웠고 앞으로도 다시 싸울 수 있어요."

아저씨는 못마땅하다는 듯 나를 보았고, 황태자는 찻잔을 내려놓았다.

"미처 몰랐군."

오만한 목소리였다.

"시르반시르 가문에 병사가 있다는 걸 말이오."

"하지만 폐하, 사실 저 아이는 장교였습니다."

"장교라고 해도 마찬가지요, 아사드 앗 살타네."

황태자는 놀리듯 말하며 입술을 내밀었다. 나는 잠자코 있었다. 페르시아 귀족이 보기에 병사란 하층민일 뿐이라는 점을 잊고 있었던 것이다.

모인 이들과 다른 생각을 가진 유일한 사람은 사촌뻘인 바흐람 칸 시르반시르뿐인 듯했다. 그는 젊었다. 훈장을 잔뜩 달고 황태자 옆에 앉아 있던 귀족 마시르 앗 다울라라는 사람이 바흐람을 상대로 페르시아는 신의 특별한 보호 아래 있으며, 따라서 세상을 밝힐 검이 더 이상 필요하지 않다고 장황하게 설명했다. 이미 오래전에 페르시아의 용맹함은 충분히 증명되었다는 것이다.

"왕의 보물 창고에는 황금 지구의가 있지. 그 지구의 위의 나라들은 각기 다른 보석으로 장식되어 있어. 그중에서 가장 순결하게 빛나는 다이아몬드로 덮인 곳이 바로 페르시아야. 이것은 상징을 넘어 진실이네."

나는 이 나라에서 복무하는 외국 군인들에 대해, 그리고 엔셀리 항구에서 보았던 누더기 차림의 해경들에 대해 생각했다. 그것이 유럽 앞에 무기를 내려놓은, 그러면서도 유럽인이 되기를 두려워하는 아시아의 모습이었다.

황태자는 병사를 경멸했다. 우리 선조들이 티빌리시를 정복할 때 모셨던 샤의 후손이면서도 말이다. 당시 페르시아는 위엄을 지키면서 무기를 사용하는 법을 알고 있었다. 하지만 시대가 변하면서 페르시아는 예술에만 신경을 썼던 사파비 왕조 때처럼 퇴보해 버렸다.

황태자는 기관총보다 시를 좋아했다. 아마 그건 기관총보다는 시에 대해 더 많이 알기 때문일 것이었다. 황태자는 늙었고 우리

아저씨도 그랬다. 페르시아는 죽어 가고 있었다. 품위를 잃지는 않았다고 해도 죽어 간다는 점은 분명했다. 오마르 카얌의 시가 떠올랐다.

밤과 낮으로 만들어진 체스판
그 위에서 한판 게임을 벌이는 것은 운명.
운명은 인간을 밀고 당기다가
결국 전에 누워 있던 곳으로 모두를 되돌려 보내네.

생각에 잠긴 채 나도 모르게 소리 내어 시를 읊어 버린 모양이었다. 황태자의 얼굴 표정이 부드러워졌다.

"자네가 병사가 된 건 우연이었던 모양이군."

친절한 말투였다.

"자네는 교육 받은 사람이야. 만약 스스로 운명을 결정할 수 있다면 그래도 병사를 선택하겠나?"

내가 고개를 숙였다.

"제가 무엇을 선택할지 물으시는 겁니까, 폐하? 제게는 오직 네 가지, 루비처럼 붉은 입술, 기타의 선율, 현명한 조언과 붉은 포도주만이 필요합니다."

다키키의 유명한 시구를 인용한 내 대답에 모두들 만족해했다. 볼이 푹 꺼진 물라조차 인자한 미소를 보였다.

식당의 문이 열린 것은 자정이었다. 모두들 식당으로 들어갔다.

카펫 위로 엄청나게 큰 식탁보가 깔렸고, 한가운데에 필라프가 담긴 커다란 놋쇠 그릇이 버티고 앉았다. 그 주위로 커다랗고 편평한 흰 빵 덩어리, 각양각색의 음식이 담긴 크고 작은 그릇들이 수없이 놓였다. 등불을 들고 벽을 따라 둘러선 하인들은 조각상처럼 미동도 없었다. 부드러운 등불 빛이 방을 은은하게 밝혔다.

우리는 자리에 앉아 각자 원하는 순서대로 먹기 시작했다. 페르시아에서 식사는 짧은 시간 내에 끝내는 것이 관례였고, 관례에 따라 우리도 신속하게 음식을 먹었다. 물라가 짧게 기도를 했다. 사촌 바흐람 칸이 내 옆에 앉아 있었다. 그는 음식은 먹는 둥 마는 둥 하고는 호기심 어린 눈으로 나를 보았다.

"페르시아가 좋아?"

"그럼, 아주 좋아."

"여기 얼마나 오래 머무를 생각이야?"

"터키가 바쿠를 점령할 때까지."

"난 네가 부러워, 알리."

정말로 부럽다는 듯한 목소리였다. 그는 빵 조각을 말아 그 안을 쌀로 채웠다.

"넌 기관총 뒤에 앉아 적들의 얼굴에서 흐르는 눈물을 보았다고 했지. 페르시아의 칼은 녹슬었어. 우리는 피르다우시가 사천 년 전에 쓴 시를 읊으며 열광해. 다키키의 시구와 루다키의 시구도 쉽게 구별해 내지. 하지만 자동차가 달릴 수 있는 도로를 어떻게 만드는지, 군대를 어떻게 통솔해야 하는지는 몰라."

"자동차가 달릴 수 있는 도로라고……."

나는 중얼거리며 마르다키아니로 향하는 길 위, 달빛 속에 펼쳐졌던 멜론 밭을 생각했다. 그 어떤 아시아인도 자동차 도로를 어떻게 만드는지 모른다는 것은 아주 다행이었다. 그런 길이 만들어져 있었다면 카라바흐의 말은 절대로, 정말이지 절대로 유럽 자동차를 따라잡지 못했을 것이다.

"어째서 자동차가 달릴 수 있는 도로가 필요하지, 바흐람 칸?"

"병사들을 트럭에 태워 수송하기 위해서지. 정치인들은 우리에게 군인 따윈 필요 없다고 말하지만 나는 그렇게 생각하지 않아! 우리에겐 기관총도, 학교와 병원도, 잘 정립된 조세 제도도, 새로운 법률도, 너 같은 젊은이들도 필요해. 오래된 시구들은 아무 짝에도 소용없지. 페르시아는 늙은이들이 시나 암송하며 앉아 있는 동안 서서히 무너져 내리고 말 거야. 이제 다른 종류의 시도 나오고 있기는 하지. 길리안에 사는 아슈라프라는 시인을 아니?"

그는 몸을 굽히고 작은 소리로 암송했다.

"슬픔과 비애가 우리를 공격하네. 일어나 페르시아의 관을 뒤따르라. 페르시아의 젊음은 죽었다. 달이 붉다. 들판과 언덕, 골짜기도 그들의 피로 붉다."

"황태자는 운율이 엉망이라고 비판하겠지. 미적 감각이 심각하게 도전받았다고 생각할 테고."

"다른 것도 있어. 훨씬 더 아름다운 시지."

바흐람 칸이 끈질기게 말을 이었다.

"미르자 아가 칸이라는 시인이 쓴 거야. 들어 봐. '페르시아가 믿지 않는 자들에게 통치 받는 운명에 처하지 않기를. 페르시아 라는 신부는 러시아라는 신랑과 절대 잠자리를 함께 해서는 안 된다. 지상의 것 같지 않은 이 신부의 아름다움이 영국 귀족들의 노리개가 되어서도 안 된다.'"

"나쁘지 않은데."

나는 이렇게 말하고 미소를 지었다. 젊은 페르시아와 늙은 페르시아의 차이는 시작(詩作)의 수준에 있는 듯했다.

"하지만 바흐람 칸, 말해 봐. 정말로 원하는 것이 뭐지?"

그는 분홍 카펫 위에 꼿꼿이 앉은 채 대답했다.

"마이다니 광장을 본 적 있어? 수백 기의 낡고 녹슨 대포들이 놓인 곳이지. 그 포신은 세상의 동서남북 모두를 향하고 있어. 그 낡은 골동품들이 페르시아가 가진 무기의 전부라는 걸 믿을 수 있겠어? 페르시아에는 성채 하나, 장군 한 명, 심지어 병사 한 명조차 없어. 러시아 카자크들, 붉은 제복의 영국 보병들, 궁전을 지키는 뚱뚱보 경호병 바하두르 사백 명이 있을 뿐이지.

너희 아저씨나 황태자, 아니면 다른 고귀한 신분의 귀족들을 좀 봐. 작위는 화려할지 모르지만 눈은 침침하고 손은 허약하며 마이다니 광장의 대포들처럼 늙고 녹슨 존재들이야. 앞으로 살 날도 많지 않으니 지금이 그들의 최대 전성기이지. 우리나라는 왕족과 시인들의 기운 없는 손아귀에 너무 오랫동안 잡혀 있었어. 지금의 페르시아는 늙은 거지가 구걸하며 내민 손과 같아. 젊은이가 힘차게 뻗은 주먹이 되어야 하는데 말이야.

알리 칸, 페르시아에 남아 줘. 네 얘기를 들었어. 네가 바쿠의 구 성곽을 지키기 위해 최후까지 기관총을 쏘아 댔던 일, 달밤에 적의 목을 물어 죽였던 일 등등. 하렘에 앉아 시간을 보내거나 시장에 나가 온갖 귀중품을 사들이는 것보다는 그런 삶이 더 좋지 않아?"

나는 생각에 잠겨 침묵했다. 테헤란이라! 세상에서 가장 오래된 도시. 바빌로니아 사람들이 왕들의 도시라는 뜻으로 '로가 레이'라고 불렀던 도시. 오래된 전설이 남긴 먼지, 고성의 빛바랜 황금, 다이아몬드 문의 배배 꼬인 기둥들, 낡은 카펫의 닳아 버린 가장자리, 고대 루바이야트의 고요한 리듬, 이 모든 것들이 과거와 현재, 미래 속에서 공존하는 곳이 바로 테헤란이었다.

"바흐람 칸."

내가 입을 떼었다.

"네가 원하는 것을 다 가졌다고 해 봐. 아스팔트 도로도 깔고 성채도 짓고, 또 엉터리 같은 하인들을 최신식 학교로 보내 교육도 시키고 나면, 그때에 과연 아시아의 영혼이라고 부를 수 있는 것이 뭐가 있을까?"

"아시아의 영혼이라고?"

그가 미소를 지었다.

"우리는 캐논 광장 저 끝에 커다란 건물을 지을 거야. 거기 아시아의 영혼을 담으면 돼. 모스크의 깃발, 시인의 육필 원고, 그림, 무동 등을 말이야. 그 건물 입구에는 가장 멋진 쿠피 문자로 '박물관'이라고 써놓을 거야. 황태자 폐하는 박물관 관장이 되고, 아사드 앗 살타네 아저씨는 운영을 맡으면 돼. 그런 멋진 건물 짓는 걸 도와 줄 수 있어?"

"생각해 볼게, 바흐람 칸."

식사가 끝났다. 손님들은 자유로이 흩어져 앉았다. 나는 일어나 탁 트인 베란다로 나갔다. 공기가 한결 시원하고 신선했다. 정원에서 페르시아 장미 향기가 풍겼다. 나는 자리에 앉아 묵주 알을 손가락 사이로 굴리면서 밤 풍경을 바라보았다. 시장의 흙 기둥 뒤쪽이 심란이었다. 그곳에 나의 니노가 베개와 깔개 사이에 누워 있을 것이다. 입술을 약간 벌리고, 울어서 눈은 부은 채 자고 있겠지. 깊은 슬픔이 나를 엄습했다. 시장의 모든 귀중품을 한꺼번에 안겨 주어도 니노의 두 눈에 미소가 번지도록 하기에는 역부족이었다.

페르시아라고! 이곳에 남아야 할 것인가! 환관들과 귀족들, 수도사들과 바보들 사이에? 아스팔트 도로를 건설하고, 군을 조직하며, 아시아의 한층 깊숙한 심장부까지 유럽을 심기 위해? 갑자기 나는 세상 그 어떤 것도 니노 눈에 떠오른 미소보다 중요하지는 않다는 것을 깨달았다. 그 미소를 마지막으로 보았던 때가 대체 언제였던가? 오래전 바쿠의 옛 성벽 근처에서였다.

갑자기 걷잡을 수 없이 고향이 그리웠다. 마음의 눈으로 나는 먼지 낀 성벽과 나르긴 섬 너머로 지는 해를 보았다. 바쿠를 둘러싼 사막 지대, 그곳에 있는 회색 늑대의 문 아래 모여 달을 보며 울부짖는 자칼들의 소리도 들렸다. 상인들은 처녀의 탑 근처에 우글우글 모여 입씨름을 하며 값을 흥정한다. 니콜라이 거리를 따라 걸으면 홀리 퀸 타마르 여학교에 닿는다. 여학교 교정의 나무 아래 니노가 교과서를 들고 서 있다. 커다란 두 눈이 깜짝 놀란 표정이다. 페르시아 장미 향기가 갑자기 사라지고, 바쿠의 깨끗한 사막 공기가, 희미한 바다 내음이, 모래와 석유 냄새가 그 자리를 채웠다.

나는 어린아이가 엄마를 찾듯 고향 땅이 필요했다. 하지만 그 고향은 더 이상 존재하지 않는 것 같았다. 절대로 두 번 다시, 나는 신께서 내가 태어나도록 하신 그 땅을 떠나지 않을 것이었다. 나는 목줄 묶인 개처럼 옛 성벽에 연결되어 있었다. 나는 하늘을 보았다. 페르시아의 별들은 샤의 왕관에 박힌 보석처럼 크고 멀었다. 그 순간만큼 이방인이라는 느낌이 절절했던 적은 없었다. 나는 바쿠, 니노의 두 눈이 옛 성벽 그늘 아래에서 내게 미소 짓는 그곳에 속한 사람이었다.

바흐람 칸이 내 어깨를 건드렸다.

"알리 칸, 꿈꾸는 거야? 내가 말한 것에 대해 생각해 보았어? 새로운 페르시아를 건설하는 데 도움을 줄 거지?"

"바흐람 칸, 난 네가 부러워. 고향이 얼마나 소중한지는 떠나온 사람만이 알 수 있는 거야. 나는 페르시아를 건설할 수 없어.

내 단검은 바쿠의 성벽에서 날카롭게 벼려졌거든."

바흐람은 슬픈 눈으로 나를 보았다.

"마즈눈."

그가 아랍어로 속삭였다. 사랑에 빠진 사람 혹은 미친 사람을 뜻하는 단어였다. 내 혈족답게 그는 내 비밀을 이미 알아차렸던 것이다. 나는 일어섰다. 홀에서는 귀족들이 황태자 앞에 머리 숙여 인사하고 있었다. 나는 손톱이 붉게 칠해진 황태자의 길고 여윈 손가락을 보았다. 아니, 나는 피르다우시의 시구나 허페즈가 내뱉는 사랑의 한숨, 혹은 사디의 인용문을 읊조리는 그런 사람은 아니었다.

나는 홀로 들어가 황태자의 손 위로 몸을 구부렸다. 황태자의 눈길은 위협받는 미래를 내다보듯 서글프고 공허했다. 나는 심란으로 향하면서 녹슨 대포들이 선 광장에 대해, 또 황태자의 지친 눈에 대해 생각했다. 니노의 순종적인 침묵과 탈출구 없는 종말의 수수께끼에 대해서도.

25

지도 위로 색색깔이 뒤엉켜 번쩍였다. 도시, 산맥, 강의 이름들이 뒤섞여 제대로 읽을 수가 없었다. 나는 소파 위에 지도를 길게 펼쳐 두고 손에는 작은 깃발들을 든 채 앉아 있었다. 앞에 놓인 신문에 나오는 도시와 산맥, 강 이름들도 지도 위와 마찬가지로 혼란스러웠다. 나는 신문과 지도 위에 몸을 구부리고 양쪽의 혼란을 꿰맞춰 보려고 애쓰는 중이었다.

우선 '엘리자베트폴(간자)'이라고 인쇄된 곳 옆의 작은 원 위로 초록 깃발을 놓았다. 그 마지막 다섯 글자는 산굴다크 산맥과 겹쳐 인쇄되어 있었다. 신문 기사에 따르면 간자의 변호사 파스 알리 칸이 아제르바이잔 자유 공화국을 선포했다고 한다. 간자 동쪽에 놓인 작은 초록 깃발들은 엔베르 파샤가 우리나라를 해방시키기 위해 보낸 군대를 표시하는 것이었다. 오른쪽에서는 누리 파샤의 군대가 아그다쉬를 향해 가고 있었다. 왼쪽으로는 무르살 파샤가 엘리수 계곡을 점령한 상태였다. 새로운 아제르바이잔 지원병 부대는 가운데에서 싸우고 있었다.

비로소 지도 위가 명확하게 이해되기 시작했다. 러시아가 점령한 바쿠 주위를 둘러싼 터키의 고리가 곧 완전히 이어질 것이었다. 작은 초록색 깃발들이 조금만 조정되고 나면 붉은 깃발은 바쿠라는 지역에 꼼짝없이 몰려 짓눌리게 될 상황이었다.

환관 자히아 쿨리는 내 뒤에 조용히 서서 대단한 흥미를 보이면서 괴상한 게임을 지켜보고 있었다. 색깔 요란한 종이 위로 작은 깃발들을 움직이는 것이 연금술사의 기이한 마술처럼 보이는 모양이었다. 어쩌면 원인과 결과를 거꾸로 생각해 내가 깃발을 옮김으로써 초능력을 발휘해 믿지 않는 자들로부터 고향 땅을 해방시키는 중이라고 여길 수도 있었다. 그는 내 비밀스러운 작업을 방해하려는 생각은 없었지만, 그의 임무를 다하기 위해 단조로운 목소리로 정기 보고를 하는 중이었다.

"나리, 제가 손톱을 헤나로 염색해 드리려 하자 그 여자는 헤나 통을 쳐서 뒤집어 버리고 저를 할퀴었습니다. 제일 비싸고 귀한 헤나를 사 왔는데도 말입니다. 아침 일찍 여자를 창가로 데려가 아주 살짝 머리채를 잡고 입을 벌려 보라고 했을 때는, 글쎄 오른손을 들어 제 왼쪽 뺨을 철썩 때리지 뭡니까? 치아 상태를 검사하는 것은 엄연히 제 임무인데 말입니다. 뭐, 따귀를 맞았다고 크게 아픈 것은 아니었지만 제 체면은 형편없이 구겨졌습니다.

또 나리, 제발 용서하십시오. 저는 그 여자 몸의 털을 깎을 엄두도 내지 못하겠습니다. 그 여자는 참으로 이상합니다. 부적은 다 거부하고, 아이를 보호하기 위한 방법도 어느 것 하나 실천하지 않습니다. 그러니 혹시 딸이 태어난다 해도 제게 화를 내지는 말아 주십시오. 나리, 그건 전부 니노 하눔 탓입니다. 제가 손을 댈 때마다 몸을 떠는 것을 보면 악령이 든 것이 분명합니다. 압둘 아심 사원 근처에 사는 노파 하나가 악령을 몰아내는 데 재주가 있다고 합니다. 이리로 한번 불러오면 어떨까 합니다.

생각을 해 보십시오. 그 여자는 아침에 세수를 할 때에도 찬물을 써서 피부를 망치고 있습니다. 이를 닦을 때에도 오른손 손가락에 향기 나는 연고를 묻히는 멀쩡한 방법을 놓아 두고 뻣뻣한 털을 사용하더군요. 그러다가는 잇몸에서 피가 날 겁니다."

나는 그 말을 귓전으로 흘려 버렸다. 환관은 거의 매일 방으로 찾아와 이런 식의 단조로운 보고를 했다. 그는 자기 임무를 완수하고 싶어 하는 정직한 사람이었기 때문에 정말로 마음이 많이 상해 있는 것 같았다. 니노는 장난기를 섞어, 하지만 끈질기게 매일같이 그와 전투를 벌였다. 쿠션을 집어 던지기도 하고, 히잡을 쓰지 않은 채 집 담장 위를 걸어 다니는가 하면, 환관이 준 부적을 창밖으로 던져 버리고 자기 방 벽에 그루지야 남자(!) 친척들 사진을 붙이기도 했다. 환관은 슬프고 두려운 표정으로 이 모든 것을 내게 보고했고, 저녁이면 니노가 내 앞에서 다음 날 전투 계획을 세웠다.

"어떻게 생각해, 알리 칸? 가느다란 호스를 끌어와 밤에 그 환관 얼굴에 물 세례를 퍼부으면? 아니면 고양이를 던져 주면 어떨까?"

니노는 생각에 잠겨 뺨을 문지르며 말하곤 했다.

"아냐. 매일같이 정원 분수 옆에서 체조를 해야겠다. 그 환관 한테도 체조를 시킬 테야. 요즘 점점 더 뚱뚱해지던걸. 아니면 더 좋은 방법도 있지. 죽어 버릴 때까지 간지럼을 태우는 거야. 실제로 간지럼을 타다가 죽는 사람도 있대. 그 환관은 아주 간지 럼을 잘 탈 것 같아."

그렇게 니노는 잠이 들 때까지 온갖 복수 계획을 세웠고, 다음 날이면 환관이 겁에 질려 보고를 해 왔다.

"나리, 니노 하눔이 분수 옆에서 팔다리를 몹시 괴상하게 움직 이면서 서 있습니다. 오, 주님! 정말 무섭습니다. 마치 뼈가 없는 듯 몸을 앞뒤로 구부립니다. 알지 못할 어떤 신에게 기도라도 올 리나 봅니다. 저한테도 그런 동작을 하라고 하더군요. 하지만 나 리, 저는 신실한 이슬람 교도입니다. 저는 오로지 알라 앞에서 만 먼지 속으로 몸을 던질 수 있습니다. 니노 하눔의 뼈가 괜찮을 지, 그리고 제 영혼이 무사할지 걱정 또 걱정입니다."

환관을 해고하는 것은 해결 방법이 아니었다. 그를 대신해 또 다른 환관이 들어와야 하기 때문이었다. 환관 없이는 집안 살림 이 돌아가지 않았다. 집안의 하녀들을 감독하고, 수입과 지출을 관리할 수 있는 사람은 오로지 환관뿐이었다. 욕망이 없고, 따라 서 매수되지도 않는 환관은 그런 일의 유일한 적임자였다. 그래 서 나는 아무 말없이 그저 바쿠 주위의 작은 초록 깃발들만 바라보았다. 자기 임무를 다하려고 애쓰는 환관이 헛기침을 했다.

"압둘아심 사원의 노파를 오라고 할까요?"

"아니, 왜? 자히아 쿨리?"

"니노 하눔에게 들어가 있는 악령을 쫓기 위해서죠."

나는 한숨을 쉬었다. 압둘아심 사원의 노파가 아무리 현명하다 해도 유럽의 영혼을 다스릴 수는 없을 것이었다.

"그럴 필요는 없다고 생각하네, 자히아 쿨리. 악령을 쫓는 방법은 나도 알고 있어. 적절한 때가 되면 모든 문제를 바로잡겠네. 하지만 지금은 내 모든 힘이 이 작은 깃발들에 집중되어야 해."

환관의 눈길에 호기심과 공포가 섞였다.

"초록 깃발이 붉은 깃발을 몰아내면 나리의 고향이 해방되는 거지요, 나리?"

"그렇다네, 자히아 쿨리."

"그럼, 저기 필요한 자리에 왜 초록 깃발을 놓지 않으시는 겁니까?"

"그럴 수가 없다네, 자히아 쿨리. 내 힘이 그 정도로 강하질 않아."

환관은 안타깝다는 표정으로 나를 보았다.

"신께 힘을 달라고 기도하십시오. 다음 주면 모하람 축제가 시작됩니다. 모하람 동안 신께 기도를 바치면 분명 필요한 힘을 주실 겁니다."

나는 지도를 접었다. 슬프고 당황스러웠다. 환관의 말을 듣고 있자니 온몸의 신경이 곤두섰다. 니노는 집에 없었다. 니노 부모님이 테헤란에 오셔서 작은 빌라를 세내 머물고 있었던 것이다. 니노는 그곳에서 오랜 시간을 보냈다. 다른 유럽인들도 만나는 모양이었지만 내게 그런 이야기를 하지는 않았다. 물론 그런 일이 있으면 속속 내 귀에도 들어왔다.

나는 니노를 위해 아무것도 모르는 척하는 중이었다. 환관은 내 지시를 기다리며 꼼짝 않고 서서 기다렸다. 나는 테헤란에 다니러 온 친구 사이드 무스타파를 생각했다. 모스크와 성인들의 무덤을 참배하며, 혹은 누더기를 걸친 수도사들과 토론을 벌이며 대부분의 시간을 보내는 그를 최근에는 거의 만나 보지 못했던 것이다.

"자히아 쿨리, 사이드 무스타파에게 가 보게. 세파레자 모스크 옆에 살고 있어. 우리 집에 방문해 주면 영광이겠다고 전하게."

환관이 가 버리고 나 혼자 남았다. 실제로 내 힘은 바쿠에 초록 깃발을 꽂을 정도에 이르지 못했다. 내 고향 어딘가에서 터키 군대가 싸움을 벌이고 있었고, 새로운 아제르바이잔의 깃발 아래 지원병 부대가 모이는 중이었다. 나는 새로운 깃발이 어떻게 생겼는지, 군사는 몇 명인지, 어떤 전투가 벌어지고 있는지 다 알고 있었다. 일리아스 벡이 그곳에 있었고, 나는 차가운 아침 공기 아래 그와 함께 전장에 나갈 날을 애타게 기다렸다.

하지만 전장으로 가는 길은 막혀 버렸다. 전쟁터로 가려면 건너야 하는 다리, 아라스 강을 가로지르는 넓은 다리에는 철조망이 쳐졌고 기관총으로 무장한 병사들이 포진했다. 샤의 나라는 등껍질 속에 들어간 달팽이처럼 숨어 버렸다. 시구 낭송과는 거리가 먼 그곳, 역겨운 전투와 사격만이 이어지는 그 위험한 구역 안으로 사람은 물론이고 쥐새끼나 파리 한 마리도 들어갈 수 없었다.

바쿠에서 많은 피난민이 넘어왔다. 그중에는 떠버리 아슬란 아가도 있었다. 그는 찻집에서 찻집으로 돌아다니며 터키의 승리를 알렉산더 대왕의 승리와 비교하는 기사를 써 댔다. 그런 기사 중 하나는 검열에 걸리기도 했다. 알렉산더를 찬양하는 것은 한때 알렉산더에게 정복당했던 페르시아를 은밀히 비하하는 셈이라고 억지 주장을 펴는 검열관이 있었던 것이다. 그날 이후 아슬란 아가는 스스로를 신념의 순교자라고 부르기 시작했다.

그는 나를 찾아와 바쿠를 지켜 내기 위해 내가 얼마나 영웅적으로 행동했는지를 과장하며 떠들었다. 그의 말대로라면 적군 몇 개 연대가 그저 알리 칸 손에 쓰러져 죽기 위해 내 기관총 옆을 지나간 셈이었다. 전투가 치열했던 당시, 그는 인쇄실 천장에 숨어 결국 낭독되지 못할 애국적 연설문을 작성하고 있었다고 했다. 그는 연설문을 읽어 주었고, 실제 전투에 참여한 영웅의 감정을 좀 들려 달라고 부탁했다. 나는 그에게 달콤한 과자를 잔뜩 먹여 돌려보냈다.

아슬란 아가가 떠난 자리에는 희미한 잉크 냄새와 두툼한 종이 뭉치만 남았다. 내가 영웅의 감정을 불어넣어 글을 써야 하는 종이였다. 나는 흰 종이들을 보며 니노의 슬프고 공허한 시선을 생각했고, 뒤죽박죽이 되어 버린 내 삶을 떠올린 후 펜을 들었다. 영웅의 감정을 기술하기보다는 니노와 나를 이 심란의 향기로운 정원, 니노가 미소를 잃어버린 곳으로 이끌었던 과정을 기록할 생각이었다.

그리하여 나는 길게 자른 대나무로 만든 페르시아 펜으로 글을 쓰기 시작했다. 학교에 다녔던 시절부터 일어났던 일들을 순서 대로 더듬어 가다 보니 옛일이 새록새록 떠올랐다. 문득 정신을 차려 보니 사이드 무스타파가 들어와 얽은 얼굴을 내 어깨에 대고 있었다.

"사이드, 내 삶은 엉망이 되어 버렸어. 전장으로 가는 길은 막혔고, 니노는 웃는 법을 잊어버렸어. 그리고 나는 피 대신 잉크를 흘리는 중이고. 난 어떻게 하면 좋지, 사이드 무스타파?"

내 친구는 아무 말도 않고 뚫어질 듯 나를 바라보았다. 검은 가운을 입은 그의 얼굴은 더욱 가늘어 보였다. 가냘픈 몸이 수수께끼의 무게에 눌려 구부러진 듯했다. 그는 자리에 앉아 입을 열었다.

"손으로는 아무것도 할 수 없어, 알리 칸. 하지만 인간에게는 손만 있는 것이 아니지. 내 옷을 보면 내가 하려는 말뜻을 알 수 있을 거야. 인간은 보이지 않는 존재의 지배를 받고 있어. 수수께끼에 부딪쳤을 때에야 그걸 깨닫게 되지."

"난 이해하지 못하겠어, 사이드 무스타파. 내 영혼은 고통받고 있어. 암흑 속에서 길을 찾는 중이라고."

"너는 세상을 향해 서 있어, 알리 칸. 정작 그 세상을 다스리는

306

보이지 않는 존재는 잊어버린 채로 말이야. 헤지라 680년에 예언자의 손자인 후세인은 카르발라 근처에서 적에게 쫓기고 있었어. 그는 구세주이자 신비로운 존재였지. 전능하신 주는 그의 피를 통해 태양이 뜨고 지는 것을 표시했어.

우리 시아파 교도, 시아 공동체를 통치한 것은 이맘 열두 명이었지. 그 첫 번째가 후세인이고, 그 마지막은 보이지 않는 이맘, 오늘날까지도 비밀스럽게 우리를 이끄는 이맘이야. 겉으로 보이는 것은 그 행하심뿐이지만 보이지 않는 이맘은 무적의 존재지. 난 떠오르는 해에서, 씨앗의 기적에서, 폭풍 치는 바다에서 그를 봐. 또 기관총의 굉음에서, 여인의 한숨에서, 몰아치는 바람에서 그 목소리를 듣지.

그 보이지 않는 존재는 시아파의 운명을 슬픈 것으로 정하셨어! 케르발라의 사막 모래에 떨어진 후세인의 피를 위해 슬피 울게 되는 거야. 한 해의 한 달은 그 슬픔에 바쳐야 해. 바로 모하람의 달이지. 누구든 고통받는 사람들은 모하람의 달에 울 수 있어. 모하람 열흘째, 순교자의 죽음을 기념하는 날에 시아파의 운명이 드러나지. 그것은 젊은 후세인이 자기 어깨 위에 졌던 고통이며, 동시에 그를 따르는 신심 깊은 이들이 기꺼이 짊어져야 하는 고통이야. 이 고통의 일부라도 지는 자는 그만큼의 축복을 받게 될 거야.

그래서 신심 깊은 사람은 모하람의 달에 스스로를 채찍질하고 자신에게 가하는 그 고통을 통해 세상의 복잡한 문제를 해결하면서 영광과 구원으로 이어지는 길을 찾게 되는 거야. 이것이 바로 모하람의 비밀이지."

"사이드!"

나는 지치고 짜증이 났다.

"나는 공포에 사로잡혀 어떻게 다시 우리 집이 행복을 찾을 수 있는지를 물었는데, 너는 기껏 학교에서 배웠던 종교 강의만 하는구나. 그럼, 내가 모스크로 달려가 내 등에 채찍질을 해야 한다는 거니? 난 신앙심도 깊고 종교 의무를 충실히 다하고 있어. 나도 보이지 않는 존재의 신비를 믿어. 하지만 내 행복의 길이 성후세인의 순교를 통해야 한다고 믿지는 않아."

"하지만 알리 칸, 난 그걸 믿어. 너는 내게 길을 물었고, 나는 네게 길을 보여 주는 거야. 다른 길은 알지 못하니까. 일리아스 벡은 간자의 전선에서 피를 흘리고 있어. 너는 간자로 갈 수 없지. 그러니 너는 보이지 않는 존재에게 네 피를 바쳐야 해. 그 존재는 모하람 열흘째에 네게 바로 그것을 요구하고 있어. 성스러운 희생이 무슨 소용이냐고 말하지 마. 이 눈물의 골짜기에 소용없는 것은 아무것도 없어. 일리아스 벡이 간자에서 하듯 너도 모하람 동안 고향을 위해 전투하도록 해."

나는 대답하지 않았다. 마차가 마당으로 들어왔다. 수정 창문을 통해 흐릿하게 니노의 얼굴이 보였다. 하렘의 문이 열렸고 사이드 무스타파는 서둘러 일어났다.

"내일 세파레자 모스크로 와. 다시 얘기해 보자고."

26

우리는 소파에 길게 누워 나르디 게임을 하고 있었다. 자개로 장식된 나르디 판 위에는 상아 말들이 가득 놓였다. 내가 니노에게 이 페르시아 게임을 가르쳐 준 이후, 우리는 금화, 귀걸이, 입맞춤, 태어날 아이의 이름 등 여러 가지 내기를 걸고 주사위를 던졌다. 이번에는 니노가 게임에 졌고, 약속한 대가를 치른 후 다시 주사위를 던졌다. 니노의 두 눈은 기대감으로 빛났고, 상아 말을 움직이는 손가락은 보석이라도 다루듯 조심스러웠다.

"난 완전히 파산해 버리겠는걸."

니노는 한숨을 쉬며 벌금으로 금화 여덟 개를 내놓았다. 그러고는 게임 판을 밀어 버리고 내 무릎을 베고 천장을 바라보며 깊은 생각에 잠겼다. 그날 니노는 마침내 벼르던 복수를 해냈다는 생각에 대단히 기분이 좋았다.

사건의 전말은 이랬다. 아침 일찍부터 집 안에 고통스러운 신음 소리가 울렸다. 니노의 원수인 자히아 쿨리가 잔뜩 부어오른

뺨을 감싸고 찌푸린 얼굴로 나타났다.

"지독한 치통입니다."

금방 자살이라도 해 버리고 싶다는 표정이었다. 니노의 두 눈이 승리감에 반짝였다. 니노는 환관을 창가로 데려가 입 안을 들여다본 뒤 눈썹을 추어올렸다. 그러고는 걱정스럽다는 듯 고개를 갸웃거리더니 튼튼한 실을 가져와 자히아 쿨리의 썩은 이를 묶고 실의 다른 쪽 끝은 열린 문손잡이에 감아 맸다.

"자, 가만 있어."

니노는 이렇게 말하고는 방문을 쾅 닫았다. 비명 소리가 울려 퍼졌고, 환관은 공포에 질려 바닥에 나뒹굴며 원호를 그리면서 문을 향해 날아가는 자기 이를 바라보았다.

"손가락으로 이를 닦은 탓에 이가 그렇게 망가진 것이라고 말 좀 해 줘, 알리 칸!"

나는 니노의 말을 그대로 통역했고, 자히아 쿨리는 바닥에서 자기 이를 주워들었다. 하지만 니노의 복수는 그것으로 끝나지 않았다.

"아직 다 끝난 것은 아니야. 이제 침대로 가서 여섯 시간 동안 뺨에 뜨거운 찜질을 해야 해. 그리고 최소한 일주일 동안은 절대 단것을 먹어서는 안 되고."

자히아 쿨리는 기진맥진한 모습으로 물러갔다.

"니노, 저 불쌍한 사람의 유일한 위안거리를 빼앗다니 부끄럽지 않아?"

내가 이렇게 말하자 니노는 "충분히 그런 처분을 받을 만해."라고 냉정하게 대답하면서 나르디 판을 가져왔던 것이다. 하지만 나르디 게임에서 니노가 패배함으로써 세상의 정의는 균형을 찾은 셈이었다.

니노는 위를 쳐다보며 손가락으로 내 뺨을 어루만졌다.

"바쿠는 언제쯤 해방이 될까, 알리?"

"한 두 주면 될 거야."

"열나흘이라."

니노가 한숨을 쉬었다.

"난 바쿠와 터키를 기다릴 수가 없어. 모든 것이 너무도 달라졌어. 넌 이곳을 좋아하지만, 난 매일같이 굴욕을 당하고 있어."

"굴욕을 당하다니, 무슨 뜻이야?"

"모두들 날 아주 비싸고 깨지기 쉬운 물건 다루듯 해. 내가 비싼지는 모르지만 난 깨지기 쉬운 존재도 아니고, 물건은 더더욱 아니야. 다게스탄 시절을 기억해 봐. 그때는 정말 모든 것이 달랐지. 난 이곳이 정말 싫어. 바쿠가 곧 해방되지 못한다면 어딘가 다른 곳으로 가야 할 것 같아.

이 나라가 그토록 자랑스러워하는 시인들에 대해 난 전혀 몰라. 하지만 후세인 축제일에 사람들이 자기 가슴을 할퀴고 단검으로 머리를 때리며 쇠사슬로 등을 친다는 건 알고 있어. 그런 끔찍한 장면을 보고 싶어 하지 않는 대부분의 유럽인들은 오늘 이 도시를 떠났지. 이런 상황이 너무 힘들어. 이곳에서 나는 어떤

311

사악한 힘을 느껴. 이성으로 설명할 수 없는 힘, 언제든 나를 공격할 수 있는 그런 힘 말이야."

니노의 부드러운 얼굴이 나를 올려다보았다. 그 눈은 어느 때보다도 깊고 어두웠으며 동공이 크게 확대되어 있었다. 자기 안을 들여다보는 듯한 시선이었다. 니노가 임신 중이라는 것은 오로지 그 눈에서 드러날 뿐이었다.

"니노, 두렵니?"

"뭐가?"

놀란 목소리였다.

"어떤 여자들은 두려워하지."

"아니."

단호한 대답이었다.

"난 두렵지 않아. 난 쥐나 악어, 시험이나 환관이 두려워. 하지만 그건 두렵지 않아. 아, 난 또 겨울에 감기 걸리는 것도 두려워."

나는 니노의 차가운 눈꺼풀에 입을 맞췄다. 니노가 자리에서 일어나더니 빗질을 했다.

"부모님을 보러 갔다 올게, 알리."

나는 고개를 끄덕였다. 키피아니 가족의 빌라에서는 하렘의 모든 규칙이 무시된다는 것을 너무도 잘 알고 있었지만 말이다. 공작은 그루지야 친구들과 유럽 외교관들을 초청했고, 니노는 손님들과 어울려 차를 마시고 영국식 비스킷을 먹으며 렘브란트에 대해, 또 동양 여자들의 문제에 대해 이야기를 나누곤 했다. 니노가 집을 나섰고, 나는 수정 창이 달린 마차가 마당을 벗어나는 모습을 보았다.

나는 혼자 남아 작은 초록 깃발에 대해, 나를 고향과 갈라놓고 있는 지도 위의 한 뼘에 대해 생각했다. 방 안은 서서히 어두워졌다. 니노가 남긴 희미한 향기는 여전히 소파의 부드러운 쿠션에 남아 있었다. 나는 바닥에 엎드려 손을 더듬거리며 묵주를 찾았다. 왼발에 검을 든 은색 사자가 벽에서 빛났다. 사자를 올려다보자 갑자기 자신의 나약함과 이 상황에 대한 절망감이 밀려왔다. 내 민족이 간자의 초원에서 피를 흘리며 죽어 가는 마당에 은색 사자의 그림자 아래 숨어 있다는 것은 부끄러운 일이었다.

결국 나 역시 물건에 불과했다. 값비싸고, 보호와 보살핌을 받는 물건, 영광스러운 작위를 얻고 우아한 고전적 표현으로 감정을 우아하게 표현해야 하는 운명의 존재, 그것이 바로 시르반시르였다. 나는 무력했고, 벽에 걸린 은색 사자는 나를 경멸하듯 미소를 지었다. 아라스 강 위의 다리는 막혀 버렸고, 페르시아를 벗어나 니노의 영혼으로 갈 수 있는 다른 길은 없었다.

묵주를 움켜쥐었다. 아차, 하는 순간에 줄이 끊어졌고, 호박으로 만든 묵주 알들이 바닥에 쏟아졌다. 저녁 노을을 뚫고 멀리서 탬버린으로 박자를 맞추는 소리가 들려왔다. 보이지 않는 존재가 보내는 경고의 소리처럼 위협적이면서도 어쩐지 마음을 끌어당기는 박자였다.

나는 창가로 갔다. 먼지 나는 길이 그날의 마지막 햇살을 받으며 누워 있었다. 북소리가 조금씩 가까워졌고, 딱딱 끊어지는 함성 소리, 영원히 반복될 것만 같은 "샤—세……와—세—샤 후세인……우 후세인!" 하고 외치는 소리도 함께 들렸다.

　이윽고 모퉁이를 돌아 행렬이 모습을 드러냈다. 사람들의 머리 위로 금빛이 휘황한 커다란 깃발 세 개가 솟아 있었다. 첫 번째 깃발에는 금색 글씨로 예언자의 친구 이름인 '알리'가 새겨졌다. 두 번째 깃발은 검은 벨벳 바탕에 왼쪽 손바닥의 윤곽이 그려져 있었다. 예언자의 딸인 파티마의 손, 축복과 거부의 손길을 의미하는 것이었다. 마지막 세 번째 깃발에는 커다란 글씨로 '후세인'이라는 단어가 새겨졌다. 예언자의 손자로 순교자이자 후계자의 이름이었다.

　행렬은 천천히 길을 따라 움직였다. 제일 앞줄은 슬픔을 의미하는 검은 가운 차림에 무거운 쇠사슬로 어깨를 내리쳐 등의 맨살이 피투성이인 독실한 참회자들이었다.

　다음으로는 건장한 사내들이 넓게 반원을 이루며 두 발짝 앞으로 내딛었다가 한 발짝 물러서기를 반복하며 "샤—세……와—세……."를 외치고 있었다. 외칠 때마다 각자 주먹으로 벗은 가슴을 쾅쾅 쳐 댔다. 녹색 허리띠로 신분을 드러낸 예언자의 후계자들이 머리를 숙이고 뒤따랐다.

　그다음으로는 죽음을 뜻하는 흰 가운을 입은 모하람 순교자들이 손에 단검을 들고 말없이 걸었다. "샤—세……와—세……."

소리가 울릴 때마다 단검이 번쩍이며 머리 위를 쳤다. 순교자의 가운은 피로 물들었다. 쓰러져 친구들 손에 실려 나가는 사람도 있었지만 그 입술에는 행복에 겨운 미소가 어려 있었다.

나는 창가에 서 있었다. 갑자기 걷잡을 수 없는 낯선 감정이 북받쳤다. 바깥에서 들려오는 외침이 내 영혼을 뒤흔들었고 철저히 복종하고 싶다는 욕구가 솟아났다. 나는 길바닥에 떨어진 핏방울을 보았고 탬버린 박자에 맞춘 해방의 소리를 들었다. 바로 그것이 보이지 않는 자의 신비였고, 구세주의 은총으로 가는 슬픔의 문이었던 것이다. 나는 파티마의 손을 보았고 보이는 세상은 모두 내게서 밀려났다.

다시 한 번 둥둥거리는 북소리가 울렸다. 갑자기 그 야성의 리듬이 내 안에서 느껴졌다. 나는 행렬에 섞여 들어갔다. 어깨가 떡 벌어진 건장한 사내들과 함께 걸으며 주먹으로 가슴을 쾅쾅 쳤다. 얼마 후 나는 모스크의 차가운 어둠을 몸으로 느꼈고 이맘의 슬픈 외침 소리를 들었다. 누군가 내 손에 쇠사슬을 쥐어 주었고, 뒤이어 내 등에서 타는 듯한 아픔이 느껴졌다.

몇 시간이 흘렀다. 내 앞으로 넓은 광장이 펼쳐졌고 내 목에서는 거칠지만 기쁨에 찬 외침 "샤—세……와—세……."가 흘러나왔다. 얼굴이 뭉개진 수도사가 내 앞에 섰다. 여윈 살가죽 아래 갈비뼈가 드러나 보였다. 기도하는 이들의 눈동자 수천 개가 황홀경 속에서 앞을 응시했다. 군중들이 노래를 불렀다. 광장을 가로질러 피투성이 안장을 단, 젊은 후세인의 말이 걸어왔다. 얼굴이 뭉개진 수도사가 갑자기 높고 긴 소리를 질렀다. 들고 있던 구리 밥그릇을 던져 버리고 그는 말발굽 아래 몸을 던졌다.

나는 비틀거렸다. 힘센 주먹들이 벌거벗은 가슴을 내리쳤다.

"샤—세……와—세……."

군중들은 기쁨에 넘쳐 크게 외쳤다. 흰 가운이 온통 피로 물든 남자 하나가 실려 나갔다. 저 멀리서 어둠을 뚫고 수많은 횃불이 다가와 행렬을 이끌었다. 나도 뒤를 따랐다.

그러다 정신을 차려보니 나는 다시 모스크 앞에 앉아 있었다. 둥글고 높은 모자를 쓴 주위 사람들 눈에는 눈물이 가득 괴어 있었다. 누군가 젊은 후세인의 노래를 부르기 시작했고, 그것은 얼마 안 가 흐느낌으로 바뀌었다. 나는 일어섰다. 군중은 뒤로 물러섰다.

밤공기가 차가웠다. 우리는 관청 건물을 지났다. 지붕 위 깃대에서 검은 깃발이 펄럭였다. 끝없는 횃불 행렬은 별빛을 반사하는 강물 같았다. 지붕 위에는 사람들이 발디딜 틈도 없이 몰려 서 있었다. 수의를 입힌 사람 형체가 모퉁이를 돌아 나타났다. 어느 나라 것인지 모를 영사관 문 앞에 총검을 든 병사들이 보초를 서고 있었다. 낙타 대상 행렬이 기도에 몰두한 사람들 옆을 지나갔다. 애조 띤 소리가 높아졌고, 여자들은 달빛 아래에서 팔다리에 경련을 일으키며 바닥에 쓰러졌다.

성 후세인의 가족들이 낙타 위 의자에 앉아 있었다. 그 뒤로 냉혹한 칼리프 예시드가 검은 말을 타고 왔다. 성 후세인을 살해한 그 칼리프는 얼굴을 사라센 복면으로 가리고 있었다. 그의 모습이 보이자 광장을 가로질러 돌멩이들이 날아가기 시작했다. 하지만 복면을 맞추지는 못했다. 칼리프는 말을 빠르게 몰아 나스르 앗 딘 샤 전시관 마당으로 숨어 버렸다. 내일이면 성 후세인의 수난극이 시작될 것이었다.

우리는 황제의 궁전 앞 다이아몬드 문에 다다랐다. 깃대 중간쯤에 검은 깃발이 펄럭이고 있었다. 궁전 경호병인 바하두르들은 슬픔을 나타내는 검은 옷을 입고 고개를 숙인 채 서 있었다. 황제는 그곳에 없었다. 바가샤의 여름 궁전에 머무르는 중이었다. 군중들은 알라 앗다울라 거리로 몰려 갔고, 갑자기 나 혼자 캐논 광장에 남았다.

녹슨 포신들이 무표정하게 나를 바라보았다. 채찍이 수천 번 내리쳐진 몸이 갈기갈기 찢어진 듯 아팠다. 어깨를 만져 보았더니 흘러내린 피가 두껍고 딱딱하게 굳어 있었다. 눈앞에서 광장 풍경이 흐릿해졌다. 초점이 좀 돌아왔다 싶었을 때 빈 마차가 보였다. 마부는 이해와 동정이 섞인 시선으로 나를 바라보았다.

"제비똥을 기름에 섞어 상처에 붙여 보시오. 아주 잘 듣는다오."

그런 일에는 훤하다는 듯 자신 있는 조언이었다. 나는 녹초가 되어 마차 좌석에 쓰러졌다.

"심란, 시르반시르 궁전으로 가 주시오."

마부는 채찍을 휘둘렀고 마차는 울퉁불퉁한 길을 따라 움직이기 시작했다. 마차꾼은 연신 내 쪽을 돌아보더니 "아주 신심이 깊은 모양이구려. 나를 위해서도 기도해 주시구려. 난 시간도 없고 일도 해야 해서 당신처럼 할 수는 없소. 내 이름은 소르합 유수프라오."라고 말했다.

니노의 얼굴 위로 눈물이 비오듯 흘렀다. 니노는 소파에 앉아 팔짱을 낀 채 얼굴을 가리지도 않고 울고 있었다. 입이 약간 벌어지고 입 양끝은 아래쪽으로 당겨졌으며, 뺨과 코 사이에 깊은 주름이 생겨났다. 니노는 딱 한 번 흐느끼더니 작은 몸을 마구 떨었다. 한마디도 하지 않고 그저 굵은 눈물만 뚝뚝 떨어뜨렸다.

나는 니노의 슬픔에 마음이 갈기갈기 찢겨 그저 망연자실 서 있었다. 니노는 움직이지도, 눈물을 닦아 내지도 않았다. 그 입술은 가을 바람에 흔들리는 나뭇잎처럼 마구 떨렸다. 손을 잡아 보았더니 생명이 없는 것처럼 차갑게 오그라들어 있었다. 젖은 눈에 입을 맞춰 주어도 니노는 공허한 눈길로 나를 볼 뿐이었다.

"니노, 대체 왜 그래?"

내가 물었다. 니노는 손을 들어 자기 입에 가져다 댔다. 잠시 후 니노가 내린 손등에는 이 자국이 분명하게 찍혀 있었다.

"네가 미워, 알리 칸."

두려움에 가득 찬 목소리였다.

"니노, 너 아픈 거야?"

"아니, 네가 미워."

니노는 아랫입술을 깨물었다. 니노의 눈빛은 다친 아이의 눈빛 같았다. 니노는 공포에 질린 눈으로 다 찢어진 내 옷과 붉은 핏자국이 선명한 어깨를 보았다.

"왜 그러는 거야, 니노?"

"네가 미워."

니노는 소파 구석으로 기어가 무릎을 세운 뒤 거기 얼굴을 파묻었다. 눈물은 멈췄다. 니노는 슬픈 눈길로 마치 모르는 사람처럼 고요하게 나를 보았다.

"내가 무엇을 했기에, 니노?"

"넌 네 영혼을 보여 주었어, 알리 칸."

무미건조하면서도 꿈꾸는 듯 부드러운 목소리였다.

"나는 부모님 댁에 있었어. 차를 마시는 중이었지. 네덜란드 공사가 캐논 광장에 있는 자기 관저로 우리를 초대했어. 동양에서 가장 야만적인 관습을 보여 주겠다고 했지. 창가에 서서 밖을 내다보니 광신도들이 무리 지어 지나가고 있었어. 탬버린 소리를 듣고 또 그 야만적인 얼굴을 보고 있자니 기분이 언짢았어.

공사는 '스스로에게 채찍을 때리는 광란의 행렬이군요.'라고 말하며 창문을 닫으려 했어. 땀 냄새와 먼지가 들어오지 않도록 말이야. 그때 갑자기 괴성이 울리며 한 수도사가 말발굽 아래로 뛰어들었지. 공사는 손을 들어 어딘가를 가리켰어. '저건 혹시……'

말을 채 끝맺지도 못했지. 가리키는 곳을 보았더니 자기 가슴을 때리고 자기 등에 채찍질을 하는 사람이 보였어. 그건 바로 너, 알리 칸이었어! 난 부끄러웠어. 그런 광신도 야만인의 아내라는 게 죽고 싶을 정도로 부끄러웠다고. 난 너를 지켜보면서 공사의 동정 어린 눈길을 느꼈지.

그다음에는 차를 마셨던 것 같아. 아니면 저녁을 먹었는지도 모르고. 난 그저 쓰러지지 않고 버텨야 한다는 생각뿐이었어. 난 우리 사이에 가로놓인 심연을 본 거야. 알리 칸, 젊은 후세인이 우리 행복을 파괴해 버렸어. 난 네가 광신도 야만인이라는 것을 알았고, 앞으로 영원히 널 그렇게 생각할 거야."

니노는 고통받고 상처 입은 모습으로 말없이 앉아 있었다. 내가 고향을 찾고 보이지 않는 존재와 화해하려 했다는 이유로 말이다.

"이제 어떻게 해야 하지, 니노?"

"나도 모르겠어. 우리는 두 번 다시 행복할 수 없어. 난 멀리 떠나고 싶어. 다시 네 얼굴을 똑바로 쳐다볼 수 있는 곳으로, 캐논 광장의 미친 사람들을 보지 못하는 곳으로. 날 보내 줘, 알리 칸."

"어디로 갈 건데, 니노?"

"모르겠어."

니노의 손가락이 상처 입은 내 등을 어루만졌다.

"왜, 대체 왜 그렇게 한 거야?"

"너를 위해서야, 니노. 하지만 넌 이해하지 못할 거야."

"이해 못해."

니노가 쓸쓸하게 대답했다.

"난 멀리 가 버리고 싶어. 너무 피곤해, 알리. 아시아는 끔찍해."

"날 사랑해?"

"그래."

니노는 절망적으로 대답하고는 힘없이 두 손을 자기 무릎 위로 떨어뜨렸다. 나는 니노를 안고 침실로 들어갔다. 옷을 벗겨 주었더니 니노는 두려움에 질려 헛소리를 했다.

"니노, 몇 주만 더 있으면 돼. 그럼 우리는 바쿠로 돌아갈 거야."

니노는 지친 듯 고개를 끄덕이고는 눈을 감았다. 잠들면서 니노는 내 손을 잡아 자기 갈비뼈 위에 댔다. 나는 손바닥을 통해 니노의 심장 박동을 느끼면서 오랫동안 그렇게 앉아 있다가 옷을 벗고 니노 옆에 누웠다. 니노의 몸은 따뜻했다. 니노는 왼쪽으로 누워 무릎을 올리고 머리를 이불에 묻은 채 아이처럼 누워 있었다.

다음 날 니노는 아침 일찍 일어나 옆에 누운 나를 넘어 욕실로 갔다. 그리고 오랫동안 물소리를 내며 시간을 끌었고, 내가 들어가지 못하게 했다. 욕실에서 나온 후에도 한참 내 눈길을 피하더니 연고가 담긴 작은 접시를 들고 와서는 가만가만 내 등에 발라 주었다.

"날 때려 줘, 알리 칸."

니노는 착한 어린 소녀처럼 말했다.

"그럴 수가 없어. 어제 하루 종일 나를 때렸더니 기운이 하나도 없는걸."

니노가 연고 그릇을 놓았고 환관이 차를 가지고 왔다. 니노는 서둘러 차를 마시면서 말없이 당황한 표정으로 정원을 내다보았다. 갑자기 니노는 내 눈을 똑바로 바라보며 말했다.

"소용없어, 알리 칸. 난 네가 미워. 우리가 페르시아에 있는 한 널 계속 미워할 거야. 나도 어쩔 수 없어."

우리는 자리에서 일어나 마당으로 나갔고, 분수 옆에 말없이 앉아 있었다. 공작새가 눈앞에서 행진을 했고, 아버지의 마차가 궁전에서 남자들만 지내는 구역의 뜰 안으로 시끄럽게 들어왔다. 니노는 흘깃 나를 보며 작은 소리로 말했다.

"그래도 내가 미워하는 사람하고 함께 주사위를 던질 수는 있어."

내가 나르디 판을 가져왔다. 우리는 슬프고 힘없이 주사위를 던지기 시작했다. 그러고는 분수 가에 몸을 굽히고 물 위에 비친 우리 얼굴을 쳐다보았다. 니노가 손을 담그자 물결이 일어 우리 얼굴이 일그러졌다.

"슬퍼하지 마, 알리 칸. 내가 미워하는 건 네가 아니라 이 이상한 나라와 이상한 사람들이야. 집으로 돌아가면 다 지나갈 일이야. 돌아가기만 하면……."

니노가 얼굴을 물속에 담갔다. 그리고 다시 얼굴을 올리자 맑은 물방울이 뺨에서 턱으로 굴러 떨어졌다.

"틀림없이 아들일 것 같아. 아직 칠 개월이나 남긴 했지만."

니노는 자랑스럽다는 표정이었다. 그렇게 하여 태양이 이글거리는 아제르바이잔 평원을 지나 고대 도시 바쿠로, 이미 적들의 점령으로 고통받고 유정탑으로 고문받아 온 그 땅으로 행진해 가는 부대가 우리의 운명을 좌우하게 되었다. 나는 니노의 얼굴에서 물기를 닦아 주고 차가운 뺨에 입을 맞추었다. 니노가 미소를 지었다.

성 후세인의 북소리가 먼 곳에서 다시 들려왔다. 나는 니노의 손을 잡고 서둘러 집 안으로 데리고 들어와 축음기를 최대한 크게 틀었다. 구노의 〈파우스트〉 중 '황금의 아리아'가 귀가 멍멍할 정도로 울려 퍼졌다. 그것은 분명 내가 들은 것 중에 가장 큰 음악 소리였다. 니노가 공포에 몸을 떨며 내게 매달려 있는 동안 "샤—세……와—세…….” 하는 고대의 외침은 유럽 악기 소리에 묻혀 버렸다.

27

페르시아에 가을이 찾아온 처음 며칠 동안 엔베르 파샤의 군대
는 바쿠를 탈환하기 위해 행진해 들어갔다. 시장, 찻집, 그리고
관청을 통해 뉴스가 들려왔다. 최후까지 도시에 남아 있던 러시
아 군인들은 굶주리고 헐벗은 모습으로 페르시아와 투르키스탄
항구에 내렸다. 패잔병들은 붉은 바탕에 흰 초승달이 그려진 깃
발이 옛 성곽에 내걸려 휘날리고 있다고 전했다.

아슬란 아가는 테헤란 신문에 터키의 바쿠 탈환 소식을 과장되
게 떠들어 대는 기사를 실었고, 아사드 앗 살타네 아저씨는 그 신
문을 금지시켰다. 그런 기사가 영국인들 입장을 유리하게 만들
것이라 판단되기도 했고, 또 아저씨는 터키인들을 싫어했기 때
문이기도 했다. 아버지는 총리를 만나러 갔고, 총리는 잠시 머뭇
거린 끝에 바쿠와 페르시아 사이의 항로 재개를 허락했다. 우리
는 엔셀리로 가서 수많은 다른 피난민들과 함께 증기선 '나스르
앗 딘'에 몸을 싣고 해방된 고향으로 향했다.

바쿠 부두에는 높은 털모자를 쓴 군인들이 나와 있었다. 일리아스 벡이 검을 들어 올리며 경례를 했고, 터키 군 장교가 부드러운 이스탄불 사투리를 최대한 우리 방식으로 거칠게 만들려 애쓰면서 연설을 했다.

우리는 완전히 파괴되고 약탈당한 집으로 돌아갔고, 이후 한참 동안 니노는 가정주부 역할에만 충실했다. 목수와 한참 상의를 하기도 하고, 가구점들을 이 잡듯 돌아다녔으며, 얼굴을 찌푸린 채 생각에 잠겨 방 크기를 이리저리 재기도 했다. 건축가와 몇 차례 만나는가 싶더니 곧 집 안은 일꾼들이 작업하는 시끄러운 소리와 페인트, 나무, 회반죽 냄새로 가득 찼다.

복잡하고 정신없는 상황 한가운데에는 전권을 쥐고 눈을 반짝이는 니노가 있었다. 가구나 벽지, 그 밖의 집 안 꾸미기 모두가 니노의 결정 사항이었다. 어느 날 저녁 니노는 살짝 눈치를 보면서, 하지만 행복한 표정으로 말했다.

"당신의 니노에게 화내지 말아요, 알리. 동양식 소파 대신에 침대, 진짜 침대를 주문했어요. 벽에는 밝은색 벽지를 바를 거예요. 바닥 치수에 딱 맞는 카펫도 주문했고요. 아이 방은 온통 흰색으로 꾸미려 해요. 모든 것이 페르시아 하렘과는 전혀, 전혀 다른 모습이 될 거예요."

니노는 내 목에 팔을 두르고 내 뺨에 얼굴을 비볐다. 마음 한구석이 꺼림직했던 모양이었다. 그러더니 니노는 얼굴을 한쪽으로 돌리고 입술 사이로 작은 혀를 내민 후 혀끝을 코에 가져다 대려는 듯 말아올렸다. 시험이 있거나 의사를 만나러 가거나 장례식에 갔을 때 등 곤란한 상황에 처할 때면 늘 나오는 버릇이었다.

나는 모하람 때를 생각했고, 니노가 하고 싶은 대로 내버려 두었다. 물론 카펫을 밟고 다니고 유럽식 식탁에 앉아야 한다는 것이 서글프기는 했지만 말이다. 사막이 한눈에 들어오는 평평한 옥상이 그대로 남는다는 점이 유일한 위로였다. 니노는 옥상은 전혀 손을 대지 않았다. 모르타르 먼지와 소음이 온 집을 가득 채웠다.

나는 아버지와 함께 옥상에 앉아 있었다. 니노가 하듯이 고개를 한쪽으로 돌리고 혀를 입 밖으로 내민 내 모습은 죄책감을 반영한 것이었다. 아버지가 부드럽게 말씀하셨다.

"본래 다 그런 거다, 알리 칸. 집은 여자의 공간이야. 니노는 페르시아에서 잘 처신했다. 절대 쉽지 않았을 텐데도 말이야. 그러니 이제 네 차례다. 내가 했던 말을 잊지 말아라. 바쿠는 이제 유럽의 일부이다. 영원히 그럴 게다! 어둡고 차가운 방과 벽에 걸린 붉은 카펫은 페르시아의 것일 뿐이야."

"그럼, 아버지는요?"

"나 역시 페르시아의 것이다. 네 아이 얼굴만 보고 난 돌아갈 테다. 심란의 집에 살면서 그곳까지 흰 벽과 침대가 들어올 날을 기다려 볼 생각이다."

"전 여기 있어야 해요, 아버지."

아버지는 고개를 끄덕였다.

"알고 있다. 넌 이 도시를 사랑하지. 니노도 유럽을 좋아하고. 하지만 난 새 국기가 싫다. 새로운 나라를 만들기 위한 소란도, 신을 부정하는 분위기도 싫어."

조용히 고개를 떨군 아버지의 모습은 삼촌인 아사드 앗 살타네와 놀랍도록 비슷했다.

"난 이제 늙었다, 알리 칸. 이런 새로운 것들을 견딜 수 없구나. 넌 젊고 용감하니 여기 있어야 한다. 새로운 나라 아제르바이잔이 너를 필요로 할 것이다."

어둠이 내리기 시작했을 때 나는 거리를 돌아다녔다. 모퉁이마다 무표정한 터키 순찰대가 꼿꼿하게 서 있었다. 말을 붙였더니 이스탄불의 모스크며 타틀리수의 여름밤에 대해 이야기를 늘어놓았다. 예전 총독 저택 위에는 새로운 국기가 펄럭였다. 우리 학교가 의회로 사용되었다. 옛 시가지에서는 매일 멋진 파티가 열렸다. 변호사 출신으로 신임 총리가 된 파스 알리 칸은 새로운 법령을 만들어 냈고, 러시아인들을 몽땅 죽여 버리고 싶어 했던 알리 아사둘라의 형 미르자 아사둘라가 외무 장관이 되어 이웃 국가들과의 조약에 서명을 했다.

나 역시 우리나라의 변신에 열광했다. 정치적 독립이라는 낯선 감정이 나를 뒤흔들었다. 나는 새로운 군대 제복, 새로운 법령이 좋았다. 평생 처음으로 진정한 내 나라에 살고 있다는 느낌이었다. 러시아인들은 살금살금 옆으로 지나갔고, 학교 선생님들은 공손하게 인사를 해 왔다. 클럽의 오케스트라는 저녁 내내 우리 음악만 연주했고 모자를 벗지 않아도 되었다.

그곳에서 일리아스 벡과 나는 전선에서 돌아왔거나 전선으로 향하는 터키 장교들을 즐겁게 해 주었다. 그들은 바그다드 포위에 대해, 시나이 사막을 통과하는 행군에 대해 이야기했다. 그들은 트리폴리스의 모래 언덕도, 갈리시아의 진흙 길도, 아르메니아 산맥의 눈보라도 알고 있었다. 그들은 예언자의 규율을 아무렇지도 않게 무시하며 샴페인을 마셨고, 엔베르 파샤에 대해, 그리고 터키 혈통의 모든 민족을 통일하여 장차 만들게 될 투란 제국에 대해 말했다.

나는 경탄과 존경에 가득 차 그들의 단어 하나하나를 받아들였다. 그림자처럼, 또 잊히지 않는 아름다운 꿈처럼 그 모든 것이 비현실적으로 여겨졌다. 대대적인 행진도 펼쳐졌다. 군악대가 도시 전체를 누볐다. 수많은 훈장을 단 엔베르 파샤가 말을 탄 채 줄지어 선 병사들 앞을 지났고 새로운 국기에 경례를 했다. 우리는 자랑스러움과 고마움에 가슴이 벅찼고 시아파와 수니파 사이의 모든 갈등을 잊어버렸다. 파샤의 야윈 손에 입을 맞추고 오스만 칼리프를 위해 기꺼이 죽을 수 있을 것 같았다.

하지만 사이드 무스타파는 혼자 멀찌감치 떨어져 불만과 혐오로 가득한 표정을 짓고 있었다. 파샤의 옷을 뒤덮은 별과 반달 문양 사이로 불가리아의 군대를 상징하는 십자가가 보였던 것이다. 그는 이민족 종교의 상징이 이슬람 교도의 가슴에 붙어 있다는 데 분노했다.

행진이 끝난 후 나는 일리아스, 사이드와 함께 해안 산책로에 앉았다. 가을 낙엽이 떨어지고 있었다. 우리는 새로운 국가의 기본 이념에 대해 격렬한 논쟁을 벌였다. 간자에서의 전투 경험, 젊은 터키 관리와의 대화, 그리고 자신의 전쟁 경험을 토대로 일리아스 벡은 우리가 러시아의 또 다른 침공에서 벗어날 길은 가능한 한 빨리 유럽식 개혁을 단행하는 것이라고 확신했다.

"성채와 거리를 건설하고 모든 것을 혁신하되, 변함없이 신실한 이슬람 교도로 남아 있자는 거야. 그건 분명 가능하다고!"

흥분한 탓에 그의 목소리가 커졌다. 사이드는 눈썹을 찌푸렸다. 지친 눈길이었다. 그는 냉정한 어조로 말했다.

"한 발짝만 더 나가 생각을 해 봐, 일리아스 벡. 그건 마치 포도주를 마시고 돼지고기를 먹으면서 신실한 이슬람 교도로 남을 수 있다고 말하는 셈이야. 이미 오래전부터 유럽인들은 포도주와 돼지고기가 건강에 좋다는 점을 알아냈지. 물론 그렇게 먹고 마시면서도 신실한 이슬람 교도가 될 수 있을지도 몰라. 하지만 천국의 문에 선 대천사는 그 말을 믿지 않을걸."

일리아스가 웃었다.

"물론 행진을 하는 것과 돼지고기를 먹는 것은 다른 일이야."

"하지만 돼지고기를 먹는 것과 포도주를 마시는 것은 다른 일이 아니지. 터키 장교들은 공개된 장소에서 포도주를 마셔. 게다가 군복에는 십자가를 꽂고 말이야."

나는 친구들의 말을 다 들은 후 말했다.

"사이드, 침대에서 잠자고 나이프와 포크를 사용해 밥을 먹더라도 훌륭한 이슬람 교도가 될 수 있을까?"

사이드가 다정한 미소를 지었다.

"너는 언제까지나 훌륭한 이슬람 교도로 남을 거야. 난 모하람 날에 널 보았어."

나는 입을 다물었다. 일리아스 벡이 모자를 뒤로 젖혔다.

"너희 집이 완전히 유럽식이라는 게 사실이야? 현대식 가구를 들여놓고 밝은색 벽지도 바른다면서?"

"그래, 사실이야, 일리아스 벡."

"좋은 일이야."

단호한 말투였다.

"이제 바쿠는 수도야. 외국 대표들이 우리나라를 방문했을 때 초대할 곳이 있어야 해. 또 외교관 아내들을 상대로 대화할 수 있는 숙녀도 필요하고. 알리 칸, 넌 바로 그런 아내를 둔 거야. 딱 알맞은 집을 가진 거고. 넌 외교부에서 일을 해야 해."

나는 웃음이 나왔다.

"일리아스, 넌 마치 경주마를 품평하듯 내 아내와 집, 그리고 나를 평가하고 있구나. 내가 국익을 위해 집을 개조하기라도 한다는 말이니?"

"당연히 그래야지."

일리아스 벡이 강한 목소리로 대답했다. 갑자기 그가 옳다는 깨달음이 들었다. 뜨거운 햇볕이 내리쬐는 메마른 아제르바이잔

330

땅에서 새로 생겨난 나라가 잘 자라날 수 있도록 모든 사람, 모든 것이 최선을 다해야 한다는 깨달음 말이다.

나는 집으로 갔다. 니노는 마루를 까는 문제에 대해서도, 유화 작품을 사들이는 데 대해서도 내가 반대하지 않는다는 것을 알고 행복하게 웃었고, 페카푸르 샘 근처 숲에서 어느 밤에 그랬듯 두 눈을 반짝거렸다.

그즈음 나는 자주 사막으로 나가 모래 먼지를 뒤집어쓴 채 몇 시간씩 앉아 있었다. 서쪽으로 해가 질 때면 사막은 피의 강처럼 붉었다. 터키 군이 나를 스쳐 지나갔다. 하지만 이제 장교들의 얼굴은 긴장되어 있었고 심각했다. 새로운 나라가 건설되는 소음 때문에 우리는 세계대전이나 먼 곳의 총소리를 듣지 못했다. 하지만 멀고 먼 어딘가에서는 터키의 동맹인 불가리아 군이 적들의 맹공에 못 이겨 퇴각하고 있었다. 터키 군인들은 "구멍이 뚫린 거지. 전선을 다시 복구하기란 불가능해."라고 말한 뒤 샴페인을 마시느라 조용해졌다.

전황 소식은 아주 가끔 들려올 뿐이었지만 그 위력은 번개와도 같았다. 등이 굽고 눈을 내리깐 남자 하나가 영국의 전선 아가멤논 호를 타고 멀리 떨어진 항구 무드로스에 왔다고 했다. 전쟁을 멈추기 위해 오스만 제국의 칼리프가 전권을 주고 파견한 일명 '바다의 제왕' 후세인 레우프 베이였다. 그는 탁자에 앉아 종이에 서명을 했고, 그때까지 우리 도시를 다스리고 있던 엔베르 파샤의 눈에는 눈물이 고였다.

다시 한 번 바쿠의 거리에는 투란 왕국의 노래가 요란했지만 이번에는 어쩐지 장송곡 같았다. 정복을 차려입고 흰색 양가죽 장갑을 낀 엔베르 파샤는 말 위에 꼿꼿이 앉은 채 다시 한 번 병사들 앞을 지나갔다. 터키인들의 얼굴은 무덤덤하고 표정이 없었다. 성스러운 오스만 가문의 깃발이 올라갔고, 드럼 소리가 울리는 가운데 엔베르 파샤는 흰 장갑 낀 손을 들어 경례했다. 그리고 병사들은 줄지어 도시를 빠져나갔다. 그 뒤로는 이스탄불의 모스크나 보스포러스의 멋진 궁전들, 그리고 예언자의 망토를 걸친 과거 칼리프들을 그린 그림만 남았다.

며칠 후 해안 산책로에 서 있는데, 나르긴 섬 뒤쪽에서 영국 점령군을 태운 배들이 나타났다. 영국군을 이끄는 장군의 눈은 푸르고, 콧수염은 말끔하게 다듬어져 있었으며, 손은 크고 넓었다. 뉴질랜드, 캐나다, 오스트레일리아에서 온 사람들이 도시를 뒤덮었다. 우리의 새로운 국기 옆에 영국기가 나란히 걸렸고, 파스알리 칸은 내게 전화를 걸어 외교부로 와 달라고 했다. 외교부에 도착하니 그는 안락의자에 몸을 깊이 묻고 있었다. 날카로운 눈이 나를 바라보았다.

"알리 칸, 어째서 아직도 조국을 위해 봉사하지 않는 건가?"

나는 어떻게 대답해야 할지 몰랐다. 그래서 책상 위에 있는 두꺼운 서류철을 바라보며 작은 소리로 말했다.

"전 전적으로 조국에 속한 몸입니다. 언제든 봉사할 마음이 있습니다."

"자네는 외국어를 익히는 데 탁월한 능력을 가졌다면서? 영어를 배우는 데에는 얼마나 걸리겠나?"

나는 약간 당황해서 미소를 지었다.

"파스 알리, 저는 영어를 배울 필요가 없습니다. 이미 할 줄 아니까요."

이 말을 듣자 커다란 머리를 의자에 기댄 총리가 처음으로 미소를 지었다. 그러고는 갑자기 "니노는 어떤가?"라고 물었다. 나는 충격을 받았다. 총리가 예의범절을 무시하고 아내에 대해 묻다니!

"감사합니다. 아내는 아주 잘 지냅니다."

"아내도 영어를 할 줄 아나?"

"그렇습니다."

그는 콧수염을 쓰다듬으며 다시 침묵했다.

"파스 알리 칸!"

내가 조용히 말했다.

"무얼 원하시는지 압니다. 두 주 후면 저희 집 수리가 끝납니다. 니노의 옷장은 이브닝 드레스로 가득 찰 것이고요. 우리는 영어를 할 줄 알고 샴페인 값을 부담할 용의도 있습니다."

콧수염 위로 짧은 미소가 스쳤다.

"용서하게, 알리 칸. 자네를 언짢게 할 생각은 아니었어. 우리는 당신 같은 사람들이 필요하네. 유서 깊은 가문 출신으로, 유럽 아내를 두고, 손님들에게 보여 줄 만한 멋진 집을 가진 사람은 별로 없지. 예를 들어 나만 해도 그래. 저택이나 유럽 아내가 없는 것은 물론, 영어를 배울 만큼 돈이 많았던 것도 아니거든."

그는 피곤한 얼굴로 펜을 들었다.

"오늘부터 자네는 외교부 서유럽과 소속이네. 아사둘라 외무장관에게 인사를 드리도록 해. 무슨 일을 해야 할지 설명도 들게. 그리고……, 혹시 닷새 안으로 집 수리를 끝낼 수는 없겠나? 이렇게 물어야 하니 쑥스럽네만."

"그렇게 하겠습니다, 각하."

나는 힘차게 대답했다. 믿었던 오랜 친구에게서 배신당하고 버림받은 기분이었다. 집으로 돌아왔다. 니노의 손가락은 회반죽과 페인트투성이었다. 니노는 유화를 걸기 위해 사다리에서 못을 박는 중이었다. 자신이 국가를 위해 봉사하게 되었다는 소식을 들으면 깜짝 놀랄 것이 틀림없었다. 나는 아무 말도 않고 니노의 지저분한 손가락에 입을 맞추었고, 외국산 포도주를 차갑게 할 냉장고를 사도 좋다고 허락했다.

28

당신에게는 아주머니가 있습니까? 아니요. 아주머니는 없지만 하인이 오른쪽 다리를 부러뜨렸습니다. 여행을 좋아하십니까? 예, 정말로 좋아하지만 저녁에는 과일만 먹습니다.

《혼자 배우는 영어》라는 책에 나온 이런 문장들은 예의범절에도 맞지 않을 뿐더러 바보스럽기 짝이 없었다. 니노가 책을 덮었다.

"우리 영어로도 전쟁에서 이기는 데는 충분하다고 생각해. 그런데 너 위스키 마셔 본 적 있어?"

"니노! 너까지 이 책에 나온 식으로 말을 하는구나!"

내가 기겁해서 말했다.

"조국을 위해 봉사한다는 열정을 제대로 이해받지 못하는 데서 나온 정신적 상처 때문이야. 오늘 밤에 어떤 사람들이 오는 거지?"

니노는 별 신경 쓰지 않는다는 투였지만 저녁 파티에 대한 생각을 떨쳐 버리지는 못했다. 나는 오늘 밤 우리 집에 모시게 될 영국 관리와 장교들의 이름을 다 말해 주었다. 니노는 자랑스러운 표정으로 눈을 내리깔고 들었다. 아제르바이잔의 그 어떤 장관이나 장군도 자기 남편처럼 서양식으로 교육받은 세련된 아내와 귀족 혈통, 그리고 영어 구사력을 골고루 갖추지 못했다는 점을 알고 있었던 것이다. 니노는 이브닝 드레스 자락을 펄럭이며 거울 속 자기 모습을 바라보았다.

"위스키를 마셔 보려고 했어."

비밀이라도 털어놓는 듯한 목소리였다.

"끔찍한, 정말이지 메스꺼운 맛이 나더라고. 왜 소다수를 섞어 마시는지 알 것 같아."

나는 니노의 어깨 위에 팔을 둘렀고, 니노는 감사의 시선으로 나를 바라보았다.

"우리는 정말 이상한 삶을 살게 되네. 네가 날 하렘에 가두거나 아니면 내가 우리나라의 문화적 진보의 상징이 되거나 하니 말야."

우리는 응접실로 내려갔다. 잘 훈련된 하인들이 무표정하게 서 있고 풍경이나 동물을 그린 그림들이 벽에 걸렸다. 구석에는 푹신한 안락 의자가 놓였고, 탁자 위에는 꽃이 꽂힌 화병이 있었다. 니노가 향기로운 장미 꽃잎에 얼굴을 가까이 가져갔다.

"기억 나, 알리 칸? 아울 마을에서 내가 아침마다 물을 떠다가 식사를 준비해 주었잖아."

"어떤 생활이 더 마음에 들어?"

니노의 눈길이 꿈꾸는 듯 부드러워졌다. 하지만 대답은 하지
않았다. 초인종이 울렸고 니노의 입술은 기대감으로 떨렸다. 하
지만 처음으로 도착한 손님은 니노의 우아한 부모님, 그리고 정
복을 차려입은 일리아스 벡이었다. 일리아스는 집 안 구석구석
을 돌아본 뒤 만족해서 고개를 끄덕였다.

"나도 결혼을 했어야 했다는 생각이 드는군, 알리 칸."

이어 그는 진지하게 덧붙였다.

"니노에게 혹시 사촌 여동생은 없니?"

우리 부부는 문간에 서서 영국인 손님들과 일일이 악수를 나누
었다. 장교들은 키가 크고 얼굴이 붉었다. 여자 손님들은 장갑을
꼈고, 미소 짓는 푸른 눈에는 호기심을 가득 담고 있었다. 환관
이 접대를 하고, 벨리 댄서들이 춤을 출 것이라 기대했을지도 몰
랐다.

그런데 능숙한 하인들이 왼쪽에 놓인 접시부터 음식을 덜어 주
고, 벽에는 경마 장면이나 푸른 초원을 담은 그림이 걸려 있었던
것이다. 니노는 한 젊은 장교가 앞에 놓인 소다수 따위는 쳐다보
지도 않고 단숨에 위스키 한 잔을 들이켜는 모습을 보자 흠칫 숨
을 멈추었다. 단편적인 대화들이 방을 채웠다.《혼자 배우는 영
어》책에 나오는 것과 다를 바 없이 바보스러운 대화였다.

"결혼하신 지 오래 되었나요, 시르반시르 부인?"

"이제 이 년이 다 되어 갑니다."

"네, 페르시아로 신혼 여행을 갔었어요."

"제 남편은 승마를 좋아하죠."

"아뇨, 남편은 폴로를 하지는 않아요."

"이 도시가 마음에 드시나요?"

"정말 기쁩니다."

"오, 전혀 그렇지 않아요! 우리는 야만인이 아니랍니다. 오래 전부터 아제르바이잔에서는 다처제가 금지되었죠. 환관이라면 저도 소설에서나 본 존재랍니다."

니노가 식탁 건너편에 앉은 내게 눈길을 주었다. 웃음을 참느라 니노의 장미빛 콧구멍이 바르르 떨렸다. 소령 부인이라는 여자는 심지어 니노에게 오페라를 구경한 적이 있는지 묻기도 했다. 니노는 부드러운 목소리로 "그럼요. 게다가 전 읽고 쓸 줄도 안답니다."라고 대답했다. 니노의 완전한 승리였다.

이어 니노는 비스킷 접시를 들어 그 부인에게 권했다. 젊은 영국인들, 공무원과 장교들은 니노 앞에서 허리를 숙였고, 니노의 부드러운 손가락을 만졌으며, 니노의 벗은 등을 유심히 바라보았다.

나는 딴청을 부렸다. 구석에 선 아사들라는 잘못된 것은 하나도 없다는 듯 태연하게 담배를 피웠다. 그는 단 한 번도 자기 아내를 이방인들 앞에 내보이지 않았을 것이다. 하지만 니노는 그루지야인이고 또 그리스도 교도니 그 손이나 눈 등이 온갖 남자들의 시선을 받아도 상관없다는 식이었다. 나는 치욕과 분노에 사로잡혔다. 언뜻 귀에 들려오는 대화들도 무례하기 짝이 없었다. 나는 눈을 내리깔았다. 이방인들에 둘러싸인 니노는 거실 반대편에 서 있었다.

"고맙습니다. 정말 친절하시군요."

갑자기 니노의 쉰 목소리가 들려왔다. 그쪽을 보니 니노 얼굴이 불쾌한 듯 상기되어 있었다. 니노는 거실을 가로질러 내게 다가왔다. 그리고 도와 달라는 듯 내 소매를 잡았다.

"알리 칸, 지금 넌 내가 테헤란에서 아주머니들을 만났을 때 느꼈던 그런 감정을 느끼는 거야. 이 남자들은 대체 뭐야? 저런 시선으로 날 보다니 정말 싫어."

이어 니노는 몸을 돌려 소령 부인의 손을 잡았다.

"저희 국립 극장에 꼭 가 보셔야 해요. 셰익스피어가 타타르어로 번역되었답니다. 다음 주에 〈햄릿〉 공연이 시작될 거예요."

니노의 목소리가 들렸다. 나는 이마의 땀을 닦아 내고 손님을 접대하는 주인이 갖춰야 하는 태도에 대해 생각했다. '당신 외아들의 머리를 잘라 손에 들고 온 사람이라 할지라도 손님인 이상 성심껏 대접해야 한다.'라는 말까지 있을 정도로 주인의 임무는 막중했다. 하지만 그 예절을 지키는 것이 때로는 정말 어려웠다. 나는 여러 사람의 잔에 코냑과 위스키를 따랐다. 장교들은 시가를 피웠다. 하지만 우리가 예상했던 대로 탁자 위에 발을 올리는 사람은 없었다.

"아내가 정말 매력적이고 집도 멋지군요, 알리 칸."

젊은 장교가 계속 나를 고문했다. 정치적인 고려만 없었다면 보기 좋게 따귀를 맞을 뻔했다는 것을 그가 알았다면 아마 놀랐을 것이다. 믿지 않는 자가 감히 공개적으로 내 아내의 아름다움을 칭찬하다니! 그에게 코냑을 따라 주는 내 손이 덜덜 떨려 몇 방울이 잔 밖으로 흘렀다.

디너 재킷 아래 흰 셔츠를 받쳐 입은 나이든 관리 한 사람이 구석에 앉아 있었다. 내가 다가가 비스킷을 권했다. 그는 치아가 누렇고 길었지만, 손가락은 짧았고 흰 콧수염을 기르고 있었다. 나를 뜯어보며 그는 이렇게 말을 걸었다.

"페르시아와 아제르바이잔은 문화적으로 엄청나게 다른 모양이군요."

"그렇습니다. 저희가 몇 세기는 앞서 있죠. 이곳에는 산업이 발달해 있고 철도도 있지 않습니까? 러시아 당국이 저희의 문화 발전을 억눌러 왔다는 점이 안타까울 따름입니다. 지금 이곳에는 의사나 교사가 부족합니다. 하지만 정부에서 재능 있는 젊은이들을 뽑아 유럽에 보내 러시아 치하에서 부족했던 점을 배우도록 할 계획이라고 합니다."

나는 그런 식으로 한참 떠들다가 관리의 잔에 위스키를 더 따라주려 했지만 그는 거절했다.

"전 이십 년 동안 페르시아 영사를 지냈습니다."

그가 말했다.

"오랜 전통을 가진 아시아 문화가 사라지는 것을 보기란 참으로 슬픈 일이군요. 오늘날 아시아인들은 선조들의 관습을 경멸하며 우리를 본뜨려고 합니다. 어쩌면 그게 옳은 일일지도 모르죠. 어떤 식으로 살지는 결국 그들이 선택해야 하는 문제니까요. 어떻든 이 나라는 산업 발전의 가능성이 크군요. 굳이 비교를 하자면 중앙아메리카 공화국들과 비슷한 수준이라고 할까요. 우리 영국 정부도 곧 그 점에 주목하게 될 것이라고 생각합니다."

나는 바보가 되어 버렸지만, 그날 저녁 파티의 목적은 달성된 셈이었다. 아사둘라 외무 장관은 방의 다른 쪽 끝에서 니노의 우아한 부모, 그리고 일리아스 벡과 어울리고 있었다. 나도 그쪽에 합류했다.

"저 노인이 뭐라고 하던가?"

아사둘라가 나를 보자마자 물었다.

"저더러 바보라고 하더군요. 하지만 영국이 곧 우리를 주목하게 될 거라고요."

미르자 아사둘라가 안도의 한숨을 쉬었다.

"자네는 바보가 아냐, 알리 칸. 오히려 그 반대지."

"고맙습니다, 장관님. 하지만 저도 스스로를 바보라고 생각합니다."

그는 내 손을 잡고 작별 인사를 했다. 문간에서 그가 니노의 손에 입을 맞출 때 니노가 살짝 웃으면서 무슨 말을 속삭였다. 그는 고개를 끄덕여 알아들었다는 표시를 했다. 손님들은 자정에 집을 나섰고, 커다란 거실에는 담배와 술 냄새가 짙게 배었다.

우리는 피곤하지만 만족스러운 기분으로 침실로 올라갔다. 갑자기 이상한 충동이 우리를 사로잡았다. 니노는 구두를 벗어던지고 침대로 뛰어올랐고 매트리스 위에 서서 콩콩 뛰기 시작했다. 코를 찡그리고 아랫입술을 내민 모습이 장난기 넘치는 작은 원숭이 같았다. 니노는 볼을 한껏 부풀렸다가는 손가락으로 찔러 바람 빠지는 소리를 냈다.

"어땠어? 내가 이 나라의 구원자 역할을 잘 해냈다고 생각해?"

니노는 이렇게 외치더니 침대에서 내려와 자기 모습을 자랑스럽게 거울에 비쳐 보았다.

"니노 하눔 시르반시르, 아제르바이잔의 잔 다르크여! 소령의 아내에게 호감을 주고 환관 같은 것은 한 번도 보지 못한 척하다!"

니노는 웃으면서 작은 손으로 손뼉을 쳤다. 등이 깊이 파인 밝은색 이브닝 드레스 차림이었다. 긴 귀걸이가 앙증맞은 귀에 늘어져 있었다. 목에 건 진주 목걸이가 전등 빛을 받아 반짝였다. 니노의 두 팔은 소녀처럼 가늘었고, 짙은 머리카락이 목 뒤로 내려왔다. 니노는 거울 앞에 서서 자기 아름다움에 황홀해했다. 나는 니노에게 가까이 다가가 유럽 공작 따님의 행복한 눈을 보았다. 그리고 니노를 포옹했다. 마치 난생처음 포옹하는 듯한 느낌이었다.

니노의 피부는 부드럽고 향기로웠으며 입술 뒤에서 빛나는 치아는 작고 하얀 돌멩이 같았다.

처음으로 우리는 침대 위에 앉았고, 나는 유럽 여인을 품에 안았다. 니노가 눈을 깜박거렸다. 그러자 긴 속눈썹이 내 뺨을 살짝 건드렸다. 그 느낌은 이전 어느 때보다도 더 좋았다. 나는 손으로 니노의 턱을 받치고 머리를 들어올렸다. 그리고 타원형의 부드러운 얼굴, 촉촉한 입술, 그루지야의 속눈썹에 반쯤 가려진 꿈꾸는 눈을 바라보았다.

니노의 목을 쓰다듬자니 작은 머리가 맥없이 내 손에 안겨 왔다. 갈구하면서 동시에 복종하는 몸짓이었다. 순식간에 니노의 이브닝 드레스도, 커버가 벗겨진 유럽식 침대도, 차가운 시트도 내 눈앞에서 사라졌다. 보이는 것은 다게스탄 아울 마을에서 진흙 바닥 위에 놓인 좁은 깔개에 반쯤 벗은 채 누운 니노의 모습뿐이었다. 나는 니노의 어깨를 잡았고 다음 순간 우리는 유럽식 멋진 침대 발치, 케르만에서 온 엷은 색 카펫 위에 나란히 누워 있었다.

나는 카펫 위에 놓인 니노의 얼굴을 바라보았다. 고통과 즐거움으로 찡그리고 있었다. 나는 니노의 숨소리를 들었고 가느다란 넓적다리의 탄탄한 곡선을 느꼈다. 그러면서 늙은 영국인도, 젊은 관리들도, 우리 신생 공화국의 미래도 다 잊어버렸다. 한참 후 우리는 말없이 나란히 누워 뒤쪽에 놓인 커다란 거울에 비친 풍경을 바라보고 있었다.

"드레스가 엉망이 되었는걸."

니노의 말은 마치 커다란 행복을 고백하는 듯 들렸다. 니노는 내 무릎에 머리를 기대고 중얼거렸다.

"아까 그 소령 부인이 지금 우리 모습을 보면 뭐라고 할까? 아마 알리 칸은 침대가 무엇에 쓰는 물건인지 모르는 모양이라고 하겠지?"

니노는 몸을 일으키더니 작은 발로 내 무릎을 걷어찼다.

"훌륭한 외교관이라면 예절에 따라 옷을 벗고 제대로 부부 침실에 들 정도는 되어야 하지 않아? 카펫 위에 뒹굴고 있는 외교관 얘기를 들어 봤어?"

나는 잠에 취한 채 옷을 벗고 니노와 함께 침대 시트와 시트 사이에 몸을 파묻었다.

며칠이 지나고 몇 달이 흘렀다. 손님들이 와서 위스키를 마시고 우리 집을 칭찬하고는 돌아갔다. 손님 접대를 즐기는 니노의 그루지야 천성이 활짝 꽃피었다. 니노는 젊은 중위들과 함께 춤을 추었고, 늙은 소령들과는 통풍에 대해 이야기를 나누었다. 영국 부인들에게 타마르 여왕 시절 이야기를 해 주면서 위대한 여왕이 그루지야뿐 아니라 아제르바이잔까지 통치했다는 인상을 남기기도 했다.

나는 외교부의 커다란 사무실에 혼자 앉아 외교관들에 대해 보고서를 쓰기도 하고 바다를 바라보기도 했다. 저녁 때면 니노가 나를 데리러 왔다. 남의 이목이 걱정될 정도로 매력적이고 즐거운 모습으로 말이다. 니노는 외교부 장관 아사둘라와 친해져 그를 집으로 초대해 음식을 대접하기도 하고, 유럽 사회에서 어떻게 행동해야 하는지 조언을 하기도 했다. 무슨 비밀 얘기가 있는지 한구석에서 소곤거리는 때도 있었다.

"당신하고 미르자 사이에 무슨 일이 있는 거야?"

내가 이렇게 물으면 니노는 그저 미소를 지었고, 자신이 최초로 여성 조약국장이 될 작정이라고 농담을 했다. 내 책상 위에는 점점 더 많은 편지와 보고서, 그리고 조약문들이 쌓였다. 새로 태어난 국가는 가능한 한 빨리 형태를 갖추려 했고, 나는 국가 문장이 찍힌 편지와 문서들을 개봉하는 것이 좋았다.

어느 날 점심 먹기 직전에 받은 서류 뭉치 속에 전보 발령 내용이 담긴 문서가 들어 있었다. 무심코 넘기는데 세 번째 장에 내 이름이 커다랗게 찍힌 것이 아닌가.

외교부 소속 서기관 알리 칸 시르반시르를 프랑스 파리 주재 영사로 발령함.

그 밑으로는 아슬란 아가의 솜씨가 분명해 보이는, 내 뛰어난 능력을 칭찬하는 긴 글이 있었다. 나는 벌떡 일어나 장관 집무실로 뛰어갔다.

"미르자 아사둘라, 이게 대체 뭡니까?"

"아, 좀 놀랐나 보군."

아사둘라는 태연했다.

"자네 안사람에게 약속을 했지. 니노와 자네는 파리에 주재할 외교관으로는 더할 나위 없는 적임자야."

나는 들고 있던 문서를 바닥에 내팽개치면서 소리를 질렀다.

"미르자, 내게 몇 년씩이나 고향을 떠나 살라고 강요할 수 있는 사람은 없어요!"

장관은 이해할 수 없다는 표정을 지었다.

"대체 뭐가 문제란 말인가, 알리 칸? 외교부 사람들은 해외 발령을 받으면 좋아서 어쩔 줄 모르는데. 그리고 자네는 파리로 갈 적임자라니까."

"하지만 난 파리로 가고 싶지 않아요. 강요한다면 사직하겠습니다. 나는 서양 세계도, 괴상한 도로도, 그쪽 예의범절도 다 싫어요. 당신은 절대 이해하지 못했지만."

"그래, 난 이해하지 못하겠네. 하지만 정 그렇다면 여기 남아 있게."

그가 침착하게 대답했다. 나는 집으로 달려가 계단을 마구 뛰어올라갔다. 숨이 턱에 찼다.

"니노, 난 그럴 수 없어. 그럴 수 없다고."

니노의 얼굴이 순식간에 온갖 색으로 물들었다. 두 손도 덜덜 떨고 있었다.

"왜 그렇지, 알리 칸?"

"제발 이해해 줘, 니노. 그건 내가 우리 집 위의 평평한 옥상과 사막, 그리고 바다를 사랑하기 때문이야. 난 이 도시, 옛 성벽,

좁은 길에 선 모스크들이 좋아. 이곳에서 멀어지면 물에서 꺼낸 고기처럼 얼마 못 가 죽고 말 거야."

잠시 동안 니노는 눈을 감았다.

"미안해."

이렇게 말하는 니노의 목소리가 얼마나 슬프고 절망적이었는지 내 가슴도 찢어지는 듯 아팠다. 나는 자리에 앉아 니노의 손을 잡았다.

"생각해 봐. 파리로 간다면 난 네가 페르시아에서 그랬듯 불행할 거야. 이번에는 내가 사악한 힘에 노출된 듯한 느낌을 받겠지. 심란의 하렘에서 네가 어땠는지 기억나지? 네가 아시아에서 살수 없듯 나도 유럽에선 살 수 없어. 우리 그냥 바쿠에서 살자. 아시아와 유럽이 만나는 이곳에서. 모스크도, 옛 성벽도, 사이드 무스타파도 없는 파리로는 죽어도 갈 수가 없어. 괴상한 유럽인들의 행동을 다 참아 내려면 가끔씩이라도 아시아를 느낄 수 있어야하거든. 파리로 간다면 네가 모하람 후에 날 미워했던 것처럼 나도 널 미워하게 될 거야. 당장은 아니겠지. 하지만 무도회나 파티가 이어지고 나면 언젠가는 그렇게 되고 말걸. 날 그 괴상한 세계로 끌어넣으려는 네가 갑자기 미워지는 거야. 바로 그것 때문에 난 여기 남고 싶어. 여기서 태어났으니 여기서 죽고 싶은 거야."

니노는 한마디도 하지 않았다. 내가 말을 멈추자 니노는 내 쪽으로 몸을 숙이고 내 머리를 쓰다듬었다.

"용서해 줘, 알리 칸. 내가 어리석었어. 어째서 나보다는 네가 더 쉽게 바뀔 수 있으리라 생각했던 걸까. 우리 함께 여기서 살자. 파리 얘기 따위는 하지 말고. 넌 네가 사랑하는 아시아의 도시에 있는 거고 난 내 유럽식 저택에 있는 거니까.”

니노가 부드럽게 입을 맞춰 주었다. 두 눈이 빛났다.

“니노, 내 아내로 사는 것이 아주 어렵지?”

“아냐. 전혀 어렵지 않아. 그저 이해심이 약간 필요할 뿐이야.”

니노의 손가락이 내 얼굴을 쓰다듬었다. 내가 사랑하는 니노는 강한 여자였다. 나는 니노가 평생 키워 온 꿈을 짓밟았다는 것을 알고 있었다. 나는 니노를 끌어당겨 무릎 위에 앉혔다.

“니노, 아이가 태어나면 파리나 런던, 베를린, 로마 같은 도시에 가자. 거기서 멋진 시간을 보내는 거야. 어디든 네가 가고 싶은 곳에서 여름 내내 머무르자. 매년 유럽에 여행을 가도 좋아. 내 고집만 부릴 생각은 없어. 그저 난 내가 사는 집만은 내 나라에 두고 싶은 거야. 난 저 사막, 태양, 모래에서 태어난 아들이니 말이야.”

“그래. 게다가 아주 훌륭한 아들이지.”

니노가 대답했다.

“유럽 얘긴 잊어버리자. 하지만 우리가 낳은 아이는 사막이나 모래의 아이가 아냐. 그저 알리와 니노의 아이일 뿐이지.”

“맞아.”

나는 이렇게 대답했다. 하지만 나는 장차 유럽인의 아버지가 되리라는 것을 마음속으로 느끼고 있었다.

29

"넌 아주 힘들게 태어났지, 알리 칸. 당시 우리는 아이가 태어날 때 유럽 의사를 부르지도 않았단다."

아버지와 나는 옥상에 앉아 있었다. 아버지의 목소리는 부드럽고 어쩐지 서글펐다.

"산통이 너무 심해지자 네 어머니에게 터키석과 다이아몬드를 곱게 간 가루를 먹였지. 하지만 별 소용이 없었어. 마침내 네가 태어나자 방의 동쪽 벽 가까이에 네 탯줄과 검, 코란을 놓아 두었단다. 네가 신앙심도 깊고 용감한 사람이 되라는 뜻이었지.

나중에는 네가 건강하기를 비는 마음으로 탯줄을 네 목에 걸어 두었어. 하지만 넌 세 살이 되자 탯줄을 던져 버렸고, 그때부터 병에 걸리기 시작했지. 그때 우리는 병을 물리치기 위해 방 안에 포도주와 달콤한 과자를 놓고, 수탉이 방 안을 뛰어다니게도 했단다. 하지만 병은 수탉을 따라 나가지 않더구나.

결국 깊은 산에 산다는 현자가 왔지. 현자는 소를 데려와 죽이게 했어. 그러고는 배를 갈라 내장을 다 꺼내고 그 공간에 어린 너를 넣었지. 세 시간 후 널 꺼냈을 때 넌 온통 빨간 핏빛으로 물들어 있었어. 그 후로는 병에 걸린 적이 없었지."

집 안에서는 입을 가리고 지르는 듯한 긴 비명 소리가 들려왔다. 나는 몸을 곧게 세운 채 꼼짝 않고 앉아 있었다. 온몸의 신경이 그 소리에만 집중되었다. 다시 한 번 비명 소리가 울렸다. 길고 서글프며 쥐어짜는 듯한 소리였다.

"지금 니노는 널 저주하고 있다. 모든 여자들은 아이를 낳을 때 남편을 저주하지."

아버지가 말했다.

"과거에는 아이를 낳은 후 여자가 양을 죽여 그 피를 남편과 아이의 잠자리에 뿌려야 했어. 산고 중 내뱉었던 저주를 막기 위해서지."

"얼마나 걸릴까요, 아버지?"

"대여섯 시간 정도. 어쩌면 열 시간이 걸릴지도 모른다. 니노는 엉덩이가 작으니까."

아버지가 입을 다물었다. 아마도 내 어머니, 나를 낳자마자 죽은 당신의 아내를 생각하는지도 몰랐다. 잠시 후 아버지가 일어났다.

"가자."

우리는 옥상 한가운데에 깔아 놓은 기도용 붉은 깔개 쪽으로 갔다. 메카의 성소인 카바를 향해 방향을 맞춰 놓아둔 깔개였다.

신을 벗고 깔개 위에 서서 왼쪽 손등을 오른쪽 손바닥이 감싸게 하면서 두 손을 모았다.

"우리가 할 수 있는 일은 이게 다지만 이건 의사들의 지혜를 모두 모은 것보다 더 나을 게다."

아버지가 몸을 굽히면서 아라비아 기도문을 외웠다.

"전능하시고 자애로우신 신의 이름으로……."

나도 따라 했다. 나는 깔개 위에서 무릎을 꿇고 머리를 바닥에 댔다.

"온 세상의 주인, 전능하고 자애로우며 최후의 심판을 행하실 그분을 찬양하라……."

나는 손으로 얼굴을 가리고 깔개 위에 앉아 있었다. 아래에서는 여전히 니노의 비명 소리가 들려와 귓전을 때렸지만 더 이상 동요하지는 않았다. 코란의 구절을 읊조리는 내 입술은 마치 내 것이 아닌 듯했다.

"우리가 찬양하는 대상도, 우리가 자비를 구하는 대상도 당신이옵니다……."

나는 무릎 위에 손을 얹었다. 주위가 쥐죽은 듯 고요한 가운데 아버지가 속삭이는 소리가 들렸다.

"저희를 바른 길로, 당신의 영광을 빛내는 길로 인도하소서……."

내 얼굴이 깔개에 닿았다. 나는 그 위에 누워 있었다. 붉은 무늬가 내 눈 앞에서 사라졌다.

"당신의 분노가 향하지 않는 자들, 길을 잃지 않게 당신께서 보호하시는 자들……."

우리는 신의 얼굴을 마주 보며 먼지 속에 누웠다. 그리고 기도문, 신께서 아랍 유목민의 언어로 예언자에게 전하신 말들을 반복해 외웠다. 나는 가부좌로 앉아 손가락 사이에 묵주를 굴렸다. 입술로는 주의 서른세 가지 이름을 속삭였다.

누군가 어깨를 건드렸다. 고개를 들자 미소 지은 얼굴이 보였다. 그 얼굴은 내가 이해할 수 없는 말을 속삭였다. 나는 몸을 일으켰다. 그리고 아버지의 시선을 느끼면서 천천히 계단을 내려갔다. 니노 방에는 커튼이 드리워져 있었다. 나는 침대로 다가갔다. 니노 눈에는 눈물이 가득 고였고 뺨은 홀쭉했다. 니노는 가만히 미소를 짓더니 서투른 타타르어, 우리 민족의 단순한 언어로 말했다.

"딸이야, 알리 칸. 아주 예쁜 딸. 난 정말 행복해."

내가 차가운 손을 잡아 주었더니 니노는 눈을 감았다.

"잠들게 하면 안 돼요. 조금 더 깨어 있어야만 해요."

누군가 뒤에서 일러 주었다. 나는 니노의 갈라진 입술을 쓰다듬었다. 니노는 지쳤지만 고요한 눈으로 나를 보았다. 흰 앞치마를 한 여자가 침대로 다가와 내게 포대기를 건넸다. 작은 손가락에 표정이 풍부하고 커다란 눈을 가진 작고 쭈글쭈글한 장난감이 보였다. 그 장난감은 조그마한 얼굴을 온통 찌푸리며 울었다.

"정말 예쁘지."

니노가 기쁜 얼굴로 말하며 장난감의 동작을 흉내 내 손가락을 뻗어 보였다. 나는 손을 들어 어색하게 포대기를 건드려 보았다. 하지만 장난감은 이미 잠들어 있었다. 표정이 퍽 심각했다.

"우리 학교 이름을 따서 '타마르'라고 부를 테야."

니노가 속삭였고 나는 고개를 끄덕였다. 타마르는 그리스도 교도와 이슬람 교도 모두가 사용하는 아름다운 이름이었다. 누군가 나를 방 밖으로 이끌었다. 호기심 어린 시선들이 나를 맞았다. 아버지가 손을 잡았다. 우리는 마당으로 나왔다.

"말을 달려 사막으로 가자꾸나."

아버지가 말했다.

"조금 있으면 니노도 자야 할 게다."

우리는 말에 올라 빠른 속도로 누런 모래 언덕들을 지났다. 아버지가 무슨 말을 했지만 나는 하나도 이해할 수 없었다. 아버지는 나를 위로하려는 듯했다. 하지만 나는 심각한 얼굴에 표정이 풍부한 눈을 가진 쭈글쭈글한 딸을 두게 된 것이 한껏 자랑스러웠으므로 어째서 위로를 받아야 하는지 이해할 수 없었다.

하루하루가 묵주 알들처럼 지나갔다. 니노는 장난감을 안아 주었고, 밤이면 부드러운 그루지야 노래를 불러 주었으며, 자기와 똑같이 닮은 장난감을 보며 생각에 잠겨 고개를 갸웃거리기도 했다. 내게는 전에 없이 냉정하게 굴었다. 나는 아이를 가질 수도 돌볼 수도 없는 남자에 불과했기 때문이다. 그래서 나는 외교부 사무실에 앉아 있었다. 니노는 중대한 사건이 일어날 때마다 전화를 걸어왔다.

"알리 칸, 우리 장난감이 웃었어. 그리고 해를 향해 손을 벌렸어."

"아주 똑똑한 장난감이야, 알리 칸. 유리 공을 보여 주었더니 정말로 그쪽을 응시하는 거 있지."

"들어 봐, 알리 칸. 장난감이 손가락으로 자기 배에 선을 그리고 있어. 정말로 재능이 뛰어난 장난감인가 봐."

하지만 우리 장난감이 자기 배 위에 선을 그리고 호기심 어린 눈으로 유리 공을 응시하는 동안에도 저 먼 유럽 사람들은 국경과 군대, 나라들을 놓고 게임을 벌이는 중이었다. 나는 책상에 놓인 보고서들을 읽고 지도를 쳐다보았다. 가능한 미래의 국경이 그려진 지도였다. 발음하기 어려운 이름을 가진 수수께끼 인물들이 베르사유에 모여 동양의 운명을 결정했다.

승자에게 반기를 들며 애쓰는 인물은 앙카라 출신의 터키 장군 한 사람뿐이었다. 우리나라 아제르바이잔이 유럽 제국에게 독립 국가로 인식되고 있다고는 해도 나는 일리아스 벡처럼 낙관적일 수 없었다. 영국군이 자발적으로 우리나라의 영역에서 물러서게 되었다는 소식을 전하면서 그의 환상을 깨뜨려야 한다는 건 참으로 마음 불편한 일이었다.

"그럼, 우리는 영원히 자유로워졌군! 조국 땅에 더 이상 외국인이 없으니 말야."

일리아스가 환호성을 올렸다.

"이걸 봐, 일리아스 벡."

내가 지도를 펼쳤다.

"지리적으로 볼 때 우리의 연합국은 터키나 페르시아가 되어야 해. 하지만 지금 두 나라 모두 힘이 없지. 우리는 공중에 붕 떠있는 셈이야. 그리고 위로는 우리 석유를 호시탐탐 노리는 일억 육천만 명의 러시아인들이 우리를 압박하고 있어. 영국인들이 여기 있는 동안은 러시아인 누구도, 백군이든 적군이든 감히 우리 국경을 넘지 못했어. 하지만 영국인들이 떠나면 이제 우리나라를 지킬 사람은 너와 나, 몇 안 되는 군대뿐이야."

"걱정 마."

일리아스 벡이 신나게 고개를 흔들었다.

"러시아와 우호 조약을 맺을 외교관들이 있으니 말이야. 군대는 따로 할 일이 있지. 여길 봐."

그는 남쪽을 가리켰다.

"아르메니아 국경으로 가야 해. 여기 분쟁이 있거든. 국방 장관인 메칸데르 장군이 이미 명령을 내렸어."

외교는 군사력이 뒷받침될 때에야 힘을 발휘할 수 있다는 점은 끝내 납득시킬 수 없었다. 영국군이 철수했고, 거리에는 축제 깃발들이 내걸렸다. 우리 군대는 아르메니아 국경 지역으로 행진해 갔다. 러시아와의 접경 지대인 잘라마 국경 수비대에는 의용군 몇 명만 남았다. 외교부에서는 러시아의 적군과 백군 양쪽 모두와 협약을 맺기 위해 작업에 착수했다. 아버지는 페르시아로 돌아갔다. 니노와 나는 부두로 나가 아버지를 환송했다. 아버지는 슬픈 눈으로 우리를 보았지만 언제 페르시아로 올 생각이냐고 묻지 않았다.

"페르시아에서 뭘 하실 건가요, 아버지?"

"아마 다시 결혼을 할 것 같다."

대수롭지 않다는 투의 대답이었다. 아버지는 우리에게 입을 맞춰 주었고 사려 깊게 덧붙였다.

"가끔씩 너희를 보러 오마. 이 나라가 다시 무너진다면 내가 마잔다란에 마련해 둔 영지로 가면 된다."

아버지는 배에 올랐고 오래오래, 아주 오랫동안 손을 흔들며 우리와 옛 성벽, 처녀의 탑, 도시와 사막 등 서서히 멀어져 가는 모든 것에 작별을 고했다.

몹시 더운 날이었고, 외교부 건물 창문의 블라인드는 반쯤 내려져 있었다. 지루한 표정 뒤에 교활함을 감춘 러시아 대표단이 왔다. 러시아인들은 무관심한 표정으로 신속하게 조약에 서명했다. 끝없이 긴 조약이었다.

먼지와 모래가 거리를 뒤덮었고, 뜨거운 바람에 종잇조각들이 흩날리는 계절이 오자 우아한 처가 부모님들은 여름을 나러 그루지야로 떠났다. 잘라마에는 여전히 의용군 몇몇이 있을 뿐이었다. 나는 외교부 장관에게 말했다.

"아사둘라, 러시아 군 삼만 명이 잘라마 맞은편에 버티고 있어요."

"나도 알아."

그가 침울하게 대답했다.

"방위 사령관은 그게 다 과시 전략에 불과하다고 하더군."

"만약 아니라면요?"

그는 불편한 듯 나를 보았다.

"우리가 할 수 있는 건 조약을 맺는 일뿐이야. 나머지는 모두 신의 손에 달려 있지."

총검을 든 건장한 경비병들이 의회 건물을 지키고 서 있었다. 안에서는 정당들이 소리를 지르며 싸웠고, 외곽 지역에서는 러시아인 노동자들이 러시아에 석유를 수출하지 않을 경우 파업하겠다고 위협했다. 카페는 신문을 읽거나 나르디 게임을 하는 사람들로 가득했다. 아이들은 뜨거운 먼지 속에서 주먹다짐을 했다. 햇볕이 온 도시를 달구었고, 모스크 탑에서는 "기도하러 일어나라! 기도는 잠보다 낫다!"라는 외침 소리가 울렸다.

나는 잠자지 않았다. 그저 눈을 감은 채 카펫 위에 누워 있을 뿐이다. 하지만 그래도 러시아 군 삼만 명이 잘라마의 국경 수비 초소를 습격하는 장면이 눈앞에 맴돌았다.

"니노, 날씨가 아주 덥군. 우리 장난감에게는 너무 강렬한 햇빛이야. 너도 나무와 그늘, 물가를 좋아하니 여름 동안 그루지야에 가서 부모님과 지내는 게 어때?"

"싫어."

니노는 단번에 거절했다.

나는 더 이상 한마디도 하지 않았지만 니노는 눈썹을 찌푸린 채 생각에 잠겼다.

"하지만 함께 간다면 좋지. 시내는 덥지만 간자의 영지는 정원과 포도밭에 둘러싸여 있으니 한결 나을 거야. 함께 가자. 너도 편안하고 우리 장난감도 그늘에서 쉴 수 있는 곳이잖아."

동의할 수밖에 없었다. 그래서 우리는 기차를 탔다. 열차는 새로운 그루지야의 문장으로 장식되어 있었다. 기차역에서 간자 시내까지 길고 넓은 먼지 나는 도로가 이어졌다. 교회와 모스크는 낮은 집들로 둘러싸였다. 말라붙은 강이 이슬람 교도 구역과 아르메니아인 거주 구역을 나누고 있었다.

나는 백 년 전에 우리 조상 이브라힘이 러시아 군의 총알을 맞고 죽었던 바위를 보여 주었다. 시 외곽의 우리 영지에서는 송아지가 물속에 몸을 담그고 머리만 내놓은 채 게으르게 누워 있었다. 사방에서 우유 냄새가 풍겼고, 커다란 송이에 붙은 포도알들은 모두 소 눈알만큼 굵었다. 농부들은 머리 한가운데는 밀어 버리고 남은 긴 머리는 좌우로 넘겼다. 나무 베란다가 붙은 작은 집 주위로 나무들이 무성했다. 우리 장난감은 말과 개, 닭을 보고 까르륵 웃었다.

그 집에 머물게 되면서 몇 주 동안 나는 외교부며 조약, 잘라마의 국경 수비 초소를 모두 잊었다. 우리는 풀밭에 누워 쉬었고, 니노는 쓴 풀줄기를 씹었다. 햇빛에 검게 탄 니노의 얼굴은 간자의 하늘처럼 맑고 평화로웠다. 니노는 이제 스무 살이었고, 동양

취향으로 보기에는 아직도 너무 마른 편이었다.

"알리 칸, 이 장난감은 내 것이야. 다음번에 아들을 낳으면 그땐 네 것이 되겠지."

그리고 니노는 장난감의 미래를 상세히 설계했다.

"테니스를 가르치고, 옥스퍼드에 보내 영어와 프랑스어, 그리고 다른 유럽 언어들을 모두 익히게 할 거야."

나는 아무 말도 하지 않았다. 우리 장난감은 아직 너무 어렸고, 또 잘라마에는 러시아군 삼만 명이 있었기 때문이다. 우리는 풀밭에서 놀았고 나무 그늘에 커다란 카펫을 펴 놓고 밥을 먹었다. 니노는 작은 강에서 수영을 했다. 조금만 하류로 내려가면 물소들이 목욕을 즐기는 강이었다. 머리에 작은 모자를 쓴 농부들이 주인 나리에게 인사를 드리러 와서는 복숭아며 사과, 포도가 든 바구니를 내밀었다.

우리는 신문 한 장 읽지 않았고, 편지 한 통 받지 않았다. 우리에게 세상은 영지 경계에서 끝이 났다. 그 생활은 다게스탄 시절처럼 행복했다. 어느 늦은 여름날 저녁 방에 앉아 있는데, 미친 듯 달려오는 말발굽 소리가 들렸다. 베란다로 나가 보니 검은 체르케스 외투를 입은 남자가 말에서 뛰어내리는 중이었다.

"일리아스 벡!"

내가 반갑게 외쳤고 우리는 두 손을 맞잡으며 인사를 나누었다. 일리아스 벡은 아무 말이 없었다. 램프 불빛에 비친 그의 얼굴을 잿빛이었다.

"러시아인들이 바쿠에 들어왔어."

그가 입을 열었다.

나는 알고 있던 일이라는 듯 고개를 끄덕였다. 내 뒤에 서 있던 니노가 짧은 비명을 질렀다.

"어떻게 된 거죠, 일리아스 벡?"

"밤 사이에 잘라마에서 러시아 병사들을 가득 태운 기차가 왔어. 그들이 도시를 포위했고, 의회는 항복했지. 도시에 남아 있던 장관들은 모두 체포되었고, 의회는 해산당했어. 러시아 노동자들도 자기네 동포들에 합세했지. 시내에는 우리 병사가 하나도 없고, 군대는 아르메니아 국경 지대에 고립되어 있어. 나는 게릴라 부대를 모으는 중이야."

나는 고개를 돌렸다. 니노는 벌써 집 안으로 들어가 우리 장난감에게 그루지야어로 부드럽게 말을 걸면서 짐을 싸고 있었다. 하인들이 바삐 뛰어다니며 마차에 말을 매었다. 곧 우리 마차가 들판을 지나 달렸다. 일리아스 벡의 말도 옆에서 함께 달렸다.

멀리서 간자의 불빛이 보였다. 그 순간 나는 과거와 현재가 한 점에서 합쳐진다는 것을 느꼈다. 나는 허리에 단검을 찬 창백하고 심각한 일리아스 벡을 보았고, 오래전 마르다키아니의 멜론 밭에서처럼 침착하고 당당한 니노를 보았다.

간자에 도착하니 한밤중이었다. 거리에는 흥분과 긴장을 감추지 못하는 사람들이 쏟아져 나와 있었다. 아르메니아인과 이슬람 교도의 거주 구역을 가르는 다리 위에서는 병사들이 총을 겨누고 있었고, 횃불 속에서 관청 건물의 발코니에 걸린 아제르바이잔 국기가 보였다.

지금 나는 간자의 커다란 모스크 담에 기대 앉아 수프 한 접시를 손에 들고 피곤에 지쳐 여기저기 누워 자는 병사들을 보고 있다. 기관총이 끊임없이 울려 댄다. 그 잔혹한 소리는 거침이 없다. 아제르바이잔 공화국은 이제 고작해야 며칠을 버틸 것이다.

나는 혼자다. 이 노트를 앞에 두고 다시 과거를 기록해 두기 위해 서둘러 펜을 움직이고 있다. 팔 일 전, 간자의 작은 호텔에서 일어났던 일이다.

"넌 미쳤어."

일리아스 벡이 말했다. 새벽 세 시, 니노는 옆방에 잠들어 있었다.

"넌 미쳤다고."

그가 방 안을 오가면서 다시 말했다. 나는 탁자에 앉아 있었고, 일리아스 벡의 의견은 세상에서 가장 하찮은 것이었다.

"난 여기 남을래. 게릴라 부대가 올 거고 함께 싸우면 돼. 난 조국을 버리고 도망치지는 않아."

내 목소리는 꿈꾸듯 부드러웠다. 일리아스 벡은 내 앞에서 서서 슬프면서도 자랑스럽다는 듯한 눈길을 던졌다.

"알리 칸, 우리는 함께 학교를 다녔고, 휴식시간이면 이웃 학교 학생들과 함께 싸웠어. 네가 나카라리언을 뒤쫓을 때에도 네 바로 뒤에 있었지. 내 안장에 니노를 태워 네게 데려가기도 했고, 지지아나쉬빌리 문에서 함께 전투를 벌이기도 했어. 하지만 지금은 네가 떠나야 해. 니노의 안전을 위해, 너의 안전을 위해, 장차 다시 널 필요로 할 우리 조국을 위해."

"일리아스 벡, 네가 남아 있는 한 나도 남을 거야."

"난 세상에 나 혼자니까, 또 어떻게 병사들을 이끌고 싸워야 할지 아니까, 이전에 치른 두 차례의 원정 경험이 있으니까 이곳에 남으려는 거야. 넌 페르시아로 가야 해, 알리 칸."

"난 페르시아로 갈 수 없어. 유럽으로도 갈 수 없고."

나는 창가로 갔다. 아래쪽 거리는 횃불이 밝혀져 있었고, 칼날 부딪치는 소리가 들렸다.

"알리 칸, 이제 우리 공화국의 생명은 고작 며칠 남았을 뿐이야."

나는 무심히 고개를 끄덕였다. 사람들이 창밖으로 오가며 무기를 날랐다. 발소리에 몸을 돌렸더니 니노가 졸린 눈으로 문가에 서 있었다.

"니노, 티빌리시로 가는 마지막 기차가 두 시간 후에 출발해."

"알았어. 함께 가자, 알리 칸."

"아니, 너와 아이만 가는 거야. 나는 나중에 따라 갈게. 여기 좀 더 머물러야 할 것 같아서. 하지만 넌 지금 가야 해. 바쿠 때와는 상황이 달라. 전혀 다르다고. 그러니 넌 여기 있어서는 안 돼. 우리 장난감을 어서 안전한 곳으로 데려가야지."

내가 말하는 동안에도 거리에서는 횃불이 타올랐다. 구석에

선 일리아스 벡은 고개를 숙였다. 니노의 눈가에서 잠이 달아났다. 니노는 천천히 창가로 와서 밖을 내다보았다. 그리고 일리아스 벡을 쳐다보았지만 그는 눈길을 외면했다. 니노는 방 한가운데 서서 고개를 떨어뜨렸다.

"우리 장난감……. 그런데 너는 안 간다고?"

"난 지금 갈 수가 없어, 니노."

"네 선조가 간자 다리에서 죽었다고 했지. 난 졸업 시험 준비할 때부터 그 바위를 알고 있었어."

갑자기 니노가 바닥에 털썩 주저앉아 상처 입은 동물처럼 고통스럽게 비명을 질렀다. 눈물도 흘리지 않은 채 온몸을 떨면서 찢어질 듯 높은 소리를 내는 것이다. 일리아스 벡이 도망치듯 방을 나갔다.

"따라 간다니까, 니노. 약속할게. 기껏해야 며칠만 기다리면 돼."

니노의 비명 소리는 계속되었다. 거리에서는 사람들이 죽어가는 공화국에 대한 노래를 불렀다. 그러다가 니노는 갑자기 조용해졌다. 고개를 들고 초점 없는 눈으로 좌우를 보더니 일어섰다. 내가 가방을 챙겼다. 우리 장난감이 자고 있는 포대기를 안고 우리는 조용히 계단을 걸어 내려갔다. 일리아스 벡이 마차에서 기다리고 있었다. 마차는 인파로 북적이는 거리를 뚫고 역으로 향했다.

"사나흘 정도만 있으면 될 거예요."

일리아스 벡이 말했다.

"그 정도면 충분해요. 그 후에는 알리 칸이 당신 곁을 떠나지 않을 테니까."

"알아요."

니노가 가만히 고개를 끄덕였다.

"우리는 티빌리시에 머물다가 파리로 갈 거예요. 정원이 있는 집을 구해야죠. 둘째 아이는 아들일 거예요."

"니노, 그렇게 될 거야. 분명 그렇게 될 거라고."

내 목소리는 분명하고 낙관적이었다. 니노는 내 손을 꼭 잡고 창밖으로 나를 바라보았다. 철도는 긴 뱀처럼 보였다. 기차는 사악한 괴물처럼 어둠을 뚫고 나타났다. 니노가 재빨리 입을 맞추었다.

"안녕, 알리 칸! 사흘 후에 만나!"

"틀림없이 그럴 거야. 함께 파리로 가자, 니노!"

니노는 미소를 지었다. 그 눈이 부드러운 벨벳 같았다. 나는 마치 딱딱한 아스팔트에 못 박히기라도 한 듯 꼼짝 못하고 플랫폼에 서 있었다. 일리아스 벡이 니노를 좌석에 데려다 주었다. 니노는 겁에 질린 한 마리 작은 새처럼 쓸쓸한 모습으로 가만히 창밖을 내다보았다. 기차가 움직이기 시작하자 니노가 손을 흔들었고, 일리아스 벡이 기차에서 뛰어내렸다.

우리는 다시 시내로 돌아왔다. 온통 축제 분위기였다. 외곽에서 모여든 농부들이 감춰 두었던 기관총과 탄약을 가져온 것이다. 강 건너쪽 아르메니아인 거주 구역에서 총성 몇 발이 울렸다. 그 너머는 이미 러시아 군 점령지였다. 붉은 군대의 기마병들이 우글댔다.

시내에서는 눈썹이 짙고 매부리 코에 눈이 움푹 들어간 사나이가 갑자기 나타났다. 공작이라고 했다. 실제로 그가 누군지, 어디서 왔는지 아는 사람은 없었다. 분명한 것은 그저 그의 집이 대대로 예언자들이 살던 곳이고, 그가 쓴 모자 위에서 은색 사자 장식이 빛난다는 점뿐이었다.

아가 모하마드의 후계자로 태어난 그가 최고 지휘권을 행사했다. 러시아 군은 간자를 향해 총진격해 왔다. 곧 간자 시내는 바쿠에서 온 피난민들로 가득 찼다. 피난민들은 장관들의 처형에 대해, 의원들의 구금에 대해, 그리고 돌덩이가 묶인 채 카스피 해 깊숙이 가라앉아 버린 시체들에 대해 이야기했다.

"타자 피르 모스크는 이제 클럽이 되었어요. 사이드 무스타파가 그곳으로 기도하러 갔다가 러시아 군인들한테 실컷 얻어맞았죠. 심지어는 꽁꽁 묶어 놓고 입에 포크를 찔러 넣기도 했대요. 사이드는 나중에 간신히 도망쳐서 페르시아 메셰드에 있는 아저씨에게로 갔지요. 러시아인들은 사이드의 아버지도 죽였어요."

이 소식을 전한 사람은 아슬란 아가였다. 그는 내가 사람들에게 무기를 나눠 주는 모습을 지켜보며 서 있었다.

"나도 싸우고 싶어요, 알리 칸."

"네가? 잉크 냄새나 풍기는 새끼 돼지인 네가?"

"난 새끼 돼지가 아니에요, 알리 칸. 나도 남들처럼 조국을 사랑한다고요. 우리 아버지는 티빌리시로 도망갔어요. 내게도 무기를 줘요."

그의 얼굴은 진지했고, 눈동자에서는 빛이 났다. 나는 그에게 무기를 주었고, 그는 내가 이끄는 돌격대에 섞여 다리로 향했다. 맞은편은 러시아 병사들이 장악한 상태였다. 우리는 일대 일 육탄 공격에 나섰다. 넓적한 얼굴들과 번쩍이는 총검들이 보였다. 갑자기 거센 분노가 나를 사로잡았다.

"앞으로!"

누군가 소리쳤고, 우리는 모두 총검을 앞으로 겨눴다. 피가 땀과 뒤섞였다. 총알이 내 어깨를 스쳤다. 나는 총을 치켜들고 개머리판으로 러시아 병사의 머리를 때렸다. 일격에 두개골이 깨졌고, 회색 뇌가 먼지 나는 길바닥에 쏟아졌다. 나는 쓰러진 적에게 발이 걸려 비틀거렸고, 넘어지면서 러시아 병사의 눈에 단검을 찔러 넣는 아슬란 아가를 보았다…….

멀리서 트럼펫의 금속음이 들렸다. 이제 우리는 길모퉁이 뒤쪽 아르메니아 주택에 몸을 숨긴 채 총을 쏘고 있었다. 밤중에 우리는 다시 다리로 돌아와 기관총 옆을 지키던 일리아스 벡과 합류했다. 우리는 함께 모스크 뜰로 들어갔고, 별빛 아래서 일리아스 벡은 어렸을 때 물에 빠져 죽을 뻔했던 일을 이야기했다. 바다에서 수영을 하다가 갑자기 해류에 휩쓸렸다고 했다. 그리고 우리는 수프와 복숭아를 먹었다. 아슬란 아가는 입에서 피를 흘리며 우리 앞에 앉아 있었다. 그 밤에 그는 온몸을 와들와들 떨며 내 쪽으로 기어왔다.

"무서워 죽겠어요, 알리 칸. 난 정말 겁쟁이인가 봐요."

"그럼, 무기를 내던지고 풀밭을 건너 뛰어가. 풀라 강 쪽으로 가다가 그루지야로 향하면 돼."

"그럴 수 없어요. 겁쟁이라고는 해도 나 역시 다른 사람들처럼 조국을 사랑한다니까요."

나는 입을 다물었고, 새날이 밝아 왔다. 멀리서 요란한 총소리가 들렸고, 가까운 사원 첨탑에는 쌍안경을 든 일리아스 벡이 만수르 미르자 공작과 함께 서 있었다. 트럼펫 소리가 서글프면서도 도전적으로 울렸다. 첨탑 위에서 깃발이 휘날렸다. 누군가 〈투란의 왕국〉이라는 노래를 부르기 시작했다.

"나는 많은 이야기를 들었지."

이미 죽음을 각오한 듯 꿈꾸는 눈빛을 한 남자가 말했다.

"'레자'라는 이름의 사나이가 페르시아에 나타나 수많은 병사들을 이끌고, 사냥꾼이 사슴을 쫓듯 적들을 몰아갈 것이라고 말이야. 케말은 앙카라에 앉아 있어. 병사들을 모으는 거지. 우리는 헛되이 싸우는 게 아냐. 이만 오천 명이 우리를 도우러 달려오는 중이라고."

"아니, 이만 오천 명이 아니지요."

내가 말했다.

"이천오백만 명, 전 세계 모든 이슬람 교도들이 달려오는 중이니까요. 하지만 그들이 시간을 맞춰 올 수 있을지는 신만이 아시지요."

나는 다리로 가서 기관총 뒤에 앉았다. 그리고 총알이 묵주 알이라도 되듯 하나하나 어루만졌다. 아슬란 아가도 내 옆에 앉아 다른 기관총 사수들에게 총알을 넘겨 주고 있었다. 얼굴이 창백했지만 그래도 웃는 표정이었다. 러시아 군 진영에서 움직임이 느껴졌다. 나는 미친 듯이 기관총을 쏘아 댔다. 멀리서 트럼펫이 공격 신호를 보냈다. 아르메니아 진영 어딘가에서 부제니 행진곡이 들렸다. 고개를 숙이니 말라붙어 쩍쩍 갈라진 강바닥이 보였다. 러시아 병사들이 몸을 낮춘 채 광장을 건너 달려왔다.

총알이 날아와 다리에 박혔다. 나도 응사했다. 러시아인들이 꼭두각시 인형처럼 우수수 쓰러졌지만, 곧 전열을 정비하고 다시 진격했다. 강바닥의 먼지 위로 러시아 병사들이 떨어져 내렸다. 상대는 수천 명도 더 되는 것 같았다. 외로이 울리는 내 기관총 소리는 간자 다리 위에서 너무도 나약하게 느껴졌다.

아슬란 아가가 어린아이처럼 높고 서글픈 소리를 내며 울부짖었다. 돌아보니 그가 입에서 피를 쏟으며 다리 위에 누워 있었다. 나는 다시 기관총을 쏘았다. 러시아 군 위로 불의 비가 내렸고, 러시아 군의 트럼펫은 다시금 진격 신호를 보냈다.

내 모자가 강바닥으로 떨어졌다. 총에 맞은 것일 수도 있고, 바람에 날려 간 것일 수도 있었다. 나는 윗옷과 겉옷을 열어젖혔다. 아슬란 아가의 시체가 나와 적 사이에 뒹굴고 있었다. 겁쟁이면서도 조국을 위해 영예롭게 죽음을 맞이했던 것이다. 저 멀리서 트럼펫이 퇴각 신호를 보냈고 기관총이 조용해졌다. 나는 땀에 흠뻑 젖어 다리 위에 앉아 있었다. 배가 고팠고 쉬고 싶었다.

그리고 지금 나는 모스크 그늘에 앉아 수프를 먹고 있다. 저쪽 모스크 입구에서는 만수르 미르자 공작과 일리아스 벡이 서서 지도를 살펴보는 중이다. 몇 시간 후면 다시 다리로 가야 한다. 아제르바이잔 공화국의 생명은 이제 겨우 며칠 남았을 뿐이다. 이제 충분하다. 나는 잠을 좀 자야겠다. 트럼펫이 다시 신호를 보내면 다리로 갈 것이다. 내 선조 이브라힘 칸 시르반시르가 민족의 자유를 위해 죽어 갔던 그 강으로.

알리 칸 시르반시르는 다섯 시 십오 분경에 간자 다리, 자신의 기관총 뒤에서 쓰러졌다. 그는 말라붙은 강바닥으로 떨어졌다. 내가 내려가 보니 총알을 여덟 발이나 맞은 상태였다.

그의 주머니에서 이 공책을 발견했다. 신의 뜻에 따라 이것을 그의 아내에게 전하겠다. 우리는 러시아인들이 마지막 공격을 해 오기 직전 이른 아침에 그를 묻었다. 알리 칸 시르반시르와 함께 우리 공화국도 종말을 맞이했다.

—일리아스 벡 대위, 세이날 아가의 아들,

바쿠 근교 비니아디 마을 출신.

미지의 장인이 쓴 열정의 소설

존 웨인*

이 멋진 소설은 수수께끼에 싸여 있다. 나는 '쿠르반 사이드'라는 이름을 이 소설을 통해 처음으로 알게 되었다. 그 필명을 사용한 인물이 실제로 누구인지 아무도 모르는 상황이었다. 소설의 색채는 선명했지만, 이와는 대조적으로 작가의 모습은 희미하기 짝이 없었다. 작가에 대해 알려진 정보는 많지 않았다. 다만 그는 타타르인이었고, 조국이 신생 소련 치하에 들어가자, 당시만 해도 자유로운 공기를 호흡할 수 있었던 빈으로 이주했다고 한다. 《알리와 니노》는 바로 그곳에서 쓰여 1937년에 출판되었다.

하지만 소설이 출판될 무렵, 중부 유럽은 이미 히틀러의 손아귀에 들어가 있었다. 자유를 사랑했던 저자는 나치의 통치 분위기를 견디지 못하고 다시 이탈리아로 건너갔다. 그리고 그곳에서 사망했다. 구체적인 사망 원인이나 장소는 아무도 모른다. 치

---

*존 웨인(John Wain, 1925~1994): 영국의 작가 겸 문학 평론가.

밀한 조사가 이루어졌더라면 좀 더 많은 점을 밝혀낼 수 있었으리라. 누군가 그런 작업에 나서 결과물을 내놓을 때까지는 앞서 언급한 것 이상의 정보는 나오지 않을 것 같다.

하지만, 그건 별로 중요한 일이 아닐지도 모른다. 우리에겐 이 멋진 책, 미지의 장인이 열정을 바쳐 쓴 소설이 있으니 말이다. 이 책을 통해 우리는 작가가 어떤 사람이었는지 추측할 수 있다. 그리고 이 한 가지는 확실하다. 작가는 천재였다.

《알리와 니노》가 설사 뛰어난 소설이 아니라 해도, 읽을 만한 가치는 충분하다. 독자들에게 아주 낯설면서도 매력적인 세상과 접하게 해 주기 때문이다. 이 책 덕분에 우리는 다만 몇 시간이라도 이슬람 교도의 눈을 통해 삶을 바라볼 기회를 가지게 된다. 이것만으로도 이 책은 충분히 읽어 볼 가치가 있다. 이슬람 교도의 신앙이나 생활방식은 서양인에게는 늘 미지의 대상이었기 때문이다. 이 책을 통해 우리는 이슬람 교도의 생활 방식이 그들의 문화권 안에서는 얼마나 자연스럽고 올바른 것인지 느낄 수 있다.

알리 칸 시르반시르는 사막의 사나이이다. 현명한 노인 다디 아니는 그에게 이렇게 말한다.

자네는 사막 사나이의 영혼을 가지고 있군. 어쩌면 이것이 남자를 구분하는 진짜 기준일지도 몰라. 사막 사나이냐, 숲 사나이냐 둘 중 하나지. 동양의 메마른 매력은 사막에서 오지. 뜨거운 바람과 뜨거운 모래가 사나이를 사로잡는 곳, 세상만사가 단순하고 아무런 문제도 없는 그곳 말일세. 반면, 숲은 질문투성이지. 사막은 무엇 하나 묻지도, 주지도, 약속하지도 않아. 하지만 영혼의 불길은 숲에서 오네. 사막 사나이에게는 얼굴도 하나이고, 진실도 하나이며, 그 진실에 만족하지.

알리 칸도 그 말에 동의한다. 또한 이 장면에서 철학적인 아르메니아인 나카라리언이 "산에는 독수리가 있고, 정글에는 호랑이가 있네. 사막에는 무엇이 있나?"라는 질문을 던졌을 때 알리는 "사자와 전사가 있지."라고 대답한다. 의미심장한 대답이다. 사자와 전사는 결국 동일한 존재나 다름없다.

알리 칸이 미덕으로 삼는 용기, 직접성, 관습과 신앙에 대한 무조건적인 충성 등은 사막 사나이의 것이다. 그 미덕을 그는 마음뿐만 아니라 피와 살로 받아들인다. 그는 광신도가 아니지만 광신적인 행동을 거부하지도 않는다. 서양인들이 모두 광신도라고 부르는 이슬람 교도인 친구 사이드 무스타파를 존경하는 것이다. 하지만 알리는 현대적인 교육을 받은 덕분에, 사이드 무스타파로 대표되는 세계가 빠른 속도로 붕괴되고 있다는 점을 깨달을 지혜도 있다. 사이드는 시아파 교도 청년들이 터키 군에 합류한다는 데에 화를 낸다. 하지만, 알리는 그것이 정치적으로 옳은 판단이라고 여긴다. 터키는 아제르바이잔을 속박하고, 아시아 전통을 파괴하며, 물질적인 탐욕에 기반한 문화를 전파하는 러시아 황제에 대항하여 싸우는 나라이기 때문이다. 터키가 러시아인들을 몰아낸다면, 그것은 알리 칸이 사랑하는 바쿠에 좋은 일이었다.

반면, 사이드 무스타파에게 터키는 절대 동맹이 될 수 없는 나라이다. 진정한 신앙을 저버린 이단자 터키인들과 함께 승리를 거두는 것보다는 차라리 박해받으면서 신앙을 지키는 편이 낫다고 여기는 것이다. "우리는 무하마드의 이름으로 황제의 십자가 아래 모여 칼리프의 초승달에 맞서야 하나?"라고 알리 칸이 물었을 때 사이드는 고통스러운 침묵에 빠지고 만다. 하지만 알리 칸은 길을 잃은 친구를 버리지 않는다. 이 점은 아주 중요하다. 알리 칸은 친구 사이드 무스타파를 구세대의 상징이나 더 이상 쓸모 없는 신념의 소유자, 혹은 쓸데없이 고집만 부리는 사람으로 여기지도 않는다. 그러기는커녕, 그는 친구를 사랑하고 존중한다.

사이드 무스타파는 설사 페르시아를 다시금 강건하고 위대하게 만들 수 있다고 해도 그 대가로 진실한 신앙은 한 발짝도 양보하지 않을 사람이었다. 죄를 눈감아 주고 도깨비불 같은 지상의 화려함을 찾느니 차라리 파멸을 택하는 편이 나았다. 그리하여 그는 침묵했고, 무엇을 해야 할지 몰랐던 것이다. 그리고 나는 진정한 신앙을 고독하게 지켜 나간다는 점 때문에 그가 좋았다.

절대 타협하지 않는다는 점 때문에 알리 칸은 사이드 무스타파를 사랑하는 것이다. 하지만 그 자신은 비타협적인 삶을 지향하지 않는다. 핵심만 간직할 수 있다면, 상황에 따라 신앙을 변화·적응시켜 가는 현대적인 이슬람 교도인 것이다.

그루지야 혈통의 그리스도 교도인 니노와 결혼하면서 알리 칸은 개종을 강요하지 않는다. 그리고 사이드 무스타파가 여자에게는 영혼이 없으므로 그리스도 교도인 니노와 결혼해도 좋다고 하자 기뻐한다. 상식과 인내가 편협한 광신을 이겨 낸 것이라고 해석했기 때문이다.

알리 칸은 아들을 낳으면 정통 시아파 교도로 키워야 한다는 사이드의 조언을 받아들이지만 니노가 이에 절대 동의하지 않으리라는 점도 알고 있다. 하지만, 첫째 아이가 딸이었기에 문제는 뒤로 미뤄진다. 사랑에 빠진 젊은이 알리 칸은 그 상황을 반갑게 받아들인다.

소설 말미에 알리 칸과 니노를 갈라놓은 것은 종교 같은 개인적인 문제가 아니다. 그것은 유럽 팽창주의라는 거대하고 맹목적인 힘이었다. 황제가 퇴위당한 후에도 러시아는 계속 아제르바이잔을 압박했고, 진보와 권력에 목마른 서구 세력 또한 여전했다. 천연자원과 인력이 풍부한 아제르바이잔은 냉정하고 탐욕스러운 강대국의 손길을 벗어나지 못했다. 러시아 황제가 트랜스카프카스를 회초리로 다스렸다면, 소련은 총칼을 들이댔다.

신생 국가 소련이 호흡을 가다듬던 시절, 아제르바이잔이 잠시나마 독립 공화국의 지위를 누렸던 그 때, 니노는 서양식으로 집을 꾸미고 영국 관료 부부를 초청해 영국식 파티를 연다. 하지만 표적은 이미 조준된 상황이었다. '지루한 표정 뒤에 교활함을 감춘 러시아 대표단이 왔다. 러시아인들은 무관심한 표정으로 신속하게 조약에 서명했다. 끝없이 긴 조약이었다.'라는 구절을 보면 이 점이 드러난다. 조약의 잉크가 채 마르기도 전에 소련의 붉은 군대가 알리의 조국을 침공한다.

알리 칸은 애국자였고, 더군다나 때가 되면 기꺼이 전장에서 목숨을 바쳐야 하는 전통 속에서 성장한 인물이었다. 그의 아버지는 "우리 선조들은 대부분 전장에서 목숨을 잃었다. 그것이 우리 가문의 전통이다."라고 말한다. 결국, 그 전통에 따라 알리 칸은 다리 위에서 외로이 기관총을 쏘다가 말라붙은 강바닥으로 떨어지고 만다.

소설에 등장하는 배경, 그리고 갖가지 사건이 일어나는 시간은 우리와 아주 멀리 떨어져 있다. 그래서 우리가 트랜스카프카스 민족의 운명, 착취당하고 침략당했던 그 세월에 대해 생각해 볼 기회는 많지 않다. 하지만 때때로 이런 쪽에 관심을 돌릴 필요가 있다. 그저 인류 역사를 이해하기 위해서가 아니다. 당시 일어났던 거침없는 문화적·사회적 파괴 행위가 오늘날 벌어지는 온갖 사건의 구도를 결정했기 때문이다(티베트나 나이지리아에도 제2, 제3의 쿠르반 사이드가 필요할 텐데 말이다.). 이런 이유 때문에 《알리와 니노》는 우리에게 큰 의미가 있다. 물론 짜임새 있는 훌륭한 소설이라는 더 큰 의미를 제외하고 보았을 때 말이다.

알리 칸은 강하고 믿을 만한 인물이다. 그의 행동은 자기 본성에서 추호도 어긋나지 않는다. 이 책의 다른 등장인물들, 즉 알리 칸의 아버지, 친구인 사이드 무스타파나 일리아스 벡, 마흐무드 하이다르, 나카라리언, 그리고 니노 또한 마찬가지이다(니노가 왜 그토록 강하게 알리 칸의 마음을 사로잡았는지 독자가 파악할 수 없다면, 이 소설은 토대부터 흔들리고 말 것이다.). 하지만 인상적인 등장인물을 창조하는 것은 소설 집필 작업의 시작에 불과하다. 소설가는 정교하면서 설득력 있는 이야기를 짜 나가야 하고, 그 속에 하고 싶은 말을 담아야 한다. 작가 자신이 생각하는 인생에 대해서 말이다.

자기 목소리가 뚜렷한 소설은 건조해지기 쉽다. 이 문제를 극복하는 방법은 이야기에 잘 들어맞으면서도 상징적인 힘을 가지는 에피소드를 적절히 넣어 주는 것이다. 진정한 소설가라면 그런 능력을 천성적으로 타고나기 마련이다. 쿠르반 사이드도 예외는 아니다. 이야기의 절정마다 상징이 등장하는 것이다. 무리하거나 너무 무겁지 않은 상징들이다.

나카라리언이 니노를 납치하자 알리 칸이 뒤따라가 격투를 벌여 상대를 죽이는 장면을 봐도 그렇다. 얼핏 무미건조할 수 있는 그 기본 윤곽 안에 쿠르반 사이드가 섞어 넣은 에피소드들은 우리의 상상력을 자극하고, 두 남자와 두 세계 사이에 가로놓인 심연을 느끼게 한다. 나카라리언은 값비싼 영국제 자동차로 니노를 납치한다. 뒤쫓는 알리 칸은 말, 붉은 기 도는 황금빛 털을 가진 전설의 말, 그 주인인 멜리코프 공작이 전쟁에 나갈 때에만 올라타는 귀한 말을 타고 달린다. 황금빛 말이 번쩍거리는 기계와 경쟁하는 것이다. 안에서 뿜어져 나오는 광채와 바깥에 칠한 광채의 대결이다. 몸싸움을 벌이던 알리 칸은 한 마리 늑대처럼 상대에게 이빨을 박아 넣는다. 권총도 있고 단검도 있지만, 암컷을 두고 다투는 사막의 늑대가 그렇듯, 그는 몸으로 공격한다.

알리 칸이 자신도 모르게 자학적인 종교 행렬에 참여하고, 유럽식 차 모임에 갔던 니노가 우연히 그 모습을 보고 공포와 고통에 사로잡히는 장면에서도, 외교부 공무원이 된 알리 칸의 집에서 서양식 파티가 열리는 장면에서도 그런 상징적인 장치가 사용된다. 굳이 이런 명시적인 장면이 아니라 해도 마찬가지이다. 쿠르반 사이드는 적절한 시점에 적절한 명암 효과를 사용한다. 그는 복잡한 사회적 · 역사적 전통에 기반한 개인의 삶을 보여주는 동시에, 자그마한 일상도 세세하게 묘사한다.

나는 집으로 돌아와 소파에 누웠다. 아시아 식 실내는 언제나 차가웠다. 밤이면 냉기가 샘으로 흘러드는 물처럼 방을 가득 채웠다. 반면 낮에는 방에 들어가서 냉탕에 들어간 것처럼 열기를 피할 수 있었다. 갑자기 전화가 울렸다. 니노가 투정을 부렸다.

"알리 칸, 날도 덥고 수학 문제 때문에 죽을 지경이야. 어서 와서 좀 도와 줘!"

더위(니노가 사는 서양식 현대 주택은 참기 힘들 정도로 더웠던 것이다!)와 수학 문제에 대해 불평하는 니노의 전화는 알리 칸이 있는 차가운 침묵의 공간을 깨뜨린다. 알리의 세계를 파괴하는 다른 세계의 목소리인 것이다. 이런 글쓰기를 보면서 우리는 근세 역사를 기록하는 작가의 능력뿐만 아니라 절대 잊혀져서는 안 될 진정한 예술가의 모습을 느끼게 된다.

모든 책에는 나름의 운명이 있다

《알리와 니노》는 '모든 책에는 나름의 운명이 있다'라는 고대 라틴 속담에 딱 들어맞는 예이다. 이 책의 출판에 얽힌 뒷이야기 자체가 소설처럼 재미있기 때문이다.

1937년 《알리와 니노》가 빈에서 독일어로 처음 출판된 후, 거의 63년이 흐르는 동안 누가 이 소설을 쓴 것인지 밝혀지지 않았다. 1970년 미국에서는 '작자 미상'으로 표기되기도 했다. 그러던 중, 마침내 '쿠르반 사이드'는 엘프리데 에렌펠스(Elfriede Ehrenfels)라는 여성과 레프 누심바움(Lev Nussimbaum)이라는 남성의 필명인 것으로 밝혀졌다.

남작 부인이었던 엘프리데 에렌펠스는 1894년 폰 보드메르쇼프의 유서 깊은 오스트리아 가문에서 태어나 자랐다. 논설, 단편소설, 플라톤에 대한 철학서 등 다양한 글을 썼으며, 당시 프라하에서 가장 권위 있는 신문이었던 〈프라거 타그블라트〉에 정기적으로 글을 실었던 그녀는 문학 서클에도 활발히 참여했던 것으로 알려져 있다. 《알리와 니노》 외에 같은 필명이 붙은 소설로는 《골든 혼에서 온 소녀(*The Girl From The Golden Horn*)》도 있다.

레프 누심바움은 1905년 바쿠에서 출생한 유대인으로, 이 소설을 처음으로 구상한 인물이었으리라 여겨지고 있다. 러시아 혁명기의 혼란을 피해 가족은 베를린으로 갔고, 레프 누심바움은 그곳에서 학업을 마친 후 신문 기자가 되었다. 이후 무하마드, 니콜라이 2세, 레닌, 레자 샤 팔라비 같은 인물과 지정학적인 문제에 대한 책을 쓰기도 했다. 이 책들은 그가 이슬람으로 개종한 후 얻은 에사드 베이라는 이름으로 뉴욕과 런던에서 출판되었다. 히틀러가 권력을 잡은 후 누심바움은 베를린을 탈출하여 당시까지 독립을 지키고 있던 오스트리아로 갔고, 남작 부인인 엘프리데 에렌펠스와 절친한 관계가 되었던 것이다.

또한 〈뉴요커〉(1999년 10월)에는 리포터 톰 라이스가 쿠르반 사이드를 찾아 나가는 과정이 생생하게 실리기도 했다. 톰 라이스는 에사드 베이, 즉 레프 누심바움이 《알리와 니노》의 작가라고 결론지었다. 아시아인의 자의식이 분명하면서도 많은 정보가 담긴 이런 소설은, 거리를 두고 그 사회를 관찰한 외부인이 쓸 수밖에 없는데, 레프 누심바움이라는 유대인, 이슬람으로 개종하고 1930년대에는 독일과 이탈리아에서 살았던 그 인물이야말로 조건에 들어맞는 사람이라고 생각한 것이다.

하지만 정말 소설을 구상한 사람이 누구인지, 소설의 어느 부분을 누가 썼는지는 여전히 수수께끼로 남아 있다. 다만 현재 저

작권은 전 세계 출판사들이 엘프리데 에렌펠스에게 있는 것으로 인정하고 있으며, 이 한국어판도 그에 따라 정식 계약을 맺고 출간되므로 저작권법의 보호를 받는다.

낯설지만은 않은
낯선 풍경을 바라보는 즐거움

　이 소설은 아제르바이잔이라는 낯선 장소, 1910~1920년대라는 낯선 시간을 배경으로 하고 있다. 하지만 21세기의 한국 독자들에게 이 모든 것이 그저 낯설게만 여겨지지는 않았으면 한다. 이 소설의 바탕이 되는 이슬람 문화와 서구 문화의 충돌, 카프카스 지역의 민족 분쟁 등은 여전히 현재 진행형이기 때문이다.

　테러범과 이슬람 교도가 동일시되는 요즈음, 우리 역시 이슬람이라고 하면 색안경부터 끼는 것이 아닌가 하는 두려움이 있다. 제대로 알지도 못하는 대상에 대해 무조건적인 미움이나 적대감을 가지는 것은 올바른 행동일 수 없으리라.

　그런 의미에서 이 책은 이슬람 문화에 대한 창문 역할을 충분히 해낼 만하다. 우리는 이슬람 청년 알리 칸 시르반시르의 눈으로 세상을 바라보게 되고, 그 신앙이나 풍습, 사고방식 등과 접할 수 있다. 히잡으로 얼굴을 가린 여인에게서는 내면이 드러나지만 정작 얼굴을 훤히 드러낸 여인은 그렇지 못하다든가, 나이프와 포크보다는 손가락을 사용하는 것이 훨씬 더 우아하고 어려운 식사 방법이라든가 하는 흥미로운 사고방식과도 만나게 된다.

침묵과 겸양을 강조한다는 점에서 이슬람 문화는 우리와도 공통점이 있는 것 같다. 하지만 동시에 칼과 피를 근간으로 한다는 점은 낯설다. 피흘림에 대한 피의 복수가 당연하고, 전장에서의 죽음이 지극히 영예롭게 여겨지는 그런 문화를 간접 경험하다 보면, 오늘날의 극단적인 문화 충돌도 새로운 눈으로 바라볼 수 있지 않을까.

서구화의 바람이 거셌던 20세기 초의 아제르바이잔은 우리 과거를 연상시키기도 한다. 강대국의 위협을 받으며 허겁지겁 몸에 안 맞는 서구 옷으로 갈아입는 모습이 애처롭게도 느껴진다. 같은 방향을 향해 경쟁하듯 달음박질하는 것이 과연 진정한 발전이었을까.

이 소설은 아제르바이잔뿐만 아니라 러시아, 페르시아(이란), 터키, 그루지야, 아르메니아 등 여러 민족의 문화와 역사를 아우르고 있다. 옮긴이의 지식도 짧고 자료의 한계도 있어 나름대로 찾는다고는 했지만 걱정스럽다. 오류가 있다면 용서를 구한다. 마지막으로 용어 번역 등에 도움을 주신 한국외국어대학교 이란어과의 신규섭 선생님, 아랍어과의 공지현 선생님께 감사드린다.

이상원